El rey de bronce

JAVIER ALANDES

El rey de bronce

CONTRALUZ

Primera edición: mayo de 2025
Diseño de colección: Estudio Sandra Dios

PAPEL DE FIBRA CERTIFICADA

Autor representado por la Agencia Literaria Editabundo, S. L.

Valentín Beato, 21
28037 Madrid
www.contraluzeditorial.com

ISBN: 978-84-19822-68-0
Depósito legal: M. 4990-2025
Printed in Spain

A los que vivimos a través de los libros las aventuras
que habríamos querido vivir en nuestras vidas

Prólogo

El 17 de mayo de 1945, una vez que hubo caído el III Reich, un destacamento del Ejército aliado, comandado por una unidad de infantería estadounidense, entraba en las minas de sal de Altaussee, en Austria. Querían inspeccionar el interior, porque los lugareños les contaron que allí no dejaban de entrar y salir camiones del Ejército alemán, pero para ello antes tuvieron que demoler los muros con los que se había sellado la entrada a dichas minas.

Lo que encontraron les resultó increíble.

Allí se almacenaban más de seis mil obras de arte, expoliadas en países ocupados o robadas a judíos. Ocultas bajo tierra, en la más completa oscuridad y rodeadas de polvo y puntales de madera, se encontraban las colecciones personales de los más destacados miembros del partido nazi. Incluyendo, además, las piezas que, robadas a través de la violencia y el miedo, estaban destinadas a formar parte del futuro Museo del Führer en Linz, uno de los proyectos del dictador.

En aquel tesoro se encontraban obras como la *Madonna de Brujas*, de Miguel Ángel, el *Retablo de Gante*, de Jan van Eyck, cientos de esculturas de bronce y mármol, colecciones de monedas, códices incunables y un Vermeer: *El Cristo y la adúltera*.

Esa fue la pieza que más llamó la atención de los expertos que analizaron el hallazgo en la mina de sal. La producción de Johannes Vermeer, autor de *La joven de la perla* o *La lechera*, fue escasa, apenas treinta cuadros. El pintor neerlandés había fallecido en 1675 con cuarenta y tres años, y su obra era patrimonio nacional de los Países Bajos.

La documentación encontrada reveló que el Vermeer era propiedad de Hermann Göring, mariscal del Reich y una de las manos derechas de Hitler, y entre esa documentación se encontraba una factura: Göring le compró *El Cristo y la adúltera* a Alois Miedl, un banquero y marchante de arte alemán.

El Ejército aliado creó un equipo para devolver todas esas obras de arte a sus países, y decidieron que la historia del Vermeer merecía escuchar lo que Alois Miedl tuviera que contar. El banquero, amenazado por los cargos de expolio y comercio ilegal, acabó confesando; le había comprado el cuadro a Han van Meegeren, un pintor y retratista holandés que, por lo que parecía, también se dedicaba a las labores de comerciante de arte. Miedl mostró los documentos que atestiguaban que su compra del Vermeer había sido lícita.

Por tal motivo, Han van Meegeren, de cincuenta y cinco años de edad, fue detenido y acusado de los cargos de tráfico de patrimonio nacional, ya que el Gobierno de los Países Bajos prohibía que una obra de Vermeer pudiera salir del país, a lo que había que sumar la posible colaboración de ese aspirante a pintor con el régimen nazi. El alto tren de vida de Van Meegeren, la cantidad de casas y villas que poseía en varios países de Europa y el gran número de obras de arte que estaban en su poder hacía ver que la venta del Vermeer al banquero alemán debía de haber sido muy lucrativa.

Además, los expertos en Vermeer, al estudiar *El Cristo y la adúltera*, se sorprendieron al comprobar que era un cuadro desconocido del maestro neerlandés, una obra inédita de temática religiosa en la que se podía apreciar a la perfección su incomparable estilo. En un pintor que había tenido una producción tan pequeña, el hallazgo de una obra desconocida hasta entonces supuso una revolución en el mundo del arte. Así que, ante la pena de muerte que solicitaba el fiscal por los cargos de los que era acusado, Han van Meegeren reveló la verdad: el cuadro no era un Vermeer auténtico, y confesó que lo había pintado él mismo. Era un falso original.

Había estudiado las obras del pintor flamenco al detalle; la pincelada, los trazos, su paleta de colores y las temáticas que solía utilizar, y había elaborado los pigmentos con los mismos materiales que Vermeer utilizó en el siglo XVII. Incluso había fabricado sus propios pinceles para dar una completa verosimilitud al cuadro.

Nadie le creyó. En primer lugar, porque Van Meegeren no era considerado un pintor tan talentoso, y en segundo lugar, porque *El Cristo y la adúltera* había pasado la prueba del alcohol, que había determinado que era una obra auténtica.

Desde su encierro a la espera de juicio, Van Meegeren pidió a sus captores un lienzo, y entregó una lista de materiales que debían traerle de su casa. Ante los ojos de su abogado y varios testigos, pintó una obra a lo largo de seis semanas. La creación de la pintura requería el talento como artista de Van Meegeren, y el engaño necesitaba de la técnica que había conseguido depurar con el tiempo.

Una vez pintado el cuadro, lo introdujo en un horno a doscientos grados centígrados. Cuando la pintura estuvo seca, enrolló el lienzo y le hizo múltiples dobleces para que aparecieran craqueladuras. Frotó el cuadro con polvo y suciedad, para que se introdujera en las grietas. Y lo sumergió en una solución de tinta china, que el óleo repelía, pero que quedaba incrustada en dichas grietas. Lo que no hizo fue aplicarle al lienzo la baquelita y el albertol que permitían que el cuadro pasara la prueba del alcohol para demostrar su autenticidad.

En esta ocasión, Han van Meegeren había pintado un cuadro al que puso el nombre de *Jesús entre los doctores*. Cuando la obra fue presentada en el juicio, con la sala abarrotada de público por la expectación que había levantado el caso, la corte ordenó a una comisión de conservadores, profesores y doctores en arte traídos desde Bélgica e Inglaterra que verificasen si se trataba de un Vermeer. Tras estudiarlo, decretaron con asombro que, sin duda, aquella era otra obra inédita del maestro neerlandés del siglo XVII que jamás había sido catalogada. En apenas unos meses habían aparecido dos nuevos cuadros de Johannes Vermeer, algo inaudito.

El abogado defensor tomó un algodón y una pequeña botella de alcohol y frotó sobre la firma de Vermeer. La pintura del cuadro se corrió, dejando a la vista la firma del propio Han van Meegeren, quien fue absuelto de inmediato de todos los cargos, ante el alboroto y los aplausos de las personas que no habían querido perderse cómo terminaba el mediático caso que había paralizado el país. En aquel juzgado, ese pintor desconocido pasó de ser un colaborador de los nazis a convertirse en un héroe que había conseguido engañarles.

La magia de Van Meegeren no era que copiara cuadros ya conocidos de Vermeer, sino que creaba nuevas obras del gran maestro del arte barroco.

Allá por 1960 esta era la historia que Giovanni Santamarta, profesor de pintura y un enamorado del arte del Barroco, le contaba a Francesco y Pietra, sus pequeños mellizos, las noches que a estos les costaba conciliar el sueño en su viejo y húmedo piso de Roma junto al río Tíber.

Esta era la historia que hizo que Francesco Santamarta comenzara a amar el arte.

Y a falsificarlo.

Cuando consigas el dinero, es posible que dudes. Quizá sientas que no vale la pena, que el riesgo no compensa. Será normal.

Si decides no llevarlo a cabo, no te atormentes;
vive tu vida. Nadie te juzgará por ello.

Si decides seguir adelante, es posible que pierdas el dinero.
E incluso esa vida que podrías haber vivido.

Tienes que decidir si asumes el riesgo.

Y, si lo haces, solo hay dos posibilidades:
el Infierno más lúgubre o el Cielo más luminoso.

Pero si sigues el plan, te aseguro que estarás más
cerca del Cielo que del Infierno.

1. Valencia, abril de 2022

Hay momentos que marcan una vida, que son puntos de inflexión entre lo que es y lo que pudo ser. Un delicado equilibrio que habita en cada una de las decisiones que tomamos, sin que ni siquiera seamos conscientes de ello. Solo ese juez que es el tiempo determina si en ese punto de inflexión acertamos o erramos. Y cuando dicta sentencia, si es para mal, ya suele ser demasiado tarde; asumimos las consecuencias y seguimos adelante. O esas consecuencias se nos tragan hasta hacernos desaparecer.

Luca Santamarta, a sus treinta y cinco años, sabe perfectamente que se encuentra ante uno de esos puntos de inflexión. De los que marcan una vida. De un lado de la mesa de cristal, la parte compradora: Ana Cobo, CEO de Integrative Systems, y el hastiado responsable del departamento jurídico de su empresa. Y del otro, Luca, joven vendedor de su innovadora solución informática, con Natalia Echevarría, su todavía más joven abogada.

—¿Le vas a dar muchas más vueltas al contrato? —pregunta, seco, el veterano abogado a Natalia, que lo lee una y otra vez y toma notas en un folio aparte.

—Le va a dar las que sean necesarias —responde Luca por ella en un tono amenazante, estirándose despacio la chaqueta del traje gris y clavando sus entornados ojos verdes en el abogado.

—Hay que joderse con las novatas —protesta el hombre, que hace rato que se ha quitado la americana. La presión va en aumento, aunque Natalia, mientras se recoloca las gafas cuadradas de pasta negra demasiado grandes para su cara, parece que ni siquiera le escucha.

—Anda, cállate... —La voz de Ana Cobo, también seca, ordena a su abogado que se calme—. La chica solo hace su trabajo.

Luca Santamarta sabe que la vida de Ana Cobo no debe de ser fácil: coordinar a más de dos mil personas, tener un aspecto impecable a sus cincuenta y dos o cincuenta y tres años, y mantener a raya a tipos engreídos y con efecto Dunning-Kruger, como el abogado que se ha traído para cerrar esta operación, que es clave para el devenir de su empresa.

Esas cuatro personas están reunidas en uno de los salones de la primera planta del hotel Valencia Palace. Ana ha ofrecido las modernas instalaciones de su compañía en el parque tecnológico; pero Luca ha preferido jugar en terreno neutral.

Y allí se encuentran esa mañana de abril de 2022, en la que la luz del sol juega con reflejos en las paredes del salón Alameda del hotel, reunidos para cerrar un trato que va a cambiar sus vidas. Sobre todo, la del propio Luca, y de una manera que no pueden siquiera acercarse a imaginar las otras tres personas que están allí con él.

Todo había nacido a partir de un problema que se había encontrado Luca años atrás, cuando era ejecutivo de cuentas en una agencia de marketing digital. Ante la necesidad de guardar su información personal en la nube, pero no querer pagar por ello, se había abierto cuentas gratuitas —y, por tanto, muy limitadas en espacio— en multitud de servicios *cloud*: Dropbox, Drive, OneDrive o el que le ofrecía la compañía de telecomunicaciones de su teléfono móvil, entre otros. Cada uno de ellos con su correspondiente nombre de usuario y contraseña, y cada uno con su interfaz.

Trató de mantener un orden para saber en qué lugar guardaba cada documento, pero hubo un momento en que le fue imposible. Cada una de esas nubes era un cajón de sastre en el que cada vez se le hacía más difícil encontrar la información que necesitaba. Sin darse cuenta, había ido creando duplicados y distintas versiones de sus archivos que le llevaron a sufrir más de una pérdida irreparable. Preguntó a sus compañeros, y a casi todos les pasaba lo mismo: la propia solución para guardar información se convertía en un gran problema.

Luca estuvo dándole vueltas al asunto, tratando de averiguar cuál sería el modo más adecuado de resolver aquello. Sí, podía ser un estricto sistema de disciplina personal y cuidada organización a la hora de guardar archivos, clasificándolos con algún criterio determinado en las distintas nubes, pero, en términos generales, la gente iba a seguir teniendo el mismo problema.

Hasta que una noche de verano de 2020, recién despedido de la agencia, y tomando a oscuras una cerveza en la azotea del edificio de la avenida Tres Forques en el que vivía su madre, se le ocurrió una idea que podía valer la pena estudiar: ¿y si existiera una aplicación web en la que la gente pudiera *loguearse* con todas sus nubes y manejarlas desde un único interfaz, desde la que los usuarios pudieran mover documentos de una nube a otra, hacer búsquedas para encontrar archivos duplicados y hallar la versión más reciente? Y, además, controlar el espacio que le quedara en cada uno de sus servicios *cloud*, con independencia de que fueran gratuitos o de pago.

Convenció a cuatro programadores para que, a cambio de una participación en los posibles beneficios, se encargaran de dar forma a su proyecto, y él se puso como tarea la de rentabilizar económicamente esa idea que había nacido con una cerveza en la mano. Ana Cobo le vio potencial a la iniciativa desde que Luca se la presentó; en Integrative Systems estaban buscando aplicaciones y herramientas para incrementar la fidelidad de sus clientes. Ya existían productos similares en el mercado, pero ella quería el suyo propio para no depender de otra compañía, así que le pidió que le mantuviera al tanto; y con *mantenerla al tanto* se refería a reunirse periódicamente para ser informada de los progresos.

Cuando dos años después Luca pudo hacerle a Ana Cobo una demostración de su herramienta integradora de nubes informáticas, la maquinaria se puso en marcha. Ana quería ese servicio en exclusiva para Integrative Systems, y tenía ante ella el producto que llevaba años buscando y con el que poder vender suscripciones que tuvieran un coste muy pequeño para los usuarios. Ingresos recurrentes y escalabilidad ilimitada. Y Luca supo que necesitaba asistencia jurídica para atar todo aquello; pero a sus treinta y cinco años ya había aprendido a no fiarse de nadie. No quería que le representara un gran despacho de abogados —que era lo que cualquiera hubiese preferido— y se decantó por alguien a quien manejar y que le prometiera dedicación exclusiva en todo aquel proceso. Tenía claro lo que quería, y solo necesitaba a la persona que le diera forma legal. Natalia Echevarría, licenciada en Derecho, era hermana de uno de los programadores con los que había trabajado en el proyecto: veintiocho años, el mejor expediente de su promoción y había hecho prácticas en el departamento de fusiones y adquisiciones de una gran consultora en Londres.

—Punto primero —Natalia, por fin, levanta la cabeza del contrato, mira a través de los cristales de esas gafas cuadradas de pasta negra que parecen no estar hechas para ella y rompe el silencio que se ha instalado en la sala, sabiendo que los otros tres esperan lo que ella tenga que decir—: un único pago a la firma.

—¿Pero cómo os vamos a pagar ocho millones de euros en…? —El enfado con sonrisa de suficiencia del abogado de Integrative Systems se detiene al sentir el brazo de Ana Cobo sobre el suyo.

—Ya sabes que no es lo habitual, Luca. —La CEO se queda mirando al joven emprendedor tecnológico.

—Y tú sabes que esta aplicación que hemos desarrollado tampoco es habitual —dice él con calma, sin despegar la espalda del respaldo de la silla, refrendando la posición de su abogada.

Ana mira a su asistente jurídico y asiente. Este se pone a teclear en su portátil. Uno a cero.

—Punto segundo —continúa Natalia—: la compra se tiene que articular por adquisición de la totalidad de las acciones de la sociedad.

—¡Así no se hacen las cosas! —explota el abogado—. Para eso tendríamos que haber hecho una *due diligence*, comprobaciones en el Registro Mercantil y en la Agencia Tributaria, auditorías… —El tipo se sube por las paredes.

—Ana… —Luca sigue impasible—, la sociedad no tiene nada, excepto las líneas de código que vas a comprar. No hay deudas, no hay alquileres… —Abre las manos, en un gesto que indica que no oculta ninguna carta—. Por no tener, no tiene siquiera un número de teléfono a su nombre.

—¿Y tus programadores? —Ana Cobo levanta una ceja.

—No están contratados. —Luca se echa el cabello hacia atrás con la mano—. Tienen una pequeña participación, que yo me encargaré de liquidarles. Natalia me aconseja deshacerme de la sociedad si ya no va a tener actividad.

Ana asiente de nuevo a su abogado, quien se afloja un poco la corbata en señal de hartazgo antes de volver a teclear para corregir el contrato. Dos a cero.

—Y punto tercero… —La joven abogada señala con su bolígrafo una de las líneas que ha escrito en su cuaderno.

—¿No te estás pasando un poco, bonita? —El abogado yergue la espalda sobre la silla y apoya los brazos sobre la mesa de cristal.

Luca mira a Ana Cobo y hace un ligero movimiento con sus cejas. Esta cierra los ojos y respira hondo durante unos segundos.

—¡Aurelio, por favor! —Ana Cobo reprende las formas de su abogado—. A ver… —mira con cansancio a la joven abogada—, ¿cuál es el punto tercero?

—Luca Santamarta tiene que figurar en los créditos como creador de la herramienta.

El propio Luca se sorprende; eso no estaba hablado. Un exceso de iniciativa por parte de su abogada, que se ha saltado el plan previsto.

—¿Cuál es el motivo? —La CEO endurece el gesto.

—El futuro trabajo de mi cliente puede depender de que en su currículum figure como creador de un programa como este.

—No. —Ana Cobo es tajante—. Todo el mundo en este sector ya sabe que Luca es el cerebro de la aplicación. Denegado.

Natalia mira a Luca y esta vez es él quien asiente. Dos a uno.

—¿Firmamos? —propone el abogado de Integrative Systems.

—Imprime, anda —ordena Ana, quien advierte una mezcla de satisfacción y contrariedad en Natalia. Ha estado a punto de hacer un pleno: esa chica tiene futuro.

—Todavía no —interrumpe Luca, y los tres se le quedan mirando—. Tengo un punto más —y deja una pequeña pausa para que la parte contraria procese sus palabras—: el precio de venta.

Silencio. Ana se da cuenta de que la joven abogada tampoco sabe nada de aquello, y vuelve a poner una mano sobre el brazo de su asistente jurídico, anticipándose a su más que probable reacción.

—Las cosas no se hacen así, Luca —niega la CEO con la cabeza—. Eso estaba más que hablado.

Luca Santamarta, sin prisa, toma un folio de la mesa, saca un bolígrafo plateado del bolsillo interior de su americana y escribe sobre él. Lo dobla y se lo acerca a la parte compradora.

—¡¿Diez millones de euros?! —Ana no puede evitar esta vez la furia de Aurelio—. ¿Tú quién cojones te has creído que eres para pedir dos millones más el día de la firma?

Luca, con calma, levanta los hombros. *Es lo que hay.*

Ana Cobo se toma unos segundos para respirar. Observa a la joven abogada, cuyas horribles gafas no hacen justicia a lo guapa que es. A continuación toma su bolso, del que saca una pitillera y un encendedor, se levanta de la silla y señala a Luca —*tú, conmigo*— mientras sus pasos se dirigen a la cristalera que da acceso a la terraza del salón.

—¿Cómo estás? —dice, ya lejos de los oídos de los abogados, mientras se enciende un cigarrillo y le pasa la pitillera a Luca sin quitarle el ojo de encima. Siempre le ha desconcertado: un tipo elegante y atractivo, en la treintena, alejado del arquetipo de genio informático.

—Estoy bien, Ana. —Luca se arregla el cuello de la camisa blanca y se estira de nuevo la chaqueta antes de tomar la pitillera. Se fija en que están grabadas en ella las iniciales de su propietaria.

—Con todos los respetos… —ella exhala el humo mirando hacia la calle—, es imposible que estés bien. Tan solo hace dos meses.

Luca saca un cigarrillo y coge el encendedor que Ana ha dejado sobre la barandilla. Los árboles de la Alameda parecen amortiguar el sonido del tráfico, que es intenso a esa hora cercana al mediodía. Varios vehículos comienzan a hacer sonar el claxon, volcando su impaciencia en un conductor que no ha arrancado una vez que el semáforo se ha puesto en verde.

—¿Estás insinuando que el suicidio de mi madre me afecta en este asunto? —Luca, lanzando el humo, habla con la familiaridad que ha alcanzado en los últimos meses con aquella ejecutiva.

—Eres joven, has sufrido un duro golpe. —Ella aplasta la brasa del cigarrillo en la barandilla de la terraza—. Sería comprensible.

—No me conoces.

—Entonces… —toma aire—, ¿por qué cojones me sales con este tema precisamente hoy? —Y esta vez, Ana, con ira, clava en él esa mirada de hielo que Luca ha visto en otras ocasiones.

Él, sin alarmarse por el ataque, lanza su cigarrillo al suelo y lo pisa con la suela del zapato. Mete la mano en el bolsillo interior de la americana, saca el móvil y, tras teclear durante unos segundos, le muestra a Ana la pantalla.

* * *

—Rectifica el contrato —ordena ella a su abogado cuando ambos vuelven a entrar a la sala—. Diez millones de euros.

—Joder, Ana… —Aurelio lanza su bolígrafo contra la mesa y se pasa las dos manos por el cabello—. ¿Estás segura?

—¡¿No me has oído?!

* * *

—Luca, ¿me puedes decir qué coño ha pasado ahí arriba?

—Ya en la calle, Natalia, con la chaqueta del traje en el brazo y sujetando su maletín con la otra mano, contiene el volumen de su voz para que las personas con las que se cruzan no puedan escucharla.

Mientras pasan frente al Palau de la Música, ella todavía tiene en la cabeza lo que acaba de vivir. Y Luca, por el lenguaje no verbal de la joven abogada, sabe que está cargada de ira por haberle ocultado información. Por mucho que contenga la voz.

—Has estado muy bien, Natalia. Gracias... —Con las manos en los bolsillos, y dejando que la brisa de abril juegue con el cuello de su camisa y el faldón de su americana gris claro, Luca le sonríe evitando su pregunta—. Por favor, súmale un quince por cien a tu factura.

—¡Teníamos un plan, estaba todo bien claro! —Deja de contenerse y pasa por alto ese dinero extra que acaba de ganar—. Y me has ocultado esa última jugada.

Luca saca las manos de los bolsillos y, sin mirarla, hace un gesto con ellas, a mitad de camino entre disculparse y restar importancia a lo ocurrido.

—Y tú has tenido la ocurrencia de que mi nombre apareciese en los créditos de la aplicación. —Esta vez sí la mira—. Exceso de iniciativa; y tampoco formaba parte del plan.

—Pensaba en ti. En tu futuro.

—Natalia —Luca le interrumpe—, no necesito que pienses en mí.

—No me lo puedo creer... —Ella niega con la cabeza, con la mirada perdida, deja el maletín en el suelo y se echa la media melena hacia un lado—. Soy tu abogada. —Y acompaña su frase de un bufido de rabia.

—Eras. —Luca sabe que esa última palabra ha sido hiriente; pero la considera necesaria para dejar claro que hasta ahí llega su vínculo—. Y has hecho un gran trabajo.

Él se detiene en el bordillo de la acera y la observa durante unos segundos mientras se echa el pelo hacia atrás con una mano, hasta que dirige su vista al tráfico.

—Con que *era* tu abogada... Hay que joderse. —A Natalia le ha llegado la puñalada y descarga su frustración a la espalda del traje gris—. Trabajar contigo no ha sido lo que esperaba. Eres demasiado complejo.

—Los negocios son complejos. —Luca levanta el brazo al taxi que ve aproximarse—. Ha sido un placer.

Ella se pone la chaqueta con rabia contenida, por la necesidad de hacer algo para detener la frustración, y él asiente a modo de despedida mientras se sube al coche que se ha parado a su altura.

—Hay que ser imbécil... —susurra Natalia a la nada, subiéndose sus gafas cuadradas de pasta negra al puente de la nariz, sin saber si esas palabras se las dedica a Luca o a ella misma.

Se queda de pie, viendo como el taxi se aleja con ese tipo, delgado, frío y distante, que la ha ninguneado al ocultarle un aspecto clave en la negociación. Pero sabiendo que le ha permitido asistir al órdago más agresivo que ha visto en su todavía corta carrera. En los códigos por los que ella se rige, aunque en esa ocasión le fastidie, le ha parecido algo incluso cercano a lo excitante. Ese tipo delgado, frío y distante se marcha tan normal, con diez millones de euros en el bolsillo. Y, transitando por el enfado en el que está instalada, con ella misma y, sobre todo, con él, cae en la cuenta de que cualquier trabajo que encuentre a partir de ahora va a ser muchísimo más aburrido.

Luca se recuesta en el asiento tras dar la dirección al conductor y se gira para echar un último vistazo a Natalia. Tan joven, tan decidida, con personalidad y muy profesional. Sus horribles gafas le sacan una leve sonrisa mientras la observa alejarse con el rápido caminar que marca la ira. Un pensamiento se abre paso en su cabeza, pero Luca lo descarta de inmediato porque él sigue la máxima de no comenzar nada que tarde o temprano vaya a doler.

Para el resto del mundo, firmar este contrato habría significado una victoria, quizás un punto final, pero para él solo es la pieza necesaria con la que puede comenzar su reto. El camino que ha elegido.

En los altavoces del taxi suena *Time of the Season*, de The Zombies.

«Empieza el juego», se dice a sí mismo.

* * *

Ana Cobo y su abogado permanecen sentados en silencio en el salón Alameda del hotel Valencia Palace, aunque hace ya unos minutos que Luca y Natalia han salido con el contrato firmado. Ese chico ha abandonado la sala pesando diez millones de euros más.

—Como vuelvas a discutir una orden mía —esa vez no se molesta en salir a la terraza para encenderse un cigarrillo—, te vas a la puta calle.

—Ana… —el abogado respira para alejar de su mente la imagen de ese abismo—, lo que ha ocurrido aquí no ha sido normal.

—Tenía otra oferta.

—¿Cómo?

—Luca Santamarta tenía otra oferta.

—¿De quién?

—Media Corp. —Expulsa el humo, que flota durante unos instantes en la sala—. Doce millones. Aún tenemos que darle las gracias por habernos perdonado dos.

2. Lahore (Pakistán), seis meses después

Sancho Urriaga le ha cogido gusto al *qehwa*, el té verde local. Seguro que en el centro, en la zona del mercado, hay lugares donde es más auténtico, pero él prefiere tomarlo en la cafetería del Luxus Grand Hotel, donde está alojado. Por su experiencia militar sabe que en ciudades como Lahore, la segunda más poblada de Pakistán, hay que tener ojo con los lugares donde un extranjero se mete. Y vale que por su trabajo tenga que correr riesgos, pero no va a correrlos por un maldito té verde.

Hombres de negocios de varias nacionalidades toman el desayuno del interminable bufé americano del hotel, donde triunfan los huevos Benedict y las tortitas con todo tipo de siropes. La gran cristalera da a la exótica piscina interior, donde una treintañera hace un largo tras otro sin que sus dos guardaespaldas la pierdan de vista. Urriaga, que desentona en la cafetería del hotel con su pantalón militar multibolsillo, la camiseta verde y el chaleco negro, se vuelve a servir *qehwa* para concentrarse de nuevo en la lectura de *El gran Gatsby*. La costumbre de comenzar la jornada leyendo la adquirió en Kosovo por recomendación de su capitán: «No sabemos qué horrores nos depara el día; así que es mejor empezarlo en otro mundo». Ha de reconocer que no le está entusiasmando la novela; relata problemas de ricos, de los que él anda sobrado por culpa de sus clientes, a quienes odia, pero le pagan bien. Muy bien. Y él no deja nada a medias, ni siquiera una novela.

Tras el último sorbo, cierra el libro y lo guarda en la mochila, aprovechando para revisar de manera discreta que lleva todo lo que puede necesitar: teléfono, dinero en efectivo —rupias pakistaníes y dólares—, cuaderno con bolígrafo, tabaco y la SIG Sauer M17 cargada. Cuando sus botas de combate atraviesan el suelo de mármol de la cafetería, que dibuja intrincados arabescos, Urriaga siente las miradas sobre él, sabiendo que es una intimidante nota fuera de contexto. Un tipo musculado de cincuenta y cinco años con aspecto de mercenario, uno noventa, pelo a cepillo y cicatriz en la mejilla izquierda no es el huésped habitual del Luxus; pero, cuando la estancia es indefinida, una buena cama y servicio de lavandería son algo vital.

Toma una manzana de la bandeja de fruta y, mutilándola con el primer mordisco, cruza la recepción para salir a la calle a través de la gran puerta giratoria custodiada por los dos botones de uniforme granate al más puro estilo occidental. El todoterreno gris ya le espera, y Urriaga siente una silenciosa satisfacción al ver que sus órdenes se cumplen. Lanza a una papelera el corazón de la manzana, y los pocos metros que ha de recorrer hasta el vehículo son suficientes para que su olfato perciba el olor característico de la ciudad: una mezcla de especias, polución, sudor y gasolina.

Sube al asiento del acompañante y, mientras se pone las gafas de sol, hace un pequeño gesto de asentimiento, a modo de saludo, a Hamid, su conductor. Y con la mano le indica que puede arrancar.

Al girar la esquina de la calle, el todoterreno entra en el caótico tráfico de Lahore, que tanto desespera a Urriaga. Las motocicletas cargadas hasta los topes esquivan motocarros y taxis, la gente que va en bicicleta se juegan la vida a cada metro, y los puestos ambulantes invaden los bordes de la calzada creando cuellos de botella que ralentizan la marcha. El sonido de los cláxones es infernal, el humo de los tubos de escape lo tizna todo y resulta un milagro que no haya, por lo menos, quince muertes diarias por atropello.

Hamid conduce con destreza por su ciudad. Una de las habilidades que ha sabido desarrollar Sancho Urriaga con los años es encontrar al guía local adecuado y alquilar el vehículo necesario. Callado, el joven intimida al resto de conductores con el parachoques del todoterreno, haciéndose hueco para avanzar. En la radio suena *Jolene*, de Dolly Parton, y Urriaga sube un poco el volumen. Le gusta esa canción. Y esa mujer.

La vida militar de Sancho Urriaga terminó en Afganistán. Demasiadas misiones, demasiados mandos por encima de él, demasiados riesgos y poco dinero por jugarse la vida todos los días. La gota que colmó su vaso fue el accidente del Yak-42, en 2003, en el que fallecieron sesenta y dos militares españoles. El Ministerio de Defensa ahorraba hasta en esas cosas, y él estaba dispuesto a poner su vida en manos de sus compañeros, pero no en las de tipos con corbata. Así que, con treinta y seis años y el rango de teniente, decidió poner fin a su carrera militar e iniciar otra mucho más lucrativa: viajar por todo el mundo trabajando para marchantes de arte clásico y coleccionistas privados. El del arte es un mundo elegante y sofisticado, poblado por millonarios que, sin reconocerlo en público, necesitan de personas que realicen el trabajo más oscuro. Pero para eso no vale cualquiera, y Urriaga posee el talento de llevar la oscuridad, de manera muy discreta, al brillo que desprende el coleccionismo de arte. Ejercer de guardaespaldas en subastas, de transportista de obras de gran valor, buscar información sobre una determinada pieza u organizar dispositivos de seguridad son sus principales tareas. Pero en los diecinueve años que lleva trabajando por libre ha organizado robos en palacetes y viviendas particulares, y no le importa dejar algún cadáver por el camino. Por eso sus servicios son tan demandados.

Y, aunque ya está cansado de esa vida, espera con paciencia a que llegue la operación que le reporte suficientes beneficios como para retirarse. Sabe que eso no es fácil: hay que generar confianza, no dar problemas y asegurar resultados. En otras cosas quizá no, pero en eso Urriaga es el mejor.

En veinte minutos han tomado la carretera a Sheikhupura, en dirección noroeste. El antiguo militar mira su reloj y saca su cuaderno de la mochila; ocho de la mañana, apunta. Lleva un registro de días y horarios del trabajo que le ha llevado hasta ese rincón del planeta. Día número trece, subraya.

El doctor Roger Livermore, con apariencia de jubilado inglés retirado en la Costa del Sol, es una eminencia de la arqueología. Especialista en cultura clásica, sus excavaciones han sacado a la luz tesoros que se exhiben en los museos más importantes del mundo, y, en los últimos tiempos, en los salones y despachos de personas que aparecen en la Lista Forbes. Con su propio programa de televisión, los descubrimientos de Livermore son legendarios; Egipto, Mesopotamia o México dan fe de ello. Y cuando inicia una excavación, el mundo del arte clásico mira hacia el punto del globo en el que ese viejo decide ordenar que se empiece a picar. Es la razón de que Urriaga se encuentre en Pakistán: Roger Livermore está buscando algo allí, y un cliente del antiguo militar quiere saber qué encuentra el mediático arqueólogo. Si ese viejo zorro está haciendo agujeros en ese olvidado rincón del planeta, es porque ha olido presa.

Hamid toma el desvío a Mananwala, y la carretera cambia de asfalto a tierra. El todoterreno rebota por los baches, y

Urriaga sube la ventanilla para que no entre polvo. Vuelve a mirar la hora y asiente para sí, satisfecho de que el horario que lleva en la cabeza se esté cumpliendo. El coche se detiene junto a una aldea de casas de adobe donde grupos de hombres fuman sentados en el suelo y los niños corren entre gallinas y cabras. El exmilitar y su conductor bajan, saludan a los lugareños y dejan unas rupias al patriarca del clan a modo de señal de respeto antes de comenzar a andar por un camino entre los árboles. El objetivo es no llamar demasiado la atención, no ser recordables; por eso Urriaga prefiere no llevar el coche hasta las inmediaciones de la excavación de Livermore. El calor comienza a apretar, el polvo es abundante y Urriaga se cubre boca y nariz con el pañuelo que lleva al cuello.

Dos kilómetros después, el espectáculo que lleva doce días observando aparece ante ellos de nuevo. Los curiosos —ochenta o noventa, aunque la cifra varía según el día y la hora— se amontonan bajo la escasa sombra de un grupo de árboles, mientras hablan a gritos a la espera de novedades. Que esos trabajos se desarrollen en el lugar donde viven es un aliciente a su desocupada rutina. Música popular pakistaní atruena en un altavoz, lo que da un alegre tono festivo a la mañana. Un grupo de mujeres tiene al fuego varias ollas y pucheros que inundan el ambiente de un aroma a curri, carne asada y repollo. Y, a unos cincuenta metros, en una explanada en mitad de la nada, se encuentran las tiendas que Livermore ha ordenado montar como laboratorio, comedor, almacén y dormitorios. Ochenta metros al este, la excavación: rodeada de una tupida tela verde de dos metros de altura para que no se pueda ver nada, ocupa unos dos mil metros cuadrados de superficie y el trasiego de personas que entran y salen del área vetada a la vista es intenso.

Hamid saca de su mochila unos prismáticos y se los entrega a Urriaga. Ambos hombres, camuflados entre los curiosos, son invisibles a los ojos de quienes están trabajando en la excavación. Pero, si ellos son invisibles, otros portadores de oscuridad al mundo del arte también pretenden serlo. Urriaga enfoca y recorre el área tratando de identificar si otros colegas del gremio se encuentran allí. Tras echar un vistazo sin advertir nada extraño, sus ojos miran en dirección a la excavación: trabajadores salen de la zona con carretillas llenas de la tierra extraída y la van depositando en un alejado montón que ha ido creciendo día a día, otros introducen herramientas y equipamiento, varios hombres armados —mercenarios, a todas luces— rodean el perímetro verde y, en la zona de las tiendas, un grupo de mujeres locales está preparando mesas para dar de comer, cuando sea la hora para ello, a toda la gente que participa en los trabajos arqueológicos.

A esperar de nuevo. Si en el hotel se sabe el blanco de todas las miradas, allí sabe que no lo es; los años le han enseñado que cada situación requiere una manera de actuar. Sin mirarle, Urriaga le pasa los prismáticos a Hamid y se sienta a la sombra de un pequeño muro; de la mochila saca *El gran Gatsby* y el paquete de cigarrillos. Le ofrece uno a Hamid, que lo toma, y se abandona a la lectura dejando que sea su conductor quien vigile los movimientos en la excavación.

Casi a la hora de comer se da cuenta de que va a necesitar un nuevo libro para el día siguiente —no le apena que este se acabe—, y recuerda que tiene *Moby Dick* en la habitación del hotel, del que desea que le dé más alegrías que Scott Fitzgerald. Hamid le entrega una de las dos raciones de carne con curri que ha comprado a las mujeres que cocinaban. La excavación también se ha detenido, y más de cincuenta personas han salido del recinto para acudir a la tienda comedor. Durante unos instantes, Urriaga ha podido ver a Livermore conversando con un asistente.

El público congregado también ha comido y el sopor ha tornado el ambiente festivo en un cómodo silencio. El antiguo militar español se tumba a la sombra y cierra los ojos. Y los abre cuando siente la mano de Hamid zarandeando su hombro. Comprueba el reloj; se ha dormido casi veinticinco minutos y, en su cabeza, se enfada consigo mismo porque eso es síntoma de estar haciéndose viejo. Algo pasa en la excavación. Varios operarios están desplegando un rollo de la misma tela verde que cubre el perímetro, pero esta vez para impedir la visión del camino que va desde la excavación hasta la tienda que hace de laboratorio. Los lugareños congregados en torno al espectáculo comienzan a jalear y ulular —casi cien personas pueden armar mucho ruido—, y eso hace que los mercenarios armados se concentren a lo largo del tramo entre la excavación y las tiendas.

—Ha encontrado algo —dice Urriaga poniéndose en pie y tomando los prismáticos de las manos de Hamid.

Se desplaza unos metros sin despegar sus ojos de las lentes para ver si encuentra una mejor perspectiva, y eso le hace meterse de lleno en el gran grupo de curiosos que parece que celebren lo que sea que se haya encontrado allí como si fuera una victoria propia. Ve cómo los hombres armados toman posiciones y levantan los fusiles a la altura del pecho, prevenidos por lo que pueda ocurrir. Detecta a dos o tres tipos que puede que estén allí por el mismo motivo que él; quizá no sea nada, pero prefiere camuflarse entre la multitud para no llamar la atención.

Y en el hueco que deja la tela verde que rodea la excavación con la nueva que los operarios acaban de desplegar, lo ve. Solo son un par de segundos, pero distingue cómo cuatro hombres transportan a hombros una caja de madera de recogida de muestras del tamaño de un pequeño ataúd, y el propio Livermore, acompañado de su equipo, les sigue a pocos pasos haciendo indicaciones hacia las tiendas.

Urriaga no puede ver más, la tela se lo impide. Pero desplaza la vista hacia las tiendas y ajusta el enfoque de los prismáticos. Lo que ve confirma todo: varias personas del equipo de Livermore se abrazan y celebran, y el propio doctor, cuando llega, se une a ellos pidiendo calma, tratando de contener la alegría. El viejo arqueólogo sabe que tiene lo que venía a buscar y actúa con flema británica. Se quita el sombrero, se echa hacia atrás el abundante cabello y se lo vuelve a poner.

El español le entrega los prismáticos a Hamid y saca el teléfono móvil.

—Dime, Urriaga —contesta la voz. Masculina, acelerada, rota, como si llevara alfileres clavados en la garganta.

—Livermore ha dado con algo.

—¿Sabemos qué es?

—El recinto está muy protegido. Pero si me da un par de días…

—No —le corta la voz—. Vuélvete a España.

—Podría averiguar algo.

—No es momento para tus métodos, Urriaga. —La contestación es más enérgica, acompañada de una tos que emerge de ultratumba—. Se puede ir todo al traste y perderíamos para siempre lo que Livermore haya encontrado. Tiempo habrá.

—Puedo colarme esta noche, atrapar a uno de los trabajadores y hacerle cantar.

—Tendrías que matarlo.

—Un desgraciado accidente.

—Te he dicho que no. —Y, esa vez, la voz es tajante.

—Como usted diga, señor. —Y cuelga sabiendo que allí ya está todo el pescado vendido.

Le hace un gesto con la cabeza a Hamid y comienzan a desandar el camino. La rabia le hace avanzar más rápido de lo necesario hacia el coche; la gente con dinero hay veces que no le echa a las cosas los huevos necesarios. Y a él, ha de reconocer, no hay nada que le ponga más que tener una ocasión para ejercitar sus destrezas de mercenario.

Pero ese cliente en concreto le intimida. Sabe que es algo extraño; con su experiencia militar no tiene sentido amilanarse ante un tipo que no se mueve de la mesa de su despacho, pero hay algo en él que le hace sentirse inferior, cohibido. La voz, la forma en la que le habla, el tono en el que da las órdenes. Sin contar con que, si alguno de sus clientes le puede hacer rico, es este en concreto.

—Quince días en el culo del mundo para nada. —Y lo que pretendía ser una ira contenida entre dientes suena más alto de lo que habría deseado.

Las emociones.

Trabajar con alguien cercano es complejo. Además de la tuya, ya son más vidas las que estarán en peligro.

Según el lado en el que te encuentres, las emociones te llevarán a la culpa si algo sale mal. O pueden llevarte a la traición si quedan cuentas pendientes.

Evita estar cerca de esa bomba que puede explotar en cualquier momento.

Si quieres a alguien, nunca trabajes a su lado.
Si odias a alguien, tampoco.

Puedes llegar a perder el control, puedes sentirte dominado por esas emociones.

Y las emociones son algo de lo que debes alejarte.

3. Valencia, octubre de 2022

Aunque apenas queda luz del día, Luca Santamarta lleva gafas de sol. Octubre es un mes de temperatura suave en Valencia, y con el traje azul oscuro y la camisa blanca con dos botones desabrochados se siente más que cómodo. Pese a ser martes, el barrio de Ruzafa bulle a última hora de la tarde, con las terrazas llenas de gente en mesas donde se amontonan los botellines de cerveza. La venta de su empresa tecnológica, seis meses atrás, apareció en varios medios —Integrative Systems quería presumir de músculo financiero—, pero a Luca le gustaría pasar desapercibido. Aunque los ecos de aquella operación ya se van apagando, a menudo se encuentra con gente —o esa gente *le encuentra*— que desea arrimarse a la sombra que dan diez millones de euros. De ahí la falsa creencia y la cierta dosis de ingenua seguridad que le proporciona esconderse tras unas gafas de sol, que se quita en cuanto abre la puerta del Julius, una coctelería de estilo clásico que, aunque desentona un poco en el barrio, aporta un sabor diferente al resto de locales que se han adueñado de esas calles.

Suena, apagada, la epopeya espacial que Bowie dedicó al Mayor Tom, y las tablas de madera del suelo crujen bajo los pasos de Luca, que se dirige a la barra. Las mesas están ocupadas por gente que ha terminado su jornada laboral y por parejas de cuarenta y tantos que tienen pinta de haberse conocido en Tinder.

Ya en la barra, toma asiento en uno de los taburetes giratorios que hay anclados al suelo, y la camarera —no le echa más de veinticinco— le mira a los ojos verdes y se dirige a él con una sonrisa que a Luca le parece más amable de lo que debería ser habitual en alguien que atiende al público en un lugar así.

—Negroni, por favor.

—¿Vermú rojo o blanco?

—Rojo, por supuesto. —Y ahora es él quien sonríe, pero sin subtexto de seducción, al caer en la cuenta de que la chica tiene poca idea de preparar un Negroni.

Se desabrocha el botón de la americana y gira sobre su asiento, apoyando la espalda en la barra, para poder tener una perspectiva de todo el local. Y encuentra lo que ha venido a buscar. O, más bien, a quien ha venido a buscar.

La camarera le deja la copa al lado, y Luca la toma para dar el primer sorbo mientras continúa observando. El local hace un recodo al fondo, y allí se encuentra la mesa más discreta. En la parte de la pared, dominada por un espejo que proporciona sensación de profundidad, el asiento corrido es de piel sintética gastada por el tiempo.

En él está sentado un tipo joven, con una melena abundante por la que no deja de pasar sus dedos para echarla hacia atrás. Viste un traje gris con camisa roja, cuyo cuello se ha colocado por encima del de la americana. Y, al igual que Luca, con dos botones desabrochados por los que asoma un leve vello corporal y una cadena de oro que está a un par de milímetros de grosor de resultar indecente. Compone todo ello un conjunto que en otra persona luciría hortera, pero que ese tipo sabe llevar con estilo. Junto a él, una chica —demasiado joven— que masca chicle de forma llamativa, con el pelo recogido en una tirante coleta, raya de ojos exageradamente larga y un top que deja poco a la imaginación.

Frente a ellos, dando la espalda a Luca, un hombre al que le clarea la coronilla, cuya grasa abdominal le dibuja curvas en la camisa, con rodales de sudor en las axilas, y que no deja de gesticular mientras habla.

Luca vuelve a girarse hacia la barra, donde la camarera le sonríe de nuevo, y él, haciendo caso omiso, sigue la escena del fondo del local a través del espejo que hay sobre las botellas de licor que abarrotan las vitrinas.

Pide otro Negroni justo en el momento en que el tipo que le daba la espalda se levanta, da la mano al joven de la cadena de oro y se marcha del local. Con el vaso en la mano, Luca se dirige a esa discreta mesa del fondo mientras la melodía de Steve Miller Band que suena en el local le recalca que ha llegado el momento de ponerse en acción.

Wake up, wake up.
Wake up and look around you.
We're lost in space and the time is our own.

—¿Va a llamarte Scorsese para la segunda parte de *Uno de los nuestros?* —Es su saludo al llegar.

—Vaya… —el joven de la mesa suelta el aire en un ligero resoplido que tiene ecos de desagrado—, el chico prodigio. ¿Te gusta? —Se señala el traje haciendo un gesto con la mano derecha.

—Digamos que no es mi estilo.

—Tu estilo es elegante pero aburrido. —Señala la silla a Luca—. Siéntate si quieres; deseo que veas que soy capaz de ser amable contigo.

Pero este clava durante tres segundos los ojos en la chica del *eyeliner* kilométrico y vuelve a mirar al joven.

—Nena, déjanos solos.

La joven, sin dejar de mascar chicle de forma ruidosa, mira a ambos hombres de arriba abajo con cara de asco, suelta un bufido como si no le importaran y se marcha. Los dos la siguen con la mirada hasta que abandona el Julius, y es entonces cuando Luca se sienta.

—¿Es mayor de edad? —pregunta, señalando con la cabeza hacia la puerta.

—Eso dice.

—Joder, Enzo… —Luca niega con la cabeza—. Algún día te meterás en un lío.

—Es posible. —Y, sin dar mayor importancia al comentario, levanta una mano a la camarera.

—¿Quién era el tío que estaba contigo?

—¿Seguro que quieres saberlo?

—Lo que me gustaría saber es cómo te ganas la vida.

—Ese tipo ha hecho un desfalco en su empresa. —Enzo cesa de hablar porque la camarera deja un posavasos sobre la mesa, un vaso cuadrado con hielo, y vierte una generosa cantidad de ginebra Bulldog—. Parece ser que una contable ha encontrado pruebas y le va a complicar un poquito la vida. —Hace un gesto, burlón, acercando mucho las yemas del pulgar y el índice cuando vuelven a estar a solas.

—Y tú le vas a salvar el pellejo —interpreta Luca.

—Por un módico precio —asiente—. Borrado de discos duros, de copias de seguridad y una visita nocturna a su oficina para hacer desaparecer unos papeles. El paquete básico.

—¿El trabajo lo ejecutas tú?

—Por favor… —Enzo desecha la idea con la mano—. Yo solo soy, ¿cómo decirlo?…, un catalizador. Conozco a un tío que conoce a un tío que conoce a otro tío, ya sabes.

—Lo único que sé es que tú eres el nexo de todo. —Luca frunce el ceño y sus cejas se contraen durante un instante, haciendo ver que no le gusta lo que escucha—. Demasiado riesgo.

—No sabes cuánto agradezco que te preocupes por mí. —La ironía es evidente.

—¿Y la niña esta? —Luca se refiere a la chica que estaba sentada a la mesa hasta hace unos segundos.

—Una chica guapa abre muchas puertas.

—Y a ti las piernas, ¿no?

Enzo calla y sonríe.

—Me he enterado de más cosas tuyas por los periódicos que por ti —retoma el joven que parece sacado de una película de los setenta—. No te veo desde el entierro de mamá; ocho meses. ¿Se puede saber qué quieres?

—Lo de mamá me pilló en mitad de aquella venta. —El tono de Luca es casi de disculpa con su hermano pequeño—. Y llevo seis meses en algo que me ha tenido ocupado.

—No me has contestado. —Enzo se inclina sobre la mesa para hablarle más de cerca a su hermano—. ¿Se puede saber qué quieres? —La cadencia de sus sílabas es lenta, para que su mensaje cale lo más hondo posible.

Luca agita el vaso, haciendo tintinear los hielos, y da un trago a su Negroni.

—Vengo a ofrecerte un trabajo.

Y eso sí hace reír a Enzo. Con una carcajada que tiene que apagar porque ha llamado la atención de las personas de las mesas más cercanas.

—¿Crees que me hace falta tu trabajo? —Vuelve a señalarse el traje y la cadena de oro, abre los brazos como si el lugar fuera suyo y sonríe con cierta suficiencia.

Ahora es Luca quien se peina con la mano el cabello, no tan largo como el de su hermano. Cruza una pierna sobre la otra y apoya el mentón sobre su mano derecha, sopesando las siguientes palabras que van a salir de su boca.

—Te necesito para un trabajo.

—Eso ya es otra cosa. —Enzo ha vencido la implícita batalla—. Mi hermano me necesita... ¿Se puede ganar dinero?

—Sí.

—¿Es legal?

—No —confirma Luca mientras acompaña esa palabra con una negación de su cabeza.

—Ya tenemos dos cosas extrañas —Enzo levanta el pulgar, para enumerar—: que vengas a buscarme, y —ahora levanta el índice— que el perfecto Luca diga que va a hacer algo que no es legal. Esto huele a muerto que tira para atrás, hermano.

Los hermanos Santamarta se miran en silencio; ambos tienen claro que ahora manda Enzo, y Luca sabe que el pequeño está disfrutando de ese momento. Decide dejarle esos segundos de gloria.

—Dispara —dice al fin mientras le da un trago a su ginebra.

Luca se toma unos segundos. Lo que está a punto de decirle a su hermano puede cambiarle la vida. El Infierno más lúgubre o el Cielo más luminoso, no hay término medio. Y jamás habría querido meter a su hermano en esto, pero hay dos factores que le han hecho decidirse por esa opción: que, pese a todo lo ocurrido entre ellos, no hay persona en la que confíe más en el mundo, y que es el mejor en lo suyo. Así que, como le ha dicho hace unos segundos, le necesita.

—Voy a hacer un Van Meegeren.

—¿Cómo? —Enzo ha escuchado a la perfección, solo que no se cree las palabras que han salido por la boca de su hermano.

—Lo que has oído.

—Vale... —El hermano pequeño alarga la «a», buscando armarse de paciencia—. Vas a colocar a algún incauto un cuadro *inédito* de un famoso pintor; un falso original. —No pregunta, afirma.

—Un cuadro no. —Luca da un trago a su Negroni haciendo una pausa dramática—. Un busto de bronce; griego, para ser más exactos. Siglo IV antes de Cristo.

—A ver si estoy entendiendo bien. —El índice de Enzo golpea dos veces en su sien derecha, como si lo que le está contando su hermano no se hubiera podido abrir paso hasta su cerebro—. ¿Quieres fabricar una pieza de bronce que pase por las manos de expertos en arte griego, por pruebas de tomografía, rayos X y análisis de aleaciones por uno de los pocos institutos tecnológicos mundiales homologados en esa materia —el gesto de su mano indica la acumulación de dificultades—, para que confirmen que data de antes de Cristo y que te paguen por ella?

—Eso mismo. —Luca comprueba que Enzo está al día y ha pillado la idea a la primera.

—Muy sencillo todo… —continúa con el tono irónico—. Y así por encima, ¿cuánto pretendes conseguir?

—Veinticinco millones de euros.

Enzo se recuesta en el sillón corrido de piel sintética gastada de esa mesa situada en el recodo que hace el local, sabiéndose fuera del alcance de la vista del resto de clientes. Se pasa una mano por la frente y la arrastra a lo largo del rostro mientras respira de forma profunda. Solo está ganando un poco de tiempo mientras suena *Hurricane*, de Dylan.

—Luca… —con la cabeza apoyada en el mullido respaldo, observa a su hermano—, debes de estar muy desesperado si recurres a mí.

—¿Entras o no?

—Vienes y me das la excusa perfecta para pasar cuentas contigo… —Enzo sigue mandando en el campo de batalla—. ¿Te has planteado que podría traicionarte?

—Te he preguntado si entras o no. —Luca habla más despacio y un tono más bajo que la vez anterior, sin perder la compostura en ningún momento ante la posibilidad que plantea su hermano.

—No puedo entrar si no me cuentas por qué quieres hacer esto.

Luca saca el tabaco del bolsillo interior de la americana azul oscuro, y hace el acto reflejo de tomar un cigarrillo hasta que cae en la cuenta de que allí no puede fumar. Lo deja sobre la mesa y resopla.

—Por papá. —Ahora es él quien se recuesta en su silla—. Era su sueño.

Enzo necesita unos segundos para procesar lo que su hermano acaba de decir. Le cuesta creerle.

—No me lo trago, Luca.

—Cree lo que quieras.

—Hacer un Van Meegeren por papá... —Enzo respira hondo de forma sonora—. ¿Te refieres a ese papá al que su sueño le hizo dar con sus huesos en la cárcel? ¿Ese al que no fuiste a ver ni un solo día de los nueve meses que pasó allí? Porque no me está quedando claro.

—Me pesa en el alma, Enzo —reconoce el hermano mayor—. Necesito sentirme en paz con él. Y conmigo.

—¡Pues ve a ponerle flores a su tumba! Y, ya puestos, a la de mamá. Pero deja de decir estupideces.

—Voy a hacerlo. Contigo o sin ti.

—Luca, por favor... —el enfado da paso a un tono de incredulidad—, no estás preparado para algo así. Coge tu dinero y vive tranquilo el resto de tu vida.

—Eso es lo que quiero, vivir tranquilo —la sonrisa es de calma—, pero no voy a poder hacerlo hasta que me quite este peso de encima.

Enzo conoce a su hermano; no es un farol. Si a Luca se le ha metido esa idea entre ceja y ceja, no va a parar hasta conseguirla. O hasta que le detengan. Y el hermano pequeño, acostumbrado a transitar por la ilegalidad, a sobrevivir en esa oscuridad, no desea ver a otro Santamarta entre rejas. Pese a todo lo que le reprocha a su hermano. Con uno que entró en prisión y salió de ella nueve meses después y en una caja de madera, ya es suficiente.

—¿Cuánto dinero estás dispuesto a invertir en esta locura?

—Tengo siete millones de euros. —Luca abre los brazos; va con todo—. Los diez que cobré por la venta menos gastos e impuestos.

—Ya veo…

—Más otros siete que he pedido prestados. —Luca mira a su hermano a los ojos sin pestañear.

—¿Catorce millones de euros? —No, no es un farol—. ¿Pero tú estás loco?

—Es la cantidad que necesito para poner en marcha el plan. —El hermano mayor mantiene una calma que al pequeño le parece irreal.

—Y esos otros siete te los habrán prestado las Hermanitas de la Caridad, ¿verdad? —Enzo se pasa la mano por el cabello y se recuesta de nuevo—. Esos préstamos incluyen piernas partidas y tiros en la cabeza como no cumplas.

—Asumo el riesgo.

Enzo se queda en silencio. Por su cabeza están pasando todas las implicaciones de lo que le está contando Luca. De la locura que le está desvelando. Puede no entrar, desentenderse y allá se las apañe su hermano, pero ahí está el problema: en que, al fin y al cabo, es su hermano.

Sí, hace ocho meses, desde el entierro de su madre, que no se han visto. Y en los años anteriores tampoco han tenido mucho contacto. La actitud de Luca cuando su padre entró en la cárcel y cuando murió le hizo distanciarse de él. El hermano pequeño no lo tuvo cuando más lo necesitaba, y ahora podría pagarle con la misma moneda. Sin embargo, Enzo tiene el convencimiento de que, sin él, Luca va a estar perdido.

—¿Cuánto voy a ganar yo? —Enzo decide entrar en un terreno más práctico.

—La mitad de lo que saquemos limpio al final.

—¿Lo mismo que tú?

—Eso es. —Luca estira las piernas y mete las manos en los bolsillos del pantalón para abordar con calma el cabo suelto que queda—. Claro que sé que podrías traicionarme, también lo asumo. Y estoy dispuesto a pagar el precio por ello: que tú y yo estemos al mismo nivel.

Nueva pausa; los engranajes en movimiento del cerebro de Enzo casi pueden oírse.

—Si no me fallan las cuentas, te quedaron siete millones limpios y has pedido otros siete, que tendrán unos intereses de mafia de Europa del este.

—Tal cual —confirma Luca—. Tengo que devolver diez.

—Diecisiete millones de euros, con lo que te quedarán ocho si colocas la pieza por esos veinticinco… —Nada le cuadra al pequeño—. ¿Y me vas a dar cuatro a mí?

—Así es. —Luca deja unos segundos para sembrar las dudas en Enzo—. Medio millón fijo a cada persona del equipo, incluido tú; en la primera reunión os lo entregaré.

—¿Y qué motivación va a tener ese equipo para continuar dentro?

—Un cinco por cien a cada uno del precio final: un millón doscientos cincuenta mil. El medio millón es un adelanto por mi cuenta y riesgo.

—¿No ves que esto no se sostiene, Luca? —Enzo entorna los ojos y niega con la cabeza—. No sabes dónde te estás metiendo.

—Eso me lo dejas a mí. —El tono de Luca indica que ese es su problema—. Ya te he dicho cuál es tu parte y que yo no lo hago por el dinero.

—Sí…, por papá —dice con rencor—. Sabía que eras gilipollas, pero no tanto.

Luca solo guarda silencio ante esas palabras, no hace el más mínimo amago de defenderse, y Enzo sabe que, sobre ese tema, no va a darle más explicaciones. Al menos por el momento.

—¿Y se puede saber a quién pretendes colocar ese busto de bronce?

—Eso es lo que más te va a gustar, hermano. —Luca apura su Negroni y guiña un ojo—. Vamos a hacerle un Van Meegeren al tercer museo más grande de Estados Unidos.

—Joder… —Enzo hunde su rostro entre las manos—, estás peor de lo que pensaba.

—El infierno está vacío… —sonríe Luca con complicidad.

—Ya, ya… —Al hermano pequeño no le queda más remedio que reconocer que ya está dentro, sabiendo que se salta una regla básica: trabajar con alguien a quien odia—. Y todos los demonios se hallan aquí.

4. Valencia, julio de 2002 (veinte años atrás)

Pese al ruido del intenso tráfico y el de la percusión del martillo hidráulico que estaba levantando la acera de la avenida Tres Forques, Francesco Santamarta tenía abierta la puerta del balcón de su estudio. En parte para disipar el olor a pintura y disolvente, pero, sobre todo, para que sobre el lienzo incidiera la mayor cantidad posible de luz natural.

En el cuadro que estaba copiando, *La bata rosa*, predominaba el blanco, y era la luz del día la que le permitía distinguir bien los diferentes tonos de dicho color que Sorolla había empleado para esa obra maestra. En la vieja radio, atenuada por el ruido de la calle, sonaba *A Whiter Shade of Pale*, de Procol Harum.

A sus cuarenta y siete años Francesco se ganaba la vida pintando; se dedicaba a hacer copias de cuadros, casi todos icónicos, porque eran los encargos que Álvaro Balboa de Núñez-Pisón, su marchante y socio, recibía. Copias legales y certificadas, que realizaba para museos y particulares. A Francesco poco le importaba quién demandaba esas copias mientras siguiera recibiendo encargos con los que poder mantener a su familia. Y luego estaban las copias bajo mano, también encargadas por Álvaro y a saber con qué fines, que tampoco le importaban, con las que entraba de vez en cuando una cantidad de dinero que no había que declarar y que le venía de perlas para terminar el mes.

Giovanni Santamarta, su padre, se quedó viudo siendo muy pequeños los mellizos Francesco y Pietra y, sabiendo que toda Roma le recordaría de forma insoportable a su esposa, en 1962 tomó a sus niños y se alejó de la Ciudad Eterna, tras aceptar una plaza de profesor de Pintura en la Real Academia de San Carlos de Valencia; puesto a estar triste, daba igual un lugar que otro, pero, al menos, no pisaría a diario las calles del Trastévere, en las que había besado a su amada Caterina. Francesco no recordaba nada de su madre, y su rostro lo tenía presente gracias a las pocas fotografías que la familia conservaba.

Adaptados a la vida en Valencia, y tras una infancia y adolescencia moderadamente feliz, Pietra comenzó la carrera de Derecho, mientras que Francesco, apasionado por la pintura, consiguió entrar como alumno en la Real Academia de San Carlos. El muchacho tenía talento, y este creció de forma exponencial en sus años de estudio.

Ser padre es una sucesión de momentos duros salpicada de alegrías puntuales, y, para Giovanni, uno de esos momentos difíciles fue cuando tuvo claro que su hijo carecía del talento necesario para ser artista. Poseía una técnica extraordinaria, pero le faltaba la visión para crear un mundo propio. Y se le hacía cuesta arriba encontrar el momento para decírselo, porque sabía que iba a romper un sueño, pero con la certeza de que no podía ahorrar sufrimiento a sus hijos durante toda su vida. Cuando reunió el valor necesario para esa conversación y le dijo a Francesco que jamás iba a vivir de la pintura, este, para sorpresa de Giovanni y en uno de esos giros que jamás se esperan, solo sonrió. «Claro que voy a vivir de la pintura, padre —reveló al fin, guiñando un ojo—. Haciendo copias de obras maestras».

A pesar de que había poco mercado para ello y lo difícil que era encontrar un hueco en él, Giovanni tuvo que admitir que su hijo sí tenía ese talento. Durante los siguientes años, Francesco se dedicó a estudiar las técnicas de los grandes pintores: el claroscuro de Caravaggio, el *sfumato* de Da Vinci, las pinceladas yuxtapuestas de Monet o los reflejos de Turner. Todo lo absorbía, todo lo ponía a prueba, todo suponía un reto.

En 1986, la Fundación Espina Petersen organizó en Málaga una retrospectiva sobre el pintor Julio Romero de Torres. Además de los fondos que poseía la propia fundación, se pusieron en contacto con coleccionistas particulares que tuvieran obras del pintor, solicitando el préstamo de estas para la exposición. Leopoldo Rivas de Unceta, conde de Malpartida y buen amigo de Giovanni, se acercó a San Carlos para explicarle algo que le preocupaba: la Fundación Espina Petersen le había pedido *Dama enlutada*, obra de Romero de Torres que tenía en su colección. Estaba de acuerdo con el préstamo, y hasta se sentía orgulloso de que se lo hubieran pedido, pero no imaginaba la pared de su despacho sin él. Necesitaba una copia para llenar el vacío durante los tres meses que el cuadro estuviera fuera de su palacete.

Sin asegurarle nada a su amigo, pero pidiéndole que le dejara ver qué podía hacer, Giovanni supo que era la oportunidad de Francesco. El resultado fue que el conde de Malpartida, en vez del original, envió la copia a la exposición, sin que nadie se percatara de ello durante los tres meses en los que la obra estuvo expuesta al público. Sí, pensó Giovanni, su hijo podía vivir de hacer copias; solo había que encontrar la demanda adecuada.

Para cuando Giovanni falleció, en 1992, Francesco y Pietra ya habían echado raíces y sabían que no iban a moverse de Valencia. Cada uno formó su propia familia e hicieron crecer el apellido Santamarta a orillas del Turia.

En esa calurosa, y saturada de ruido, mañana de julio de 2002, Francesco probaba una mezcla de blanco y ocre para las zonas sombreadas de la cortina movida por el viento que aparece a la izquierda de *La bata rosa*. Sorolla había dotado de movimiento y vida propia aquel pedazo de tela, y a Francesco le estaba costando encontrar el tono adecuado. Sabiendo, eso sí, que tan solo era una cuestión de tiempo.

Oyó, más allá de la puerta cerrada de su estudio, la melodía del teléfono inalámbrico del salón, y, a continuación, las zancadas a la carrera de sus dos hijos para ver quién llegaba primero a cogerlo, porque una llamada de teléfono era lo más emocionante que iba a pasarles en aquella mañana de verano.

—¿Diga?

—Luca, bribón... —la voz cascada, como si hubiera hecho gárgaras con cristales y chinchetas, le saludó con familiaridad—, ¿cómo está mi ahijado favorito?

—Todavía esperando el regalo de Navidad de mi padrino —lanzó el chico con sarcasmo.

—¡Es que no vienes a verme!

—Ni tú a mí.

—Pues también tienes razón. —La voz soltó una carcajada—. ¿Cómo está tu hermano?

—Muy pesado.

—Cuídalo —ordenó el del otro lado de la línea—. Eres el mayor.

—Por desgracia.

—¿Cuántos años tienes ya?

—Quince. —A Luca le molestó que su padrino no recordara su edad.

—Entonces, Enzo tiene once.

—Era una simple resta —contestó con patente descaro.

La risa del padrino de Luca pareció de ultratumba. Le gustaba el ingenio de ese chico.

—Anda, bandido, pásame a tu padre.

Luca salió disparado hacia el estudio, pero se encontró con el obstáculo de su madre en el pasillo. Con la mano extendida le pedía que le diera el teléfono inalámbrico; Francesco prohibía que nadie entrara en el estudio mientras estaba trabajando, a excepción de Laura, su esposa, siempre y cuando fuera algo de urgencia inaplazable.

Tocó con los nudillos el cristal naranja translúcido y entró.

—Es Álvaro. —Laura dejó el teléfono sobre el armario de los pinceles y bajó el volumen de la radio, en la que sonaba la voz de Lesley Gore cantando *You Don't Own Me.*

Francesco respondió con un resoplido de tedio por la interrupción, pero tuvo la delicadeza de sonreírle a su mujer y mandarle un beso silencioso con un gesto de los labios.

—Dime —respondió mientras se levantaba y aprovechaba para estirar la espalda.

—Lo tenemos, Francesco. —La voz conseguida a base de años de tabaco y brandi le dio la noticia.

—¿El qué?

La línea quedó en silencio durante unos segundos.

—Tu Van Meegeren.

—¿De verdad? —El tono de Francesco pareció bajar dos octavas al oír el nombre del pintor neerlandés.

—Por fin, amigo. —El carraspeo de garganta saturó el auricular—. Tu sueño.

Unos meses después de haber sucedido, el conde de Malpartida presumió en una cena íntima de cómo había conseguido colocar una copia de su Romero de Torres en una exposición. Lo contaba como si hubiera sido algo arriesgado y emocionante; pero es que en realidad lo era, pensó Álvaro

Balboa de Núñez-Pisón, un joven de apenas treinta años que asistía a aquella cena en el palacete del conde, en pleno barrio del Carmen de Valencia, por ser hijo de uno de sus íntimos amigos.

Esa tesitura del Romero de Torres era habitual entre coleccionistas privados, que acumulaban cuadros y esculturas que pasaban de generación en generación. Y sabiendo que era un signo de distinción que a alguien le pidieran en préstamo una obra para una exposición, aquello no estaba exento de riesgos. La pieza tenía que viajar, quedar a cargo de la seguridad de la organización y había que firmar las pólizas de seguros necesarias por lo que pudiera pasar. Esos préstamos se convertían siempre en un sufrimiento para el propietario. Y, aunque enviar una falsificación era algo que a Álvaro le pareció que era jugarse la reputación, tener una copia mientras el original estaba fuera podía ser la solución para mitigar los quebraderos de cabeza de esos coleccionistas; si a la obra original le pasara algo, el propietario, además de cobrar el seguro, al menos seguiría teniendo un sucedáneo colgado en su pared por los siglos de los siglos.

Gracias a lo que su padre pudo sonsacarle al conde de Malpartida, Álvaro averiguó quién había hecho la copia del Romero de Torres: un tal Francesco Santamarta. Y, esperando encontrar a un veterano falsificador con mil historias que contar, se dio de bruces con un joven de su misma edad con un talento innato para copiar. Una mina de oro. Para Álvaro era la oportunidad de no ser solo un heredero y así fabricar su propio legado, y para Francesco significaba una estabilidad económica haciendo lo que más amaba.

Desde entonces, y ya iba para dieciocho años, Francesco y Álvaro habían formado un perfecto equipo; un equilibrio entre la sagacidad en los negocios de uno y la perfección con los pinceles del otro. El trabajo dio paso a la amistad, certificada con la petición de Francesco de que Álvaro fuera el padrino de Luca, su primer hijo.

Con el tiempo, Álvaro había expandido sus intereses empresariales y, junto al patrimonio familiar que ya poseía, se convirtió en una de las personas más ricas de toda Valencia. Pero para Francesco era suficiente con pintar, y se sentía afortunado de, con su pasión, poder mantener a su familia.

Solo pedía una cosa: la ocasión de pintar una obra que colgara de la pared de un museo o en la casa de alguien importante haciéndola pasar por una obra inédita de un gran pintor, «un falso original», tal y como le contaba su padre que hizo Han van Meegeren. La historia de Giovanni Santamarta.

Y eso era lo que en aquel momento parecía que le iba a proponer su amigo Álvaro. Por fin.

—Cuenta —pidió Francesco.

—Uno de mis compañeros de tenis es Ignacio Cortegana.

—¿El presidente de Banca Europa?

—El mismo —confirmó Álvaro—. Mil seiscientos millones de pesetas de sueldo al año. Diez millones de euros.

—¿Y?

Francesco oyó a través del auricular cómo Álvaro exhalaba el humo del cigarrillo que debía de estar fumando, demorando su respuesta unos segundos.

—Quiere un Goya.

—*Non ti credo.* —A Francesco se les escapaba, muy de vez en cuando, alguna de las expresiones heredadas de su padre.

—Los Goya son Bien de Interés Cultural; no pueden salir de España y, en el caso de que alguno se vaya a vender, hay que informar al Ministerio de Cultura porque tiene derecho de tanteo —recapituló el marchante—, con lo que quiere que todo sea muy discreto.

—Y ahí entramos nosotros.

—Un *goyita*, Francesco. —Otra calada—. Nada del otro mundo, algo pequeño. Dudo que Cortegana lo lleve a hacer pruebas; corre el riesgo de que alguien detecte que es inédito y eso le metería en problemas.

—¿Cuánto?

—Se acabaron tus problemas, amigo. —Álvaro Balboa de Núñez-Pisón se quedó en silencio un par de segundos, para dar un toque dramático a sus palabras—. Un millón y medio.

—Hombre, la mitad de eso no está mal..., pero tampoco es que me solucione la vida.

—Joder, pareces mi madre, todavía pensando en pesetas. —La risa recorrió la línea telefónica—. Un millón y medio de euros, zoquete.

—¡¿Millón y medio de euros?! —La sangre dejó de fluir por el rostro de Francesco; en ese momento no sabía calcular cuánto era en pesetas la mitad de esa cantidad. Pero sí, se acababan sus problemas.

—Claro, es un Goya.

Y esa vez fue Álvaro quien oyó la respiración acelerada de su amigo a través del auricular, sabiendo que estaba presenciando, aunque fuera sin verlo, cómo a alguien le llegaba el momento que llevaba toda una vida esperando.

—¿Época? —Francesco se recompuso y volvió a la senda de la profesionalidad.

—Mientras lleve la firma de Goya, no importa.

—¿Historia del cuadro?

—Inventala tú. —Álvaro le daba todo el espacio creativo—. Que sea buena.

—¿Tiempo? —La cabeza del pintor de copias ya estaba evaluando todas las variables posibles.

—Un mes. —Álvaro sabía que era un tiempo ajustado, pero nada que Francesco no pudiera hacer.

—Voy a necesitar materiales muy específicos. Y dinero.

—Dime cuánto necesitas.

—Tengo que ir a ver al Manco. —Puso en marcha el recuento mental de lo que iba a necesitar—. Te digo cuando lo sepa.

—Ha llegado tu momento, amigo. —La voz cascada de Álvaro desprendía aroma a admiración—. Dalo todo.

—*Cazzo!* —Una combinación de alegría y tensión hizo que Francesco soltara ese típico improperio italiano a un volumen más alto de lo que pretendía.

Luca, aburrido, pasaba de un canal a otro de la televisión sin detenerse en ninguno cuando oyó el grito de su padre en italiano. Con curiosidad por averiguar qué podía haber pasado, y sabiendo que lo tenía prohibido, abrió la puerta del estudio y vio que su padre seguía al teléfono. Francesco le sonrió y se llevó un dedo a los labios pidiéndole silencio, pero no le echó de allí. Luca, en el umbral de la puerta, se le quedó mirando.

—Sé precavido, Francesco.

—Tranquilo.

—E infórmame de todo.

—¿Alguna vez no lo he hecho?

—El infierno está vacío… —Álvaro dejó la frase en el aire.

—Porque todos los demonios se hallan aquí —completó Francesco. Y colgó.

Se quedó mirando a Luca, que seguía apoyado en el marco de la puerta, y le sonrió. Ese chico ya era más alto que él.

—¿Todo bien? —preguntó a su hijo.

—¿A qué venía ese *cazzo?*

—Tu padrino. Un trabajo.

—¿Bueno?

—Muy bueno. —Francesco le guiñó un ojo y volvió a sonreír.

—¿Qué es eso de «Porque todos los demonios se hallan aquí» que le dices siempre al tío Álvaro?

—Claro... —El padre pareció caer en algo—. Es que tú solo escuchas mi contestación.

—¿Tu contestación?

—«El infierno está vacío, porque todos los demonios se hallan aquí». Un pasaje de *La tempestad*, de Shakespeare.

—¿Y por qué lo decís?

Francesco se acercó a su hijo y le dio dos cariñosas palmadas en la mejilla izquierda.

—El tío Álvaro es como si fuera mi hermano. Es solo un código de familia —dijo, evitando confesarle que era la forma que ellos tenían de recordar que el desastre acechaba detrás de cualquier paso en falso.

5. Valencia, octubre de 2022

—Joder, Enzo, esto no es serio. —Luca mira a su alrededor.

—No sé a qué te refieres. —Esas cosas sacan de quicio a su hermano. Por eso las hace; es su forma de recordarle que, aunque esté en esto, sigue molesto con él.

—A que quedemos para hablar en un sitio donde te conoce hasta el que entra a vender flores. —Y chasquea los labios en un síntoma de evidente disgusto. Ambos saben que tienen una complicada conversación pendiente.

En una curiosa mezcla de café parisino, salón de té inglés y coctelería americana, el Café de las Horas es uno de los lugares más concurridos de Valencia, tanto por turistas de visita en la ciudad —se encuentra junto a la céntrica plaza de la Virgen— como por los treintañeros asiduos al barrio del Carmen durante todo el año. La luz tenue junto con la abigarrada y decimonónica decoración —las lámparas de araña conviven con antiguos retratos al óleo y *bouquets* de flores en las paredes— convierten ese café en un lugar a mitad de camino entre sofisticado y bohemio. Y, aunque el local está lleno, como todas las noches, a Luca le ha sorprendido que el gerente le preparara una mesa a Enzo nada más verle.

—¿No dicen que la mejor forma de ocultarse es hacerlo a plena vista? —Enzo se mete en la boca una de las gominolas que le han servido con la ginebra y su sonrisa delata lo bien que se lo pasa incomodando a su hermano mientras suena *California Dreamin'*, de The Mamas & The Papas.

Luca ha dejado la americana en el respaldo de la silla. Pantalón gris a juego con el chaleco y camisa blanca arremangada. Enzo lleva un traje blanco con camisa negra; con sus obligados dos botones desabrochados y la cadena de oro. Cualquier otro, vestido así, parecería un narcotraficante de medio pelo, pero, sin que Luca se lo explique, ese tipo que se echa hacia atrás el cabello cada diez segundos le resulta magnético al mundo.

—¿Has comprendido el plan? —pregunta Luca tras un sorbo a su Glenfiddich.

—Hasta donde me has contado, sí. —El hermano pequeño contesta mirando a una chica que pasa junto a ellos camino del baño—. Crecerán problemas donde menos lo esperemos.

—Los iremos solucionando.

—Ya… —A Enzo le ha parecido una respuesta poco empírica—. ¿Has pensado en el equipo?

—Necesitamos un *hacker*. ¿Conoces a alguien?

—Claro. —Otra gominola.

—Doy por hecho que es bueno.

—¿Recuerdas la caída del sistema de Russian Petrol el mes pasado? —Luca asiente a la pregunta de Enzo; fue la causa de un incremento puntual del precio mundial del petróleo durante unos días—. Tan bueno como eso.

El gesto con los labios y el asentimiento indican la aprobación de Luca.

—¿Edad?

—Diecinueve.

—¿Es de fiar?

—Depende de cuánto le pagues. —Con el acto reflejo de sus hombros, Enzo refuerza esa evidencia—. ¿Qué me dices del traductor? —El hermano pequeño pasa al siguiente punto.

—Tengo a la persona perfecta. El tipo que dio el golpe de los talones sin fondos a Global Exchange.

—Hermano… —Enzo se apoya en el respaldo y sonríe—, crees que con trazar un plan, aprenderte unas cuantas palabras del argot y contactar con cuatro timadores ya perteneces al Lado Oscuro, y no te das cuenta de que estás a años luz de él.

—Suelta lo que quieras decir, anda.

—Global Exchange, ¿verdad? —La sonrisa no desaparece de su rostro; se está divirtiendo—. Nuno Rodrigues, brasileño. Sí, el tipo es elegante, culto e inspira confianza; sería una buena opción. Y digo *sería* porque lleva durmiendo diez días en la prisión de Herrera de La Mancha; parece que va a ser su residencia los próximos años.

—Joder… —La opción de Luca para el traductor se ha ido al traste. Frotándose los párpados inferiores con pulgar e índice, llega a dos conclusiones: la primera, que tiene un problema, y la segunda, que Enzo lleva delantera en lo que a ese Lado Oscuro se refiere.

—Quizá yo pudiera encontrar otra opción —se recoloca el cuello de la camisa sobre el de la americana—, pero no lo voy a hacer.

—¿Y el motivo es…? —Las cejas de Luca remarcan la interrogación.

—Porque si la caga, me echarías la culpa a mí —asiente con la cabeza con total seguridad—. Tú eres el cerebro de esto y el traductor es cosa tuya.

Enzo se ha sacudido el hombro, quitándose ese polvo de encima. Y una tercera conclusión ve la luz en la cabeza de Luca: Enzo tiene razón. El hermano mayor desvía la mirada hacia el techo del local; las vigas de madera vista separan pequeñas bóvedas pintadas de color azul cielo en las que brillan estrellas plateadas.

—Es posible que tenga a alguien —Luca rompe al fin el silencio entre ellos—, pero va a ser difícil de convencer.

—¿Alguien que no va a querer participar en algo así?

—Es posible —admite—, pero sobre todo es que va a odiar volver a verme. Me ayudó con la venta de mi empresa, pero la cosa no terminó del todo bien.

—Vaya... —Enzo, sin aguantarse la risa, acaba su ginebra—, ya me gusta. Habrá que convencerlo.

—Convencerla.

—Entonces no hay problema. —Se echa el pelo hacia atrás y sonríe con arrogancia—. Yo me encargo.

—Enzo —Luca sabe por dónde va su hermano—, a ti te va a odiar más que a mí.

Dos atractivas chicas se acercan a la mesa y saludan en inglés. Entre risas les explican que, como el local está lleno, han pensado que quizá podrían sentarse con ellos y compartir mesa. Son turistas, parecen suecas o noruegas, de las que llegan a Valencia buscando paella, sangría y noches que se alarguen hasta el amanecer. Y aunque a Enzo le parece una idea estupenda —para hablar de trabajo siempre hay tiempo—, espera a que sea Luca quien actúe. Y este, en un perfecto inglés y con una antipatía notable, les pide que se vayan y les dejen tranquilos. Las dos extranjeras se quedan entre sorprendidas e indignadas, y tras hablar entre ellas y no gustarles el resto de opciones que hay en las demás mesas, se marchan del local a continuar la fiesta en otro sitio.

—Te acabas de perder una noche divertida —le indica el pequeño al mayor.

—¿No te parece suficientemente divertido lo que estamos haciendo?

—Muchísimo, no veas... —Enzo hace un gesto a su hermano recriminándole lo que acaba de hacer, pero, de inmediato, vuelve a centrarse—. Según tu plan, nos falta el viejo coleccionista.

—En este caso va a ser *la vieja* coleccionista —recalca.

Enzo se queda en silencio y observa a Luca como si fuera a diseccionarlo. Está procesando sus últimas palabras para dar con la respuesta a lo que pasa por la cabeza de su hermano. Hasta que la encuentra.

—No —el eterno semblante risueño de Enzo se ha ensombrecido—, no la metas en esto.

—Es perfecta. Y lo sabes.

—Pero se muere, Luca; tía Pietra no está para estos trotes.

—Démosle la oportunidad de que sea ella quien nos lo diga.

—Pues todo encarrilado… —Parece que vaya a pedir otra ginebra, pero se detiene—. La traductora es alguien que te odia, y la coleccionista es tía Pietra; esto mejora por momentos. —Se levanta de la silla y se recoloca de nuevo el cuello de la camisa negra para que sobresalga de la americana blanca—. Vámonos.

—¿Dónde?

—Al menos, cerremos la noche convenciendo al *hacker*.

Y Luca, satisfecho de que a esas intempestivas horas su hermano tome la iniciativa, remata su whisky mientras Metallica le recuerda que nada más importa.

* * *

—¿Quién es? —pregunta la voz a través de la puerta.

—Abre, capullo —ordena Enzo.

Silencio. De repente comienza a oírse el sonido metálico de cerrojos y pasadores, hasta que la puerta se abre; apenas una rendija por la que asoma el rostro de un muchacho insultantemente joven.

—La leche…, ¿qué hacen juntos esta noche Michael Corleone y Tony Montana?

—Muy gracioso, Gael. Anda, déjanos pasar.

—¿Qué quieres a estas horas?

—Ver cómo estás. —Enzo le da a la puerta un ligero empujón, y el chico se tiene que apartar para que los dos hombres entren en su casa. Luca se queda mirando a Gael; lleva puesto un batín abierto, que deja ver una camiseta interior y unos bóxer, unas chanclas de playa —con calcetines— y un gorro de lana. Ni siquiera es un veinteañero y va vestido como un cuarentón depresivo. Pero se le ve en forma.

El piso, de unos cincuenta años de antigüedad y pocas reformas a sus espaldas, se abarca de un solo vistazo; un cuadrado en el que puedes pasar de un salto de la cocina al sillón, con una cama de noventa a la izquierda. No hay armarios, y la ropa —camisetas, sudaderas y pantalones de chándal de los de a cien euros la pieza— está colgada en percheros con ruedas. Capítulo aparte es la estantería metálica en la que están las zapatillas deportivas, donde Luca ha identificado varias ediciones limitadas que no cuestan menos de cuatrocientos. Solo hay una puerta, que debe de ser la del baño, pero al mayor de los dos hermanos no le produce ninguna curiosidad entrar ahí.

Cajas vacías de pizzas y botes aplastados de bebidas energéticas se amontonan en la pequeña bancada de la cocina. Y del fregadero sobresalen platos y cubiertos con restos de comida. Un reguero de ropa hace cola a la puerta de la lavadora.

En la pared opuesta a la puerta de entrada, separado por una cortina que se encuentra descorrida, un despliegue de monitores, teclados y ordenadores portátiles que puede competir con cualquier moderno centro de seguridad. Con un continuo zumbido de estática, en las pantallas corren líneas de código y barras de progreso de transferencia de archivos.

Discos duros externos y cables de todo tipo se amontonan en una caja en el suelo. Cuatro iPad Pro de última generación todavía en sus cajas, al lado de un pequeño armario repleto de teléfonos móviles. Así por encima, Luca calcula unos doscientos mil euros en tecnología.

—¿Qué es esto? —Enzo toma un pequeño dispositivo electrónico, del tamaño de un libro, que parece montado a mano y no lleva carcasa.

—¡No toques nada, por favor! —Gael se altera de repente y le quita a Enzo el dispositivo, para dejarlo junto a una de las pantallas—. Es un inhibidor de señales de radar aéreo; con esto —lo señala para recalcar sus palabras— haces invisible un avión para cualquier torre de control. Lo tengo en préstamo.

—Vaya juguetito… —A Enzo solo se le ocurren usos malignos para ese cacharro.

—¿Quién es este? —Las preguntas de Gael hacen ver a Luca que este le guarda respeto a Enzo, pero que se le está acabando la paciencia—. ¿Y qué queréis a las doce de la noche?

—*Este* —señala Enzo— es mi hermano Luca. Y estamos aquí para ofrecerte un trabajo.

—Estoy a *full.* —Gael pone los brazos en jarras, componiendo una extraña figura con esa bata abierta y el gorro de lana—. No me interesa.

—Escucha lo que tiene que decirte. —Y lo de Enzo suena a orden, que el chico parece no tener más remedio que obedecer.

Luca mira a través del cristal de la ventana. La noche y la poca iluminación generan una mayor sensación de inseguridad en el barrio de La Coma; el taxi les ha dejado a doscientos metros de allí porque el conductor ha preferido no entrar. Un buen lugar donde Gael puede esconderse y pasar desapercibido sin preguntas. Nadie va a imaginar que en ese bloque de pisos construido en la época de la Transición se esconde un *hacker* de Anonymous.

—No necesitamos nada especial. —Luca vuelve la vista al interior del piso y pone los ojos en blanco por la visión de ese chaval en calzoncillos—. Entrar en algún servidor, páginas web falsas, colarnos en listas privadas…

—Eso no me pone, tío. —Gael se acerca a uno de sus ordenadores y teclea a una velocidad infernal—. Llama a cualquier pringao, que te lo hará sin problema.

—No necesitamos a cualquier pringao, Gael. —Enzo no quiere perder al chico—. Necesitamos al mejor.

—Entonces, ¿cuál es el trabajo?

—No puedo decírtelo hasta que me digas que estás dentro. —Luca sigue su protocolo.

—No me renta —zanja el pirata informático—. Para cuatro chavos que me vais a pagar, prefiero seguir bajándome películas.

—Medio millón de euros de adelanto.

La voz de Luca es firme, y el asentimiento de Enzo con la cabeza le quiere hacer ver al chico que la cifra que ha salido de la boca de su hermano es cierta.

—Esa ya me la sé, tío —ríe Gael—. Prometer hasta meter…

—Un cinco por ciento de lo que saquemos —añade el hermano mayor.

La curiosidad del *hacker* se ha despertado. Mira a Enzo sin creer lo que está escuchando, y este levanta los hombros como si no supiera nada.

—¿Y cuánto pretendes sacar? —Esta vez sí se dirige a Luca.

—Veinticinco millones.

—¿Me estás queriendo decir que me vas a pagar un millón doscientos cincuenta mil?

—Si tenemos éxito. —Luca camina hasta la salida—. Tendremos una reunión dentro de tres días; si vienes, habrá una bolsa con quinientos mil en efectivo. El resto, al terminar. —Y abre la puerta del piso—. Si vienes y coges la bolsa, procura acabar el trabajo; no tendrías lugar donde esconderte de mí.

A Enzo no le queda otra que admirar la credibilidad de su hermano en un terreno que no es el suyo; la amenaza ha sido cristalina, y se refleja en la cara del chico. Mientras Luca sale y se marcha, Enzo levanta las cejas y ve que Gael sigue sin pestañear. El hermano pequeño va hasta la zona donde están los ordenadores y coge el cacharro que oculta aviones al radar.

—¿Dónde vas con eso? —protesta Gael.

—A asegurarme de que vienes a la reunión. —Enzo sigue el mismo camino que ha tomado su hermano—. Allí te lo devuelvo. Te enviaré ubicación, niño, y no me falles.

⋆ ⋆ ⋆

—Luca, aquí somos carne de cañón. —Las oscuras calles de La Coma están solitarias, y nadie se enteraría si les pasara algo.

—Seguro que conocerías a un tío que conocería a un tío que conocería a otro tío que nos sacaría de cualquier lío aquí. —Luca se enciende un cigarrillo—. He llamado a un *cabi*, tranquilo; nos espera allí adelante.

—¿Medio millón? —pregunta Enzo—. ¿Y setecientos cincuenta mil más si la cosa sale bien? Siguen sin cuadrarme los números.

—¿Quieres hacer el favor de olvidarte de eso ya?

—Sí, claro… —Enzo levanta una ceja en señal de falta de confianza.

—Tres cosas. —Luca obvia la duda de su hermano—. La primera: ¿de qué conoces a este chaval?

—Su padre, con un pie en la tumba, me pidió que cuidara de él.

—Pues se te ha ido un poco de las manos.

—Un poco sí, es cierto. —Y Enzo no tiene problema en seguirle la corriente.

—La segunda… —Luca da una calada a su cigarrillo—. Voy a contratar a alguien para seguridad.

—¿Crees que es necesario? —Enzo sabe que Luca no le está contando todo, pero también que hay cosas que deben esperar el momento adecuado.

—Espero que no, pero nunca se sabe.

—¿Y la tercera?

—Por favor, Enzo… —Luca se detiene para mirarle a los ojos y dar una calada—, ¿puedes dejar de vestirte como un gilipollas mientras dure este trabajo? Llamas la atención, hermano.

6. Valencia, julio de 2002

Aunque la temperatura pasaba de los treinta grados y la humedad dificultaba hasta respirar, Francesco decidió ir caminando. Lo último que le apetecía era estar dentro de un autobús rodeado, a las once de la mañana, del olor corporal de otras personas durante un recorrido de ocho paradas. Desde su piso en la avenida Tres Forques hasta Guillem de Castro, tenía unos veinte minutos de trayecto a pie.

Además, esos minutos de soledad son los que aprovechaba para poner en orden su cabeza y hacer las listas mentales que necesitaba, aunque la que requería para el sitio al que se dirigía la tenía muy clara. Se detuvo en un quiosco de la calle Cuenca y compró el *ABC*, que dobló y se colocó bajo el brazo.

En la plaza del mercado Rojas Clemente estaba el bar Lola. Empujó la envejecida puerta de aluminio gris, decorada con el cartel de la marca de helados que allí despachaban, y un aroma en el que se adivinaban pimientos asados, longanizas y tortilla de patata se le clavó en la nariz. *No tengo edad*, de Gigliola Cinquetti, se oía a través de una radio sujeta con un gancho en la pared del fondo. La barra de bar, metálica, soportaba las vitrinas que mostraban las bandejas de lomo, patatas y huevos fritos, y un par de parroquianos trasegaban lo que parecía anís, sentados en silencio en los pesados taburetes que estaban frente a ella. El camarero, entre veinticinco y treinta años, hacía trabajar la cafetera para que unos obreros con chaleco naranja que hablaban en la única mesa ocupada pudieran dar por concluido su tentempié de media mañana.

Francesco se sentó en una de las sillas de formica de los años ochenta que rodeaban las mesas —con superficie de mármol, para que se oyera bien el golpeo de las fichas de dominó en las partidas de la tarde— y dobló por segunda vez el *ABC*, de tal manera que solo se veía la cabecera del diario.

El camarero le preguntó desde la barra qué iba a ser, y Francesco pidió un agua con gas para atenuar el calor que había acumulado en la caminata y que hacía que el sudor le pegara la camisa a la espalda. Cuando el camarero llegó a su mesa, movió un poco el periódico para dejar posavasos, vaso con hielo y limón y la botella de agua.

Pasados unos minutos, los obreros pagaron a escote y salieron del bar. Y, en cuanto se acabaron el anís, los dos parroquianos de la barra se despidieron hasta la tarde. Francesco se había quedado solo.

—Puede pasar, señor —dijo el camarero, bien aleccionado en el santo y seña del *ABC* doblado dos veces.

Francesco dio un último trago a su agua con gas, cogió el diario —ya lo leería luego— y pasó por el hueco que quedaba entre la barra y la pared estucada para dirigirse al almacén.

La temperatura de aquel almacén superaba a la que había en el bar. Allí se apilaban cajones de plástico multicolor con envases de vidrio de refrescos y cerveza, y un ventilador zumbaba dando cabezadas y levantando un poco de fresco de manera intermitente. En una mesa al fondo, junto a unas bandejas repletas de facturas y papeles, un hombre calvo y grueso, que sudaba por ambas sienes, fumaba un puro e impregnaba el ambiente de un denso humo.

—Vaya... —el hombre levantó la cabeza un instante y volvió a sus papeles—, el pintor italiano. ¿En qué te puede ayudar este humilde servidor?

Pese al calor, el Manco vestía una camisa de manga larga, desabotonada, que dejaba entrever una camiseta interior de tirantes y una abundante mata de pelo en el pecho. La manga derecha estaba subida, mientras que la izquierda estaba doblada y sujeta con un imperdible para ocultar el muñón. Entre los códigos en ese tipo de negocios, estaba el de no conocer el verdadero nombre de tus interlocutores, ni ningún dato personal o familiar. El Manco actuaba desde ese bar, sin que nadie supiera si era el propietario o no, con lo que quien conocía el santo y seña del *ABC* tenía fácil localizarle; pero este no tenía el más mínimo dato de Francesco. Y, por ambas partes, estaba bien que así fuera. El anonimato era parte fundamental del trabajo.

—Yo también me alegro de verte, Manco. —Y dejó el periódico sobre la mesa.

—Hacía tiempo que no venías por aquí, italiano.

—No tenía necesidad.

—Y ahora, ¿qué necesitas?

—Tu magia. —Y Francesco sacó un papel del bolsillo de la camisa, lo desdobló y se lo tendió.

El Manco se pasó el puro a la boca y tomó la hoja de papel con su única mano. Con los ojos entornados por el humo, leía mientras bisbiseaba de una forma ininteligible.

—Esto va a ser caro —dijo al fin.

—Solo tienes que decirme el precio.

—Y hay pigmentos tóxicos...

—Nada que tú no puedas conseguir. Y que yo no pueda manejar.

—Un lienzo de principios del XIX… —releyó en voz alta, esta vez mucho más claro—. ¿Las medidas del lienzo tienen que ser exactas?

—Si no las mismas, lo más aproximadas posible.

El Manco se quedó mirando a Francesco, como tratando de averiguar qué tramaba ese tipo italiano con los materiales que le estaba pidiendo. Tenía claro que era una falsificación, pero, en lo que a él respectaba, no tenía mayor interés en entrometerse en los asuntos de sus clientes.

—Serán diez mil.

—¿Euros? —Francesco todavía no se había acostumbrado a aquel cambio de moneda.

—No, barras de pan —alzó la voz el Manco, mientras se pasaba la mano por la frente para enjugar el sudor—. No me jodas, italiano…

—Mañana lo tienes aquí.

—Pues en una semana podrás pasar a recoger tu compra.

Francesco asintió con la cabeza, se levantó, tomó el *ABC* y se marchó sin despedirse de aquel asfixiante almacén y de aquel anticuado bar en el que nadie sabía su nombre.

* * *

Luca leía un libro, con los pies en el asiento del banco y sentado en el respaldo. Enzo golpeaba un balón contra la pared una y otra vez. Su madre necesitaba un poco de paz y los había mandado a la calle, advirtiendo al mayor que no perdiera ojo al pequeño.

—Tu hermano entrenando y tú leyendo; hay cosas que nunca cambian —dijo la voz a su espalda—. ¿Qué lees?

—El sábado tiene partido —Luca sonrió a su padre y le mostró la cubierta: *El guardián entre el centeno*.

—¿Es bueno? —preguntó Francesco mientras se sentaba en el banco. De la forma correcta, claro.

—Entiendes cosas de la adolescencia.

Miró a su hijo pequeño, incansable, lleno de energía. Mientras que el mayor, a sus quince años, tenía un mar de granos en el rostro, a juego con unas extremidades delgadas y desproporcionadas respecto al resto del cuerpo. Era un privilegio verlos crecer, y comprobar cómo sus dos chicos iban definiendo sus personalidades. Enzo era pillo, listo como un zorro; pero Luca era inteligente. Y eso son dos cosas muy diferentes. Los ojos verdes de su hijo mayor escrutaban, parecían atravesar a quien miraba para desentrañar todos los misterios que esa persona ocultara. Se quedaron ambos en silencio, observando cómo Enzo trataba de mejorar el golpeo con la pierna izquierda.

—Papá... —dijo Luca al fin—, ¿qué trabajo es ese que te ha conseguido el tío Álvaro?

Francesco supo que podía dar largas a su hijo. O podía decirle la verdad.

Ser padre no trae manual de instrucciones; se actúa por instinto, por intuición, tratando de no decepcionar demasiado a aquellos que te tienen como su figura de referencia. Aunque, como Francesco sabía, la decepción, tarde o temprano, era inevitable. Y, por tanto, la verdad suele ser el mejor camino para que el tiempo vuelva a poner todo en su sitio.

—Un Van Meegeren —confesó.

—Lo que siempre has deseado.

—Ya ves..., las cosas llegan en su debido momento. Pintar un Goya...

—Ese es tu sueño. ¿Por qué?

Francesco apoyó la espalda contra el respaldo y siguió con la mirada cómo la pelota de Enzo iba y volvía tras rebotar contra la pared. Lo hizo solo por no mirar a Luca a los ojos.

—Copiar es un arte. Por tanto, cosa de artistas —pensaba bien lo que decirle a su hijo—, pero pintar un cuadro que pase por ser una obra de un gran maestro es cosa de genios.

—La historia del abuelo Giovanni sobre Han van Meegeren. —Luca hacía memoria de cuántas veces en su corta vida la había escuchado.

—Es de los pocos recuerdos que tengo de Roma. —Francesco invocó a su padre en su memoria—. Nos la contaba a tu tía Pietra y a mí todas las noches.

—Pero si esa obra se vende como si fuera un original del pintor, estás haciendo algo ilegal, ¿verdad?

—Verdad.

—¿Y por qué lo haces?

—Dinero para que tu madre no se preocupe y no me repita tantas veces que debería ponerse a trabajar, dinero para que podáis estudiar, dinero para un coche nuevo…

—¿Qué pasa con la persona que cree que está comprando un cuadro original?

—Verás, Luca… —en ese momento, Francesco sí se giró a mirarle—, ¿qué es más importante: las emociones que nos transmite un cuadro o la mano que lo firma?

—Supongo que ambas.

—Imagina que solo puedes elegir una.

Luca calló mientras pensaba.

—Las emociones —dijo al fin.

—Buena respuesta. —Francesco le dio una cariñosa palmada a su hijo en la pierna—. Hay gente que tiene dinero, mucho más del que puedas imaginar. Y tener dinero hace que quieras poseer y presumir de lo que posees. A esas personas les importa más la mano que firma un cuadro que su belleza.

—Si es su dinero, están en su derecho.

—El arte no es eso, hijo. El arte es de todos, y todos deberíamos poder contemplarlo.

—Papá, me lo cuentas como si vender un cuadro falso fuera hacer justicia.

—En un cierto modo poético lo es, ¿no crees?

—Lo que creo es que el tío Álvaro y tú vais a engañar a alguien.

—A alguien que va a seguir siendo inmensamente rico.

—Pero eso no lo hace menos ilegal —sentenció Luca.

Y Francesco llegó a sentir una mezcla de vergüenza y admiración porque su hijo de quince años hubiera llegado a esa conclusión sobre aquello que para él era su sueño. Se dio cuenta de que, habiendo pretendido contarle la verdad, ni siquiera se había acercado a ella.

—Orgullo —confesó cuando al fin se decidió a hablar—. Esto lo hago por orgullo. Por saber que en la mansión de un millonario cuelga un cuadro mío y todo el mundo cree que es de Francisco de Goya.

Luca era consciente de que su padre había hecho un gran esfuerzo al contarle aquello. Francesco le mostraba una debilidad, un lugar oscuro en su corazón, y el chico decidió no hacer más sangre; que los ídolos se derrumben solo es cuestión de dejar pasar el suficiente tiempo. Y los quince años de Luca —sumados al cerebro que Francesco sabía que poseía— parecían una adecuada cantidad de tiempo para que ese hijo pudiera poner en duda a ese padre.

—Anda, ve a por a tu hermano, que tu madre tendrá la comida preparada.

—El infierno está vacío… —Luca recordó el código que le explicó su padre.

—Porque todos los demonios se hallan aquí —contestó Francesco con una punzada de dolor, sabiendo que había mentido a su hijo cuando le preguntó por el significado de ese pasaje que utilizaba con su socio.

—Papá… —Luca le puso una mano en el hombro—, ¿puede salir mal?

—Estate tranquilo. —Francesco puso la mano sobre la de su hijo y le sonrió—. ¿Crees que el tío Álvaro iba a dejar que sucediera algo malo?

Hace falta una cara, alguien que tenga carácter y que a la vez desprenda confianza. Alguien que actúe con calma, pero que haga ver que puede dar miedo si se lo propone. Una de esas personas que querrías tener siempre de tu lado.

Que no sea demasiado mayor; más bien alguien que parezca de estudios en el extranjero y que tenga una cabeza privilegiada.

La confianza que logre transmitir esa persona será la clave. Tendrá que hacer que todo cobre sentido, que el relato sea verosímil.

Elige bien. De esa persona dependerá todo.

7. Valencia, octubre de 2022

—¿En serio? —dice Luca con una mezcla de sorpresa y hastío cuando ve bajar a Enzo del taxi.

—¿Qué pasa? —Y este responde como si no supiera de qué le habla su hermano.

—El traje tiene un pase —Luca se acerca y con pulgar e índice de su mano derecha da un pequeño tirón a la camisa de Enzo—, pero ¿esto?

—Bueno, no todos tenemos un fondo de armario tan clásico como tú.

El traje que viste Enzo es de un azul más llamativo de lo que a Luca le gustaría. Pero lo que no tiene perdón de Dios es la camisa: recién sacada del año dos mil, blanca y estampada de juguetonas amebas azules que forman un diseño imposible. Pero Luca ha de reconocer que al cabrón todo le queda bien. Al menos solo lleva un botón desabrochado y lleva el cuello por dentro de la americana.

—En fin…

—¿Qué hacemos aquí?

A la pregunta, Luca señala el edificio de oficinas que se encuentra en mitad de la avenida de las Cortes Valencianas, una zona de expansión urbanística de Valencia que combina oficinas de grandes empresas y viviendas de precio inaccesible para la mayoría de la gente.

—Mi opción para el traductor —recalca el hermano mayor—. La traductora —se corrige—. Con una simple búsqueda en LinkedIn he averiguado que trabaja aquí.

La puerta giratoria automática los lleva hasta el moderno mostrador de cristal translúcido donde un joven con camisa y corbata, aderezado con unos auriculares de diadema y una gran pantalla delante de sus ojos, les saluda con una sonrisa y les pregunta qué desean.

—Tenemos una cita a las once con el señor Arenas, de McGraff&Weaver. —Luca, que ni siquiera ha saludado, se abrocha la chaqueta del traje como símbolo de entrar en batalla.

—¿Sus nombres, por favor? —El joven conserje está tan bien aleccionado que no pierde la sonrisa ni aunque los visitantes sean descorteses.

—Enrique Jardiel y Telmo Iribarri, de Jardiel Abogados.

—Aquí les tengo —confirma el recepcionista tras consultar en su pantalla—. Pasen los tornos y tomen el ascensor de su derecha. Piso doce.

Los dos hermanos acceden a la zona de ascensores del edificio, y las puertas del que toman se abren en la planta doce, dentro de las instalaciones de McGraff&Weaver, una multinacional de consultoría corporativa. Chicos jóvenes que parece que compren los trajes en la misma tienda se cruzan con algún veterano que anda en mangas de camisa y tirantes. Ellas, traje de chaqueta con falda. Y así, de un vistazo, los hermanos tienen claro el *dresscode* necesario para trabajar en ese lugar.

—Buenos días —dice Luca al llegar al mostrador de recepción; de madera y cristal, con el nombre de la empresa en letras corpóreas de aluminio—. Estamos citados con el señor Arenas.

La recepcionista —unos cincuenta y con pinta de llevar media vida allí— los mira a uno y a otro por encima de las gafas, y no se corta en mostrar una cara que agriaría hasta un dónut de chocolate. Observa que uno viste como si fuera el presidente de esa empresa, y el otro como un cazador de discoteca; extraña pareja, aunque están bastante buenos, piensa.

—Sí, ya me han informado de conserjería. —La recepcionista se recoloca las gafas y vuelve a su pantalla—. Pasen a la zona de espera y enseguida viene a por ustedes.

—Si no le importa, preferiríamos esperar en una de sus salas de reuniones. —Luca muestra la seductora sonrisa de las grandes ocasiones—. Queremos acabar de revisar nuestra propuesta.

Los ojos de la mujer vuelven a mirarlos por encima de las gafas. Esta vez con fastidio; pero, al no conocer a esos visitantes, prefiere no jugársela.

—Si me dan un minuto, les acompaño.

—No es nuestra intención molestarla. —La sonrisa se atenúa en un gesto de comprensión—. Conocemos el camino.

Enzo mira a Luca, que ya camina por el pasillo de las inmensas instalaciones, y vuelve la vista hacia la mujer, que asiente con perplejidad. Pero si tienen cita concertada y ve que los visitantes ya conocen las instalaciones, parece que prefiere seguir atendiendo sus tareas rutinarias.

—Teníamos una cita y sabes dónde están las salas de reuniones. —El hermano pequeño habla a la espalda de Luca mientras caminan por el pasillo—. ¿También LinkedIn?

—Un adecuado perfil falso abre estas puertas —confirma Luca—. Y la web de la empresa tenía un recorrido virtual por las oficinas. Ha sido fácil.

El pasillo desemboca en una gran sala llena de largas mesas con, al menos, cuarenta puestos de trabajo asignados a cada una de ellas. Los pasos quedan amortiguados por la moqueta con los colores corporativos, pero el alboroto por tanta gente hablando por teléfono, las impresoras zumbando y una improvisada reunión de varias personas de pie, que no parece muy amistosa, resulta bastante molesto. La luz entra a través del gran ventanal, desde el que se domina casi toda la ciudad, aunque los tubos fluorescentes están encendidos.

—¿La ves? —pregunta Enzo.

Luca no contesta porque está escaneando la enorme sala. Hasta que detecta las inconfundibles gafas cuadradas de pasta negra, que quedan demasiado grandes en esa cara, y se dirige hacia allí. Natalia sujeta el auricular del teléfono entre la oreja y el hombro y brilla en esa fábrica de aprendices de ejecutivos.

Cuelga y resopla. Cierra los ojos y se los frota con los dedos por debajo de las gafas en un gesto de cierto hastío. Cuando los abre, alguien se ha sentado sobre la larga mesa, a su lado.

—¿Luca? —La sorpresa le hace dar un pequeño respingo—. ¿Qué haces aquí?

—Quiero hablar contigo. De un proyecto.

—Jamás volvería a trabajar para ti —dice con voz ahogada para que no le oigan—. Sabes por dónde me paso tu proyecto, ¿verdad?

—Te aseguro que es mejor que esto. —Enzo mete baza con una sonrisa.

—¿Quién es este tío con pinta de mafioso ruso? —A Natalia le está pareciendo todo cada vez más surrealista.

—Menos mal que tú también lo ves —dice Luca aliviado—. ¿Te das cuenta, Enzo? Llamas la atención.

La gente que allí trabaja comienza a mirar la escena, y a preguntarse entre ellos quiénes son los dos tipos que han venido a ver a la nueva. Natalia es consciente de que son el centro de atención y decide levantarse para caminar hacia la zona de salas de reuniones acristaladas que hay al final de la gran área de trabajo. Abre la puerta de una de ellas e invita a pasar a los dos hermanos. Expuestos a la vista de todo el mundo, pero insonorizados.

—Vale… —Natalia, ya sentada dentro de la pecera, respira hondo—. ¿Me puedes decir qué demonios haces aquí?

—Te lo he dicho: vengo a ofrecerte un trabajo.

—Ya tengo un trabajo —baja la voz, como queriendo armarse de paciencia—. Y después de lo que me hiciste hace seis meses con la venta de tu empresa no me apetece para nada trabajar contigo. No confiaste en mí, y yo no confío en ti.

—Era otro momento, Natalia. —Para Luca es agua pasada—. Las cosas han cambiado.

—Ni de coña. —Natalia apoya los codos sobre la mesa de cristal y le clava la mirada a través de las gafas—. No trabajo contigo por nada del mundo.

—¿Ni por medio millón de euros? —Enzo vuelve a tener una de sus intervenciones estelares.

—¿Pero este quién es? —Natalia, que comienza a alterarse, mira a Luca mientras señala a Enzo.

—Mi hermano pequeño.

—No quiero ver a un Santamarta ni en pintura, como para ver a dos.

—Pero tiene razón: el salario es de medio millón de euros fijos.

—¿Al año? —Ella, mejor que nadie, sabe que Luca tiene dinero. Y mucha iniciativa.

—No —responde Enzo—. Un único trabajo; máximo cuatro meses. Y un cinco por cien de lo que saquemos: otros setecientos cincuenta mil si sale bien.

—¿Me vas a pagar un millón doscientos cincuenta mil euros por un trabajo de cuatro meses? —La chica vuelve a Luca.

—Si todo sale bien.

—Eso no puede ser por hacer algo legal.

—Tú lo has dicho.

Natalia, que sigue con los codos sobre la mesa, hunde su cara en las palmas de las manos y vuelve a resoplar.

—Por favor, marchaos —lo dice con calma, pero con determinación.

—Déjame que te cuente el trabajo.

—¿Es que no te das cuenta? No quiero saberlo. —Y, esta vez, la voz es de ruego—. Me ha costado tres meses de proceso de selección entrar aquí. Si lo hago bien, tengo trabajo para toda la vida.

—Tú sabes que vales más que esto. —Luca abarca con su brazo el despacho de cristal—. Niñatos vestidos de traje ambicionando el BMW. Solo déjame que te cuente de qué va el tema.

—Marchaos, de verdad. —Y se pone en pie.

En ese instante, un hombre de traje gris claro, pelo canoso y unos cuarenta y cinco años bastante mal llevados abre la puerta de la sala. El típico ejecutivo que ha llegado a ese nivel intermedio, que es lo máximo a lo que puede aspirar, y se convierte en un alma gris que se conforma con coordinar a su equipo y no dar problemas a los jefes de verdad.

—¿Enrique Jardiel? —pregunta el recién llegado, mirando a ambos hermanos, al que la corbata se le adapta a la forma de su redondeada barriga—. ¿Qué hace usted aquí, Natalia? —Se sorprende de ver a una de sus subalternas.

—Ya me iba, señor Arenas. Viejos conocidos… —dice señalando a Luca y dejando la frase en el aire.

—Leopoldo Arenas. —Se acerca a Luca con la mano extendida, porque por la forma de vestir le parece que debe de ser el que lleva la voz cantante.

Luca se pone en pie, pero no se decide a estrecharla. Los ojos de Natalia le ruegan que se vayan y la dejen en paz, y Enzo siente que su hermano parece encontrarse barajando posibilidades de proceder.

—Es este, ¿verdad? —salta el hermano pequeño, de repente, con un toque de ira—. ¿Este es el jefe que dices que es un cabronazo?

—¿Pero tú qué estás diciendo, chalado? —La adrenalina se le dispara a Natalia—. Le prometo que no sé de qué habla, señor Arenas.

—No te preocupes, cariño —sigue Enzo—, que para esto hemos venido. Mira, tú, mierdecilla… —y señala al tal señor Arenas—, como mi chica me vuelva a decir que le faltas al respeto, te quemo el chiringuito este.

—¿Pero ustedes no son de Jardiel Abogados? —Al jefe de Natalia parece que se le vayan a salir los ojos.

—Nosotros somos los que venimos a dejarte claras un par de cosas.

—No entiendo…

—Y también me ha dicho que de vez en cuando le miras el culo. —Enzo se levanta y comienza a rodear la mesa para acercarse al jefe de Natalia—. Te pone mirar a las jovencitas, ¿verdad? ¿Para eso las contratas?

—¿Cómo se atreve usted a insinuar eso?

—No insinúo. —Enzo se pone cara a cara con Arenas y se estira el cuello de la americana con cierta violencia—. Si mi chica me vuelve a decir que le acosas, te tienen que hacer una dentadura nueva, ¿estamos?

Silencio. El jefe de Natalia quiere hablar, pero no le brotan las palabras porque está empezando a hiperventilar.

—Señorita Echevarría —le sale un gallo por la congoja—, pase usted por Recursos Humanos a firmar su despido. Aquí no queremos problemas… —Y el tal señor Arenas se marcha pitando de allí, asustado como un corderillo y pidiendo la asistencia de los guardias de seguridad del edificio.

★★★

—Me cago en la leche, hay que ser cabrones... —Las gafas de Natalia parecen cobrar vida porque el rostro se le desencaja por la ira—. ¡Me habéis jodido la vida! Pienso poneros una demanda tan grande que vais a estar entrando y saliendo de los juzgados durante los próximos diez años...

El ascensor baja desde el piso doce. En el centro, Natalia, cargada con una caja de cartón donde lleva cuatro bolígrafos, la libreta y la foto con sus padres que había puesto en su mesa, no deja de despotricar. Los hermanos Santamarta, uno a cada lado, permanecen en silencio. Saben que es momento de que ella suelte toda la rabia acumulada, aunque Enzo no puede evitar mirarle su retaguardia y fruncir el ceño en gesto de aprobación. Hasta que siente cómo los ojos de Luca le taladran y aparta la vista de ese paisaje. Los dos guardias de seguridad, detrás de ellos, están preparados para intervenir si la cosa se pone fea.

Luca sabía que su hermano es el mejor; para todo, en cualquier situación. Por eso lo necesitaba. Aunque él mismo se haya sorprendido y no esté del todo satisfecho con el método empleado, sabe que Enzo ha resuelto por la vía fácil lo de que Natalia se aferrara a ese puesto de trabajo de doce horas diarias de esclavitud.

Salen a la calle, ella por delante. No deja de insultarles y de decirles todas las barbaridades que se le pasan por la cabeza; ellos siguen sin abrir la boca y aceptan con deportividad la que les está cayendo. La siguen mientras camina, no saben hacia dónde. Y las cabezas de la gente con la que se cruzan se giran para observar la curiosa escena.

—¡Vas a gastarte en abogados todo el dinero que ganaste con la venta de tu puta empresa! —Ella sigue al rojo vivo—. ¡Te voy a joder tanto que vas a arrepentirte de haberme conocido!

Por una de las calles de atrás, la chica deja la caja encima del capó de un VW Golf blanco y rebusca las llaves en el bolso.

—Natalia… —Luca, rompiendo el silencio que ambos hermanos estaban guardando, emplea un tono de voz calmado—, dentro de dos días tendremos una reunión. Te envío ubicación y, si vienes, te contaré el trabajo.

—¡A la mierda tu trabajo!, ¡a la mierda vosotros dos!

—Si te apuntas, tendrás allí una mochila con medio millón de euros para ti.

—¡Métetelos por el…!

Natalia, a través de esas gafas cuadradas de pasta negra demasiado grandes, los mira con cara de odio. Entra en el coche, arranca y suena a todo volumen *Zero*, de Imagine Dragons, como un recordatorio de que toca volver a buscarse la vida. Tras hacer las maniobras para salir del lugar en el que estaba aparcada, les muestra a los dos el dedo corazón en un intento de seguir liberando toda la rabia que lleva encima y largándose de allí.

—Bueno, ha ido mejor de lo que esperaba —confiesa Luca.

—Está bastante buena, ¿no? —Enzo a lo suyo—. Rara con esas gafas, pero cañón.

***

Luca da un sorbo a la copa de vino que él mismo se ha servido mientras mira la calle de la Paz desde ese ventanal del tercer piso. Las farolas, de estilo modernista, ya se han encendido, pero es el brillo de las luces de los semáforos y el verde de los taxis libres lo que destaca sobre la tenue luz del alumbrado público en modo ahorro.

Hace años que no pisa esa casa, pero está tal y como la recuerda. Las tablillas del suelo de madera natural, que pide a gritos un buen acuchillado, siguen crujiendo bajo sus pasos, los ejemplares de la biblioteca comban los anaqueles, y las gastadas alfombras del salón y el tapiz descolorido que cubre la pared del fondo amortiguan el sonido en una cálida sensación de paz. La vivienda fue elegante, en cierto modo lo sigue siendo; pero es decadente, superviviente de tiempos mejores. En un reproductor digital suena *Don't Let Me Be Misunderstood*, de Nina Simone.

La vida sonrió a Pietra hasta que dejó de hacerlo. Un sonado caso perdido en el bufete que ella y su marido tenían, los ahorros que menguaron hasta acabarse, el infarto fulminante de él, su hija y su hijo huyendo a miles de kilómetros, y el cáncer de pulmón devorándola poco a poco. Ese piso en la calle de la Paz son los restos del naufragio, lo único que se pudo salvar; y, más que un techo, es un recuerdo de que los tiempos pasados se ríen de ella cada día.

Le ha invitado a pasar al salón y a servirse esa copa de vino mientras acaba de limpiar la cocina tras la cena. Le ha ofrecido a Luca un poco de musaka que ha sobrado, pero él la ha rechazado.

—No te veo desde el entierro de tu madre y te presentas aquí de noche y sin avisar. —Pietra se quita las gafas, que cuelgan del cordón dorado que lleva al cuello, y entra al salón en el que, con solo un par de lámparas Tiffany de mesa como puntos de luz, sus cuerpos son apenas siluetas oscuras—. Ha llegado el momento de lo que sea que tuviera que llegar, ¿verdad?

—Ha llegado —confirma Luca de pie junto al ventanal.

—¿Se puede saber cuánto tiempo llevas preparando esto? —Ella sí se sienta en el sillón de terciopelo de color aguamarina con flecos en los bajos y cruza las piernas con natural elegancia. Se acomoda las anchas mangas del jersey de cachemir y fija sus ojos claros en su sobrino, esperando respuesta. La vida dejó de sonreírle, pero Pietra Santamarta siempre será Pietra Santamarta.

—Es relativo. —Da un sorbo a su copa—. Dieciocho años en mi cabeza; ocho meses desde que decidí ponerlo en marcha.

—¿Y de qué se trata?

—Un Van Meegeren.

Ella se queda en silencio. El nombre de ese pintor le recuerda a Roma, a su padre contándoles la historia y, por supuesto, a Francesco. Su hermano mellizo.

—Ni diez meses duró allí dentro —se lamenta Pietra.

—Porque mi padre no estaba hecho para la cárcel.

Ella se aparta el alisado flequillo gris de los ojos y sigue observándole en silencio, como si midiera el grado de determinación que su sobrino tiene para llevar a cabo su plan.

—Más de la mitad de tu vida dándole forma —retoma Pietra mientras asiente varias veces con la cabeza de manera muy lenta. Señal de aprobación, incluso de admiración—. Y decides comenzarlo cuando muere tu madre.

—Era el momento de cumplir el sueño de mi padre.

—También era mi hermano. —Pietra no se quiere quedar atrás—. Pero no sé si su alma necesita que alguien cumpla su sueño. Ni lo que pensaría tu pobre madre.

—No tienes por qué apuntarte. —La mención a su madre le ha causado un mordisco que le ha dolido.

—Lo sé. —Incorpora un poco la espalda—. ¿Qué tendré que hacer?

—Interpretar un papel: una coleccionista de arte. Condesa, quizá. —Luca no entra en más detalles—. Crearemos la historia.

—Lo bordaré. —Levanta las cejas como si fuera una evidencia—. No ibas a encontrar a nadie mejor.

—No confiaría en nadie más.

La respuesta parece agradar a Pietra, que sonríe en una pequeña muestra de orgullo. A todo el mundo le gusta que le necesiten; y que le quieran.

—Ponme una copa de brandi, Luca —ordena como quien lleva haciéndolo toda la vida.

Luca se dirige al mueble bar, toma la botella de cristal labrado llena hasta la mitad del líquido color dorado y sirve una copa, que deja en la mesilla que hay al lado de su tía.

—¿Has metido a tu hermano en esto?

—Sí.

—Eso no es nada responsable por tu parte.

—Tía... —Luca ha regresado a la ventana, y habla sin mirarla—, Enzo lleva una vida de ratero de medio pelo. No quiero que vuelva a eso; es cuestión de tiempo que le cacen.

—¿Y si le cazan por esto? —Pietra dice una obviedad.

—Es un riesgo que estoy dispuesto a asumir. Y él también.

—Ya... —asiente muy despacio varias veces con la cabeza—. El listo y el inteligente.

—Como decía mi padre.

—¿Cuándo me vas a explicar el plan? —Pietra cambia el tercio.

—En dos días tenemos la primera reunión. —Luca se acaba el vino y deja la copa sobre una mesilla—. Conocerás al resto del equipo y los detalles del papel que cada uno vais a jugar.

—¿Y cuándo me vas a explicar de verdad por qué lo haces?

—¿Qué le decimos al Dios de la Muerte? —replica Luca a la pregunta de su tía.

—Ya... —Pietra entiende la referencia y suelta el aire por la nariz en lo que pretende ser un risa casi triste; su sobrino no le va a contar nada—. Hoy no —completa la cita y acepta que así sea—. ¿Dinero?

—Ahí tienes una mochila. —Luca la señala; está colgada del perchero de pie de estilo Thonet—. Quinientos mil; es un adelanto.

—Ya veo que vas con todo, sobrino. —Levanta la copa de brandi, como si brindara por él, y le da un pequeño sorbo—. Al menos, los inútiles de tus primos vivirán tranquilos durante una temporada. —Pietra resopla con ironía; la cantidad no le ha impresionado y tampoco parece que le importe cuánto más puede llegar a ganar.

—Piensa también un poco en ti, tía.

Luca camina hacia el tresillo que hay junto al sillón de terciopelo en el que está Pietra para sentarse junto a ella. Se acomoda y cruza las piernas en un gesto inconsciente de mantener cierta distancia.

—¿En mí? —Vuelve a resoplar—. Yo me muero, Luca.

—Lo sé... —los ojos verdes sostienen la mirada de Pietra—, pero llevas años manteniendo el cáncer a raya. Tengamos un poco de fe.

—Ahora es definitivo. —Con elegancia, coloca un codo en el apoyabrazos y sujeta su mentón con la mano—. Estadio cuatro.

—Lo siento, tía... —Luca descruza las piernas, se incorpora para reducir la distancia que los separa y aprieta su mano para transmitirle un poco de cariño—. ¿Cuánto tiempo?

—¿Quién sabe? Un mes, seis...

—Pues aún te daría tiempo a disfrutar del dinero. Y los primos, que se vayan buscando la vida.

—Son mis hijos.

—Y yo no veo que estén aquí.

—Déjalos…, viven fuera, tienen sus vidas… —El gesto de la mano indica a Luca que no se lo tenga en cuenta—. Tan ocupados estábamos tu tío y yo que nos limitamos a comprar su cariño; los hicimos débiles. Y, cuando nos arruinamos, salió a la luz lo poco preparados que estaban para el mundo.

—El tío querría que utilizaras parte del dinero en tus cuidados.

—Y yo querría irme con él. —Se señala con una mano y da otro sorbo—. Pero, mírame: aquí estoy todavía.

—Espero que por más tiempo del que crees.

—Luca, ya te he dicho que me muero. —Ahora es Pietra la que aprieta la mano de su sobrino—. Solo te voy a pedir una cosa.

—Dispara.

—Haz que este último viaje merezca la pena. —Ella toma el vaso labrado y apura el brandi—. Una digna despedida.

—Tía… —Luca le mira a los ojos—, va a ser peligroso. Las cosas se pueden torcer cuando menos lo esperemos.

—A estas alturas… —Pietra sonríe con cierta ironía—, ¿crees que eso me importa?

Luca cierra los ojos en señal de pesar mientras Rufus Wainwright le recuerda que ella dibuja un «Aleluya» con sus labios.

8. Valencia, septiembre de 2002

—Te estoy llamando porque tú eres su abogado. —El tono del inspector Fonseca al teléfono era atropellado y nervioso, con un deje a que no tenía más remedio que hacer lo que estaba haciendo—. Y por ser él quien es.

—N-n-n-no sabes cuánto te lo agradezco —reconoció la voz del otro hombre—. Nos presentaremos en comisaría mañana a l-l-l-las nueve de la mañana.

—Debería obligarte a que vinierais ahora —advirtió—. No lo hago porque mi mujer quiere que la lleve a ver la última de Paul Newman.

—Buen motivo. —El abogado reconocía el buen gusto de la señora del inspector—. Y porque… —el tartamudeo le obligó a detenerse— es Álvaro Balboa de Núñez-Pisón.

—¡La Virgen! —protestó el inspector Fonseca—. Cuántos apellidos tiene esta gente.

—Sería un golpe a su reputación, Fonseca —continuó el abogado—. ¿Q-q-q-quién es el denunciante?

—Ignacio Cortegana.

—¿Cortegana?, ¿el presidente de Banca Europa?

—El mismo —confirmó el inspector.

—Pero si… —otra pausa— son amigos de tenis —se extrañó el otro—. ¿Qué ha denunciado?

—Sabes que no te lo puedo decir ahora. —Fonseca chasqueó la lengua—. Pero quizá jugaban a algo más que a tenis.

—Mañana a las nueve e-e-estamos allí.

—Tardad un minuto más y os crujo a los dos —amenazó el inspector antes de colgar sin despedirse.

***

A la mañana siguiente, diez minutos antes de las nueve, Álvaro Balboa de Núñez-Pisón entraba, acompañado de su abogado, en la Jefatura Superior de Policía de Valencia, sin medios de comunicación en la puerta y sin levantar el más mínimo revuelo. Nadie había filtrado que una de las personas más ricas de Valencia iba a declarar ante la policía, y eso ya era una buena noticia.

Jerónimo Fonseca, inspector de la UDEV —Unidad de Delincuencia Especializada y Violenta de la Policía Nacional, encargada, entre otras cosas, de los delitos relacionados con el patrimonio histórico—, les esperaba en el vestíbulo del edificio. Con cara de tener ganas de jubilarse, su cuerpo lanzaba señales de que, por su estado de salud, iba a disfrutar poco de esa jubilación; una llamativa panza sobresalía por encima de los pantalones, que tenía que sujetar con unos tirantes, la papada casi le tapaba el nudo de la corbata y el bigote le amarilleaba por el humo del tabaco.

Se pasó una mano por el escaso cabello y sonrió, anticipando cuánto iba a disfrutar poniendo en aprietos a alguien con un apellido tan pretencioso.

—Inspector Fonseca… —el abogado tomó la delantera—, ve-ve-vengo acompañado de Álvaro Balboa de Núñez-Pisón para ponernos a su disposición y colaborar en todo lo que sea necesario.

—Identifíquenlos. —Fonseca se dirigió a una pareja de agentes uniformados que le acompañaban, sin parecer haber oído nada de lo que le había dicho el letrado—. Y me los traen a la sala cuatro. —Y se marchó caminando por el pasillo—. Otra cosa... —se giró tras varios pasos y miró de nuevo a los agentes—, que venga también Galeano.

Sentados uno al lado del otro, Balboa y su abogado esperaban en la pequeña y desnuda sala donde resonaba el eco, custodiados por un agente de uniforme. Una cámara estaba situada en un lateral, orientada hacia la mesa y todas sus sillas. El piloto rojo parpadeaba, lo que indicaba que estaba grabando; luz y taquígrafos. El abogado, vestido con traje gris claro, había dejado el maletín en el suelo y se mantenía con la espalda erguida, pretendiendo dar una imagen profesional mientras esperaban.

Balboa, en cambio, había separado unos centímetros su silla de la mesa, y estaba recostado en el respaldo, con las piernas cruzadas. Su lenguaje corporal indicaba que estaba cómodo y que esperaba con paciencia a que aquel trámite terminara cuanto antes para poder continuar con sus cosas. El pantalón gris de pinzas, la camisa blanca y la americana marrón, a juego con los zapatos, enviaban la información de que aquella cita era importante, pero no lo suficiente como para vestir de traje. Ni siquiera se había quitado las gafas ahumadas que solía usar.

Metió la mano en el bolsillo interior de la americana y sacó una pitillera de piel y un encendedor dorado. Se llevó un cigarrillo a la boca y chasqueó el encendedor un par de veces hasta que apareció la pequeña llama.

—Aquí no se puede fumar —advirtió el agente.

Álvaro Balboa lo miró a través del cristal oscurecido, acercó la llama al cigarrillo, aspiró hondo y lanzó una bocanada de humo.

—Le he dicho que aquí...

La frase quedó cortada por la violenta apertura de la puerta de la sala. Fonseca quería intimidar, sí, pero se arrepintió de haberse pasado de frenada.

—Déjelo que fume —le dijo al agente—. Puede que necesite templar los nervios.

El orondo cuerpo de Fonseca se sentó a la mesa con una respiración jadeante. Dejó una carpeta frente a él y se detuvo a estudiar a Balboa mientras este fumaba. No soportaba a esa clase de tipos: peluquería semanal, bronceado de barco y tres mil euros en ropa y accesorios. Y, sí, estaba fumando dentro de la Jefatura, pero no parecía nervioso. Más bien al contrario.

—Agente, déjenos solos y cierre la puerta —dijo sin mirar, y esperó unos segundos hasta escuchar que el policía uniformado se marchaba. Fonseca miró hacia la cámara que había a su derecha, grabando imagen y audio de aquella reunión—. ¿Puede quitarse las gafas? —Acariciándose el amarillento bigote, lo de Fonseca era más una orden que una petición.

—Mi-mi-mi cliente sufre de fotosensibilidad ocular —respondió el abogado—. Las usa por prescripción médica—. Y sacó un documento del maletín y se lo entregó al inspector Fonseca.

El policía leyó el informe médico; el picapleitos estaba acostumbrado a representar a peces gordos. Y el tartamudeo le estaba poniendo de los nervios.

—¿A qué se dedica, señor Balboa? —Fonseca, con fastidio, dio por perdida la batalla de las gafas.

—Como abogado del señor Balboa quisiera saber en calidad de qué estamos aquí.

Estaba visto que aquel tipo le iba a tocar las narices; al inspector le gustaba manejar los tiempos de los interrogatorios, pero esta vez no se encontraba ante un letrado de oficio recién colegiado. No podía decirse que él y el abogado fueran amigos, pero sí habían coincidido en otras ocasiones y habían compartido información. De ahí la llamada de la noche anterior, pero también el tratamiento formal de ese momento.

—Se ha presentado una denuncia contra usted. —Fonseca miraba a Álvaro Balboa, que seguía fumando y tirando la ceniza al suelo—. Este interrogatorio es para conocer su versión.

—¿Por qué motivo se ha presentado la de-de-denuncia? —siguió el abogado.

—Venta de una obra de arte falsa.

—¿Y se puede saber quién ha denunciado a mi cliente? —Conocía la respuesta, pero sabía que la apariencia, y más siendo grabados, lo era todo.

La puerta se abrió de nuevo, de una forma mucho más cuidadosa que con la entrada estelar de Fonseca.

—Inspector, me han informado que quería que le acompañara —dijo la joven desde la puerta.

—Cierre, Galeano. Y siéntese aquí. —El inspector retiró hacia atrás la silla que había a su lado—. La subinspectora Almudena Galeano, señores. Va a llevar conmigo este caso.

Álvaro lanzó la colilla al suelo y la pisó, observando cómo a la subinspectora Galeano le extrañaba que estuviera fumando allí y cómo ponía una notable cara de desagrado. Le echó unos treinta y cinco años, y vestía un traje negro con blusa blanca, con el pelo recogido en una tirante coleta. Se le marcaba el bulto del arma en el costado izquierdo, y transmitía la misma seriedad y mala leche que el propio Fonseca. Álvaro Balboa pensó que, sin ser guapa, era sin duda una presencia más agradable que la del orondo inspector.

—La denuncia la ha interpuesto el señor Ignacio Cortegana. —Fonseca no había olvidado la pregunta del abogado—. ¿Conoce al señor Cortegana?

Álvaro miró a su abogado, y este asintió.

—Sí —respondió el hombre de las gafas oscuras con una voz profunda y rota que sorprendió a Fonseca y a Galeano.

—¿Le vendió usted un cuadro de Goya al que se le atribuye el nombre de *El niño de la jarra?*

Otra mirada entre abogado y cliente. Otro asentimiento.

—Sí.

—¿Sabía usted que ese cuadro era falso?

—No.

—¿Por qué se lo vendió?

—Ese cuadro era de mi propiedad, y el señor Cortegana, al que siempre he considerado un buen amigo, se encaprichó de él. —Abrió las manos con las palmas hacia arriba, indicando que no tenía nada que ocultar. Y que no podía haber hecho otra cosa.

—Aquí está la f-f-f-factura de venta. —El abogado sacó otro documento del maletín y lo puso sobre la mesa.

Fonseca no quería ver más papeles, pero Almudena Galeano sí la tomó. Trató de permanecer sin alterarse cuando leyó la cantidad por la que se había vendido el cuadro —un millón y medio de euros—, pero sin saber si había sido capaz de ello.

—Parece todo en orden —dijo la subinspectora dejando de nuevo la factura sobre la mesa—. Tan solo habrá que comprobar el ingreso de Cortegana en su cuenta, y si usted ha dispuesto de ese dinero y para qué.

Álvaro Balboa y su abogado se miraron de reojo.

—¿Cuánto tiempo hacía que ese cuadro obraba en su poder? —Fonseca volvió a la carga.

Balboa no respondió.

—Mi cliente no lo recuerda. —Pero lo hizo su abogado por él.

—Pues le convendría que hiciera memoria. —El inspector, jadeando, le hablaba al abogado, pero miraba a Balboa—. Quiero la factura de compra de ese cuadro.

—Habrá que pedir los asientos bancarios para ver cantidades de dinero que salen de su cuenta y fechas. —La subinspectora apuntaló el argumento—. Y quizás haya que pedir una orden judicial para bloquear cuentas.

—Necesitaremos un tiempo para localizar la f-f-factura. —Con la frase de su abogado, Balboa pareció inquieto por primera vez.

—Bueno, ya que vamos a hablar con el juez, también podemos pedirle una orden de registro y buscamos nosotros esa factura. —Y aquellas palabras del inspector hicieron que el hombre de las gafas ahumadas se incorporara por primera vez. Era oficial, las cosas no estaban marchando tal y como esperaba. Pero como tantas y tantas veces de las que, al final, siempre salía indemne. Tocaba contemporizar y tener un poco de paciencia.

La imagen de patrullas de policía llegando a su casa de la urbanización Los Monasterios, cercana a Valencia, llamando la atención de todos sus vecinos, revolvió el estómago de Álvaro Balboa. Pudo visualizar a agentes con guantes de látex rebuscando en sus archivos y en su caja fuerte, y encontrando varios secretos que no tenían nada que ver con este caso, pero que, si salían a la luz, podían causarle problemas de los de verdad. De los que acaban en un tiempo entre rejas.

—No será necesaria esa orden al juez. —La toma de iniciativa en voz del propio Balboa, como si le hubieran pasado un papel de lija por la garganta, sorprendió a su abogado. Ya habían acordado que él no hablaría a no ser que se le diera permiso. Pero Álvaro era así: no necesitaba permiso para nada—. Pregunten y pidan lo que necesiten.

—¿A qué se dedica, señor Balboa? —Almudena Galeano, sin saberlo, repetía el interrogante de Fonseca al inicio de la conversación que había quedado sin respuesta.

—Administro los negocios de mi familia, y soy marchante y coleccionista de arte por cuenta propia.

—¿Puede concretar un poco más a qué se refiere con «arte»? —La subinspectora seguía escarbando.

—A lo que demande el mercado. —Ya incorporada toda la espalda, Álvaro Balboa apoyó los antebrazos en la fría mesa de la sala de interrogatorios—. Llevo años en el mundo de los cuadros, pero ahora estoy empezando con piezas de bronce griegas y romanas.

—¿Es un mercado con mucha demanda?

—La cultura clásica siempre interesa, y aparecen coleccionistas americanos y asiáticos para quienes Grecia y Roma son algo muy exótico.

—¿Había vendido antes un Goya?

—¿Cuántos Goyas cree usted que tengo? —Álvaro marcó territorio; colaboraba, pero no era servil—. Ese era el único, y si mi amigo me aprieta para que se lo venda, ¿qué puedo hacer yo?

Galeano quedó en silencio tras esas preguntas. Le importaban poco las respuestas, pero formaban parte de la estrategia de desgaste. Cuanto más tiempo pasaba allí alguien que puede ser sospechoso de algo, más posibilidades había de que su cabeza creyera que iba a salir acusado.

Jerónimo Fonseca, con esa respiración tan dificultosa que hacía parecer que en cualquier momento pudiera colapsar, llevaba su mirada de Balboa a su abogado, como si estuviera decidiendo cuál iba a ser el siguiente paso.

—Galeano, muchas gracias —dijo por fin—. Ya se puede marchar.

—Inspector… —a ella le pilló por sorpresa—, no hemos terminado aquí.

—Necesito que le eche un vistazo al par de carpetas que le he dejado sobre la mesa. —Su voz y sus gestos eran amables—. Tenemos que dividirnos el trabajo, ya sabe.

—Sí, ya sé. —Y aceptando la orden de su superior, pero empleando un tono que demostraba no estar de acuerdo con ella, Almudena Galeano salió de la sala.

Fonseca continuó mirando a los dos hombres que tenía junto a él, satisfecho de ver cómo el marchante de arte ya no parecía tan despreocupado.

—Bueno, se les enviará una citación con solicitud de información. Mientras tanto —señaló a Balboa—, es usted oficialmente sospechoso de la venta de un cuadro falso.

Se levantó, fue hasta la cámara que grababa la conversación, y la apagó.

—Para lo que va a ocurrir a partir de ahora no necesito a mi compañera; cuánto me pone poder empapelar a alguien como usted —dijo, permaneciendo de pie—. Si entramos en su casa, seguro que encontramos cosas para alargar esto, para hacerle venir muchas veces y causarle un buen dolor de cabeza. Y, con un poco de suerte, encerrarle una temporada.

Fonseca caminaba por la sala, apenas tres pasos hacia un lado y tres pasos hacia el otro. La cuña de sus zapatos estaba desgastada de un modo irregular, de fuera hacia dentro, producto de la mala pisada que el inspector tenía debido a su peso.

—Inspector, permítame que le diga algo. —Álvaro Balboa se recostó de nuevo en la silla y cruzó una pierna sobre la otra para demostrar que hablaba con toda la tranquilidad del mundo—. Si va a por mí, tendrá una legión de abogados que no harán más que poner palos en las ruedas para que esto dure años. Si se quiere jubilar con los deberes hechos y una palmadita en la espalda, le aconsejo que seamos amigos.

El inspector se detuvo frente a la mesa, apoyó las manos en los respaldos de las sillas en las que Galeano y él mismo habían estado sentados y miró a Álvaro Balboa y a su abogado. Sabía que el empresario tenía razón, pero, en aquel juego de vanidades, no estaba bien visto plegarse a las primeras de cambio.

—El banquero, Ignacio Cortegana, es amigo personal del comisario. —Fonseca tomó la pitillera y el encendedor que Balboa había dejado sobre la mesa y esa vez fue él quien encendió un cigarrillo—. Mi jefe me va a pedir algo y, por el momento, lo único que puedo darle es a usted.

El inspector, envuelto en humo, dejó la pelota en el tejado de los dos hombres que tenía frente a él. Balboa miró a su abogado y este asintió. Otra vez.

—Está bien... —Álvaro Balboa se quitó las gafas por primera vez; sabía que tenía que entregar algún gesto de buena voluntad—. El Goya es falso.

—Bueno, vamos avanzando. —Fonseca también tiró la ceniza al suelo—. Era un negocio fácil, ¿verdad?

—Solo le di lo que él quería.

—Hay que joderse con los ricos. —Colilla al suelo y pisotón—. Pueden enterrarnos en billetes a todos y todavía no tienen bastante. —El inspector miró a ambos hombres y quedó en silencio mientras exhalaba el humo de su última calada—. Esto ya es curiosidad personal: si ya lo tiene todo... —se dirigió a Balboa—, ¿qué necesidad hay de meterse en estos asuntos tan turbios?

Álvaro sintió aquella pregunta en sus huesos, una pregunta que apelaba a sus más bajos anhelos y a su mayor pesadilla. El millonario heredero del que el mundo pensaba que le habían dado todo hecho. Su tranquila pose se enervó cuando recibió lo que él consideró un ataque respecto a su persona y su forma de hacer las cosas. Y, pudiendo callar, prefirió contestar; porque los negocios en el mundo del arte eran lo único con lo que estaba labrando su legado. Algo construido por él mismo, sin ayuda de nadie y empezando desde la nada.

—Usted es policía, un servidor público… —El susurro rasgado sonaba sibilante: si el inspector tenía una curiosidad personal, Álvaro iba a llevarlo a lo personal—. Usted está al servicio de los demás, una vocación desinteresada, ¿verdad? Pero… ¿nunca ha deseado saber qué sentiría si los demás estuvieran al suyo?, ¿si usted dominara el juego a su antojo? Usted es alguien ambicioso, se lo leo en los ojos; seguro que se lo ha preguntado alguna vez. Así vivo yo: manejo la rueda a mi antojo. Hasta usted, sin ser consciente siquiera, está a mi servicio.

—Debe de ser difícil hasta caminar con tanta soberbia, ¿no?

—Está usted tan a mi servicio que en unos minutos voy a salir andando por esa puerta, me va a estrechar la mano y me va a dar las gracias por mi colaboración. —El empresario subió la apuesta de manera consciente.

—Pues al banquero hay que devolverle el dinero, y mi comisario va a querer a alguien detenido —recordó el policía—. Ya me dirá a mí cómo lo va a hacer.

—Su comisario no solo es amigo de Cortegana —Álvaro se señaló a sí mismo—, y le va a contentar dándole lo que usted —recalcó la palabra y, esa vez, señaló al inspector— también quiere: un caso cerrado y un culpable entre rejas. Y así recibirá su caricia.

Fonseca conocía bien a los tipos como Álvaro Balboa: sin escrúpulos y con los tentáculos tan largos como para llegar a políticos y jueces. Siempre con un as en la manga para utilizarlo cuando fuera preciso. En el aire se olía que era hora de ello, y había necesitado hacer desaparecer a Galeano de allí porque su experiencia de años le decía que aquello iba a solucionarse por cauces poco ortodoxos. Balboa hizo una señal a su abogado, dándole permiso para hablar.

—I-I-I-Inspector —el abogado tomó la palabra—, mi cliente no poseía el cuadro; Ignacio Cortegana le pidió, en su calidad de marchante, que le consiguiera un Goya. Una vez localizado un cuadro del pintor… —pausa—, para que mi cliente pudiera entregarle el cuadro a Co-Co-Cortegana, tuvo que apalabrar su compra con el verdadero propietario. Mi cliente le pagó la mitad del precio a la persona que poseía el Goya, y él se quedó la otra mitad en concepto de honorarios de intermediación.

—Siga. —Parecía que aquello le sonaba bien a Fonseca.

—Mi cliente está dispuesto a devolverle al señor Cortegana los s-s-s-setecientos cincuenta mil euros de sus honorarios. —Hizo una pausa—. Pero el verdadero culpable es la p-p-persona que poseía el cuadro; era imposible que el señor Balboa supiera que era una falsificación.

—Así que tendremos que ir a por el que tenía el Goya… —recapituló el inspector.

—Que quizá sea un falsificador… q-q-que ha engañado a mi cliente.

—¿Cómo le pagó usted? —El inspector se dirigió a Álvaro Balboa.

—En efectivo —respondió la voz cascada.

—¿Setecientos cincuenta mil euros en efectivo? —Fonseca puso el grito en el cielo—. Madre de Dios… Habrá al menos algún recibo, ¿no?

—No.

—Pues eso es indicio de delito.

—D-d-d-delito fiscal, en todo caso —puntualizó el abogado—. Y no sé si estamos aquí para eso.

—Joder… —Fonseca se sentó; necesitaba poner sus ideas en orden—. Detendremos a quien le facilitó el cuadro, y buscaremos el dinero y las pruebas de una posible falsificación. Deme un nombre.

Álvaro Balboa le hizo a su abogado, sin mirarle, un gesto con la mano: iba a hablar él. Se puso de nuevo las gafas ahumadas, porque volvía a dominar la situación. Podía callar, que Fonseca le acusara a él y que el proceso se alargara lo indecible porque iba a ser imposible encontrar pruebas de su culpabilidad. O podía dar otra muestra de que él jugaba todos los movimientos del tablero. El inspector necesitaba resultados rápidos y creíbles de cara al comisario, y le había dicho que saldría de allí caminando tranquilo y recibiendo un agradecimiento.

—Francesco Santamarta. —La supervivencia es un arte que no hace prisioneros, y Álvaro Balboa de Núñez-Pisón no dudó en dar aquel nombre; acababa de traicionar a su compañero de tantos años y trabajos. Ese que le consideraba como un hermano.

—¿T-T-T-Tenemos un acuerdo? —preguntó el abogado.

—Lo tenemos si puedo empapelar al tal Santamarta. —Fonseca se levantó con cierto esfuerzo; allí habían terminado. Y ese nombre podía ponerle una buena medalla.

Álvaro también se puso en pie y caminó hacia la puerta. Esperó ante ella mientras, a través de los cristales ahumados, miraba a Fonseca. Este tardó unos segundos en darse por aludido y, con cara de pocos amigos, abrió la puerta.

—Le aseguro que podrá, inspector. —Sin moverse del sitio, el empresario le transmitía que ya tenía lo que quería: un caso resuelto de forma rápida y efectiva. Era la hora de que se cumpliera su vaticinio—. Y le recomiendo que respete ese pacto hacia mí.

—Señor Balboa… —Fonseca captó el subtexto de la situación para poder cerrar la partida que acababan de jugar, en la que él había sacado un buen resultado, pero no podía decir que la hubiera ganado. Estiró el brazo y recibió un cálido apretón por parte de Álvaro Balboa—. Gracias por su colaboración.

Confianza: no hay un arma más poderosa.

Es lo que hace que cualquiera se crezca, lo que hace que entreguemos todo lo que llevamos dentro.

Pero no podemos pedirla a otros si nosotros mismos no la demostramos.

Cree en ti. Antes de confiar en nadie.

9. Valencia, octubre de 2022

El salón de la casa de Luca da a la plaza de España, donde confluye una maraña de amplias calles generando un caos de tráfico que un par de policías locales tratan de ordenar sin demasiado éxito. Los pasos de cebra se abarrotan de peatones en los pocos segundos que dura el verde del semáforo, y los rezagados han de correr cuando el muñequito comienza a parpadear. El sol va cayendo y no tardarán en encenderse las farolas.

Gael, vestido con una sudadera negra y unos pantalones de lona que parecen tres tallas más grandes que la suya, observa la desnudez del lugar; Luca debe de llevar poco tiempo viviendo allí, porque varias cajas de cartón se amontonan junto a la puerta; el mobiliario se compone apenas de un sofá, una mesa de centro y dos sillas, y todavía se percibe el olor a madera del parqué natural en forma de espiga y el de la pintura de las paredes. Casi vacío, sí, pero el tamaño de la televisión LED es espectacular.

—¿Esto es un piso franco? —dice con cierta ingenuidad, recorriendo el enorme lugar con su mirada y oyendo el ligero eco que produce su voz.

—Has visto muchas películas, Gael. Esta es mi casa… —Luca responde comprendiendo que el chico tenga esa impresión—.

Llevo un par de meses aquí, pero he estado un poco ocupado como para adecentarla.

El joven *hacker* sostiene en sus manos el inhibidor de señales que Enzo tomó de su casa la noche que fueron a reclutarle; ha cumplido su palabra y se lo ha devuelto en cuanto ha cruzado la puerta.

También está extrañado de la presencia de esa señora de unos setenta años, sentada en el sofá, que viste vaqueros y una chaqueta azul de lana que le llega hasta las rodillas. El cabello gris, liso en una media melena cuyo flequillo le tapa la mitad del rostro, y las gafas que cuelgan de una cadena dorada al cuello le dan un aspecto informal, incluso juvenil. Para Gael no es un *outfit* que le pegue a una persona de esa edad, pero ha de reconocer que la mujer tiene estilo. Y que su presencia es tan sobria que resulta hasta un puntito intimidante.

—Gael, siéntate, por favor —le pide Enzo. El *hacker* mira su móvil, comprueba que llevan diez minutos de retraso y obedece.

El pirata informático se sienta en el sofá, junto a la mujer. Y Enzo, vestido con un discreto polo azul que lleva arremangado y unos vaqueros, hace lo propio en una de las sillas.

—Entiendo que si estáis aquí es porque os interesa saber de qué va todo esto —dice Luca de pie, delante del enorme televisor—. Gael, coge una de esas dos mochilas. —Las señala; están en la mesa de centro que hay entre él y el sofá—. Ábrela y mira lo que hay dentro.

El joven pone una de las mochilas en sus rodillas y corre la cremallera. Se queda mirando el interior durante unos segundos; quinientos mil euros en billetes de cien abultan menos de lo que pensaba, pero abultan.

—Son para ti si decides unirte —sigue Luca—. Si no, dejas la mochila, te vas y aquí no ha pasado nada.

Gael sigue con la mochila en sus piernas, sintiendo la mirada de Luca clavada en él; sabe que el mayor de los Santamarta no va a continuar hasta que dé una respuesta. El chico toma el inhibidor de señales aéreas, lo mete dentro de la mochila, cierra la cremallera y la deja en el suelo, a sus pies, junto al sofá.

Luca asiente. Una cosa menos.

Pero falta la persona que habría de tomar la segunda mochila. Natalia no ha aparecido, y va a haber que buscar a alguien que ocupe el que debería ser su lugar. Aunque ya le dijo que tenía a un par de personas para ello, y que no iba a hacerlo porque, si algo salía mal, Luca le culparía a él, Enzo sabe que va a tener que comenzar a mover hilos. No es lo que más desea del mundo, pero lo que tampoco quiere es perder por una cabezonería la posibilidad de obtener el dinero que le ha prometido su hermano.

—El arte clásico es algo muy codiciado por los museos de todo el mundo. Piezas que, al tenerlas en su colección, hacen crecer su prestigio. —Luca, con las manos en los bolsillos de su pantalón de pinzas, se dirige a los tres de manera alterna—. Más visitantes, más patrocinadores, más subvenciones... —Hace una pausa para comprobar que le siguen—. Más dinero.

Deja que sus palabras vayan calando mientras sigue de pie frente a ellos.

—Los grandes museos europeos, como el Louvre, el British Museum, el Museo Arqueológico Nacional o El Prado —enumera con sus dedos—, son públicos, con lo que la adquisición de obras tiene que pasar un protocolo muy estricto y, a menudo, bastante lento. Además, debido al imperialismo, las potencias europeas han expoliado a lo largo de la historia los lugares que han ocupado, por lo que estos museos poseen importantes fondos, y tiene que ser una pieza muy especial la que se les ofrezca para que se decidan a comprarla. En cambio... —Y se detiene de nuevo.

Luca necesita que todos entiendan su plan, los movimientos que van a tener que ejecutar de manera precisa y exacta, y por ello les pone en contexto. No quiere que se pierdan en la explicación.

—En cambio, en Estados Unidos la situación es diferente. —Vuelve a enumerar con los dedos—. Los museos son privados, tienen mucho dinero por las donaciones que reciben de mecenas, y cuentan con pocos fondos de cultura clásica.

Toma el mando y enciende el televisor. Pietra se pone las gafas para ver con mayor claridad que en la casi inabarcable pantalla aparece, en una fotografía aérea, un enorme edificio neoclásico en lo alto de unas amplias escalinatas. Las columnas corintias dividen la fachada de piedra, creando un pórtico que es la entrada al lugar. Un friso de anchura descomunal muestra escenas de batallas labradas en él y, en los extremos, dos grandes lonas rojas, desplegadas desde lo más alto hasta casi el suelo, anuncian en letras doradas el nombre de esa institución: AMCA–AMERICAN MUSEUM OF CLASSICAL ARTS.

—El Museo Americano de Artes Clásicas, en Chicago. —Luca vuelve a mirar a sus tres espectadores y ve que los tiene metidos en el bolsillo—. Por tamaño, visitantes, número de obras y donaciones recibidas es el tercero de Estados Unidos. El año pasado tuvieron más de veinte millones de visitantes y su presupuesto anual alcanzó los seiscientos millones de dólares.

El silencio regresa para que digieran lo que les está explicando.

—Este museo ha participado en todas las subastas de arte egipcio, romano, mesopotámico o griego que se han celebrado en el mundo en los últimos diez años. —Luca se coloca delante de la pantalla para que la atención vuelva a él—. Casi todas las piezas por las que han pujado las han conseguido, y las que no, han tratado de comprarlas a quienes se las han quitado de las manos. Tienen dinero y lo quieren todo.

—¿Y qué tenemos que ver nosotros con ese museo? —Gael, con la impaciencia de su juventud, se adelanta a Luca.

—Vamos a colocar en el AMCA una estatua de bronce griega del siglo IV antes de Cristo.

Un ángel ha pasado entre los tres que están escuchando. Y ahí, Gael ya se ha perdido. Aunque advierte que la señora y Enzo no dan señales de estar en la misma situación que él; lo que significa que sí deben de estar siguiendo el hilo.

—Ya sabemos el objetivo. —El hermano pequeño ha percibido la zozobra del *hacker*—. Ahora, explica el plan, Luca.

Luca Santamarta se estira el jersey negro de cuello cisne para recolocárselo y le dirige al muchacho una media sonrisa vestida de ternura paternal. Un pequeño carraspeo aclara su garganta y comienza la explicación:

—La estatua que vamos a colocar será falsa. Lo que se llama un falso original.

»Tenemos que fabricarla y debe pasar todos los controles que se le hagan para determinar si es verdadera. La prueba del carbono 14 no es apta para metales, pero nuestra pieza pasará por tomografía computerizada, rayos X, estudios visuales de expertos y análisis de aleaciones. Y el instituto internacional homologado que la analice tendrá que determinar, con total seguridad, que nuestra estatua es del siglo IV antes de Cristo. El problema reside en que no tenemos esa escultura de bronce. Es más, no existe.

»Para ello, hemos de fabricarla con bronce que date de esa época. Y ahí entra Gael: deberá colarse en foros y rastrear información para localizar en Europa subastas ilegales de piezas de bronce de los siglos III y IV antes de Cristo: vasijas, monedas, bandejas, platos…, lo que sea. Tendremos que reunir entre quince y veinte kilos de bronce de esa época, y lo necesitamos lo más rápido posible.

»Pietra hará el papel de coleccionista de arte: una excéntrica y millonaria aristócrata a la que habrá que crear identidades falsas para meterla en las subastas que Gael vaya encontrando. No podemos levantar sospechas, con lo que habrá que diseñar una historia para cada una de las identidades que Pietra vaya a interpretar: artículos de prensa, páginas de Wikipedia, documentos de identidad falsos y propiedades a su nombre. Todo un entramado de papeles falsos para que estén encantados de admitirla en esas subastas.

»Pietra dispondrá de dinero para las pujas, e irá acompañada de Enzo, que será su chófer, y de alguien que se ocupe de las labores de traducción, y que todavía hay que reclutar. Y ellos también necesitarán documentación falsa. La apariencia lo es todo, y el engaño debe estar construido a partir de la verosimilitud. Con toda seguridad os encontraréis con las mismas personas en muchas de esas subastas, y debemos estar preparados para ello.

»Una vez que tengamos reunido el bronce, yo me encargaré de encontrar a quien ha de fabricar la estatua. Con esos quince o veinte kilos tendremos solo para un busto. Conseguir el bronce para una estatua de tamaño natural nos llevaría mucho tiempo y mucho dinero, y necesitamos acortar plazos.

»Y ahora viene el verdadero engaño: no seremos nosotros quienes vendamos la pieza de bronce al museo.

»Nuestro traductor o traductora, en el papel de representante de una elitista asociación de empresarios griegos, viajará a Chicago y se reunirá con el director del AMCA para sugerirle que el museo compre un busto de bronce muy especial que parece que acaba de descubrirse, una pieza extraordinaria. Le pedirá al director que despliegue todos sus tentáculos para encontrar y comprar ese busto de bronce. Y, a cambio, esa exclusiva y secreta asociación de grandes empresarios griegos se comprometerá a realizar una exorbitante donación al museo. La coartada es que se trata de una asociación de filántropos con mucho dinero que desea que se conozca en Estados Unidos el esplendor de la civilización helenística y conseguir cierta influencia y contactos en el país de las barras y estrellas para hacer allí negocios a lo grande.

»Con la fabricación del busto de bronce en marcha, y la promesa de la donación al AMCA, yo habré creado una ficticia empresa de intermediación que no será más que una, también ficticia, tapadera de tráfico de arte. Necesitaremos que nuestro *hacker* haga creíble esa empresa; página web, registros, trabajos realizados y falsos expertos en arte que colaboren en ella. Y me encargaré de que todos los marchantes que reciban el encargo del AMCA de dar con ese misterioso busto sepan que mi empresa se dedica, a través de oscuros métodos, a conseguir obras de arte en todo el mundo, por difícil que parezca.

»Por tanto, nosotros no se la venderemos al museo, sino al intermediario que se decida a encargarme que la encuentre, y este se la venderá al museo. Todo el plan, como veis, es una gran explosión de fuegos artificiales: el brillo de estos debe opacar lo que nosotros estemos haciendo en la sombra.

»Nuestro precio será de veinticinco millones de euros, y el intermediario al que se la coloquemos ya negociará el precio final con el museo. Menos beneficio para nosotros, pero también menos riesgo.

»Cuando yo reciba el pago, entregaré el busto de bronce al intermediario.Y en ese momento os daré vuestro cinco por ciento, y desaparecemos del mapa en el acto. Habremos sido unos fantasmas en todo el proceso.

Enzo, a grandes rasgos, ya conocía el plan. Pero Pietra y Gael todavía están procesando lo que acaban de escuchar de boca de Luca.

—¿Preguntas?

—Entonces… —Pietra se aparta el flequillo y mira por encima de sus gafas a los dos hermanos mientras trata de elegir cómo preguntar lo que tiene en mente—. ¿Vamos a conseguir bronce de hace casi dos mil quinientos años por el que pagarás una fortuna, lo fundirás para hacer una estatua que pasará los controles tecnológicos más avanzados del planeta, convenceremos al tercer mayor museo de Estados Unidos de que se rumorea que hay un busto de bronce de un valor incalculable para que lo compre a cambio de prometerle una donación de una falsa organización secreta de millonarios griegos, y tú te harás pasar por traficante de arte para que alguien te haga el encargo de localizar ese busto y se lo venderás por veinticinco millones de euros?

—Dicho así… —Luca también busca las palabras—, suena inverosímil. Pero, en resumidas cuentas, sí.

Pietra gira la cabeza para mirar a Gael, que parece estar tan sorprendido como ella. Y vuelve a mirar por encima de sus gafas a uno y otro hermano varias veces. Esa mirada acentúa sus ojeras, y las arrugas de su frente dibujan un gesto de incredulidad.

—De acuerdo. —Se acomoda en el sofá—. Solo quería asegurarme de haberlo entendido correctamente.

—Gael —Enzo se dirige al joven *hacker*—, ¿tú lo has entendido?

—Yo no he entendido nada, *bro* —al menos es sincero, piensa Luca—, pero a mí me vais diciendo paso a paso lo que hay que hacer y yo entro en el ordenador del Papa de Roma si hace falta.

Enzo asiente a Luca, intentando transmitirle confianza en el chico. Y la mirada del hermano mayor solo expresa un *no queda otra que confiar en él.*

—Me preocupa lo del traductor. —Pietra se dirige a Luca—. Si va a trabajar conmigo, quiero dar el visto bueno.

—La persona en quien he pensado no se ha presentado.

—¿Y tienes a alguien en mente?

—La persona en quien había pensado entrará —asiente Luca mirando a su tía—, y si no entra es que no era la persona adecuada para esto. —Las manos en los bolsillos refuerzan la convicción de sus palabras.

El sonido del timbre hace que todos miren hacia la puerta, como si hubieran sido pillados de forma inesperada. Enzo toma la iniciativa y se levanta de la silla para abrir.

—Tenías razón, Luca. —A Enzo solo se le escucha—. Al menos hay una cara bonita en el grupo.

—Vaya… —la voz femenina destila ironía—, el mafioso ruso ha decidido vestirse de persona normal.

Enzo abre la puerta para que Natalia pase y entre al salón. Ella, de pie, mira a Luca con cara de pocos amigos y, a través de los cristales de sus gafas cuadradas, pasa la vista por las otras dos personas: una señora mayor y un chaval con ropa de la talla de un jugador de baloncesto y de marcas que la mayoría de los mortales o no conocen o no se pueden permitir. Natalia cierra los ojos y se pasa la lengua por los dientes superiores, dando a entender que no sabe qué hace allí.

—¿Y este es vuestro equipo? —dice con una mezcla de burla y desprecio—. ¿Para esto hicisteis que me echaran del trabajo?

—Natalia, este es Gael: *hacker.* —Luca señala al chico—. Y ella es Pietra, nuestra tía.

—¿Tu tía? —pregunta con cierto desprecio—. Esto no parece muy profesional, Luca.

—Igual de profesional que haberte elegido a ti. —Luca, sin moverse de delante de la gran pantalla de televisión, marca una línea para que ella sepa en qué aguas va a navegar a partir de ahora—. Sé que estás preparada para esto, pero te aseguro que ellos lo están igual que tú. Y si has venido hasta aquí es porque te interesa también lo que puedas sacar.

—¿Crees que me dejaste otra salida tras ese espectáculo? —recrimina ella.

—Te avisé de que esto va a ser ilegal —recuerda Luca, obviando el comentario de Natalia—. Siéntate, estamos con el plan.

—A eso vengo... —Le desafía con la mirada—. A saber cuál es tu nueva jugada. Y a por ese dinero que me prometiste.

—Ahí lo tienes. —Luca señala la mochila, que todavía está sobre la mesa de centro.

Natalia toma la mochila, la abre, observa unos segundos y vuelve a cerrarla.

—¿Aquí cobramos todos lo mismo? —Pasea su airada mirada entre todos los presentes, con un aire desafiante que lanza el mensaje de que ella no va a ser la tonta del grupo.

—Vosotros tres, lo mismo. —Luca sabe que la duda es lícita, por eso la contesta, pero no piensa amilanarse ante la actitud de ella—. Un cinco por cien de lo que saquemos; si las cosas van bien, los tres os llevaréis un millón doscientos cincuenta mil. El medio millón de la mochila es un adelanto.

El silencio parece indicar que ella se lo está pensando. Juega la carta de no estar interesada en saber de qué va aquel asunto; pero, desde luego, no va a soltar esa mochila.

—A ver... —Natalia cierra los ojos y respira, en un intento de serenarse—. Que quede claro que te odio, que esto lo hago por el dinero, y que no quiero volver a verte en mi vida una vez que hayamos terminado la locura que estés montando.

—Prometido. —Y los ojos verdes de Luca se vuelven menos hostiles con esa chica que se ha unido al equipo.

—Hay que joderse… —dice entre dientes sin mirarle.

Pietra sonríe. La chica planta cara a sus sobrinos, y eso le gusta. Además, tiene demasiados años como para no darse cuenta de que tras la tensión que se ha respirado entre su sobrino mayor y la recién llegada hay un subtexto de cierta atracción. De esa que conlleva un orgullo que ambos albergan en su interior y que no les permite dar su brazo a torcer. Sabe que a esa tensión todavía le quedan muchos capítulos, porque no acaba más que de empezar.

—Anda, ven, siéntate aquí. —Lanza un gesto con la mano a Natalia y le hace hueco en el sillón.

—Natalia, luego te pongo al corriente de todo. —El suave tono de Luca es un intento de sincera conciliación con Natalia por haber acudido.

—Déjame a mí, Luca. —Pietra pone una mano en la pierna de Natalia, acogiéndola bajo su manto—. Vamos a trabajar juntas, así que tendremos una larga conversación para conocernos. Me gustan tus gafas, jovencita.

La noche ha caído y a través de las ventanas del salón entra la tenue luz de las farolas. Luca mira a las cuatro personas que tiene frente a él. Ha formado su equipo para tratar de cometer el engaño más elaborado que el mundo del arte haya visto desde el Vermeer de Han van Meegeren a mediados del siglo pasado. Y lo más curioso de todo es que pretende hacer historia sin que nadie se entere. De una forma completamente anónima y volando por debajo de cualquier radar.

—¿Riesgos? —El *hacker* Gael baja a tierra y pregunta lo que viene inquietándole desde que ha conocido el plan.

—Muchos. —Luca se mete las manos en los bolsillos y dirige la mirada a los cuatro; no quiere quitar hierro al asunto—. Una redada en una de las subastas ilegales, que las pruebas a las que se someta el bronce determinen que es falso, que aparezcan en escena la Policía Nacional y su Unidad de Delincuencia Especializada y Violenta, que el marchante al que se la colemos nos la quiera devolver…

—Cárcel, tiro en la cabeza… —el *hacker* resume las consecuencias de esos riesgos.

—Hay que asumirlos. —A Luca le gusta que se hable claro.

—Habrá —zanja Gael con un implícito acuerdo.

—Hay algo que no me cuadra, Luca. —El semblante de Enzo se torna serio—. Si vamos a hacer que el Museo Americano de Artes Clásicas, en Chicago, pida a marchantes de todo el mundo que le encuentren esa pieza de bronce única, esta tendrá que haber salido de algún sitio, ¿no? Si no, no va a ser creíble.

Luca sonríe a su hermano. Ha dado con la parte de esa tela de araña que queda por completar. Ya lo decía su padre: es listo.

Pietra y Gael esperan la respuesta de Luca. Natalia aún no se ha enterado de qué va el lío en el que se ha metido.

En la televisión todavía se ve la fotografía de la fachada del AMCA, pero cambia cuando Luca presiona un botón del mando y, de pronto, aparece un vídeo en vertical, grabado con un móvil, que deja una gran franja negra a cada lado de la pantalla. Una zona desértica, un área rodeada de una valla cubierta con una tela verde, y decenas de curiosos vestidos con camisas largas blancas y azules. Es un país árabe, y el vídeo recorre la zona vallada, en la que hombres con fusiles protegen su perímetro.

—Alejandro Magno, tras conquistar lo que quedaba del Imperio aqueménida, quiso expandir sus dominios hacia el sur de Asia. —Luca habla por encima del vídeo—. En el 326 antes de Cristo, apenas tres años antes de morir, el ejército de Alejandro se enfrenta al de Poros, rey de Paura, una zona de lo que hoy es Pakistán. Es la llamada batalla del Hidaspes, en la que Alejandro logra vencer, pero es tan sangrienta que mueren cerca de veinte mil hombres entre un ejército y otro. Alejandro Magno, aunque vencedor, presenta sus respetos a Poros, y añade esa zona a su vasto imperio.

En ese momento se observa en el vídeo cómo las decenas de curiosos comienzan a jalear y ulular, y la cámara va de estos a la zona vallada. Allí, los soldados preparan sus armas y se advierte revuelo tras la tela verde. Es solo un instante, pero puede verse a cuatro hombres que transportan a hombros una caja de madera. Luca detiene el vídeo en ese *frame*.

—Hace unas semanas, Roger Livermore inició una excavación en Lahore, Pakistán. Es la zona que ocupaba el reino de Poros y donde se desarrolló la batalla del Hidaspes. —Luca mira a su equipo, que parecen no saber de qué va aquello que les está contando—. Livermore encontró algo, pero nadie sabe qué es. Lo ha mantenido en secreto.

—¿Livermore? —Natalia ha pillado, al menos, un dato que reconoce—. ¿El arqueólogo?

—El mismo —asiente Luca.

—¿Y qué tiene que ver eso con nosotros? —Pietra mira con interés a su sobrino mayor, porque está segura de que lo que está contando va a llegar a algún sitio.

—Livermore no encontró nada en realidad —responde Luca.

—No entiendo. —Enzo mira al resto del equipo para saber si les sucede lo mismo.

—Le pagué tres millones de euros para que hiciera una excavación falsa, y él montó todo esto: operarios, maquinaria, hombres armados… —Sin mirar hacia atrás, señala a la pantalla—. Podemos inventar lo que queramos que haya encontrado.

—¿Y qué queremos que haya encontrado? —Pietra ya ha visto la jugada. No puede dejar de mirar a su sobrino y recordar que, a sus treinta cinco años, lleva más de media vida con ese plan en la cabeza y que hace ocho meses decidió ponerlo en marcha. Todo lo que les cuenta es de alguien que tiene una mente privilegiada, un verdadero genio.

—El busto de Alejandro Magno mejor conservado de la historia; un canto a su victoria en aquel lugar. —Luca mira a su tía—. Una pieza única, casi imposible de imaginar siquiera; incluso con una inscripción en griego antiguo que autentifica que se trata de Alejandro.

—Una pieza por la que un museo pagaría lo que fuera... —La tía de Enzo y Luca está evaluando las repercusiones de lo que está escuchando, y cómo su sobrino ha ido un paso por delante en toda esta operación.

—El museo, que pague lo que quiera. —Luca sonríe—. Nosotros nos conformaremos con veinticinco millones de euros que nos pagará el intermediario al que se la coloquemos.

—¿Veinticinco millones? —salta Natalia—. ¿Nos pagas una pequeña parte de eso y tú te forras?

—Lo que quede de beneficio tras todos los gastos nos lo repartimos entre Enzo y yo a partes iguales.

—Y los hermanitos se retiran con la vida resuelta.

—Guapa —Enzo corta lo que Luca fuera a responder—, te aseguro que yo tengo más razones que tú para odiarle, pero está siendo limpio en esto.

Natalia no parece satisfecha con la respuesta, pero prefiere callar. Entre los Santamarta parece haber cuentas pendientes y decide que a ella no le importan. Luca mira de soslayo a su hermano, que interpreta un ingrávido agradecimiento en sus ojos verdes.

—¿Alguna duda con el plan? —cambia de tema el hermano mayor mientras pasa la mirada por los cuatro integrantes de su equipo—. ¿Alguna pregunta sobre lo de Livermore?

El silencio que se ha hecho en el salón indica que todos los presentes han comprendido la jugada a la que Luca lleva meses dando forma. Y Pietra sabe que solo les ha contado un eslabón de lo que lleva años planeando.

Enzo, que se ha metido en el negocio porque pensaba que a su hermano le venía grande esta locura y que iba a necesitar que alguien lo protegiera, tiene que rendirse ante la evidencia de que Luca, aunque todavía tiene mucho que aprender del Lado Oscuro, sabe muy bien lo que tiene entre manos. Y no puede, aunque haya tantas cosas que le recrimina y de las que le culpa a lo largo de los últimos años, hacer otra cosa más que admirarle.

—Joder, Luca… —dice el hermano pequeño mientras se pasa la mano por el pelo—, véndeme tu cerebro.

10. Madrid, octubre de 2022

A los dos edificios inclinados se les conoce ahora con el pomposo nombre de Puerta de Europa, cuando siempre se les ha llamado las Torres Kio. Son una icónica imagen del Madrid moderno y vanguardista, destinados a oficinas de compañías que quieran y puedan pagar el elevado alquiler. Tener sede en un símbolo arquitectónico como ese tiene su precio.

Mirando desde el sur, en la planta 25 de la torre de la izquierda, tiene sus oficinas Security Lab, la mayor empresa de ciberseguridad de España. Y en esa planta, justo en el ángulo que forma la inclinada fachada, está el despacho de Marcos Lorente, el CEO de la compañía, que acostumbra a trabajar hasta tarde; aunque la recepcionista, que tiene orden de no irse de la oficina si el jefe continúa allí, esté reuniendo una pequeña fortuna a base de las horas extra que hace. Son las ocho de la tarde y, excepto las dos personas que se encargan de la limpieza, la recepcionista y el propio Lorente, la planta está vacía.

El ascensor se abre y la puerta corredera de cristal con el logotipo de la empresa deja paso libre al visitante. La recepcionista —treinta años, cuatro idiomas, un máster en Gestión Comercial, y aguantando en un puesto de trabajo para el que está sobrecualificada— esperaba la visita porque el señor

Lorente la había apuntado por su cuenta en el calendario al que ella tiene acceso. Lo que no esperaba era a aquel tipo de uno noventa, cicatriz en la cara, pelo cortado a cepillo y un traje al que parece que van a saltarle las costuras debido a la musculatura. Y que sujeta bajo el brazo un ejemplar de *El viejo y el mar*, de Hemingway.

—Bienvenido, señor Urriaga —sonríe—. Si me acompaña, el señor Lorente le espera.

Sin abrir la boca, Sancho Urriaga asiente y sigue a la joven, que se detiene tras una maciza puerta de roble, la abre y franquea el paso al exmilitar. En estas lides, a Urriaga no le importa dar su nombre ni, en este caso, el del cliente que le envía. Ambos han jugado muchas veces a esto y saben que es mejor que la parte contraria ponga cara y ojos a quien está al otro lado. Eso, y que se saben inmunes, lo que es un arma poderosa en reuniones como la que está a punto de suceder.

—Señor Lorente, su visita.

—Que pase —dice una voz autoritaria sin quitar la vista de su ordenador portátil. En el hilo musical suena atenuada *Linger*, de The Cranberries.

Urriaga siente en sus pies el cambio del azulejo porcelánico a la mullida moqueta de la que disfruta el máximo responsable de esa empresa. Los doce metros que separan la puerta de entrada de la mesa de Lorente son suficientes para que escanee visualmente el lugar. El Jackson Pollock choca frontalmente contra el Miró, en una curiosa mezcla de estilos. En la vitrina, con su propia iluminación, destaca la colección de monedas españolas que abarca los siglos XVII, XVIII y XIX. En los laterales, una pequeña muestra de esculturas que incluye, entre otras, una mujer con cajones de Dalí y una Virgen de Juan de Ávalos. Y tras el trabajado escritorio, también de roble, en el que está sentado Lorente, un Picasso de su etapa cubista en el que aparecen varias señoritas desnudas. Urriaga le echa unos cuarenta años; un cerebrito que se ha hecho rico con la tecnología. Y que ahora presume de ser coleccionista de arte sin tener ni puta idea a juzgar por la incoherente mezcolanza reunida allí.

—Siéntese, por favor. —Lorente deja su portátil para, por primera vez, prestar atención a su visita, y advierte que la presencia es intimidante—. ¿Qué puedo hacer por el señor Balboa?

—Vengo a hacerle una nueva oferta por el casco corintio. —Urriaga, con el libro en su regazo, señala a su derecha y la vista de Lorente se va hacia ese lugar.

En una pequeña columna de mármol, y sujeto por un bastidor hecho a medida, se expone un casco de bronce en un excelente estado de conservación. La abertura para los ojos da paso a una protección para la nariz, y los laterales, alargados, están diseñados para proteger mandíbulas y cuello. Aunque es del siglo v antes de Cristo, se nota que está restaurado y bruñido para que brille en ese despacho.

—Ya le dije al señor Balboa que no está en venta. —Lorente se reclina en su enorme sillón de trabajo y se permite abrir un poco el nudo de la corbata.

—El señor Balboa le pide que lo reconsidere. —Urriaga apenas pestañea mientras va soltando el guion que lleva aprendido—. Le encantaría tener ese yelmo en su colección y sube la oferta a doscientos cincuenta mil euros.

—¿Me recuerda su nombre? —Lorente quiere marcar distancias.

—Urriaga.

—Señor Urriaga, el mes pasado recibí una oferta de seiscientos mil. —El empresario hace un gesto con la mano, como si apartara una mosca—. La rechacé; un experto me dijo que este casco pudo estar en las Termópilas o en Salamina.

—Tengo autorización del señor Balboa para ofrecerle hasta trescientos mil. —El exmilitar no está cómodo allí, y su lenguaje corporal le delata. La espalda recta, en tensión, apenas toca el respaldo de la silla en la que está sentado.

—Dele las gracias a su jefe, pero no.

Urriaga resopla en un gesto de hastío. Ahora es cuando tiene que poner en marcha el plan B.

—Verá, señor Lorente —Sancho Urriaga habla despacio y, con mucha calma, deja el ejemplar de *El viejo y el mar* sobre la mesa de Lorente—, el señor Balboa no es mi jefe; es mi cliente. Uno de ellos. Y mis clientes me hacen encargos que quieren que se cumplan, porque, si no, no me contratarían.

—Creo que no le comprendo.

—Si no le llevo el casco al señor Balboa, dejará de confiar en mí. Y le aseguro que usted no quiere que el señor Balboa deje de confiar en mí.

—La verdad, me da igual la confianza entre ustedes. —A Lorente ya le está cansando aquella conversación—. Si me disculpa, tengo que seguir trabajando.

Urriaga asiente un par de veces y mira a Lorente a los ojos. Mete la mano en el bolsillo de su apretada americana, saca un sobre y lo deja sobre el escritorio del empresario.

Este lo abre y extrae el contenido. Una foto de un niño que juega en el patio de un colegio. El niño, con una mochila a la espalda, de la mano de una mujer joven. Una adolescente en un café con rótulos en francés. La misma adolescente besándose con un chico.

—No querrá que cuando vaya la niñera al colegio del pequeño Izan se encuentre con que no está, ¿verdad?

Lorente no despega los ojos de las fotografías y se queda boquiabierto mientras las repasa una a una.

—O que a la preciosa Inés le pase algo en el internado de Ginebra.

—¡¿Balboa se atreve a amenazarme con hacerle daño a mis hijos?! —Lorente se levanta de su sillón y pega un manotazo en la mesa; más de miedo que de enfado, detecta Urriaga.

—No, quien le amenaza soy yo —dice con la misma calma que demuestra desde que ha entrado allí—. Usted verá si quiere que uno de mis clientes pierda la confianza en mí.

—Voy a llamar a seguridad. —Lorente, de pie, descuelga el teléfono fijo que hay sobre su mesa—. Usted se cree que puede…

—Si me echa o si no salgo de aquí con el casco —Urriaga mantiene el tono suave—, sus hijos están muertos en una hora.

Lorente repara en lo que aquel amenazante tipo le está diciendo. Cuelga el teléfono y acaba por derrumbarse en su sillón. Con su mano izquierda hace una invitación a Urriaga para que tome el yelmo que está expuesto bajo un potente foco.

Urriaga se levanta de su silla, camina con calma hasta el casco y lo toma con cuidado. Lo sopesa con ambas manos y sonríe. Vuelve a girarse hacia Lorente, mete de nuevo la mano en el bolsillo interior de la americana y deja un cheque sobre la mesa del empresario. De la que toma de nuevo el libro de Hemingway.

—Es un placer hacer negocios con usted —dice Urriaga dando la espalda al empresario mientras sale del despacho con el casco en la mano derecha y *El viejo y el mar* en la izquierda.

Lorente no es capaz de articular una sola palabra mientras el hilo musical escupe esa canción en la que el Boss habla sobre unos ojos tristes.

***

—¿Lo tienes? —pregunta la voz cascada de Balboa a través de los altavoces del coche.

—Aquí a mi lado, en el asiento del acompañante —responde Urriaga.

—Anda, vente a Valencia y me lo traes.

—En cuatro horas estoy allí.

—Por cierto… —Balboa se detiene para dar lo que parece un sorbo a una copa—, ¿qué haces el sábado?

—Si tiene algún encargo para mí, estoy libre.

—Celebro mi cumpleaños en casa. —Y ahora se oye el chasquido del mechero para encenderse un cigarrillo—. Vienes, tomas un par de copas y conoces a alguna chica guapa.

Álvaro Balboa de Núñez-Pisón cuelga sin ni siquiera despedirse. Y Urriaga vuelve a detectar en su interior ese punto de temor y servilismo que le produce el hombre de la voz rota.

11. Valencia, septiembre de 2002

Laura se levantó de la cama, se puso una bata sobre su cuerpo desnudo y salió de la habitación en dirección a la cocina. No encendió la luz del pasillo para no despertar a Luca y Enzo, y abrió la nevera para echarse leche fría en un vaso.

Francesco, tapado hasta la cintura con una sábana, seguía en la cama. Los niños se habían dormido pronto, y él y Laura encontraron una paz poco habitual en la casa para poder hacer el amor con calma. De esa manera pausada y cómplice con la que se vive el sexo en la madurez con la persona a la que amas.

Miró la hora en el reloj despertador digital —una y cuarto de la madrugada— y de la mesilla de noche tomó el mando del televisor de pantalla plana que había instalado en la habitación. El brillo del canal de la teletienda iluminó el dormitorio y Francesco sonrió satisfecho por ese pequeño lujo del que estaba disfrutando.

Era el único capricho que se habían permitido desde el cobro por *El niño de la jarra*. El cuadro de Goya del que Francesco inventó la historia. Un pequeño lienzo de 50×60 en el que se veía un niño cargado con una jarra de barro, como si fuera un aguador que va a comenzar su faena. De pie, vistiendo un abrigo roído, unos pantalones sujetos con una cuerda a la cintura y unas botas ya cuarteadas en la punta. El ala del pequeño sombrero dejaba escapar un mechón de cabello que llegaba hasta los ojos, y esbozaba una sonrisa entre tímida y triste mientras su mirada hacía un escorzo a la derecha.

Un cuadro de la época final de Goya en Burdeos, con una temática y unas formas similares a *La lechera*. Un cuadro que el maestro aragonés había pintado y vendido a un aburguesado comerciante para poder ir pagando las facturas y llevar comida a la que sería su última casa. La historia era verosímil y él lo había ejecutado a la perfección. La sonrisa aniñada, el fondo difuminado, la posición del cuerpo, la paleta de colores y la firma de Goya convertían ese cuadro en la mayor creación que Francesco había pintado jamás.

Y era a Álvaro a quien le debía el haber recibido el dinero suficiente para una vida. Para dejar atrás las estrecheces, para que los chicos pudieran estudiar lo que quisieran, para que Laura pudiera dormir por las noches sin desvelarse por las preocupaciones.

Todo el mundo, pensaba Francesco, dice que el dinero no es lo más importante en la vida. Puede que sea cierto, pero qué fácil te la hace.

El golpe sordo del ariete fue acompañado del crujido de la rotura del marco de la puerta de entrada y de la lluvia de astillas en el pasillo. Francesco se incorporó del sobresalto y pudo ver el baile de haces de luz que comenzaron a destellar por el piso, acompañados de muchas y fuertes pisadas.

—¡Policía! ¡Policía! —gritaron varias voces a la vez—. ¡No se muevan!

Francesco, desnudo y tapado con la sábana, levantó los brazos cuando cuatro agentes con uniforme de asalto y verduguillo cubriendo su rostro entraron en el dormitorio y le apuntaron con los fusiles. Las luces que estos llevaban incorporadas le deslumbraban y tuvo que cerrar los ojos.

Lo único que pudo hacer Laura, apuntada por otros cuatro policías, fue quedarse bloqueada, con los ojos muy abiertos. Y soltar de su mano el vaso, que se hizo añicos contra el suelo, desparramando toda la leche en un gran charco blanco.

***

—Hemos encontrado una buena cantidad de dinero, inspector. Debe de haber cientos de miles de euros. —El agente, de paisano y con un chaleco reflectante con un «Policía» a la espalda, señalaba hacia el estudio de Francesco—. También útiles de pintura y bocetos.

—Enséñemelos —dijo Fonseca subiéndose el pantalón, vencido por la fuerza de la gravedad y por su panza.

El agente se adentró de nuevo en el estudio y salió con varios papeles en la mano. Se los entregó al inspector Fonseca, que les echó un vistazo y se los pasó a la subinspectora.

—*El niño de la jarra.* —Almudena Galeano, pese a ser las cuatro de la mañana, no llevaba ni una arruga en su traje negro—. Parecen dibujos preparatorios.

—Tenemos al falsificador.

Francesco, esposado, estaba dentro del estudio, siendo testigo del registro por parte de los agentes, mientras que a Laura y a los niños los habían aislado en el salón, custodiados por uno de los policías con el rostro embozado. Ella abrazaba a Luca y a Enzo, que no paraban de temblar. Y, de ese modo, disimulaba su propio temblor. Temblor que respondía, a partes iguales, al miedo y a la ira.

—¡¿Es necesario todo esto delante de los niños?! —habló al fin la ira por boca de Laura.

—Permanezca en silencio, señora.

—Entran en una casa en plena madrugada, armados como si fuéramos terroristas y amenazando a toda una familia… —A medida que levantaba la voz, apretaba todavía más a los niños contra ella, como si estos le dieran fuerzas—. ¡¿Usted se cree que hay derecho?!

—Señora, o se calla o se viene detenida, elija.

—¿Pero tú quién te crees que eres para hablarle así a mi madre? —La voz de Luca emergió mientras se liberaba del brazo de Laura y se ponía en pie—. A ella la tratas con respeto.

El policía, sorprendido de que el chaval le plantara cara, se acercó a él intentando intimidarle con su estatura para que volviera a sentarse. Pegó su cuerpo al del chico, mirándole desde arriba, pero este no se movió ni le apartó la mirada.

—¡Siéntate, chaval! —dijo el agente del rostro cubierto tras unos segundos de duelo—. Cuanto antes acabemos, antes nos iremos.

—¡Agente! —Se oyó una orden—. No intimide al chico, ya basta. Y tú —se dirigió a Luca—, siéntate, por favor.

Almudena Galeano se había acercado a unos pasos de la puerta del salón cuando oyó que Laura levantaba la voz, y pudo escuchar la escena completa. Aquel chico de quince años, apenas un niño, le había plantado cara a uno de sus hombres. Había sacado un valor inusual, tratando de proteger a su madre y a su hermano, pero no lo había hecho con miedo, sino midiéndose de igual a igual con un tipo que era dos cabezas más alto y un cuerpo más ancho. Reconoció cierta admiración hacia el muchacho y volvió a la zona de la casa donde se estaba disputando el partido de verdad.

El registro estaba siendo caótico: cajones abiertos, su contenido por el suelo, el sofá levantado y la cocina examinada por completo. Incluso la habitación de Luca y Enzo fue violada de arriba abajo por todo aquel despliegue policial que había roto la madrugada.

—Francesco Santamarta será el falsificador —la subinspectora Galeano, protegida por guantes de látex, observó de nuevo los bocetos—, pero esto huele a alguien más, que usted ya sabe quién es, inspector.

—No lo tengo tan claro.

—Lo tiene tan claro como yo.

—Galeano… —Fonseca la miró desde esos ojos enmarcados por unas hinchadas bolsas—, eso ya será cosa del juez.

—Pero podríamos pedir una orden para registrar su domicilio —insistía Galeano—. El juez podría ver indicios…

—Subinspectora —le cortó Fonseca—, esta lección es gratis. —Y la tomó del brazo.

El inspector abrió la puerta del baño, metió a Galeano y la cerró. La luz, amarilla, emitía reflejos sobre el armarito con espejo que había sobre el lavabo. Botes de cremas se amontonaban sobre una repisa, y la cortina de la ducha, de plástico, colgaba hasta casi el suelo sujeta de una barra barata comprada en un bazar.

—Tenemos la declaración de Balboa de que él no sabía que el Goya era falsificado, y tenemos al falsificador —recapituló Fonseca—. El importante es este. —Señaló a la puerta—. Cualquiera puede vender un cuadro, pero muy poca gente puede falsificarlo con esa genialidad; puestos a ir con todo, vamos a por Santamarta. Así que, nuestro trabajo en este caso ha terminado.

—No me creo que Balboa no supiera nada.

—¡Pues que lo decida el juez, joder! —Fonseca se acercó a ella y, en un gesto que destilaba violencia, levantó una mano a la altura de su rostro—. ¿Estamos?

Ambos se sostuvieron la mirada durante unos segundos, midiéndose como leones. Ella, con un brazo apoyado en la cadera, abandonó el contacto visual y apretó los labios.

—Estamos... —Y, con evidente decepción y enfado con su superior, salió dejando a Fonseca en aquel deprimente baño.

***

La sala no tenía ventanas, y era apenas un cubículo en el que había una mesa redonda y cuatro sillas. Francesco, esposado, llevaba una camisa vieja y unos vaqueros con manchas de pintura. Lo primero que había pillado con la prisa que le habían metido. Esperaba a que comenzara a hablar el hombre que tenía delante de él.

—¿Le han leído s-s-s-sus derechos?

—Sí.

—El señor Balboa me ha pedido... —pausa— que me encargue de su defensa. Todos los gastos corren por cuenta de él, po-po-por supuesto.

—¿De qué se me acusa?

—Falsificación de arte y posterior venta —confirmó el abogado—. Y las pruebas parecen evidentes por lo que han encontrado en s-s-s-su casa.

—Ya... —el tartamudeo estaba poniendo de los nervios a Francesco; se pasó las palmas de las manos esposadas por las ojeras—, pinta mal.

—El fiscal puede pedir hasta doce años de cárcel, pe-pe-pero trataremos de buscar atenuantes.

—*Santo Dio*..., no puedo ir a la cárcel. —Los ojos de Francesco se empañaron—. Mi mujer, mis hijos...

—El señor Balboa me ha pedido que le diga... q-q-que no tiene que preocuparse por ellos; él se encargará de que no les falte de nada.

—El bueno de Álvaro… —Francesco resopló con alivio—. ¿Cómo detectó Cortegana que el Goya era falso?

—De la manera más tonta… —el abogado bajó la voz, como si fuera a hacer una confidencia—. No le gustaba el marco y fue a que le hicieran uno nuevo. El trabajo que hizo usted era casi pe-pe-pe-perfecto, Francesco.

—¿Casi?

—El artesano al que Cortegana le llevó el cuadro se extrañó cuando lo sacó del ma-ma-marco. —El abogado hablaba sabiendo que no dominaba el tema—. Los milímetros de lienzo que ocultaba apenas di-di-diferían en color del resto del cuadro.

Casi. Francesco expulsó todo el aire de los pulmones, culpándose a sí mismo. Unos pocos milímetros de un cuadro quedan ocultos por el marco; y, a medida que pasan los años, la parte oculta puede seguir manteniendo un colorido parecido al original, mientras que la parte visible se va oscureciendo. Y, en teoría, el Goya de Francesco, *El niño de la jarra*, tenía casi doscientos años. Él había oscurecido el cuadro una vez pintado y puesto en el marco, pero estaba claro que no lo suficiente, no para diferenciarlo lo suficiente de esos milímetros tras el marco.

Su obra maestra no lo era tanto. No era Han van Meegeren; Francesco no era tan bueno como él creía. Y sintió cómo toda la decepción y la culpa caían sobre él con la fuerza de un alud. Pillado por no haber sabido darle maestría al trampantojo. Si lo pensaba bien, era evidente que no había estado a la altura. Se había confiado con el argumento que le dio Álvaro; Cortegana no iba a llevar el cuadro a analizar por no levantar la liebre de que tenía un Goya inédito. Y un artesano que enmarcaba cuadros había descubierto el engaño.

Casi perfecto.

—Y Cortegana encargó un análisis del cuadro, ¿verdad?

—Sí. —Y extrajo un papel del maletín al que le echó un vistazo—. En la s-s-s-sede de Madrid de… The Winton Institute. De-de-determinaron que la parte trasera del lienzo no estaba suficientemente amarilleada ni que el secado de la pintura siguiera un —leyó textualmente— «patrón natural de fragmentación p-p-para tener doscientos años».

Si lo determinaba The Winton Institute, era ley. La empresa de análisis y datación más importante de Europa. Francesco cayó en la cuenta de que no había nada que hacer; tan solo esperar a un juicio y a un veredicto.

—¿Dice usted que Álvaro Balboa se va a encargar de mi familia?

—S-S-S-í, eso es… —confirmó—. Siempre y cuando… —pausa— no dé usted ninguna info-fo-fo-formación falsa sobre él. Ya me entiende.

—Vaya que si le entiendo… —La leve sonrisa era de constatación de hallarse en un callejón sin salida—. Solo me queda una duda —Francesco elevó el rostro por primera vez para mirar con cierta dignidad al abogado—: ¿cómo ha sabido la policía que fui yo?

—El señor Balboa me ha dicho que ha dado su nombre un tipo apo-po-podado el Manco.

Aquellas palabras le cortaron la respiración y tuvo que boquear para conseguir introducir un poco de aire en los pulmones. El pulso se le aceleró y sintió cómo su corazón golpeaba dentro de su pecho. Le costó un par de minutos volver a recuperar el control del cuerpo, que había actuado por su cuenta tras escuchar las palabras del abogado. Francesco permaneció unos segundos manteniendo la mirada en los ojos del hombre que tenía frente a él. Su boca se abrió para decir algo, pero prefirió contenerse. El Manco jamás lo habría delatado; entre otras cosas, porque ni sabía su nombre ni tenía el más mínimo dato de localización sobre él. *Ergo* había sido traicionado por Álvaro. Su hermano, el padrino de su hijo mayor. La única persona, más allá de su familia, por quien habría dado la vida.

Y lo único que pudo hacer fue derrumbarse en esa silla en la que estaba sentado con las manos esposadas.

—Es cierto que el infierno está vacío… —balbuceó para sí.

12. Valencia, octubre de 2022

La noche es de temperatura suave, como si fuera de abril, y el ritmo del *sirtaki* comienza a sonar por los altavoces. Los invitados que, copa en mano, charlan en grupos alrededor de la piscina se acercan al pequeño escenario que se ha instalado en el jardín, junto a la pista de tenis. Todas las luces se apagan y solo quedan las que iluminan al tipo que lleva el micro en la mano, quien, parado en mitad del escenario y con un foco directo hacia él, tiene la cabeza inclinada hacia abajo y sigue con un pie los primeros compases de la canción. El público que se ha arremolinado comienza a dar palmas al ritmo de la música.

Esmoquin de chaqueta blanca con cuello y solapas en negro, pantalones negros, camisa con dos botones desabrochados y pajarita, con el lazo deshecho, que le cuelga a ambos lados del pecho. Las gafas ahumadas le dan todavía más un aire de dandi de otra época.

Levanta la cabeza y, tras una sonrisa hacia su público, comienza a cantar.

Eres sueño de amor
Luz del sol, volcán y tierra
Por donde pasas, dejas huella.

La voz rota de Álvaro Balboa le pega a esa canción como a un Cristo dos pistolas, pero todos sus invitados siguen el ritmo con las palmas y jalean al anfitrión.

Has vuelto, Melina
Alza tus manos hacia Dios
Que él escuche tu voz
La-ra-rai-ra-ra-ra

Con la mano derecha sujetando el micro, utiliza la izquierda para seguir el *sirtaki* y animar a la gente que ha acudido a celebrar su cumpleaños para que canten a voz en grito con él.

La huella de tu canto echó raíces, Melina
Y vuelven a reír tus ojos grises, Melina
La-ra-ra-ra-ra-ra-rai-ra-ra-ra

Jueces, banqueros, notarios y algunos presidentes de empresa componen el grueso de invitados, todos acompañados de mujeres, con la mitad de años que ellos, que visten traje de noche con el que lucir todas sus operaciones estéticas.

Balboa hace una reverencia a su público cuando termina de perpetrar *Melina*, y los aplausos y gritos se oyen en toda la urbanización Los Monasterios, donde el chalet del marchante de arte destaca entre todas las lujosas viviendas. Pero es que la pleitesía se debe a que todos los invitados o bien decoran sus despachos con obras que él les ha conseguido, muchas de ellas casi imposibles, o tienen negocios con los que Álvaro les ha hecho ganar mucho dinero.

Entre el trasiego de camareros del *catering*, vestidos de riguroso negro, personal de limpieza y guardias de seguridad que rodean el evento, Álvaro Balboa recibe felicitaciones y alabanzas por su interpretación de la canción de Camilo Sesto cuando baja del pequeño escenario. La que se rumorea que es su pareja —Álvaro nunca se ha casado ni tiene hijos, al menos oficiales, pero ha tenido innumerables romances con modelos y famosillas de medio pelo—, unos veinticinco años más joven que él, presentadora de un *magazine* de tarde en una televisión autonómica, le está esperando con una copa de Moët para brindar y plantarle un sonoro beso en la mejilla, lo que hace repetir el aplauso de los presentes.

Álvaro, alma de la fiesta, le dice a ella que va a seguir saludando a los invitados y toma otras dos copas de una bandeja, que sujeta mientras sonríe y esquiva a cada uno de los grupos de gente que se divierten en su jardín, avanzando hacia la zona del bufet de marisco y caviar que el *catering* ha instalado. Por los altavoces suena *Staying Alive*, de Bee Gees.

—Dichosos los ojos. —Tras cantar, la voz es todavía más ronca.

—La que has liado aquí. —Sonríe Luca mientras toma la copa que Álvaro le ofrece—. Feliz cumpleaños, padrino.

—Cada vez que me dices eso, me haces sentir un Corleone. —Le da un cachete cariñoso en la mejilla—. Anda, llámame «tío».

—Pues feliz cumpleaños, tío —Luca da un sorbo a su copa—, pero esta fiesta es exagerada hasta para ti, ¿no crees?

—Aquí están mis mejores clientes, Luca. —Con un gesto de la mano parece abarcar a todos los presentes—. Y tengo que darles lo que quieren: mi personaje. Así que les divierto, les agasajo y les invito a mi casa para que sigan creyendo que son alguien en esta ciudad, que estoy cerca de ellos para ayudarles en lo que necesiten.

—Cuando en realidad… —Luca sabe que el razonamiento no ha terminado.

—Cuando en realidad están todos a mi servicio. —Lo dice pasando la mirada por todos ellos a través del filtro de los cristales oscuros—. Yo les doy espectáculo y ellos me siguen regalando sus influencias, sus contratos y su dinero para obras de arte.

—Eres una leyenda, tío —reconoce Luca.

—Mírame —Álvaro le da una ligera palmada en la mejilla—, sesenta y seis, y estoy como un chaval. Aún me queda mucha guerra.

—Pues supongo. —El joven sonríe con ironía—. Con esa novia que te gastas…

—Las mujeres… —Álvaro se viene arriba al saber que su sobrino de pega admira su última conquista—. No puedes vivir con ellas ni sin ellas. Tú también tendrás una chica por ahí, ¿no?

—No empiezo nada que tarde o temprano vaya a doler.

—Pues ahora, con esos diez millones de euros y trajes como este —Álvaro acaricia la solapa de la americana de Luca—, las tendrás a montones.

—Estoy con otra cosa, tío. —Luca calla porque un invitado de considerable edad ha acudido a despedirse de Álvaro. La noche es ya cerrada, y allí hay hombres que deben de rondar los ochenta.

—Una fiesta estupenda, Álvaro —le dice el viejales.

—¿Te lo has pasado bien? —Balboa pone la mano en el hombro de su invitado de manera amistosa mientras le sonríe de una forma un poco exagerada.

—De maravilla.

—Pues espero que eso sirva para que por fin me vendas un porcentaje de tu hotel.

Y ambos hombres ríen la ocurrencia, que a Luca no se le ha escapado que iba disfrazada de ultimátum. Así es Álvaro. Se estrechan la mano y vuelven a quedar solos tío y sobrino.

—Un hotel en Menorca.

—Meas alto, tío —reconoce Luca.

—No es solo dinero: es respeto. —Otra lección gratis—. El muy gilipollas lleva seis meses rechazando mis ofertas. —Álvaro se ajusta las gafas—. Veintisiete millones le ofrecí hace un par de semanas por el treinta por ciento.

—No le hará falta el dinero. Y vendiendo noches y copas a turistas tardarás años en amortizar tu inversión.

—Luca, Luca... —Niega con la cabeza—. La inversión la amortizo en dos años, que es lo que le queda al viejo, y después le saco el doble; cuando palme, moveré hilos para que la familia lo venda. Ya tengo hasta el comprador.

—Joder, tío... —Luca lo dice con verdadera admiración—. Lo dicho: una leyenda.

—¿A qué otra cosa estás? —Balboa, sabedor de que reparte gotas del elixir de su sabiduría, demuestra su prodigiosa memoria cuando vuelve al punto exacto en el que se había quedado la conversación antes de que les interrumpieran.

—Una nueva empresa.

—No puedes estarte quieto, ¿verdad? —Álvaro suelta una carcajada y apura la copa—. Tú sí que has aprovechado los estudios que os pagué. Tu hermano es otro cantar.

—Mi hermano está en el buen camino, tío.

—¿Por qué no ha venido?

—Sus cosas, ya sabes.

—En fin... —Álvaro mira a Luca a través de los cristales ahumados y lo coge del brazo para caminar hacia un lugar más alejado del gentío—. ¿De qué va esa nueva empresa?

—Te va a sonar a chino.

—Inténtalo.

—Trust Seeker, una pequeña empresa de intermediación. Pero que esconde un foro en la *deep web*. —Luca hace una pausa—. De forma anónima, la gente pide cosas y, de forma anónima, otros usuarios contestan. Todo encriptado por *blockchain*. Mi empresa es la intermediaria; hace el cobro por la información y paga al informante en criptomoneda, quedándose con un porcentaje de la cantidad pagada.

—Tenías razón, no he entendido una palabra.

—Los tiempos cambian.

—Pero me ha interesado eso de que *la gente pide cosas…* —Álvaro es un zorro y quiere saber más.

—Lo he centrado en arte.

—¿Arte? —Luca le ha tocado la fibra sensible.

—Alguien quiere una determinada pieza, pero no sabe su ubicación ni quién la posee. Hace una petición en mi web, y quien tenga información la suministra a cambio de un pago.

—¿Y qué hace tu cliente con esa información? —Álvaro sigue del brazo de Luca, y ya casi han llegado al muro que delimita la parcela.

—Bueno, puede hacerle llegar una oferta al propietario, ya que sabe quién es; o esa oferta se la puede hacer llegar mi empresa. O…

—¿O qué?

—Tenemos los contactos que se encargan de conseguir esa obra.

—Los contactos… —Álvaro se levanta las gafas ahumadas y mira a Luca a los ojos—. Robarla para tu cliente.

—Lo que hagan mis contactos no está bajo mi control.

—¿Te pueden empapelar por algo de todo este lío que me estás contando?

—Imposible. —Luca desprende seguridad—. Tengo todo bien atado. Tú me has enseñado cómo se hacen las cosas.

Álvaro se pone de nuevo las gafas, y sonríe a Luca mientras vuelve a darle otro cachete en la mejilla. Chico listo. Le toma otra vez del brazo y vuelven caminando hacia la fiesta.

—¿Y esa empresa tuya funciona?

—Este mes hemos intermediado tres millones de euros; y nos quedamos el treinta por ciento. —La cifra parece sorprender a Álvaro—. Hay mucho nuevo rico en el mundo, tío. Y son ambiciosos.

—Pues nada... —llegan de nuevo al bufet—, a seguir sacándoles pasta a los niñatos de las tecnológicas.

—Tío —Luca se acerca a su oído—, si alguna vez necesitas algo, o alguno de tus amigos...

—Sobrino, ya sabes que yo me basto y me sobro. Y mis amigos quieren seguir haciendo negocios a la manera tradicional.

—Me gustaría que hablaras a otros marchantes de mis servicios. —Luca pone la cara de ir a pedir un favor—. Si me echaras una mano, te lo agradecería. Y aún estaría más en deuda contigo.

—Eso puedo hacerlo. —Álvaro refuerza ante su sobrino esa idea de que todo el mundo está a su servicio. Y Luca lo sabe.

—Y si llega el momento en que necesitas alguna información sobre cualquier pieza, en cualquier lugar del planeta, no dudes en pedírmela.

—Ojalá tu hermano hubiera salido como tú. —Álvaro le mira de arriba abajo con orgullo, pero descartando la propuesta—. Qué orgulloso estaría tu padre, aunque...

—¿Aunque yo le odiara en su último año?

—No es fácil ver a un padre en la cárcel. —Pone una mano en el hombro del joven—. Y que tu madre entrara en una depresión que acabara en... —Álvaro obvia la palabra «suicidio».

—Salieron esas cartas. —Y Luca eleva las cejas, como si fuera algo que escapó a su control—. Lo único que podemos hacer es jugar con ellas.

—Aun así… —La mano de Balboa presiona con cariño el hombro de Luca—. Estarían orgullosos.

—Eso quiero pensar…

—¡Urriaga! —Álvaro ha visto a un conocido—. Ven que te presente a mi sobrino, Luca Santamarta.

Luca no puede evitar ponerse en alerta al mirar a ese tipo al que parece que el traje se le vaya a romper; unos cincuenta y cinco, calcula, pelo cortado a cepillo, uno noventa, cicatriz en la cara y ojos que intimidan. Ese tipo no es juez, ni banquero, ni político, ni empresario.

Luca resiste el apretón de manos, y Álvaro parece satisfecho de que se hayan conocido.

—Sancho Urriaga trabaja en ocasiones para mí, en algún asunto delicado. —Es cauto en la presentación—. Si algún día necesitas de sus servicios, pídemelo.

—Es un placer, señor Urriaga. —Luca no se inmuta ante la intimidante presencia del exmilitar, comprendiendo el subtexto de *delicado* y *servicios* al que se ha referido su tío—. Os dejo que habléis.

—Tómate otra copa, Luca. —Álvaro Balboa vuelve a ser *el jefe* delante de Urriaga—. Y dentro hay un grupo de amigas que han venido solas, ya me entiendes…

—Creo que por el momento no aceptaré esa oferta. —Luca asiente y Urriaga le devuelve la despedida. *Grease*, de Frankie Valli, resuena en los altavoces, haciendo creer a los asistentes a la fiesta que son más jóvenes de lo que realmente son.

Álvaro espera a que Luca se aleje. Mira la espalda de su sobrino y sonríe; un buen chico. Muy listo. Urriaga también sigue al joven con la mirada, y registra el nombre en su disco duro mental: Luca Santamarta. El hijo del antiguo socio de Álvaro Balboa de Núñez-Pisón.

—¿Tenemos noticias? —Balboa ya ha pasado la página de su sobrino y se encuentra en la del exmilitar.

—Nadie sabe qué encontró Livermore.

—¡Es imposible, joder! —El reproche es en un tono más alto que el deseado y varios invitados se giran, pero no dan mayor importancia al ver que se trata del anfitrión de la noche.

—Lo sé, señor Balboa, pero nadie habla.

—Es Pakistán, Urriaga. No el Pentágono.

—Si me hubiera dejado actuar allí —recuerda el antiguo militar.

—Nos habríamos arriesgado a perder para siempre lo que sea que ese viejo haya encontrado en el culo del mundo. —Y la voz se le rasga aún más cuando se pone de mal humor.

—Seguiré preguntando.

—Quiero novedades pronto. —En boca de Álvaro es una orden.

—Sí, señor. —Urriaga vuelve a encogerse ante ese hombre.

—Buen trabajo el del yelmo.

—Gracias.

—Le voy a sacar medio millón de beneficio. —No puede evitar presumir, aunque a Urriaga es una información que ni le va ni le viene. Él ya cobró por el encargo.

—Felicidades, señor Balboa.

—Lo de Livermore, Urriaga. —Cabeza y media de altura separa a los dos hombres, pero el exmilitar siente la palmada de aviso en el pecho.

—Déjelo en mis manos.

—Anda... —Ahora sí le sonríe—. Sé tú más listo que mi sobrino y ve a conocer a esas amigas de dentro.

Y Balboa, sin despedirse de Urriaga, con ese esmoquin de chaqueta blanca con el cuello y las solapas en negro, la pajarita desabrochada y las gafas ahumadas, toma otra copa de la bandeja de uno de los camareros y sonríe al ver cómo sus invitados bailan en su jardín esa canción en la que Carly Simon acusa a Warren Beatty de ser un maldito vanidoso.

Todo el mundo a su servicio. Él es el jugador que maneja las piezas a su antojo.

Riesgos, miedos y dudas.

Mientras estamos en un plano teórico, todo funciona; cuando se llevan las cosas a la práctica, es cuando se ponen a prueba y tienden a desequilibrarse.

Podemos medir el riesgo, sí, pero, si este aparece, hay que tirar de instinto.

13. Valencia, noviembre de 2022

Luca no se permite mostrar sus miedos a los demás. O sus debilidades. Pero los tiene; los unos y las otras.

Sentado en el sofá de su piso casi vacío de muebles y lleno de cajas de mudanza, cierra los ojos y se obliga a pausar su respiración. A sentir cómo el aire entra en sus pulmones, dejarlo contenido unos segundos, y expulsarlo por la boca hasta vaciarse.

Ya no hay vuelta atrás. Él ya empezó el juego hace meses, contratando la falsa excavación de Livermore, pero ahora empieza para su equipo.

No hay ninguna luz encendida en el salón; prefiere estar a oscuras en esos momentos y que sea la iluminación nocturna de la calle la que permita definir perfiles y dibujar fantasmales sombras por la pared.

—Los tengo —avisa Gael desde el dormitorio en el que ha instalado su centro de operaciones.

Luca mira la hora: diez y seis minutos de la noche. *Allá vamos.*

Gael tampoco ha encendido luces, pero el brillo de las cuatro pantallas que tiene activas ilumina toda la estancia. Lleva unos cascos con micrófono por encima de la gorra, y se desplaza por la habitación impulsándose con la silla *gamer* con ruedas que Luca le ha comprado para trabajar.

—Póntelo. —Gael le ofrece a Luca un pequeño auricular que este introduce en su oído derecho—. Ellos también llevan uno; estamos todos en la misma llamada y me he asegurado de que tienen cobertura.

—¿Enzo? —pregunta Luca.

—Aquí.

—¿Pietra?

—Lista.

—¿Natalia?

—Gilipollas.

—¿Veis ya la casa? —Luca Santamarta prefiere obviar la respuesta de la chica; ella solo sigue sus tiempos.

—Aún no —responde Enzo.

Gael toca el brazo de Luca y le muestra una de las pantallas. En ella ha geolocalizado los móviles y puede verse cómo los tres puntitos se mueven juntos y a la vez. Están en una carretera de montaña de Benasque, a pocos kilómetros de la estación de esquí de Cerler, camino de una subasta ilegal en la que Gael ha conseguido meterles.

—Os quedan un par de minutos —informa Luca—. Líneas abiertas todo el tiempo, por favor.

Enzo, con traje y corbata negros, camisa blanca y el pelo engominado hacia atrás, conduce el enorme Mercedes oscuro con las lunas traseras tintadas. En el asiento de atrás, Pietra ahueca su largo chal rojo para que no se arrugue y se estira el vestido negro de una pieza para ajustarlo a su cuerpo. Natalia observa cómo aquella mujer está más calmada que ella y que el propio Enzo, como si lo que fueran a hacer en las próximas horas formara parte de su vida diaria.

Los dos vigilantes, casi dos metros de altura cada uno, ven al Mercedes acceder a la entrada y detenerse junto a la garita de seguridad. Uno de ellos, protegido por abrigo, guantes y gorro de lana, al que se le ve el cable del intercomunicador que lleva en el oído, sale con una tableta en las manos y Enzo baja la ventanilla.

—Doña Isabel Sáez de Ybarra. —Pronuncia el nombre de su jefa sin mediar saludo.

El vigilante, con actitud profesional, se agacha y mira a las dos mujeres que viajan en el asiento trasero. Desliza el dedo índice de la mano derecha por la pantalla y pulsa un par de veces. Se gira hacia su compañero y asiente con la cabeza. La cancela de hierro forjado comienza a abrirse lentamente.

—Disfruten de la noche.

El Mercedes avanza por el camino de gravilla, flanqueado por jardines y por una arboleda de abetos, que termina en el porche de entrada de la enorme casa de invierno construida en piedra y remates de madera.

Enzo se detiene en el lugar donde otro vigilante de dos metros le indica. Baja con un abrigo en las manos, abre la puerta trasera derecha y pone su brazo para que su jefa se apoye y pueda salir y mirar a su alrededor. El vigilante observa cómo la mujer, ya en pie fuera del coche, echa un poco los brazos hacia atrás y su chófer le pone el abrigo negro con cuello de terciopelo. De la otra puerta trasera emerge una joven vestida con un traje gris que combina con un jersey de cuello alto blanco y una gabardina, también negra. Las gafas parecen demasiado grandes para su rostro y sujeta un maletín en la mano derecha.

—Bienvenida, doña Isabel. —El miembro del equipo de seguridad que les recibe está formado en buenas maneras—. Pasen; en unos minutos comenzará el evento.

—Muchas gracias —responde Natalia, porque Pietra, metida en su papel, no se digna en responder a un subalterno.

Enzo dirige el coche hacia el aparcamiento, donde se amontonan los vehículos de alta gama y sus aburridos chóferes, que charlan mientras fuman.

—Están dentro —el hermano pequeño informa a Luca.

Gael, sabiendo que el resto del equipo está en su destino y ha accedido sin problemas, sonríe con cierta superioridad. Crear una historia para Isabel Sáez de Ybarra —que incluya un reportaje en la web de una revista de sociedad, hacerla patrona de una fundación a favor de la protección del arte y miembro del consejo asesor de un par de entidades internacionales— ha sido un juego de niños; y meterla en la lista de esa subasta ilegal en Benasque que encontró en la *deep web*, otro. Con esta tarea ya cumplida, Gael pasa a otra de las pantallas y se pone a teclear a una velocidad infernal.

Con esto, Luca ya está convencido de que Gael ha sido un buen fichaje. Se acerca al carrito de bebidas, uno de los pocos muebles que hay en la casa, y se sirve dos dedos de Bowmore. Sin hielo. Reconoce para sí mismo que está más nervioso de lo que creía que iba a estar. Solo queda esperar acontecimientos.

—Doña Isabel… —el hombre, de traje Armani a medida y unos sesenta años, hace una ligera inclinación de cabeza—, es un placer contar con usted esta noche. No tenía el gusto de conocerla.

Un chico del servicio se acerca a retirarle el abrigo a Pietra, que amolda su cuerpo para facilitar el trabajo. Y el abrigo va camino de guardarropía.

—Muchas gracias, señor…

—Celada. —Sonríe—. Eduardo de Celada. Seré su humilde anfitrión esta noche.

—¿De los Celada de Navacerrada?

—Me temo, doña Isabel, que esa no es mi rama familiar.

—Lástima. —Pietra echa un vistazo a la elegante casa y habla sin mirar al hombre del Armani—. Son grandes amigos.

—Pase por aquí, por favor. —Y Celada les guía hasta una estancia cerrada por un grueso cortinaje de color turquesa, que abre para que doña Isabel y su acompañante entren a la sala.

La sala en la que se va a realizar la subasta está iluminada de forma muy tenue, excepto el escenario, que ha sido montado para presentar las piezas y organizar las pujas. Parece que ellas han sido las últimas en llegar, porque casi todas las sillas están ocupadas por personas que miran su teléfono móvil y guardan silencio.

Una señorita se acerca con una paleta de madera pulida que tiene el número 18 grabado en negro. Pietra no se digna ni en estirar el brazo, y es Natalia quien la toma. La misma señorita les indica dos sillas en la tercera fila.

Un camarero se acerca a preguntar si desean tomar algo, y Natalia, que ha dejado el maletín entre sus piernas, pide una copa de Amaretto para su jefa. Echa un vistazo a su alrededor; hombres de negocios, ropa elegante y caras de póquer. Nadie desea mostrar sus cartas. Le llama la atención una mujer, que parece sola y que también observa la estancia; edad indeterminada entre treinta y cinco y cuarenta, vestido de noche con los hombros al aire, femeninamente musculados, y cabello suelto con bucles naturales que le llega a esos elegantes hombros. De repente, las miradas de ambas se cruzan, y la extraña esboza una ligera sonrisa y un pequeño asentimiento a modo de saludo.

—Señoras, señores… —Celada se dirige a los asistentes desde el atril—. Vamos a comenzar la subasta: lote número uno.

Un joven con guantes de fieltro deposita una pequeña escultura sobre una peana iluminada por un foco.

—Diosa Atenea de cincuenta y dos centímetros de alto. —El anfitrión describe el objeto por el que se va a pujar—.

Escultura romana en mármol, siglo II. Comenzamos en cuarenta mil.

El camarero lleva la copa para Pietra, que Natalia toma en su mano y pasa a su patrona. La joven está alucinando por cómo la tía de los hermanos Santamarta se ha metido en el papel; no creía que fuera capaz de alcanzar ese nivel de interpretación. Aunque tiene el pálpito de que no es solo interpretación; Pietra ha debido de codearse con peces gordos, a saber dónde y a saber cuándo, para conocer tan bien esos comportamientos despóticos.

—Tenemos cuarenta mil… —Celada señala a la persona que eleva la paleta número 6—. ¿Alguien ofrece cuarenta y cinco? Tenemos cuarenta y cinco. —Vuelve a señalar. Paleta 24.

—Puja —ordena Luca—. Solo una vez.

—Esta no es nuestra pieza —Enzo habla desde el coche.

—Que te vean con ganas de llevarte algo. —El hermano mayor es firme.

Doña Isabel Sáez de Ybarra toca de manera visible el hombro de su asistenta y esta levanta el brazo.

—Tenemos cincuenta mil para el número 18. —El dedo índice de Celada apunta a Pietra—. ¿Cincuenta y cinco?

Luca se tensa. Da un trago a su copa y espera.

—Cincuenta y cinco mil, número 32 —dice al fin el anfitrión, y Luca respira cuando alguien supera su puja.

La noche transcurre como Luca ha diseñado. Los presentes ya han visto cómo esa estirada aristócrata ordena en ocasiones a su asistente que puje por uno u otro lote, pero todavía no se ha llevado nada.

—Lote número ocho —presenta Celada.

—Atención, ese es el nuestro. —A través del auricular, Luca pone en alerta a Pietra y a Natalia.

—Conjunto de abalorios en bronce; cuatro medallones alusivos a dioses y un plato decorado en patrón de relieves. —La descripción es somera porque todos los asistentes ya conocen las piezas de antemano gracias al catálogo *online*; el joven expone el lote en la peana—. Grecia, siglo V antes de Cristo. Comenzamos en setenta y cinco mil.

Pietra toca el hombro de Natalia, y esta levanta la paleta.

—Tenemos setenta y cinco. ¿Ochenta mil?

El número 4 se eleva, ochenta. El 14, ochenta y cinco. El 11, noventa mil.

—¿Noventa y cinco mil?

Toque en el hombro, brazo de Natalia con el número 18.

—Tenemos noventa y cinco mil euros que ofrece la señora. ¿Cien mil?

El 11 de nuevo. Hombro, Natalia, ciento diez mil. Número 11, ciento veinte. Natalia, ciento treinta mil.

—Tenemos ciento treinta mil al número 18. ¿Alguien ofrece ciento cuarenta mil?

Silencio. Es la puja más animada hasta el momento.

—Ciento treinta mil a la una… —Celada inicia la cuenta atrás—, ciento treinta mil a las dos…

El número 11 eleva de nuevo la mano, pero Natalia, sin esperar el toque de Pietra, puja antes de que Celada recapitule.

—Ciento cincuenta mil para el 18. A la una, a las dos… —Celada hace una pausa para ver si el número 11 quiere seguir— ¡A las tres! Lote adjudicado al número 18 por ciento cincuenta mil euros.

Pietra se levanta de golpe mientras Celada anuncia el siguiente lote, y se dirige hacia la salida de la sala sin despedirse ni mirar a los otros asistentes. Natalia se acerca a la señorita que les entregó la paleta y esta le lleva hacia una estancia detrás del escenario mientras el joven retira el lote que han ganado en la subasta.

Natalia coloca el maletín sobre una mesa de caoba y lo abre de cara a ella. Saca un primer fajo de cien billetes de cien euros. La chica de la organización retira la vitola que sujeta el fajo y mete los billetes en una máquina contadora automática. Comprueba que son buenos y que el fajo contiene diez mil euros. Y así hasta quince veces.

Ajustando en su rostro las enormes gafas cuadradas, sale de nuevo al exterior con la gabardina puesta y el maletín en la mano. El joven de la subasta le sigue, portando una caja de madera. El coche, con Pietra ya dentro de él, espera en la puerta, y Enzo ha abierto el maletero para que el chico meta la caja.

El coche arranca y abandona la finca cuando los vigilantes abren de nuevo la cancela.

—Buen trabajo. —La voz de Luca llega a todo el equipo—. Enzo, busca un lugar donde parar y lo pesas.

—Pietra... —Natalia se decide a intentar resolver la duda que la lleva atenazando toda la noche—, ¿a qué te has dedicado para que esto se te dé tan bien?

—Hija... —sigue metida en el personaje—, cuando llegues a los setenta tú también habrás vivido muchas vidas.

El Mercedes se detiene en el recodo que hace una curva de la carretera de montaña. Enzo sale del coche, y el vaho de su respiración se condensa por el frío. Abre el maletero y, con un destornillador, quita la tapa de la caja de madera que contiene las piezas de bronce. Y estira el brazo para acercar una báscula que hay al fondo del maletero.

—Seiscientos ocho gramos por los cuatro medallones. Y... —devuelve los medallones a la caja— novecientos cincuenta y siete por el plato.

—Kilo y medio. —El cálculo rápido de Luca destila decepción—. Joder…, es muy poco. A este paso tardamos meses en reunir los veinte kilos.

—Acabo de meteros en otra subasta en Toulouse —interviene Gael—. En dos días.

—Ya habéis oído. —Luca ordena sus pensamientos—. Una subasta en Toulouse; os vais directos para allí.

—¿Sabemos el peso de las piezas de Toulouse? —Pietra pregunta porque es consciente de todo lo que está pasando por la cabeza de Luca.

—Entre los dos lotes, calculo unos cuatro kilos. —Los auriculares transmiten las palabras de Gael.

—No sé si con trescientos cincuenta mil euros habrá bastante. —Hasta Enzo ha puesto la cabeza en marcha. Natalia empezó la noche con quinientos mil en el maletín, a lo que hay que restar lo que ha pagado en la subasta.

—Será suficiente; he estudiado los precios pagados por este tipo de piezas en los últimos cinco años. —Luca zanja la conversación—. Id al hotel, descansad y mañana seguís.

Y, al escuchar la frase de Luca, Pietra se permite sonreírle a Natalia por primera vez en toda la noche. Enzo pulsa un botón en el volante; suena *Say What You Want*, de Texas, y emprende la marcha de nuevo.

14. Valencia, octubre de 2002

Desde la autovía, Luca vio por la ventanilla una torre parecida a la de los aeropuertos. Pero, si volar era sinónimo de evadirse y escapar, del lugar al que se dirigían no escapaba nadie. La torre de vigilancia de la cárcel de Picassent se elevaba para ser lo más visible del paisaje.

El desvío indicaba claramente el destino —«Centro penitenciario»— y Luca pensó que todos los coches que circularan por ese asfalto, por el que en ese momento ellos pasaban, estarían ocupados por personas que guardaban historias, penas, culpas y miedos. Nada podía crecer con esas semillas.

Conducía Pietra, con Laura, su madre, al lado. Enzo y él, detrás, no habían abierto la boca en todo el camino. En realidad, ninguno de los cuatro lo había hecho. Era como si todos, en aquella primera visita, estuvieran calculando la distancia a la que tenían a su padre, marido y hermano. Porque cada uno de los cuatro guardaba y callaba su historia, su pena, su culpa y su miedo.

El funcionario de prisiones salió de la garita cuando el coche se detuvo ante la valla y pidió los DNI y el nombre del interno al que venían a visitar. Tras comprobar que todo estaba en orden, les indicó dónde debían aparcar e hizo una seña a su compañero para que alzara la valla.

Tuvieron que recorrer varias calles del aparcamiento para encontrar un hueco. Otras familias, o personas solas, esperaban en los coches o fumando fuera de ellos. Todavía no era la hora que tenían asignada, así que mataban esos últimos minutos como buenamente podían.

Y eso mismo es lo que les tocó hacer a la familia Santamarta; solo que Laura prefirió que el tiempo transcurriera sentados dentro del coche. Su cabeza calculaba cuántas veces en los próximos años iba a tener que realizar el mismo proceso: la petición de cita, empujar a los niños para que se arreglaran, el trayecto en coche y la espera. La espera. De esas que matan; de esas que no son ni para nada bueno ni para nada malo.

No era la espera revestida de esperanza de que te llamen porque la entrevista de trabajo que tuviste había salido bien. No era la espera envuelta en dolor en un hospital porque una persona querida se va apagando y, sin saber si volverás a verla, lloras y acumulas recuerdos con la seguridad de que todo acabará pronto. No, esta era una espera para verse unos minutos; qué tal estás, si comes bien, los niños tienen que estudiar más y si quieres que te traiga algo la próxima vez.

Quizás un vis a vis íntimo de vez en cuando. Sexo por compasión, por necesidad y por desesperación.

El juez había ordenado prisión preventiva hasta la celebración del juicio. El abogado, que la había sacado de sus casillas con el tartamudeo, no dejó resquicio a la duda: a Francesco le iban a caer de ocho a doce años. Y a Laura, en aquella primera visita —que se había demorado dos semanas desde que Francesco había ingresado—, se le hacía un mundo pensar en lo que estaba por llegar.

—Vamos —dijo Pietra al mirar su reloj—. No sabemos cuánto dura el proceso para que nos dejen entrar.

Laura bajó del coche y abrió la puerta trasera, la del lado en el que estaba Enzo. Pietra hizo lo mismo con Luca.

—Yo no voy. —El hermano mayor, sin moverse del asiento, habló con la vista fija en el reposacabezas del conductor.

Pietra miró a Laura, que se quedó petrificada durante unos segundos.

—¿Cómo? —preguntó a su hijo.

—Que no voy.

—Luca, tu padre querrá veros a los dos.

—Ya me has oído. —Los ojos seguían fijos en un punto, sin apenas pestañear.

Pietra posó de nuevo su mirada en Laura, dándose cuenta de que esta no sabía qué hacer. No había calculado esa posibilidad.

—Luca, cariño… —Trató de templar su voz en mitad de todo el caos que estaba viviendo—. Nadie quiere estar aquí, ni ver a papá de este modo. Pero necesita nuestro apoyo.

—Le odio. —Una lágrima comenzó a correr por su mejilla.

—Eso no es verdad… —Su madre trataba de normalizar algo que, desde luego, podía tener cualquier ingrediente excepto normalidad.

—¿Cómo ha podido hacernos esto?

Enzo miró a su hermano mayor, que se estaba atreviendo a expresar el mismo dolor que él sentía; solo que a él no se le había pasado por la cabeza que alguien se pudiera negar a entrar en ese lugar para ver a un padre.

—¡¿Cómo ha sido capaz?! —insistió Luca.

Pietra le hizo un gesto con la mano a Laura, pidiéndole calma. Y los hombros indicaron que no podía obligar al muchacho.

—Está bien… —Laura supo que la guerra iba a ser muy larga como para desgastarse en la primera batalla—. Le diremos a tu padre que estás en casa con gripe.

—No, mamá. —Y, esa vez, Luca sí miró a los ojos de Laura, y ella pudo leer la ira y la furia que estos escondían—. Dile que no voy a venir jamás. Dile que no quiero volver a saber nada de él.

Y Laura, siguiendo a Pietra y arrastrando al pequeño Enzo de la mano, comenzó a caminar por el aparcamiento en dirección a la entrada de la prisión mientras sus ojos se anegaron de lágrimas hasta desbordarse en un llanto silencioso por la historia, la pena, la culpa y el miedo que habitaban dentro de su hijo mayor.

A solas, dentro del coche estacionado en el aparcamiento de una cárcel, y viendo cómo su madre y su hermano se alejaban con un triste caminar, fue cuando Luca se rompió y sus ojos se desbordaron creando ríos por sus mejillas. Un llanto inconsolable acompañado de gritos que no era capaz de ahogar y de golpes con la frente en la parte trasera del asiento del conductor.

Pietra se giró y pudo cerciorarse de que todo aquello que estaba ocurriendo suponía demasiada presión para un chico de tan solo quince años.

No se eligen los momentos; simplemente aparecen.
El verdadero secreto es estar preparado cuando lleguen.

La gente suele decir que la suerte siempre tiene su papel; puede ser, pero confía en tu intuición y en tu capacidad de observación. Todo, una vez analizado, se reduce a simples probabilidades.

Confía en ti.

15. Valencia - Toulouse, noviembre de 2022

—Vaya con doña Isabel Sáez de Ybarra… —Natalia susurra, y su voz se escucha por los auriculares de todo el equipo—. Se está saliendo.

Pietra, al lado de ella, se gira para mirarla. La ha oído en estéreo; de la propia boca de Natalia y por el auricular que también lleva. Y no se sale un milímetro de su papel; la autoritaria mirada a su asistente es captada por el resto de coleccionistas que se han reunido en ese palacio del siglo XIX en Colomiers, cerca de Toulouse. Esa despótica mujer produce una mezcla de atracción y repulsión a todos los presentes, muchos de ellos ya viejos conocidos de la subasta de Benasque. Y eso que doña Isabel Sáez de Ybarra ni siquiera se digna a hablar; toca el hombro de la marioneta que lleva al lado y esta actúa en su nombre.

El incensario de bronce ha resultado una subasta extenuante. Partiendo de noventa mil euros, la cantidad de interesados ha ido menguando una vez alcanzados los ciento cincuenta mil. En doscientos veinte mil ya solo quedaban dos postores: un inglés cincuentón en la cuarta fila, con *blazer* cruzada azul y pañuelo al cuello, y Pietra, en la primera. Esa puja de doscientos veinte mil la había hecho él, y sonreía a la espera del movimiento de su rival.

Que en vez de tocar el hombro de su asistenta, como había hecho en todo momento, le susurró al oído.

—*Deux cent cinquante mille !* —alzó la voz Natalia, a la vez que la paleta con el número 9. Doscientos cincuenta mil.

Y ese salto de treinta mil euros en la puja sorprendió al subastador, al inglés, y al resto de asistentes. El mensaje era claro: a esa mujer le sobraba para seguir pujando.

La treta ha funcionado, y Pietra se ha adjudicado el incensario.

—Nos queda el siguiente lote. —Luca, junto a Gael, sigue los acontecimientos desde su piso de la plaza de España—. Haced lo que podáis y volved a casa. La puja que habéis ganado se ha salido de precio y con los cien mil euros que os quedan no hacemos nada.

—Quizá no sea nada… —la voz de Natalia, atenuada para no llamar la atención, se cuela en los oídos de todo el equipo—, pero aquí hay una mujer que estaba en la subasta de Benasque.

Natalia la ha visto nada más entrar. Esta era el centro de atención de cuatro hombres que le doblaban en edad, y algo divertido había debido decir, porque estos se deshacían en risas e indiscretas miradas hacia ella.

—No te preocupes por eso ahora, por favor. —Luca parece incluso molesto—. Concentración.

—Hay que ver lo gilipollas que puedes ser cuando te lo propones. Corto y cambio.

Luca mira su reloj: las cuatro de la tarde. Si salen de Toulouse en una hora, pueden dormir en Valencia con las piezas de Benasque y la que acaban de conseguir. Le encantaría que se hicieran con la siguiente pieza, pero Luca sabe que pide un imposible. A Natalia solo le quedan esos cien mil euros, para un precio de salida de sesenta mil. La pieza en cuestión es una pequeña y estilizada escultura de un caballo, estrecho en el vientre y con una de sus finas patas levantadas. Apenas unos treinta centímetros.

El teléfono móvil le vibra en el bolsillo del pantalón. Desbloquea la pantalla y comprueba que es un mensaje de Álvaro.

Quiero que vengas a casa. Te espero a las seis.

No es una petición; así son las cosas con él. Tiene dos horas, pero no puede separarse ahora de su equipo. Aun así, sabe que va a ser corto; estima que en cinco minutos se habrán pasado los cien mil euros en las pujas y Pietra, Natalia y Enzo ya podrán marcharse de allí.

—*Nous commençons avec soixante mille.* Comenzamos por sesenta mil. —El anfitrión sonríe al público—. *Soixante mille ?*

—¡Cien mil! —La seca voz de Pietra resuena por toda la sala. Contundente.

—*Cent mille !* —repite Natalia, que tiene que contener su reacción de sorpresa ante la oferta de Pietra.

E Isabel Sáez de Ybarra se gira lentamente en su silla para mirar a la cara, y con el ceño fruncido, a todos los postores allí reunidos. A los que pretendían pujar por el caballo y a los que no. A los que reconoce de Benasque y a los que no. Sus ojos son una advertencia, una invitación a cruzar una línea roja si alguien se atreve. Tras hacer un repaso por todos sus rivales, vuelve a su posición.

***

—Tres kilos ochocientos —confirma Enzo tras pesar el incensario y el caballo.

—¿Estás bien para conducir? —Luca, mientras pregunta a su hermano, teclea una respuesta a Álvaro. «Allí estaré».

—Perfecto.

—Comed algo y venid a casa. Estoy impresionado —dice tratando de ocultar la decepción de que siguen teniendo muy poco bronce para todo el que necesitan—. Lo habéis hecho increíble. Gracias a todos.

Luca hace una señal a Gael para que corte la llamada grupal.

—Yo tengo una reunión, pero tú no te vayas todavía —ordena al *hacker*—. Tengo el presentimiento de que te voy a necesitar.

***

Luca entra en el despacho de Álvaro, y este está al teléfono. Le hace un gesto de que se siente mientras termina de hablar. Ese es el espacio privado al que poca gente tiene el privilegio de acceder, y allí no hay ni rastro de ese Álvaro ostentoso y exagerado que, por ejemplo, Luca vio en la fiesta de su cumpleaños. Las formas redondas de Baltasar Lobo se aprecian en las cuatro esculturas que dominan las esquinas de la estancia, y los cuadros de Tàpies, Hernández Mompó o Zóbel le aportan un toque abstracto al aire clásico del mobiliario. Pequeñas piezas de porcelana que deben de tener un significado especial para Álvaro Balboa se exponen en una vitrina, y varias acuarelas enmarcadas de las que Luca desconoce el autor forman un mosaico en una de las paredes. Allí todo es buen gusto y distinción; el Álvaro minimalista y con verdadera clase que sabe apreciar el arte como pocos lo hacen. Y el Álvaro al que pocos conocen porque se esconde tras ese personaje que él mismo crea para salir victorioso de sus batallas de negocios. Ese que ha pasado del esmoquin chirriante a un oscuro, clásico y elegante traje de tres piezas hecho a medida.

—Praga. En dos semanas. —La voz rota informa a quien sea su interlocutor—. Te mando la información. Lotes dos, cinco y seis.

Hacía años que el mayor de los hermanos Santamarta no pisaba el sanctasanctórum de su tío. Casi desde que era pequeño, en alguna visita con su padre.

El ventanal da a la piscina que, aunque todavía no es noche cerrada, ya tiene encendidas las luces, que van cambiando de color y hacen brillar la lámina de agua. La decoración del lugar solo deja como nota discordante el retrato al óleo del propio Álvaro que cuelga detrás de él, en una clara muestra de su inabarcable ego. Pintado hace quince años, es una medición del paso del tiempo en el rostro del marchante, que, en apariencia, parece que no esté perdiendo el partido por goleada. Aunque, desde luego, ese partido siempre se pierda.

—La agencia te enviará los billetes de avión —continúa—. No me falles. —Y, tras ese aviso con subtexto de amenaza, cuelga.

Álvaro Balboa se acaricia el cabello con la mano, como necesitando unos segundos para transitar de un asunto a otro. Tras esos instantes, es como si reparara en que tiene a su sobrino delante y recordara para qué le ha hecho venir.

—¿Un café? —pregunta desde el otro lado de la gran mesa de su despacho.

—Estoy bien, tío. —Luca descarta el ofrecimiento y sonríe dando las gracias—. ¿Praga?

—Hablaba con mi postor. Una subasta. —Se recuesta en su enorme sillón de trabajo—. De las que *no existen*, ya sabes.

—No he podido evitar escuchar que vas a por tres lotes.

—Hay algunas cosas interesantes. —Álvaro Balboa parece minimizar sus objetivos—. Un Renoir menor, un Hopper…

—No sé si la palabra *interesantes* les hace verdadera justicia.

—Pasan muchos trenes, hijo. No te puedes subir a todos —el marchante habla con la suficiencia de estar dando una lección gratis a su sobrino—, pero en Praga sí que va a haber algo especial.

—¿De qué se trata?

—Este negocio es muy perro, Luca. —Sigue aleccionando—. Tienes que saber cuándo soltar cuerda y cuándo tirar. Un lote de finales del siglo III antes de Cristo; doscientas cincuenta monedas de bronce encontradas en un pecio en el mar Egeo. —Álvaro parece querer hacer gala de los conocimientos que tiene sobre el tema—. Una acuñación especial, con la silueta de Pegaso en el anverso.

—Expoliadas.

—Obvio. —Álvaro abre las manos—. ¿Cómo iban a ser subastadas si no?

—¿Y por qué son tan especiales?

—Parece ser que esas monedas no se fabricaron para uso corriente, no estuvieron jamás en circulación. —La explicación, en voz de Álvaro, es lo que realmente es especial para Luca—. Debían de ser un regalo a algún mandatario o la dote de un casamiento, vete a saber; pero el barco que las trasportaba se hundió antes de entregarlas. Unos ochenta y cinco gramos por moneda, cuando lo normal era entre diez y quince.

El cálculo es rápido en la cabeza de Luca: un poco más de veintiún kilos. Todo el bronce que necesitan, disponible en una única subasta.

—¿Y lo de tirar y soltar cuerda? —Vuelve a las palabras que Álvaro ha comentado hace unos segundos, para que este no detecte su interés.

—Los coleccionistas se matan por esas piezas. —Álvaro sigue soltando la lengua—. Si vendo cien de ellas, recuperaré lo invertido. El resto son beneficio, o pequeños regalos para obtener confianzas y lealtades.

—Uno nunca deja de aprender contigo, tío. —Luca sabe dar una pátina de vaselina a las palabras del marchante, quien no puede evitar la sonrisa de superioridad moral ante su sobrino—. ¿Cómo sabes que en esas subastan no dan gato por liebre?

—¿Te refieres a falsificaciones? —Luca asiente a la pregunta de su tío—. Recuerda que nunca se trata de dinero; se trata de respeto. Al último que colocó algo falso en una de esas subastas le encontraron flotando en el Danubio… sin manos ni pies. Y la autopsia confirmó que se los habían amputado mientras todavía respiraba. Así que… —Álvaro hace un gesto mostrando las palmas de las manos para que resulte obvio que en esas subastas nadie se juega el cuello intentando colar algo falso.

—Supongo que un gremio se hace fuerte con base en el respeto que se profesan sus miembros —concluye Luca—. No tengo ni idea de bronce, pero sí de la necesidad de ese respeto.

—¿Cómo me dijiste que se llamaba esa empresa tuya? —La voz que parece resultado de masticar bombillas de cristal vuelve al tema por el que ha llamado a su sobrino.

—Trust Seeker.

—Qué manía con ponerle nombres en inglés a todo… —protesta Álvaro tras las gafas ahumadas mientras teclea en su portátil.

Se enciende un cigarrillo al tiempo que mueve el ratón. Luca solo puede ver la tapa del ordenador —con su manzanita iluminada—, pero sabe que Álvaro ha entrado en su página web. El humo escapa entre los dedos mientras sus ojos estudian lo que están viendo.

—Esta es la tapadera —afirma Álvaro—. Ahora quiero conocer el servicio especial que me dijiste que hacías.

—Ve bajando hasta que veas una foto del *Monumento a Balzac*, de Rodin.

—Aquí está… —A Álvaro le ha costado unos segundos encontrarla—. ¿Y qué?

—Clica en ella.

Al hacerlo, Álvaro ve cómo la fotografía de la famosa escultura de bronce se amplía hasta ocupar toda la pantalla.

—Ya estoy —confirma el marchante.

—Sitúa el puntero del ratón sobre la bota izquierda de Balzac, la que casi queda oculta por su capa. Y pincha. —Aunque no puede ver la pantalla, Luca sabe que Álvaro sigue sus indicaciones.

Álvaro da un respingo, que Luca advierte. Ya está. La pantalla se ha tornado negra y, tras unos segundos, se abre una ventana por la que empiezan a correr líneas de código.

—Tranquilo, es la encriptación. —Luca habla con la calma de saber qué está sucediendo en la pantalla sin ni siquiera mirarla—. En unos segundos te aparecerá un cuadro de diálogo.

Gael, en el piso de la plaza de España, está acribillando con su fusil de repetición a todos los zombis que se le cruzan por delante cuando salta la alarma en uno de los monitores. Alguien ha entrado al sistema encriptado que ha diseñado. Nervioso, y esperando que sea Luca quien haya accedido, aguarda a ver si llega algún mensaje.

Quiero saber dónde está y quién es el propietario de *Tímida maternidad,* de Eduardo Chillida.

El *hacker* se queda en blanco. No tiene ni pajolera idea de qué significa eso, y hace lo único que se le ocurre: escribir un WhatsApp a Luca.

—¿Y ahora qué? —pregunta Álvaro.

—Si has hecho una petición, hay que esperar a que alguien la lea y, si sabe la respuesta, que pida lo que quiere por dar esa información.

—¿Y esto tarda mucho?

—Depende de los usuarios que haya conectados, de si saben la respuesta, o de lo que tarden en llegar a un acuerdo con quien sí la tenga. Minutos, horas, días..., ¿quién sabe? —Luca hace un gesto con las manos—. La *deep web* es un océano lleno de piratas. Y ahora sí me tomaría ese café.

Álvaro, abrumado como si le estuvieran hablando en coreano, se levanta para ir en busca de la asistenta, y Luca echa mano de su móvil, que le ha vibrado en el bolsillo.

¿Qué es eso de *Tímida maternidad* de Chillinda?

Luca pone los ojos en blanco: Gael es tan increíblemente inteligente para algunas cosas como tan insultantemente ignorante para otras. Entre ellas, el no haber oído en su vida, ni saber escribir bien, el apellido del gran escultor vasco.

Pero también sonríe ante la constatación de lo previsible que es el ser humano; cuando nos abruma el alcance de algo que no comprendemos, nos convertimos en niños que no saben qué demonios hacer con ese algo. Y terminamos actuando como más fácil nos resulta para comprobar ese alcance.

Aun así, Luca ha de reconocer que no pensaba que fuera a ser tan sencillo.

Todavía está tecleando en su teléfono cuando Álvaro entra de nuevo, seguido de una joven latinoamericana vestida con un blanco uniforme de asistenta de hogar, que lleva en sus manos una bandeja con dos cafés y unas galletas de mantequilla.

Luca envía el mensaje que ha escrito.

—Pues aquí no pasa nada. —Álvaro, que se ha sentado de nuevo mientras su asistenta deja los cafés, señala la pantalla y toma el cigarrillo humeante que dejó en el cenicero.

—Ya te he dicho que depende. —El mayor de los Santamarta arquea las cejas—. No sé qué has escrito; quizá tu petición sea complicada.

Luca se echa dos sobres de azúcar en la pequeña taza.

—¿Quieres un poco de café para el azúcar? —A Álvaro le ha sorprendido el gesto de su sobrino.

—Hasta que la cucharilla se mantenga en pie. —Y le guiña un ojo.

Se oye un pequeño sonido por el altavoz del ordenador portátil, y Álvaro Balboa se acerca a la pantalla para leer mejor el mensaje.

—Aquí pone dos mil euros —dice al fin.

—Pues eso es lo que pide quien tiene la información.

—¡¿Pero cómo voy a pagar dos mil euros…?! —El marchante protesta porque no entiende nada de lo que está ocurriendo.

—¿Ves que hay un cuadro en el que pone «código de verificación»? —Álvaro asiente—. Teclea «287». Un código de un solo uso; a esta ronda invito yo.

Tras las gafas ahumadas, Luca ve cómo Álvaro le mira y arquea una ceja. Pero teclea los números que el joven le ha dado. Total, no hay riesgo.

Y cuando pulsa la tecla *Intro* vuelven a correr unas cuantas líneas de código.

—Ahora se está procediendo a la transacción. Cuando se confirme el ingreso, recibirás los datos que el informante tiene sobre tu petición. —Luca hace tintinear la cucharilla en la taza—. Todo anónimo. Irrastreable.

—¿Y tú dices que esto funciona? —Apaga el cigarrillo—. Alguien puede mentir solo para cobrar el dinero.

—Tío Álvaro, confía en mí. Claro que funciona; si alguien mintiera, aparecería como el tipo del Danubio del que me has hablado. —Luca, tras un sorbo a su café, sonríe—. La *deep web* es mucho más oscura y peligrosa de lo que puedas imaginar.

El sonido de una nueva notificación en el portátil viene acompañado de un cambio en el rostro de Álvaro Balboa de Núñez-Pisón. Tanto que se levanta las gafas ahumadas para volver a leer el mensaje que ha recibido. Alza la vista, casi boquiabierto, y mira a Luca mientras gira su portátil para que este lea la pantalla.

«El propietario de *Tímida maternidad* de Eduardo Chillida es Álvaro Balboa de Núñez-Pisón, calle del Abeto, 2, Urbanización Los Monasterios, Puzol, Valencia».

—¿Lo ves?

—Luca... —Álvaro sigue anonadado—. Esto es tan jodidamente increíble que da miedo.

—¿Hablarás a tus amigos de mis servicios?

—Dalo por hecho —confirma Álvaro, todavía azorado—. Ahora, si me disculpas, tengo otro asunto que resolver.

—Tío, la buena noticia es que mi sistema funciona. —Luca se levanta para irse—. La mala es que hay topos en todas partes.

Mientras camina hacia la salida de la casa, asiente con satisfacción; su tío Álvaro ha resultado ser tan previsible como cualquier ser humano ante la inmensidad de lo desconocido.

Confianza.

***

—Dime, Gael —Luca contesta desde el coche a la llamada entrante que interrumpe *Across the Universe*.

—Luca... —la voz suena agobiada—, acabo de enviarle a Enzo la ubicación de un hospital en Andorra.

—¿Qué ha pasado?

—Es Pietra… —La habitual energía de Gael ha desaparecido de golpe—. Lleva una hora tosiendo sangre.

—Joder… —Cierra los ojos y resopla—. Les llamo.

—¿Necesitas algo más de mí?

—Por hoy está todo, Gael. —Vuelve a resoplar pensando en su tía, pero sabe que no puede perder la calma—. Mañana nos tienes que meter en una subasta en Praga. Dentro de dos semanas.

El Manco. Él te dirá cómo encontrar al hombre al que buscas.

Y tienes que encontrarle. Es un fantasma, una leyenda;
pero los museos están llenos de sus obras.

Nadie trabaja el bronce como él, nadie más es capaz de
replicar con esa maestría el arte de los escultores clásicos.
Le llaman el Maestro Español.

Tendrás que llevarle bronce. Y dinero. Mucho de ambos.

16. Valencia, noviembre de 2022

La vida es una continua búsqueda de la seguridad. Un salario, atención médica, planes de pensiones y años cotizados. La incertidumbre es una variable maldita, una que nadie quiere tener en su ecuación y que todo el mundo, cuando aparece, pretende despejar de la manera más rápida posible. Es por ello por lo que se rechazan oportunidades, experiencias y aventuras; porque implican riesgo. Nadie desea al miedo como compañero de viaje, pero lo cierto es que ese miedo es una parte intrínseca de la vida. El miedo mantiene alerta al ser humano, es una emoción cargada de intuición e instinto de protección cuyo objetivo es perpetuar la especie y pasar en este planeta el mayor número de años posibles. Y, a la vez, también es vital para recordarnos que seguimos vivos.

Por lo que el miedo, la incertidumbre y el riesgo solo tienen una verdadera manera de ser derrotados de una forma definitiva: cuando ya no tienes nada que perder.

Luca se fija en que las tupidas cortinas están echadas, limitando la entrada de la luz de la tarde. Son las cuatro, y la calle de la Paz es un paisaje luminoso en el corazón de la ciudad; pero parece ser que ella prefiere que su salón sea un páramo oscuro.

Sentada en el sillón de terciopelo, Pietra alarga la mano hasta la mesa auxiliar. En un platillo hay varias pastillas. Va tomando una a una pasándolas por la garganta con un vaso de brandi. Está ojerosa, y la piel macilenta de su rostro presenta una palidez preocupante.

Tras el surtido de medicamentos, trasiega lo que resta del vaso y se queda mirando a su sobrino, como si esa fuera la señal de que está preparada. En el reproductor suena el *Nocturno n.º 2* de Chopin, que, sin planearlo, es una perfecta representación del estado de ánimo de ambos.

—¿Cómo te encuentras?

—Sigo aquí. —Pietra abarca su cuerpo con una mano, refrendando sus palabras—. Enciéndeme un cigarrillo.

—¿Crees que deberías?

—¿Crees que me importa ya?

Ante la lógica del razonamiento, Luca saca el paquete de tabaco del bolsillo interior de su americana y aspira para que prenda con la llama del encendedor. Humeante, lo deja en el cenicero de la mesilla.

—Vamos a conseguir de una tacada todo el bronce que necesitamos. —Luca toma asiento en el sofá, junto a ella, pero no apoya la espalda—. Una subasta en Praga.

—¿Cuándo? —pregunta Pietra tras exhalar el humo.

—La semana que viene.

—Estaré preparada.

Luca cierra los ojos y hace una respiración profunda y sonora. De las que son una huida hacia adelante.

—Tú no vas —dice al fin.

—No serás tú quien me lo impida.

—Sabes que esto no es una democracia. —Lo dice, sí, pero no con el mayor convencimiento. Porque sabe que delante tiene a alguien que es imposible de doblegar.

Pietra también cierra los ojos, y con una mano sigue el ritmo del *Nocturno* mientras el cigarrillo se consume en la otra.

Ha escuchado miles de veces esa pieza, y es capaz de interpretarla con el movimiento de sus dedos, haciendo como que acaricia las teclas de un imaginario piano.

—¿Sabes? Es curioso... —Los abre y mira a su sobrino, apartándose el cabello del rostro—. No tengo miedo a morir. Es algo que arrastramos toda la vida, sintiendo que es una losa que tarde o temprano caerá sobre nosotros. Y ahora que lo veo tan cerca es como si la certeza me diera una serenidad que jamás he conocido.

—¿Cuándo tienes cita con tu médico?

—Que le den por culo al médico, Luca. —Pietra todavía es capaz de sacar parte de su furia—. Lo que me da miedo es la agonía; el sufrimiento que vendrá hasta que llegue a desear que todo termine. El dolor, la necesidad de cuidados...

—Estoy seguro de que, si eso es así, te recetarán morfina o cualquier otra cosa para que no sufras. —Luca no puede ponerse en la piel de alguien que sabe con total seguridad que va a llegar a los cuidados paliativos.

—Y, de repente, tú apareces con algo que me hace recobrar fuerzas, que me hace sentir útil. Algo que ayuda a que me olvide de mi verdadera realidad.

—Lo has hecho perfecto, tía.

—Perfecto... —Sonríe de medio lado, con cierto desprecio—. Pero, con lo inteligente que eres, ni siquiera te has dado cuenta de por qué ha sido así de perfecto.

Luca no necesita abrir la boca; sus ojos hacen la pregunta.

—Si ha sido perfecto —continúa ella—, es porque ya no tengo nada que perder. Y eso es liberador.

—No te voy a llevar a Praga. —Niega con la cabeza—. Si te pasara algo, pesaría toda la vida sobre mi conciencia.

—Mira, sobrino... —y ahora es ella quien separa su espalda del sillón de terciopelo para acercar su rostro al de él—, el día que te dignes a contar la verdad de por qué estamos haciendo esto, estoy segura de que comprenderé todos tus motivos; pero, aun sin saberlos, lo estoy haciendo. Lo acepto, está bien… —Su mirada se torna amenazante—. Lo que no te consiento es que tú no aceptes los míos. Así que yo voy a ir a Praga.

—¿Y si te mueres allí?

—¡Pues te traes mi cadáver y me entierras al lado de mi marido! —Pietra demuestra que no ha perdido un ápice de su autoridad, dejando esa frase en el aire para la que Luca no tiene respuesta—. ¿Te ha quedado claro?

Con la vista fija en ella, Luca hace un gesto con los labios y asiente despacio varias veces. Se levanta del sofá y saca el teléfono móvil de su bolsillo.

—Gael, escúchame bien… —Deja unos segundos para que el *hacker* se centre en lo que va a decirle—. Pietra viaja a Praga con Enzo y Natalia; billetes de avión y hotel para los tres. Pero hay que crear nuevas identidades falsas para la subasta…, y que no sean españolas.

Cuelga sin despedirse y se queda mirando a su tía, decidiendo si lo que desea decirle es un *¿ya estás contenta?* o un *ojalá yo tenga algún día la mitad de valor del que tú tienes.*

***

Entrar al bar Lola es como traspasar un portal espacio-temporal; más que un bar, podría ser un museo que muestra cómo eran los bares hace cuarenta años. El suelo de terrazo, los azulejos blancos con cenefa de volutas en azul, las sillas de hierro forjado y madera barata, y la barra de aluminio que ha perdido el brillo en la superficie por el roce de las monedas. Barra sobre la que se ubican las anticuadas vitrinas con tortilla de patatas y longanizas con huevos fritos.

El local, vacío a primera hora de la tarde, es el sueño de un localizador de escenarios para películas que transcurran en los años ochenta. Incluso los dos únicos clientes, languideciendo en una de las mesas con sendos cafés con leche en vaso de cristal, serían los figurantes perfectos.

Luca hace el gesto de subirse un par de centímetros las perneras de su pantalón de traje y se sienta a una de las mesas, acomodando su americana para que no se arrugue en la espalda. Dobla dos veces el *ABC* y lo deja sobre la mesa.

—¿Qué va a ser? —El camarero, de una edad indeterminada entre los cuarenta y los cincuenta, le pregunta desde dentro de la barra sin la más mínima amabilidad.

—Un café.

—Marchando… —Y saca el brazo de la cafetera para rellenarlo con una nueva dosis de polvo negro.

Detiene el chirrido de la cafetera cuando la taza está llena. Toma plato, sobre de azúcar y cucharilla, y sale de la barra con dificultad por culpa de la panza.

—Aquí tiene. —Lo deja sobre la mesa, frente a Luca.

—Muchas gracias.

—Y ahora me dice quién cojones es usted. —El malhumor del hombre torna a un tono casi agresivo al señalar el ejemplar del *ABC* con las cejas.

—Estoy buscando al Manco. —Luca ha bajado el tono, demostrando que sabe que el negocio requiere un perfil bajo.

—Aquí no hay ningún manco.

—Mi padre era cliente. —El joven no se deja amedrentar, pero pisa con cautela—. Hace veinte años.

—¿Y?

—Necesito hablar con él.

—¿Quién demonios era tu padre, chaval? —Las manos del camarero parecen palas de remos cuando las apoya en la mesa.

—Un pintor... —está pisando terreno pantanoso—. Italiano.

El camarero se le queda mirando en silencio, como si ese dato hubiera impactado contra un viejo recuerdo y estuviera decidiendo qué ha de hacer con él. Y lo que hace es abrir la puerta del bar, salir y cruzar la calle. Hasta el parque que hay junto al mercado de Rojas Clemente, donde unos bancos de madera rodean unos juegos infantiles. De esos que hoy se asientan sobre un suelo de planchas de goma, para que los niños no se pelen las rodillas y no vuelvan a casa con un chorretón de sangre corriéndoles por la espinilla. Como se ha vuelto toda la vida a casa después de un rato de parque.

Un anciano, sentado a uno de los bancos, apoya su única mano sobre un bastón, manteniéndolo vertical. No hace nada salvo parecer estar en su mundo; quizá pensar. O recordar. El camarero se acerca por detrás y se agacha para hablarle al oído. Y, tras unos segundos, el anciano asiente.

***

—Hacerse viejo es una mierda.

—No sé qué edad tiene usted —responde Luca—, pero ya me gustaría a mí llegar.

—Nos pasamos la vida diciendo eso, queremos vivir muchos años. —El Manco se rasca la frente con su única mano—. Pero, cuando ves morir a tu gente, cuando te meas en la cama y cuando te tienen que ayudar a limpiarte el culo, te aseguro que es una mierda.

—¿Tiene alguien que le eche una mano?

—Tengo... —asiente mirando a unos chiquillos que suben por la escalera del tobogán de diseño—. Y esa es otra: no compensa ganar dinero durante toda tu vida para después pagar a personas que te cuiden. Si lo llego a saber, hubiera vivido más rápido y muerto más joven.

—Creo que no seguiré ese consejo.

—Es ley de vida no seguirlo. —Los ojos del Manco, blanquecinos por las cataratas, parecen brillar de nostalgia—. Como lo es lamentar a mi edad no haberlo seguido.

—Pues, entonces, dejaré que la vida siga su curso.

—¿Sabes que nunca supe el nombre de tu padre mientras hicimos negocios?

—No puede ser, su camarero ha parecido saber quién era mi padre en cuanto he pronunciado la palabra «italiano».

El Manco tira de memoria. Calla como si ordenara pensamientos, como si a su edad tuviera que poner las palabras en una cola de impresión para ser pronunciadas.

—Este negocio funciona con discreción. Es mejor saber lo menos posible, y tu padre jamás me dijo cómo se llamaba —comenta con voz pausada—. Le reconocí en las fotos de los periódicos, tras la detención; y esos mismos periódicos airearon el nombre. Santamarta es un apellido difícil de olvidar.

—Fue todo una locura.

—Tu padre no era un santo. —El anciano se siente con la libertad de decir lo que le venga en gana, sin preguntarse si puede o no doler—. Sabía las consecuencias de lo que hacía. Y no sé si tú sabes lo que haces, porque por algo habrás venido a mí.

—Necesito localizar al Maestro Español.

—Ah... —sonríe—, entonces sí estás siguiendo mi consejo.

—¿Cuál?

—El de vivir deprisa y querer morir joven. —Las cejas del Manco indican que es algo obvio—. O ir a la cárcel, que acaba siendo lo mismo.

—¿Puede ayudarme o no?

—El Maestro Español es una leyenda, no se sabe ni si existe. —Un pequeño perro, con la correa extensible de su dueña, se acerca al Manco, y este le hace una carantoña con su única mano—. O si está vivo; por no saber, ni siquiera sé si es español. Pero se dice que ha colocado más de treinta obras de bronce en los museos más importantes del mundo.

—¿Y nunca le han buscado o detenido?

—Los museos no denuncian esas cosas. —Sonríe de medio lado—. Sería una vergüenza para ellos reconocer que han pagado millonadas por obras falsas. Y ahí siguen.

—Dígame cuánto vale la información que usted tenga. —Luca está empezando a cansarse de tanto rodeo; necesita ir al grano.

—Yo no quiero dinero. Pero he de reconocer que sí me ha picado la curiosidad de saber por qué lo buscas.

—Si se lo contara, le estaría implicando.

—A mi edad, una pequeña emoción te ayuda a levantarte un día más.

—Si todo sale como tengo planeado, en apenas un mes sabrá por las noticias si lo he conseguido o no. —Con una mano se sube el cuello del abrigo mientras habla al viejo sin mirarle—. Le ayudo a levantarse mucho más de un día.

—Visto así… —El anciano sonríe; parece que le ha hecho gracia la ocurrencia de ese tipo inesperado—. Pero que sepas que has de tener dinero si quieres que el Maestro te fabrique lo que sea que quieras.

—No es problema.

—Santamarta… —El Manco se gira a mirarle—. ¿No tuviste bastante con lo que le pasó a tu padre? Fue carne de cañón, como lo serás tú si entras en prisión.

—Vengo de estar con alguien que me ha dicho que para arriesgarse a algo es mejor no tener nada que perder.

—Es que tú sí tienes algo que perder. —El viejo vuelve a rascarse la frente—. Todos los años que te quedan de vida.

—Tampoco sé si quiero vivirlos con este peso.

—Los jóvenes... sois exagerados; dramatizáis. —Mueve la pierna derecha, como si quisiera desentumecerla—. No hay nada que no se pase con el tiempo.

—Pues quizás es que para mí todavía no ha pasado el tiempo suficiente.

El Manco apoya toda la espalda en el banco. Luca observa que debió de ser un hombre fornido, pero que los años le han ido encogiendo. Alguien lo suficientemente listo como para moverse en un mundo pantanoso y seguir a flote. Alguien que supo cuidar sus pasos para poder morir en su cama, de viejo. Lo que no supo hacer su padre. O lo que puede pasarle a él si hace un movimiento en falso.

—Permítame decirle algo con todos los respetos. —Cuando alguien comienza así una frase, ya se sabe que va a faltar al respeto—. Esta conversación con usted es un hilo muy fino en mi proyecto, y no quisiera forzarlo tanto como para que se pudiera romper. —Luca observa que el anciano, en silencio, levanta una ceja esperando que ese circunloquio lleve a alguna parte—. Me preocupa que pueda delatarme.

—Primero..., sí, me has faltado al respeto. —El Manco entorna los ojos porque le molesta la luz de la tarde—. Y, segundo..., ¿por qué iba a hacer eso?

—Algún favor que deba, algún favor que quiera conseguir...

—Yo ya ni debo nada, ni quiero nada —el último rayo de sol de la tarde le da en el rostro, y el Manco lo eleva para aprovecharlo hasta el último segundo—, pero, en honor a tu padre, te diré lo que sé. Un buen tipo el italiano; nunca se saltó los códigos del negocio.

Luca guarda silencio y le da al hombre el tiempo que necesite. Sabe que con cualquiera de sus pasos está dejando un rastro; y que quizás ese rastro lo huela un sabueso algún día. Pero es la cuota de riesgo que tiene que asumir, la que ha aceptado. Guerra avisada no mata soldado. Bueno, si este no quiere.

—Toma el Levítico...

—¿El libro de la Biblia? —le corta Luca.

—No, el programa de radio, no te jode... —No le ha sentado bien—. Tu padre era igual; cuida esa impaciencia, chico. Es la que puede hacerte cometer errores.

Luca respira y cierra los ojos. El Manco tiene razón.

—El Levítico. Escribe las frases cuyos capítulos y versículos compongan tu número de teléfono. Y publica un anuncio en la revista *Botánica y Horticultura.* —El hombre deja unos segundos para que Luca asimile la información—. Si ese hombre existe, si está vivo, y si le interesa saber qué tienes para él, se pondrá en contacto contigo.

—Muchas gracias. —Luca se levanta; tiene lo que había venido a buscar—. ¿Cómo puedo pagarle esto?

—Con que me ayudes a levantarme y me lleves al bar, tendré bastante. —Con su único brazo se apoya en el bastón para levantarse.

—Eso está hecho. —El joven le ayuda a ponerse en pie—. ¿Algo más?

—Sí —dice el Manco estirando la espalda—. No ver nunca tu nombre en los periódicos.

—Si lo ve, ya sabrá que no lo he conseguido.

17. Valencia, noviembre de 2022

—Echo de menos a mamá —dice Enzo.

A Luca, que lleva desde primera hora trabajando con la información que el Manco le dio el día anterior, le sorprende la confesión de su hermano, no la esperaba. Es como una nota desafinada en la melodía que está componiendo, un sonido que distorsiona en mitad de un acelerado *crescendo*. Poco queda del Enzo de hace unas semanas: ni la ropa, ni la actitud canalla, ni todo aquello tras lo que se oculta. Y toda esa máscara ha caído desde que vio cómo Pietra escupía sangre en el coche tras salir de Toulouse. La fiesta convertida en tragedia.

Y eso, Luca lo sabe, es solo una de las formas que adopta el miedo para materializarse. Enzo parece ser de nuevo el niño que el hermano mayor recuerda.

—Y su *all i pebre* —continúa—. ¿Tú no?

Son las diez de la mañana. Ambos están sentados en el sofá del piso de Luca en la plaza de España, viendo cómo las nubes han ganado la partida al sol, y la lluvia amenaza con hacerse presente. Los dos *espressos* humean sobre la mesa de centro, recién preparados, y de fondo se oye el trepidante teclear de Gael en el ordenador. Natalia se retrasa; siempre siente que esos desajustes pueden ser el preludio de malas noticias. Pero, aunque a Luca le preocupa, ese retraso ha propiciado la conversación con su hermano. Una cosa por otra.

—Creo que siento más culpa que nostalgia.

—No me extraña que la sientas. —Enzo se inclina y toma su taza—. Ella nunca entendió por qué te portaste así con papá. Ni yo.

—Era como si hubiese perdido la capacidad de darle cariño —Luca sigue hablando de su madre—. Podía hacer que no le faltara de nada, pero era incapaz de darle un abrazo.

—Mamá fue difícil en los últimos años, la depresión se la tragó. —El pequeño le pone la mano en el hombro al mayor—. Pero seguía siendo posible hacerla reír.

—Posible para ti —reconoce Luca, otorgando a su hermano el mérito que tiene.

Las piedras cayeron una tras otra sobre Laura, su madre. La detención de Francesco, la negativa de Luca a visitarle, la muerte en prisión, sacar adelante a aquellos dos chicos. Ellos no podían saberlo, pero era demasiado peso para una persona. Y ella comenzó a transitar por una espiral descendente de tristeza, antidepresivos e impotencia. En los años en los que los adolescentes piensan que son inmortales, Laura fue, poco a poco, dándose cuenta de su propia mortalidad. Una mujer cuya familia son tres hombres es, a la fuerza, dura como una roca. Ella podría haber trabajado, ser independiente y tener su vida propia, pero se sacrificó por empujar los sueños de su marido y por sacar adelante a sus hijos. La muerte de Francesco la sumió en un largo duelo, del que consiguió salir porque tenía que seguir tirando de sus dos muchachos. Pero, con los años, cuando estos fueron fabricando sus propias vidas, Laura dejó de encontrar motivos con los que seguir siendo esa roca que siempre había sido. Esa propia mortalidad de la que fue consciente en el pasado volvió a aflorar. Incluso la llegó a desear. El tratamiento psiquiátrico y la soledad de la casa que había compartido con su familia fueron apagándola. De un modo en el que se negó a avanzar y perdió las fuerzas para volver a confiar en la vida, o para sentir que, tarde o temprano, alguna alegría, más allá de saber que sus hijos, ya dos hombres, estaban bien, compensaría todo el dolor. Aunque solo fuera un poco. Pero esa alegría jamás llegó.

Y ese estancamiento vital se resquebrajó nueve meses atrás, cuando, aunque solo fuera por un fugaz instante, la desesperanza ganó la partida a la medicación. Esa noche Luca aparcó a un par de calles y caminó con un cigarrillo entre los dedos hasta el portal de casa de su madre. La que había sido su casa durante tantos años. El destello de las luces de la ambulancia iluminaba las fachadas y la gente se arremolinaba ante el portal. Una vecina le reconoció; *es tu madre*, le dijo. Laura yacía en el suelo del patio de luces, rodeada por un charco de sangre que había manado del golpe en la cabeza. El salto al vacío acabó con todo su sufrimiento. Y dejó a los dos hermanos sumidos uno en la nostalgia y en la culpa el otro.

—También habría sido fácil para ti hacerla reír si te lo hubieras propuesto, si te hubieses dado cuenta de que ella lo necesitaba —los hermanos parecen cambiar las tornas—, pero estabas tan ocupado con tu empresa y tu venta…

—La venta era necesaria para esto.

—¿Cuándo vas a contármelo todo?

—A su debido tiempo. —Y de esa manera implícita Luca parece reconocerle a Enzo, por primera vez desde que todo empezó, que solo ha visto la punta del iceberg.

—¿Sabes? —Enzo termina su café; Luca ni lo ha tocado—. Te he odiado todos estos años; el inteligente, el preferido del tío Álvaro. Y con mamá y conmigo pasaste a ser un bloque de hielo, alguien que sabíamos que estaba ahí, pero que ni siquiera nos miraba.

—Lo siento. —Mira a la nada mientras lo dice, porque las palabras de su hermano se le están clavando en el costado.

—Pero aún tengo la esperanza de que todo fuera por una razón. —Enzo se reclina en el sillón y apoya la suela de su zapato en el borde de la mesa de centro—. Algo tan jodidamente importante como para que te comportaras así. Y poder perdonarte, hermano.

—¿No puedes perdonarme ya?

—No.

—Pues espero que lo hagas si esto termina bien.

—Yo también lo espero. —En ese sofá ambos actúan en una analogía de lo que ha sido su relación en los últimos diez años: hablar sin mirarse—. Pero ambos sabemos que, por una cosa o por otra, esto no va a acabar bien. La tía se muere, y eso se unirá a la larga lista de horrores del apellido Santamarta.

—Le dije que no quería que fuera a Praga.

—Déjala... —Enzo se levanta y enciende el pequeño altavoz que Luca tiene en el salón—. Prefiero que muera conmigo en un coche, satisfecha de un trabajo bien hecho, a que también se tire por un balcón porque la hemos dejado de lado.

A través del altavoz, la voz de Cat Stevens les recuerda que el mundo puede ser todo lo salvaje que se proponga, y ambos hermanos escuchan en silencio. Aunque Enzo no puede evitar seguir el ritmo con el pie derecho.

—Hay algo que sigo sin entender —dice el pequeño al terminar la canción.

—¿De qué se trata?

—Sacaste siete millones limpios por la venta de tu empresa, y pediste prestados otros siete, que tienen tres de intereses. En total, diecisiete. —Enzo recapitula y Luca asiente al razonamiento—.

Dices que vamos a sacar veinticinco millones de esto, así que ganarás ocho, que repartirás a medias conmigo. Con lo que al final te quedarás con poco más de la mitad de lo que habías ganado con la venta.

—Te dije que esto no lo hacía por dinero.

—Sé que no me lo cuentas todo. —Se echa el pelo hacia atrás—. Y así es difícil confiar en ti.

—Si me quedan esos cuatro, ya me doy por satisfecho.

—No me has respondido.

—Confía en mí, hermano. —Luca se incorpora y, en un gesto de cariño, pone su mano en la pierna de Enzo—. Pero yo también tengo mis tiempos, mis miedos y mis motivos.

—Luca, ¿no te cansas?

—¿De qué?

—De guardarlo todo para ti, ahí dentro. —Y es la mano del pequeño la que le da una palmada en el pecho al hermano mayor.

Suena el timbre del interfono. Luca acude hasta la entrada, presiona el botón sin preguntar y deja la puerta abierta antes de volver a sentarse junto a su hermano. Natalia llega con el abrigo mojado y deja el paraguas en el rellano. En Valencia ha comenzado esa lluvia que todo lo colapsa, esa que hace que crezcan burbujas en los charcos cuando las gotas caen sobre ellos; los que saben dicen que eso es presagio de tres días más de agua. Y se cumple la máxima de que en Valencia llueve poco, pero cuando lo hace es para inundar garajes y para que bomberos y policía no den abasto por la cantidad de avisos que reciben.

—Llegas tarde. —Es el recibimiento del hermano mayor.

Natalia mira a Enzo y este le hace un gesto con las cejas, haciéndole ver que Luca ha vuelto a su papel de jefe de equipo y que quizá esté un poco más insoportable de lo normal.

—Es lo que tiene la lluvia. —Es evidente para ella—. Hace que todo se retrase.

—Pues, entonces, tú te adelantas.

—Bueno, al menos parece que habéis aprovechado para hacer manitas —dice, con ironía y evidente fastidio por las palabras de Luca, al verlos sentados en el sofá. Pero las caras de haber mantenido algo más que una simple conversación hacen que se arrepienta de lo que ha dicho. Al fin y al cabo, esos tipos ya le han dado más dinero que el que iba a ganar en los próximos quince años—. ¿Sabemos algo de Pietra? —cambia de tercio.

—Viaja con vosotros —confirma Luca mientras se levanta y se dirige al despacho para avisar a Gael y que acuda a la reunión.

—Eso no parece la mejor idea. —Natalia se sienta en el lugar que Luca ha dejado libre en el sofá—. Tú no la viste en el coche.

—Pues ve y convéncela tú —Luca alza los hombros mientras Gael se une al grupo—, porque yo no he sido capaz.

—Increíble. Recordadme que con su edad tenga, al menos, la mitad de agallas que ella. —Y Natalia puede imaginar cómo debió de ser la escena entre Luca y Pietra. Batalla perdida para él—. Que se apunte a Praga es una buena noticia; lo cierto es que la necesitamos.

—Nos enfrentamos a algo diferente a lo que hemos hecho hasta ahora. —Luca, de pie, habla para los tres—. Grabad en vuestra cabeza todo lo que voy a contaros, porque no podéis saliros ni un milímetro del plan:

»Viajáis a Praga en avión; los billetes, el coche y la reserva del hotel van a vuestros nombres reales. Con el poco tiempo que he tenido para preparar este viaje, no me fío de que unos documentos falsos puedan detectarse en un posible control de seguridad; y, a estas alturas, no voy a dejar que el plan se caiga por un detalle como ese. Así que, tanto a Praga como después a Chicago, vais a viajar con vuestras verdaderas identidades. En el aeropuerto recogeréis un coche de alquiler, un Audi A8, y os iréis directos al hotel General Old Town, donde tenéis reservadas tres habitaciones y una plaza en el aparcamiento subterráneo.

»Esta vez cambiamos de identidades para la subasta; Pietra va a ser la baronesa alemana Alana von Schimmer, discreta viuda de un rico empresario con acciones en compañías mineras; Natalia será su asistente y Enzo su chófer y guardaespaldas. Esta vez entraréis los tres a la sala de la subasta; caracterizados, para que no os pueda reconocer ni yo. La baronesa Von Schimmer no abrirá la boca; todo recaerá en ti, Natalia. Gael ya ha creado todo lo necesario en Internet, por si a alguien le da por buscar información sobre el personaje de Pietra.

»Van a acudir coleccionistas y marchantes de toda Europa; el lugar será seguro, no os preocupéis. Aunque la subasta sea ilegal, ningún gobierno del mundo se arriesgaría a detener a alguna de las personas que van a estar allí.

»Álvaro Balboa envía a su postor a por el lote que necesitamos: doscientas cincuenta monedas griegas expoliadas de un barco hundido. No sé quién es ese tipo, Enzo; me tendrás que ir informando. Pero si, por casualidad, os hace fotos y se las envía a Álvaro, podría reconoceros y estaríais en peligro real. De ahí que tengáis que ser irreconocibles.

»Gael pasará al móvil de Enzo la ubicación del lugar donde se celebrará la subasta. Os convertís en vuestros personajes en las habitaciones del hotel y tomáis el ascensor hasta el sótano, para subir al coche sin pasar por recepción.

»Esta vez la subasta no es en efectivo; hemos depositado dos millones de euros en la cuenta en un banco suizo que proporciona la organización. A nombre de la baronesa, tal y como pide el organizador de la subasta. Ese es el presupuesto, no hay más. El resto del dinero lo necesitamos para los próximos pasos. Natalia, esto es vital: dos millones de euros.

»Con las doscientas cincuenta monedas, y lo que tenemos de las subastas de Benasque y de Toulouse, habrá bronce suficiente para fabricar nuestro busto. Será la última adquisición si conseguís ganarla. Si no es así, tendremos que seguir con subastas pequeñas, y el tiempo corre en nuestra contra. Y en contra de Pietra.

»Una vez concluida la subasta, la organización os entregará las monedas y hará una transferencia de vuelta del dinero sobrante, si lo hubiera. Enzo, metes la caja en el maletero del coche y volvéis al hotel. Una persona te llamará para recoger las monedas y se encargará de que lleguen hasta aquí. No podéis viajar en avión con veintipico kilos de bronce, porque nos arriesgamos a que lo requisen. Y a que os detengan.

»Por último, al día siguiente vais al aeropuerto, devolvéis el coche y de vuelta a casa.

—¿Una persona me llamará para recoger las monedas? —Enzo se ha perdido en esa parte del plan.

—De eso ya me he encargado. —Luca ha vuelto a su perfil más profesional—. No tienes de qué preocuparte.

—¿Disfrazados? —Es el turno de Natalia.

—Sobre todo Pietra —contesta el cerebro del plan—. Vestido, joyas, peluca; elegante como la millonaria que es, e irreconocible. Con que tú —señala a Natalia— te cambies las gafas, y tú —a Enzo— te hagas una coleta y te coloques bigote y barba postizos, será suficiente.

—Salís en cinco días —Gael informa sobre su parte—. Llevaréis documentación alemana falsa, os la pedirán en la subasta.

—¿Y cómo van a llegar las monedas hasta aquí? —Natalia reconoce que es un alivio no tener que cargar con todo ese bronce en las maletas y poder viajar sin él, pero tampoco tiene clara cuál es la solución.

—Es mejor que no os cuente más. —Luca coge de la mesilla la taza de café que se preparó con Enzo y da un sorbo; está frío, pero el sabor le gusta—. Si os detuvieran, es preferible que tengáis la menor información posible.

—Bueno, pues a jugar con dos millones de euros —resume Enzo, que parece haber recuperado parte de su espíritu canalla—. Tienes claro que en la subasta vamos a joder al tío Álvaro, ¿verdad? —constata.

—Es un daño colateral.

—Bueno... —Enzo levanta los hombros—. Me alegraré si le damos un disgusto; nunca le he caído bien.

—Dos millones de euros, Natalia; es lo que he metido en la cuenta desde la que se hará la transacción. —Luca se centra en las enormes gafas que encuadran sus preciosos ojos—. No hay más; el resto del dinero ya está asignado a todo lo que queda por hacer.

—Haremos lo que podamos —responde ella.

—Haced más que eso, por favor. —Y Luca sabe que acaba de trasladar a su equipo una enorme presión. Pero por eso la recompensa es tan elevada; lo comido por lo servido.

Dando la espalda a todos, mira a través de la ventana y apura la taza de café. Siente que ese café frío es una metáfora de su vida: llegar siempre tarde, cuando ya queda poco por hacer. Casi todas las piezas ya están en juego, y Luca sabe que se mueve en un delicado equilibrio. Como un trapecista balanceándose sin red y al que todavía le falta el número final: hacer sus acrobacias con los ojos vendados.

18. Valencia, diciembre de 2002

—¿Por qué no quieres ir a ver a papá? —preguntó Enzo mientras sorbía un batido de chocolate de un pequeño brik.

Laura había bajado a hacer la compra semanal de los sábados, dejando a Luca a cargo de su hermano. Subsistían con un dinero que les pasaba Álvaro, hasta que Laura encontrara trabajo. Aunque con su estado anímico tras la entrada de Francesco en la cárcel y con dos chicos a su cargo se antojaba difícil conseguirlo a corto plazo.

Los *Looney Tunes* sonaban en la tele del salón mientras Luca derrapaba sobre la nieve del Rally de Suecia en el *Colin McRae* de su Game Boy Advance. La pregunta de su hermano le hizo salirse de manera fatal en una de las curvas.

—No te preocupes por eso, Enzo.

—A mí tampoco me gusta ir a la cárcel a verlo —dijo tras apurar el batido—. Si tú no vas, yo no voy.

—Tienes que ir. Se pondría muy triste si no te viera.

—Ya está triste por no verte a ti.

Luca pausó la consola portátil porque sentía que tenía que apagar ese fuego que amenazaba con propagarse. La decepción es un sentimiento que siempre llega; tarde o temprano, todo el mundo acaba decepcionando. Y decepcionándose. Unas veces somos los decepcionados, y otras, los decepcionantes, pero Luca, a sus quince años, ya sabía que, dependiendo de la situación, adoptamos uno u otro rol.

El teléfono sonó rompiendo los pensamientos que su cerebro enlazaba y pulsó el botón del terminal inalámbrico, que estaba en la mesilla junto a él.

—Dígame.

—Luca, bandido... —La voz rota del tío Álvaro le hizo ponerse en guardia—. ¿Cómo estás?

—Bien, padrino... —respondió con respeto y cierta distancia—. Aquí, cuidando de mi hermano.

—Otro bribón. —El auricular devolvió el sonido de una risa—. Y llámame tío; te lo he dicho mil veces.

—Mamá no está —se detuvo un instante—, tío.

—No importa, llamaba para hablar contigo. —Comenzó a toser y parecía el rugido de un tractor al arrancar—. Tu madre me ha contado esa tontería de que no quieres ir a ver a tu padre.

—No me apetece.

—No se trata de que te apetezca o no; es tu obligación.

—Estoy enfadado con él.

—Lo entiendo, las cosas salieron mal —parecía que Álvaro se ponía en la piel del chico—, pero él es un buen hombre.

—Si fuera tan bueno, no estaría en la cárcel. —Luca se arrepintió de inmediato de haber dicho eso delante de su hermano, pero ya no había remedio.

—Son cosas de negocios que tú no entiendes, sobrino. Mi abogado le sacará pronto.

—Pues entonces le veré en casa.

—Anda, sé un hombre y, la próxima vez, le das una sorpresa. —Álvaro hizo una pausa, como si estuviera pendiente de otro asunto—. ¿Me lo prometes?

—Lo pensaré.

—Eres un buen chico. Dale un beso a tu madre. —Y colgó.

Luca se quedó pensativo, con el teléfono inalámbrico todavía en sus manos. Había algo en la voz del tío Álvaro que le repelía, que le ponía en tensión. Por lo que había podido ver, al resto del mundo no le pasaba lo mismo; sus amigos le apreciaban, y hasta su madre le decía que tenían mucho que agradecerle.

—¿Qué quería el tío? —preguntó Enzo, sacando a Luca de sus pensamientos.

—Enzo… —Luca se acercó a su hermano y retomó la conversación que habían dejado a medias—, yo estoy fallándole a papá. Estoy enfadado con él, por eso no voy a verle.

—¿Y por qué estás enfadado?

—Todos hacemos cosas mal, pero algunas cosas son más graves que otras. —El hermano mayor se sentó al lado del pequeño—. Papá ha hecho algo mal, y las consecuencias son graves.

—¿Ha hecho daño a alguien?

—¡No! —La exclamación iba acompañada de una sonrisa—. Él jamás haría daño a nadie; son cosas de negocios y dinero que ni yo mismo entiendo.

—Me dan miedo los guardias —confesó Enzo—. Me recuerdan a los policías que nos rompieron la puerta.

Luca acarició el pelo a su hermano en un gesto de cariño. Cogió el mando y apagó la televisión; no deseaba estímulos externos en ese momento. Recordaba la noche en que la policía entró en casa para detener a su padre. El vuelco que le dio el corazón, el temblor en las manos, las ganas de llorar y no poder hacerlo por pura vergüenza de que aquellos tipos con casco, pasamontañas y armas pudieran verle. Si él pasó miedo, no podía imaginarse el que habría podido pasar su hermano pequeño. Aun así, encontró el valor para plantar cara al policía que se había pasado de la raya con su madre. Y comprendía que el protocolo de la prisión, los guardias armados y la sequedad de las formas que allí se empleaban, sobrepasaran a Enzo.

—Tú eres la persona más valiente que conozco. —Luca le palmeó dos veces el pecho, a la altura del corazón—. ¿Recuerdas cuando en el cole se metían con tu amigo?

—¿Dani?

—Ese, Dani. —Sonrió—. El día que aquellos cuatro capullos le siguieron hasta su casa, llamándole marica y escupiéndole. ¿Qué hiciste?

—Defenderle.

—Te enfrentaste a cuatro chicos y viniste a casa con un ojo hinchado y el labio partido. —Luca lo contaba dejando patente admiración—. Me sentí orgulloso de ti.

—¿De verdad? —El pequeño puso cara de extrañeza—. Mamá se enfadó mucho; me dijo que hice mal en pegarme.

—No hay que arreglar las cosas con violencia, es cierto —Luca aprobó lo que había dicho su madre; no pretendía abrir otro melón—, pero supiste defender a alguien que lo necesitaba. Fuiste muy valiente.

—Gracias, Luca.

—Y ahora necesito que lo seas. —Puso la palma de la mano boca arriba y Enzo la palmeó con la suya—. Por mamá y por papá.

—¿Y tú?

—A mí se me pasará. —Luca sujetó la mano de Enzo sobre la suya y le sonrió—. Tener quince años es muy confuso.

Laura, arrastrando el carro de la compra y cargando con un paquete de rollos de cocina, apareció en el salón. Los chicos no la habían oído entrar y, de forma silenciosa y anónima, había podido disfrutar de unos segundos de complicidad entre hermanos. Y había visto a Luca sonreír. Necesitaba que su hijo mayor emergiera del fondo del lago en el que parecía haberse hundido, que aceptara poco a poco las cartas que les habían sido repartidas y comenzara a abrir juego con ellas.

—¿Qué tramáis? —Sus palabras la hicieron visible a ojos de sus hijos.

—Luca me ha dicho que no conoce a nadie más valiente que yo.

—Yo sí conozco a alguien tan valiente como tú. —Guiñó un ojo a su pequeño—. A él. —Y señaló a Luca con la barbilla.

Luca, sintiendo una punzada de dolor por los intentos de su madre de volver a conectar con él y sabiendo que estaba controlada la potencial crisis que se había abierto con Enzo y su visita a la cárcel, tomó de nuevo la consola dispuesto a pasar esa etapa del *rally* que se había dejado a medias.

—Por cierto, Luca... —Laura habló desde la cocina mientras dejaba unas cebollas frescas en el cajón de la verdura—, ha llamado la tía Pietra. Esta tarde vendrá a recogerte para ir al cine.

—Perfecto. —La mente del chico ya estaba metida de lleno en maximizar la velocidad de su coche en un terreno tan deslizante.

—¿Y yo? —protestó Enzo—. A mí nunca me lleva al cine.

—Tú tienes partido, atontao... —El recordatorio de su hermano hizo que Enzo cayera en la cuenta de que tenía razón, pero no por ello iba a dejar de mantener su pose disconforme.

—Ya me contarás algún día qué tenéis entre manos. —Había un matiz de reproche en Laura—. Parece que le ha cogido gusto a sacarte de casa cada dos sábados.

—Cosas de la tía, mamá —contestó Luca sin prestarle atención.

19. Valencia - Praga, noviembre de 2022

Las puertas del ascensor del hotel General Old Town se abren en la planta sótano. De él sale un joven con traje negro de tres piezas y camisa blanca, el pelo recogido en una coleta a la altura del cogote, barba, un intercomunicador de cable en la oreja, y gafas con montura de aviador y cristal amarillo.

Esperándole en el aparcamiento subterráneo, la chica del vestido de noche, blanco y ceñido, que deja su espalda a la vista, le mira y levanta una ceja. Ceja que también levanta el joven al ver cómo los tacones la elevan del suelo, marcando los músculos de las pantorrillas y los muslos, visibles a través del corte del vestido.

—¿Y tus preciosas gafas cuadradas? —pregunta.

—Llevo lentillas, imbécil.

—Joder, Luca… —susurra el chico—, te encantaría ver esto.

—¿Te refieres a vuestras nuevas identidades? —La voz del hermano mayor, desde Valencia, resuena en todos los auriculares.

—Con ver una de ellas tendrías bastante. —Hace un recorrido visual de arriba abajo—. Madre de Dios…

Natalia, que le espera junto al Audi A8, pone los ojos en blanco en señal de estar cansada del menor de los Santamarta, y le lanza las llaves cuando está a un par de metros. Ella abre la puerta trasera, y Enzo puede ver a la dama que ya está sentada en el interior. Ni él mismo reconocería a Pietra si se cruzara con ella.

—Si rezas lo suficiente, quizás a la vuelta al hotel te deje ver cómo me pongo las gafas de nuevo. —La frase de Natalia deja a Enzo con la sensación de no saber si la chica le está dando cancha o si está ahogando todas sus esperanzas.

—Vale, ¿nos ponemos serios, por favor? —Luca corta ese conato de flirteo entre Natalia y Enzo, consciente de que ha sentido un mordisco que le ha marcado más de lo que le gustaría.

—Enzo, acabo de mandar la ubicación a tu móvil —confirma Gael.

—Recibida.

El coche sale por la rampa del aparcamiento del hotel, rodea el edificio hasta llegar a la orilla del río Moldava y lo cruza por el puente Palacký, siguiendo las instrucciones del navegador. El tráfico es ligero a esas horas de la noche en Praga y Enzo pulsa la pantalla táctil del salpicadero por orden de Pietra. Suena *Serenata para cuerdas*, de Dvorák, y la mano de ella sigue los movimientos de la pieza, buscando un estado de relajación para afrontar la tarea que tienen por delante.

En la plaza de Námestí Míru toman la avenida Korunní, interminable, hasta llegar a las coordenadas que le indica el GPS. El coche se detiene ante unas grandes puertas de hierro forjado, con cámaras en su parte superior, junto a las que hay un pulsador a la altura de la ventanilla del conductor.

—*Yes?* —pregunta la voz metálica.

—*Baroness Alana von Schimmer.*

Las puertas comienzan a abrirse, y frente al coche se muestra la rampa del aparcamiento subterráneo de un palacete gótico, flanqueado por dos puntiagudas torres en las que se abren ventanas ojivales de trabajadas cristaleras.

—Toma Natalia el control —comunica Luca—. ¿Estás preparada?

—Sí. —Y todos oyen su profunda respiración.

Un guardia de seguridad, con pistola al cinto, le indica a Enzo dónde ha de aparcar. Unos veinte vehículos, varios de ellos con chóferes uniformados al volante, se ordenan en el aparcamiento. Mientras Enzo hace las últimas maniobras, un hombre con traje gris y corbata negra se acerca para recibirles.

El hombre ve cómo el conductor, con unas peculiares gafas de cristal amarillo, baja del vehículo después de estacionar y se dirige a la puerta trasera derecha, que abre para que salga la persona que ocupa ese asiento.

—Baronesa, es un placer recibirla. —El hombre, que se dirige a ella en un inglés con un cargado acento ruso, se inclina en un protocolario gesto—. Soy el secretario personal del señor Moravec.

Las gafas de sol no permiten ver el gesto de ella, pero el hombre siente que debe de haber sido despectivo, porque ni siquiera contesta. En su lugar, lo hace su asistenta, una atractiva joven con un elegante vestido de noche.

—La baronesa está encantada de asistir a esta velada. —Su perfecta pronunciación hace que Luca y Gael, en Valencia, se miren sorprendidos. Para bien.

—Perdonen mi atrevimiento, pero es mi trabajo que la noche transcurra dentro de la más absoluta normalidad. —El hombre sonríe, solícito—. Necesito comprobar sus documentos de identidad.

Natalia abre su pequeño bolso y le entrega tres carnets. Nacionalidad alemana, comprueba el hombre. Acostumbrado a lidiar con personas de alto poder adquisitivo, sabe que poco tiene que ver la fotografía de un documento de identidad con el aspecto real de la persona a quien acredita. Pero asiente satisfecho y se los devuelve a la asistenta de la baronesa.

—Acompáñenme por aquí, por favor. El señor Moravec estará encantado de saludarles.

Y, siguiendo al hombre del traje gris, entran en un ascensor acompañados de otro guardia armado. Las puertas, después de subir una planta, se abren en el vestíbulo del palacete, donde se está ofreciendo un tentempié de bienvenida.

—Por favor, sírvanse lo que deseen mientras aviso al señor Moravec de que la baronesa ya está aquí.

Un cuarteto de cuerda interpreta el que Pietra reconoce como el *número 14* de Beethoven, mientras los invitados pasean admirando las antigüedades y cuadros expuestos en la estancia, sin interactuar demasiado unos con otros.

Camareros vestidos de camisa blanca abrochada hasta el cuello y pantalón y mandil negros caminan entre los invitados ofreciendo bebidas y canapés en unas bandejas. Los guardias de seguridad, apostados en los extremos de la sala y con sus armas bien visibles, generan más miedo que tranquilidad.

Pietra se acerca al oído de Natalia, y esta toma una copa de champán que le entrega junto con una servilleta. Con la copa en la mano, se mira en un enorme espejo sujeto por un marco de volutas bañadas en pan de oro, y vuelve a sorprenderse por el personaje en el que se ha transformado: la peluca rubia platino en un recogido, las gafas de sol de Gucci de montura gruesa, y el largo Carolina Herrera negro de manga abierta, cuello camisero y lazada en la cintura cuyos extremos llegan hasta debajo de las rodillas. Calza unos Dolce & Gabbana plateados de tacón bajo. Y, todo ello rematado por el ajustado collar de perlas y el anillo de un único brillante montado sobre oro blanco.

—La baronesa Von Schimmer ha llegado, señor Moravec. —El hombre que les ha recibido, portando una tableta electrónica en sus manos, informa al anfitrión de la velada.

Moravec, un importante ejecutivo financiero de un banco ruso, cuyos ingresos extra provienen de organizar subastas como esa con piezas de dudosa procedencia que le ofrecen sus clientes, se queda mirando a su hombre con los ojos entornados, preguntándole con la mirada si esa mujer es trigo limpio, ya que es la primera noticia que tiene de ella. Y él siempre presume de conocer a todos los millonarios que habitan entre los Alpes y Moscú.

—¿Cómo puede ser que nunca haya oído hablar de ella? —dice por fin.

Su asistente toma la tableta y la enciende. Al deslizar el dedo, aparece la web de una fundación que ayuda a niños en África, de la que la baronesa es patrona; varios artículos de periódicos menores, alemanes y austríacos y un reportaje en un semanario español por la donación de un cuadro familiar a un museo privado; y un obituario de su marido, fallecido hace cuatro meses, en el que se repasan los logros empresariales de este. Todas esas pruebas son la respuesta del asistente.

—¿Y de repente a estas alturas de su vida le da por venir a este tipo de veladas? —pregunta Sergei Moravec.

Su hombre levanta los hombros en señal de su desconocimiento.

—Ha depositado los dos millones de euros en la cuenta —confirma, como si eso despejara todas las dudas.

—En fin, su dinero es tan válido como el del resto —acepta Moravec—. Voy a saludarla y comenzamos.

Moravec, unos cincuenta y cinco años, forma física de cuarenta, perfectamente afeitado y con el cabello engominado y peinado hacia atrás, cruza la sala sonriendo a algunos de los invitados hasta llegar a la baronesa Von Schimmer y sus acompañantes.

—Baronesa…

Pietra alarga el brazo, obligando a Moravec a tomar su mano y hacer una pequeña reverencia que se detiene a un par de centímetros de que sus labios contacten con el dorso.

—Es un placer tenerla con nosotros. —Los cristales oscuros convierten en impenetrables los ojos de Pietra, pero sus labios dibujan una sonrisa forzada—. Permítame transmitirle mi pésame por el reciente fallecimiento de su marido y darle las gracias por unirse a nuestra pequeña… comunidad.

—Gracias por sus palabras, señor Moravec. —Las palabras de Natalia hacen que el anfitrión detecte la excentricidad de esa dama que no se digna ni en hablar.

—Y permítame también, por favor, tener la curiosidad —Moravec, aun sabiendo que no va a ser ella quien vaya a contestar, sigue mirando a Pietra— de querer saber por qué ha decidido acompañarnos esta noche.

—La baronesa es la responsable de los fondos de la fundación que ella y su esposo crearon, y, ahora que está al mando, piensa que ha llegado el momento de dejar de incrementar su colección de arte contemporáneo para dejar paso a algunas piezas más clásicas.

—Comprendo. —La sonrisa de Moravec delata su conformidad ante esa explicación—. Deseo que hoy encuentre algo que sea de su agrado y que podamos volver a saludarnos en futuras reuniones. —Y, con un asentimiento como leve despedida, el banquero ruso vuelve a su rol de anfitrión para dar comienzo a la velada.

Los lotes y las pujas se van sucediendo mientras se acumula la tensión en Luca a la espera de las monedas de bronce. Ha ido ordenando los momentos en los que pujar por lotes al azar, sin peligro de ganarlos. La baronesa toca en el hombro a su asistente y esta levanta la paleta con el número 10, cuyas pujas son superadas a los pocos segundos.

Moravec anuncia un retrato de una joven pintado por Renoir. Un lienzo alargado, de unos sesenta centímetros de altura, que representa la fragilidad de una chica sentada junto a un lago en el que flotan nenúfares.

—Atentos, Álvaro quiere este cuadro. —Luca siente la tensión en sus músculos mientras habla—. Tenéis que detectar al postor que puja en su nombre.

La subasta es animada, pero Natalia no levanta la paleta en ningún momento. Cuando se alcanzan los doscientos veinticinco mil euros, uno de los tres postores se retira, y todo queda en un duelo entre un hombre obeso de gafas redondas y escaso de pelo, que rozará los setenta, y un enjuto y trajeado tipo de azul que no ha cumplido los cincuenta y que doma su abundante cabello con los dedos cada vez que levanta la pala. Y es este último quien se adjudica el cuadro por doscientos ochenta y cinco mil.

—No sé quién es su postor —susurra Enzo desde el fondo de la sala, rodeado de tipos que le sacan cabeza y media, porque es el lugar asignado para los guardaespaldas—. No estoy seguro de que sea el que ha ganado.

Uno de esos hombres que acompañan a los postores y se ocupan de su seguridad abandona su puesto y camina hacia la platea de sillas donde están sentados los asistentes a la subasta. Se detiene junto al ganador del Renoir y le susurra algo al oído.

—Un tipo enorme está hablando con el ganador del cuadro. —Todos escuchan a Natalia—. Uno noventa, pelo muy corto, cincuenta y cuerpo de gimnasio. Ah... —parece observar un último detalle—, y una cicatriz en la cara.

—Ahí tenéis al postor de Álvaro —confirma Luca a dos mil kilómetros de distancia—. Ese tipo enorme es Sancho Urriaga; lo conocí en la fiesta de cumpleaños y es el encargado de sus asuntos… delicados. —Esa pausa indica que el equipo ha de extremar precauciones—. Tranquilos, todo va según lo previsto.

—Pues no querría tener problemas con él. —Enzo sigue a Urriaga con la mirada mientras este vuelve a su lugar—. Da miedo.

—Ahora ya sabemos a quién nos vamos a enfrentar. —Y Luca va a la cocina a por otro café, aun sabiendo que le va a impedir conciliar el sueño.

El enjuto postor de Álvaro, mirando por encima de sus gafas, se adjudica también el Hopper por cuatrocientos diez mil euros. Ya tiene dos de las tres cosas que ha ido a buscar. El maletero de su coche ha de ser grande.

Y Moravec presenta la estrella de la noche: el lote de doscientas cincuenta monedas griegas, acuñadas a finales del siglo III antes de Cristo, con la efigie en relieve de Pegaso en el anverso y el mismo motivo en bajorrelieve en el reverso. Precio de salida, trescientos mil euros.

El enviado de Álvaro levanta su paleta, en una firme declaración de intenciones; pero a Moravec le cuesta seguir el ritmo de los números alzados que van elevando en diez mil euros la puja anterior.

—Puja —ordena Luca para superar los quinientos setenta mil euros.

La baronesa toca el hombro de su asistenta y esta levanta la paleta. Y su oferta es superada unos segundos después por un tipo con sombrero que parece sacado de los años cincuenta del siglo pasado.

Cuando se llega al millón de euros, son ocho los postores que siguen pujando. Que se quedan en cinco al llegar al millón y medio. Luca asiste con preocupación a cómo se van acercando a los dos millones, la cifra que tiene depositada en la cuenta suiza.

Natalia levanta en un millón ochocientos, y Enzo observa cómo ninguna paleta hace acto de presencia.

—Parece nuestro, Luca —susurra con impaciencia.

—Un millón ochocientos a las una… —Moravec asiste con auténtico placer a la guerra que se ha librado en su salón, que ya sextuplica el precio de salida de ese puñado de monedas—, a las dos…

El hombre de Álvaro levanta su paleta, y el anfitrión, con sobredosis de adrenalina, no puede evitar gritar «un millón ochocientos cincuenta mil» y señalar al enjuto hombre del traje azul.

Y, cuando Moravec piensa que todo va a terminar, Natalia levanta de nuevo: un millón novecientos mil.

Luca contiene la respiración y junta las palmas de las manos a la altura de la boca. El café hace efecto en forma de dilatación de pupilas y aumento del ritmo cardíaco. Solo se oye un pequeño sonido de estática en la línea que todos comparten, porque el silencio se ha hecho en la sala.

—No levantes, no levantes… —susurra la voz de Enzo.

El hombre del traje azul se acaricia con una mano las afiladas mejillas y parece arrugar el rostro en un gesto de contrariedad. El chasquido de sus dedos se oye en toda la sala. Y levanta su pala dos veces, a la vez que se pasa los dedos por el cabello.

—¡Dos millones de euros! —grita un Moravec en pleno éxtasis.

—¡Mierda! —La voz de Gael se oye por primera vez en toda la noche.

—¡Joder! —Enzo, en una exclamación susurrada, trata de dominar la rabia.

—Dos millones de euros a la una…

—Buen trabajo, equipo…, no ha podido ser. —La voz de Luca denota su desánimo—. Seguiremos buscando.

—Dos millones a las dos…

—Sácalas de ahí, Enzo —ordena el hermano mayor.

—Dos millones a las…

Pietra, que ha estado callada durante toda la noche, siente en ese momento un infinito cansancio. Se encuentra mal desde la tarde, pero ha preferido que todos se centren en lo que llevan entre manos; le cuesta respirar, y siente unas terribles náuseas. Solo imaginar que tienen que volver a España con las manos vacías y seguir vagando de subasta en subasta para conseguir un poco más de bronce, se le hace un mundo. Un mundo que ella no va a ver. Así que hace lo que ha venido a hacer: arranca la pala con el número 10 de las manos de Natalia, acomoda el mango en su mano derecha… y la levanta.

—¡Dos millones cincuenta mil para la baronesa! —El cielo se abre para Moravec al presenciar esa epifanía como si estuviera viviendo un momento místico.

—¡Pietra, no! —El grito de Luca satura la señal de los auriculares.

Pietra se gira y, a través de las gafas de sol de montura gruesa, mira de forma directa al emisario de Álvaro, retándole a subir la puja. Este capta la mirada, la sostiene, sonríe y vuelve a levantar su número.

—¡Dos millones cien mil! —La voz del anfitrión es un alivio para Luca; sus planes han estado a punto de venirse abajo.

Pero Pietra levanta de nuevo. Y repitiendo el gesto dos veces.

—¡Dos millones doscientos mil!

A lo que responde el hombre de Álvaro Balboa de Núñez-Pisón.

—¡Dos millones trescientos mil!

—Pietra… —Luca intenta trasmitir la calma que no siente por dentro—, deja de pujar. No hay tanto dinero en la cuenta suiza. No podréis pagar y os impedirán salir de allí.

—Pues yo preferiría ir a dormir al hotel y no pasar la noche con todos estos tipos armados. —Los nervios hacen que salga el Enzo más travieso.

—Luca… —la voz de Pietra, en un lánguido susurro, llega a los oídos de todos los miembros del equipo—, búscate la vida. A mí me da igual quedarme aquí, pero salva a Enzo y a tu chica porque esta subasta la vamos a ganar.

Y levanta de nuevo.

—¡Dos millones cuatrocientos!

—¿Tu chica? —Parece ser el dato que más ha interesado a Enzo de todo lo que se ha dicho en el último minuto.

—¡No hay ese dinero en la cuenta! —Luca insiste y comienza a desesperar.

—Luca, por Dios… —Natalia está empezando a ver las orejas al lobo. Intenta quitarle la pala a Pietra, pero esta se niega.

—Tenemos dos problemas… —les informa el cerebro del plan—. El límite de dos millones es porque el dinero que nos queda ya está destinado para las acciones que restan para finalizar el plan. Pero lo más importante es que si hago ahora una transferencia va a ser desde una cuenta a mi nombre; y eso va a desvelar que no sois quienes estáis diciendo que sois.

—Pues sí que tienes dos problemas, sobrino. —Pietra no va a dar su brazo a torcer.

—¡Dos millones quinientos para el caballero!

—¡Dos millones seiscientos para la baronesa!

—La organización controla las cuentas; se les da autorización para ver las entradas y salidas de dinero. —Luca se frota los ojos con la mano—. Si hago una transferencia desde España, estáis acabados.

Silencio.

—¡Dos millones setecientos mil!

—Luca, ¿confías en mí? —pregunta Gael.

El silencio en la línea indica que no hay más remedio.

—Puedo encriptar la transferencia —dice el *hacker*—. Y hacer que parezca que ha llegado desde Alemania. Incluso podría intentar que vaya a nombre de la baronesa. Pero me tienes que dar las claves de tu cuenta.

—¡Hazlo, Luca! —Natalia ha comenzado a suplicar.

—¡Dos millones ochocientos mil para la baronesa Von Schimmer!

Luca saca una pequeña cartera del bolsillo del pantalón y extrae una tarjeta de claves bancarias que le deja a Gael encima de su mesa.

—Vale, vamos allá. —Y las palabras del joven van seguidas de un resoplido.

—¡Dos millones novecientos mil para el caballero!

Enzo ve cómo el hombre que Luca ha reconocido como Sancho Urriaga vuelve a caminar por la sala en dirección al postor de Álvaro.

—¡La baronesa ofrece… tres millones de euros!

Y cuando el tipo del traje azul y el rostro escurrido va a levantar de nuevo la paleta, un poderoso brazo lo detiene.

—El tal Urriaga no le ha dejado pujar —informa Enzo— y le ha arrebatado la pala de las manos.

—¡A la de una…!

—Gael, ¿cómo va la transferencia? —pregunta Natalia.

—Voy lo más rápido que puedo. —Y a través de la línea se cuela el endiablado ritmo de las teclas.

—¡A la de dos…!

—Gael, por tu padre… —La caprichosa mente de Enzo le recuerda en ese momento que le prometió al padre del chico que le cuidaría. Y, de un paradójico modo, así está siendo.

—Ya va, ya va…

—¡A la de tres! —Moravec extiende sus brazos como si hubiera llegado a la tierra prometida—. ¡Adjudicado a la baronesa Von Schimmer por tres millones de euros!

—¡Ya está! —grita Gael—. Un millón de euros en la cuenta.

Luca observa cómo el saldo se incrementa hasta los tres millones de euros, gracias a una transferencia a nombre de A. V. Schimmer, que, de pronto, se queda a cero porque la organización ya se ha cobrado la cantidad con la que Pietra ha ganado la subasta.

—Natalia… —la voz de Luca, extenuada, indica la tensión que ha vivido—, acaba el trabajo. Enzo, lleva a Pietra al coche.

—¿Tu chica? —El hermano pequeño, tras toda la tensión, ha quedado encallado en lo que Pietra insinuó antes.

—Por favor, ¿queréis dejar de hablar de mí como si no estuviera presente? —Parece que Natalia ha caído en la cuenta de que se ha convertido en una de las subtramas de ese giro de guion—. No soy la chica de nadie.

—Ya tienes tu bronce. —Una exhausta Pietra habla mientras espera que Enzo vaya a por ella—. Acaba lo que has empezado, Luca.

20. Valencia, septiembre de 2002

El juez decretó prisión provisional comunicada sin fianza para Francesco, y un furgón lo trasladó a la cárcel de Picassent. El abogado tartamudo que Álvaro había puesto a su disposición le comentó que, si el juez fijaba una fianza, el propio Álvaro podría abonarla, pero, al haber encontrado tanto dinero en efectivo en su casa, el titular del juzgado estimó que había un potencial riesgo de fuga.

Quizás influenciado por todas las películas que una vida acumula, sus pensamientos se amontonaban en ese furgón policial que le llevaba hasta ese sitio que iba a ser su hogar, al menos hasta el juicio. Y el abogado le había dicho que no pintaba bien, así que tenía que pensar que iba a ser una estancia larga.

Esposado en la parte trasera, y custodiado por un agente, Francesco se culpaba por no estar pensando en Laura y en sus hijos. Pero la verdad era que lo que más le preocupaba en ese momento era el registro que le fueran a hacer para entrar en la prisión —venían a su cabeza imágenes vergonzantes e invasivas—, con quién tendría que compartir celda y cuántos tipos musculados y llenos de tatuajes, un peligro potencial, se encontraría por el patio.

La realidad se pareció poco a su imaginación: funcionarios de prisiones respetuosos y que hacían su trabajo de forma aséptica, un timador de casi sesenta años, Manuel, como compañero de celda y tipos anónimos con delitos económicos encerrados en un módulo de baja conflictividad. Le informaron del funcionamiento de la prisión y de todas las normas, especificando que, si las cumplía, su estancia sería todo lo plácida que pudiera ser en un lugar como aquel. Horarios, comidas, trabajos que podía hacer para matar el tiempo y una asignación semanal para hacer compras en el economato.

Y de una vida soñada gracias al Goya que había pintado, pasó a ese lugar donde las almas se van marchitando y las ilusiones se difuminan entre el frío y las noches mal dormidas. Francesco, además, sentía una enorme vergüenza por la primera vez que viera a su familia: esa primera vez en la que los seres queridos quieren información porque necesitan entender qué ha pasado, por qué su mundo se ha derrumbado.

Es imposible explicar cómo es la primera noche en una prisión. El desconocido colchón, el extraño que ronca en la cama de abajo, los sonidos de las rondas que hacen los funcionarios, los haces de luz de las linternas y el olor a desinfectante de las sábanas. Toda la luz interior de una persona queda arrancada, pisoteada, para dar paso al nacimiento de un alma en pena cuya única esperanza es ir tachando los días en un calendario y que llegue el momento de volver a casa. Y aun así, sabiendo, por los corrillos en los que se iba introduciendo en esos primeros días y por las conversaciones en la mesa del comedor, que nunca nada vuelve a ser igual. Una vez que se ha pisado una prisión, quedas marcado de por vida.

—Sé que dicen que es de mal gusto preguntarlo, pero —Manuel, su compañero de celda, tumbado en su catre, puso un dedo a modo de marcapáginas en la biografía de Houdini que estaba leyendo para dirigirse a Francesco con un marcado acento asturiano—, ¿por qué te han metido aquí?

Este se quedó en silencio, evitando la mirada de ese tipo a punto de alcanzar la edad de jubilación y tratando de decidir si debía o no hablar de ello. Si era alguna clase de prueba que se les imponía a los novatos para saber si eran de confianza o si iba a ser un marginado entre aquellos muros si se iba de más de la lengua.

—Tranquilo, hombre… —la sonrisa era franca y el acento ayudaba a que pareciera un hombre afable—, aquí nos sabemos la vida de todos. Muchos ya nos conocíamos de fuera; el gremio del guante blanco es pequeño. Yo, por ejemplo, monté una estafa piramidal con un fondo de inversión. —Y levantó los hombros como si fuera lo más normal del mundo.

—Falsifiqué un cuadro. —La parquedad de palabras era para no parecer maleducado, pero dando la menor información posible.

—¡Pues sí que debía de ser mala esa falsificación si has acabado en este agujero! —Y la risa, abierta y sin subtexto de mala intención, resonó en las paredes de la celda.

—Excepto por un detalle, la realidad es que era bastante buena. —La tensión en los hombros de Francesco decreció un punto—. De hecho, era cojonuda.

—Excepto por un detalle —recapituló Manuel quitándose las gafas de leer mientras seguía recostado—. Por eso te pillaron.

—No fue por solo por eso… —Francesco, sentado en una silla, se inclinó para acomodar sus antebrazos sobre los muslos y así tener los ojos a la altura de los de su compañero—. El comprador detectó que era falso y denunció al marchante que se la había vendido.

—Y este te delató a ti. —Para un veterano como el asturiano, aquello era blanco y en botella—. Y a pagarlo pocarropa.

Francesco, creyendo entender esa palabra que no había oído jamás, asintió. Su temor a la vida en la cárcel se diluyó un poco con el simple hecho de estar teniendo una conversación con un tipo que parecía normal. O, al menos, tan normal como él. Aquello se asemejaba poco a las películas carcelarias que tanto le habían gustado en una época de su vida.

—¿Conocías mucho a ese marchante que te delató?

—Era como mi hermano; es el padrino de mi hijo mayor.

—*Suos mortus*… Pues no te queda otra que aguantar la truena —sentenció—. Al menos tendrás algo cuando salgas, ¿no?

—Claro, a mi mujer y a mis hijos.

—Sí, eso está muy bien… —Hizo un gesto con la mano, como si espantara una mosca con desgana—. Me refiero a algo del dinero que ganaste.

—No, se lo llevó la policía.

—¿Cuánto era?

—Más de lo que hubiera ganado en toda mi vida. —Evitó decir la cifra.

—¿Te delatan, acabas aquí y no te queda nada de lo que ganaste con tu golpe? —Manuel parecía estar escuchando algo inaudito—. Tú no has hecho bien las cosas, *amigu*. Te hacía falta alguien como yo, que te moviera el dinero para que desapareciera; pero sin desaparecer del todo, ya me entiendes…

Pero no, Francesco no entendía. Y eso es lo que debía delatar su cara, porque el chasqueo de la lengua de Manuel y la negación de su cabeza indicaban que el asturiano sentía algo parecido a la lástima por él.

—A mí se me fue la cabeza con el dinero, *compañeru*. —Se incorporó hasta sentarse al borde de la cama—. Pagaba a mis inversores con los fondos que otros me confiaban, haciendo ver a todo el mundo que les conseguía grandes beneficios; hasta que la teta se secó. Y mi coche, mi casa y mi barco fueron los que indicaron adónde había ido a parar todo ese dinero. Pero tengo escondidos quince millones que pude salvar para irme a vivir al Caribe y no tener que preocuparme el resto de mi vida. Solo tengo que esperar los tres años que me quedan. —Manuel contaba aquella historia sin el menor reparo—. Pero tú, ¿qué vas a tener?

—Ya te lo he dicho: a mi mujer y a mis hijos.

—Claro… —Manuel apoyó su mano en la rodilla derecha de Francesco—. Saldrás de aquí con cincuenta y pico años y todas las empresas de España estarán esperando para contratarte, o la gente esperando que les pintes cuadros. Y fueron felices y comieron perdices. —Aquel panorama se hizo factible en la cabeza del recién ingresado entre aquellos muros—. Despierta, italiano.

—¿Qué otra cosa puedo hacer?

—Nada. —El gesto de las manos del veterano expresaba derrota—. O aprovechar que te quedan unos años aquí dentro con una de las mentes más creativas de este país —hizo un gesto como si abarcara un letrero luminoso con las manos— y que entre tú y yo pensemos posibilidades. Diseñar un golpe desde dentro. Es lo que hago con muchos otros de los compañeros: buscar soluciones.

—Soluciones… —Francesco no acababa de cogerle el pulso a esa conversación, ni sabía dónde quería ir a parar su compañero de celda—. Diseñar un golpe…

—Mira, tú le vas contando todo al tío Manuel —se señaló a sí mismo—, y veremos qué se puede hacer. Digamos que soy un… —la pausa indicó que buscaba la palabra adecuada— *gourmet* del engaño y necesito mantener mi cerebro en marcha. Otra cosa no, pero tiempo nos sobra.

Manuel estiró el brazo derecho, ofreciendo la mano para que Francesco se la estrechara. Este dudó unos segundos; su compañero, al que no conocía de nada, le estaba pareciendo un narcisista peligroso, cosa que probablemente era. Pero no deseaba contrariarle nada más llegar, así que se la estrechó con timidez.

—¡Con más brío, coño!, ¡que vamos a buscar cómo arreglarte la vida! —Y el apretón ganó intensidad—. Eso sí, vamos a necesitar a alguien fuera: ¿tienes alguna persona de confianza?

***

El abogado tartamudo le visitó el sexto día. El guardia apostado al otro lado de la puerta de cristal les concedía la intimidad necesaria, pero la asfixiante sala en la que estaban reunidos era demasiado pequeña para contener la ira y la rabia que corrían por las venas de Francesco por tener delante al abogado de Álvaro.

—Tendremos q-q-que esperar a que se fije la fecha del... juicio. —Tomó aire—. Mientras tanto, s-s-seguiremos preparando su defensa para que la pena sea lo m-m-más reducida posible.

—¿Y mi familia?

—Ya le dije que el señor Balboa se encargará de que n-n-no les falte de nada. Ni a ellos, ni a-a-a usted. —El abogado cruzó las manos sobre la mesa—. Pero hay condiciones...

Francesco respiró hondo para tratar de calmar la cólera que se abría paso a través de su garganta. Estaba en prisión, delatado por su mejor amigo y dependía de este para su defensa y el sostén de su familia. Una encrucijada que no tenía solución. Lo que le pedía el cuerpo era levantarse y agarrar del cuello a aquel tipo trajeado que tan nervioso le ponía con su tartamudeo y que seguro que estaba al tanto de todo; incluso, estaba seguro, habría aconsejado a Álvaro que le delatara. Pero tenía que contenerse porque la alternativa era un abogado de oficio y sufrir por si a Laura y a sus hijos les pudiera faltar un plato en la mesa.

—A ver… —Reunió la calma suficiente como para seguir con aquel juego—. Dígame esas condiciones.

—No p-p-p-puede hablar a nadie del señor Balboa. Ni en prisión, ni en el juicio. —El abogado jugaba la baza de que Álvaro compraba el silencio de Francesco—. Si eso ocurre…, su esposa dejará de recibir una m-m-manutención mensual y yo dejaré de defenderle.

—¿Algo más?

—El señor Balboa desea que sepa que, aunque tiene todo su aprecio y l-l-le desea lo mejor, prefiere z-z-z-zanjar la relación personal con usted.

—No sé qué *diavoli* significa eso.

—No vendrá a visitarle aquí, p-p-p-por supuesto. —El correveidile de Álvaro venía con la lección bien aprendida—. Y, cuando usted salga, n-n-no volverán a trabajar juntos. El señor Balboa tiene una r-r-reputación que…

—*Non posso credere…* —Francesco apoyó la frente sobre la palma de su mano, y volvió a respirar. No podía permitirse un paso en falso; pero tampoco deseaba someterse como hasta ese momento estaba haciendo. Le vino Manuel a la cabeza, y su propuesta de buscar posibilidades para tener algo cuando saliera de allí. Tenía que reconocer que el asturiano sabía de qué hablaba—. Dígale entonces al señor Balboa —el retintín iba cargado de ironía— que lamento perder a un hermano, pero que acato sus deseos.

—Se congratu-tu-tulará de oír eso.

Francesco dejó vagar la vista por la sala, solo para dejar de mirar durante unos segundos a ese tipo que tenía frente a él.

—N-n-nos queda un último tema… —El abogado extrajo un formulario de su maletín—. La semana que viene ya pueden venir s-s-sus familiares a visitarle. —Pausa para respirar—. ¿C-c-cómo desea organizarlo?

—Sobre eso… —Francesco se incorporó en su silla para mirar al abogado lo más cerca posible—, soy yo ahora quien tiene condiciones.

***

El sábado siguiente, en un momento de la tarde en el que Francesco y Manuel leían en su celda, uno de los funcionarios abrió la puerta.

—Santamarta, visita —anunció.

—La primera siempre es especial —intervino su compañero—. Si me permites un consejo, tranquiliza a tu mujer. Debe de estar pasándolo muy mal.

—No es mi mujer quien viene.

—Vaya… —se extrañó el otro—. Eso no es muy común.

—No sé si es común o no —Francesco, ya en la puerta, se giró hacia el hombre al que oía roncar todas las noches—, pero quien viene es mi hijo mayor: pediste a alguien de fuera, ¿no?

Y Manuel sonrió al ver que ese testarudo italiano, por su bien, iba a hacerle caso.

21. Valencia - Praga, noviembre de 2022

El arte es una forma de sublimación de la belleza; una visión del mundo a través de los ojos del artista. Mediante un cuadro, una escultura, un tapiz o cualquier otro soporte alcanzamos a comprender nuestra propia alma, nuestro lugar en el universo. Ante el *David* de Miguel Ángel quedamos sobrecogidos por una perfección que jamás alcanzaremos, ante *El jardín de las delicias* descubrimos nuestros más bajos instintos y el precio a pagar por ellos, ante *El matrimonio Arnolfini* profundizamos en nuestra propia vanidad. El arte se crea como el medio para llegar a la introspección, a la reflexión sobre qué papel desempeñamos en nuestra vida y en la vida de los demás. Por eso debe estar en los museos, al alcance de la vista de toda persona que quiera sumergirse en él.

Sin embargo, cuando algo es antiguo, es escaso. Y cuando algo es escaso, es caro. Se revaloriza, se convierte en un objeto de íntima posesión, de poder. Y ahí es donde se pervierte el concepto del arte que tenían los clásicos.

Una subasta, y más si es clandestina, es para Luca la expresión máxima de esa perversión.

El Audi A8 emerge hacia la calle desde la rampa del aparcamiento del palacete de la avenida Korunní pesando unos veintidós kilos más que cuando ha llegado. Una caja de madera, sellada con tachuelas, contiene las doscientas cincuenta monedas de bronce acuñadas con el caballo alado.

Enzo gira hacia la derecha mientras escribe el nombre del hotel en el navegador. Se quita las gafas de cristal amarillo que le han hecho ver el mundo de color dorado durante toda la noche y se rasca la barba postiza que no ha dejado de picarle.

—Necesito sacarme estas lentillas —protesta la voz de Natalia.

—Pues deberías saber que te quedan mejor que esas gafas que llevas. —El pequeño de los Santamarta da su opinión.

—Tía, ¿cómo te encuentras? —Luca sigue conectado desde Valencia.

—Fatigada, quiero llegar al hotel.

—¿Os queda mucho?

—El navegador indica doce minutos.

—Pietra… —Luca baja la voz porque no quiere que suene a reproche—, te has saltado el plan y nos hemos gastado el dinero que tenía reservado para fabricar la estatua. Deberían quedar seis millones, y uno era para la fabricación.

—Aún te quedan cinco.

—Pero esos cinco están reservados para Chicago; todavía no os he contado esa parte. —La mente de Luca ya había barajado la opción que le indica Pietra, pero está totalmente descartada. Es fundamental que la parte de Chicago sean cinco millones, una cifra que parece redonda.

—Ese es tu problema. —La voz de su tía suena débil—. Y el problema de tu plan es que era demasiado lento. Ya estoy cansada de dar vueltas con estos dos y de hacerme la estirada.

—Pues se te da de fábula. —Enzo toma la calle Slezská para buscar de nuevo el río Moldova.

—Habéis estado a punto de que no os dejaran salir de allí.

—Pero para eso estás tú —sigue Pietra Santamarta.

—Y ahora voy a tener que pensar una nueva estrategia. Pero, tía… —hace una pausa—, gracias. Ya tenemos el bronce.

—Eres un genio, Gael. —Natalia, ajena a los nuevos problemas que acechan a Luca, se muestra contenta—. Nos has sacado de esta. —Y, tras esas palabras, el cerebro del plan sabe que, junto con esos otros cuatro casos perdidos, ha formado un verdadero equipo.

—A su servicio —se oye la voz del *hacker*.

—¿Ves como hacía falta algo más que cualquier pringao? —A Enzo le viene a la cabeza la noche en que fueron a reclutar a Gael a su piso en el barrio de La Coma.

—Los hermanos Santamarta no defraudan —ríe Gael desde el despacho de la casa de Valencia—. Me ceba que me pongáis a prueba.

Natalia ayuda a Pietra a quitarse la peluca. La siente agobiada, pero sabe que no es solo por la postiza cabellera rubia; la tía de los Santamarta parece estar apurando sus últimas fuerzas. La oye respirar con dificultad, y cada movimiento viene acompañado de un quejido.

—Natalia, por favor, cuando lleguéis al hotel, acompaña a Pietra a su habitación.

—Tranquilo, Luca, me voy a quedar con ella toda la noche.

—Enzo, tú espera en el garaje. —Luca recuerda las instrucciones—. Una persona acudirá a recoger las monedas.

—¿Cómo sabré quién es?

—Lo sabrás. Confía en mí. —La voz de su hermano tranquiliza a Enzo; está aprendiendo que controla hasta el último detalle—. Podéis colgar todos menos Enzo. Yo sigo contigo, hermano.

Por la radio del coche comienza a sonar el «Dúo de las flores», de la ópera *Lakmé*, y se hace el silencio en el coche. La música llega hasta el oído de Luca, y este respira. El equipo está a salvo, tienen el bronce, y ya pensará a partir de mañana cómo resuelve el tema del dinero que han gastado de más.

Las calles de Praga, casi desiertas ya pasada la medianoche, son testigo de cómo el vehículo conducido por Enzo circula a través de ellas, mientras los tres ocupantes, en silencio, sienten que la melodía que compuso Delibes consigue, poco a poco, ir alejando la tensión que han vivido en la sala de subastas.

—¿Qué cojones…? —Enzo se altera de pronto y deja la pregunta a medias.

—¿Qué pasa? —La voz de Luca solo la oye Enzo, ya que las otras dos integrantes del equipo han colgado la llamada.

Pero esa pregunta queda sin respuesta. Pietra, rendida y con los ojos cerrados, no siente cómo Enzo reduce la velocidad hasta detenerse. Natalia, justo detrás de él, se inclina sobre su asiento para poder mirar a través del parabrisas.

—¡¿Qué pasa, Enzo?! —Pero la pregunta de Luca sigue sin respuesta.

Un BMW está parado en mitad de la calzada, impidiéndoles el paso en la plaza Námestí Míru. La puerta del conductor está abierta, y los faros permanecen encendidos; pero no hay nadie a la vista.

Cuando Enzo toma la manilla para abrir su puerta y bajar para intentar ver qué sucede, siente el impacto en el lateral derecho del coche.

—¿Qué ha sido eso? —Luca también ha podido oírlo.

El segundo disparo golpea en el capó, levantando un jirón de chapa ante los ojos de Enzo.

—¡Nos están disparando, Luca!

Y la silueta de un hombre enorme, con un abrigo negro abierto que baila al son de su cuerpo y con una pistola en la mano, se recorta ante las luces encendidas de su BMW. Ha ejecutado la trampa a la perfección.

—¡Las monedas!, ¡ya! —La voz retumba mientras camina hacia el coche apuntando con el arma.

—¡Joder! —La sorpresa silenciada de Enzo espabila un poco a Pietra, mientras que Natalia está petrificada—. ¡Es el tío que no ha dejado que el postor de Álvaro siguiera pujando!

—Mierda… —Luca se tiene que apoyar sobre la mesa de Gael—. Urriaga…

Sancho Urriaga observa cómo el conductor, que ya no lleva las llamativas gafas de cristal amarillo, no reacciona a su orden.

—¡No lo voy a repetir! —No deja de encañonar al coche con la SIG Sauer 17—. No sé quién cojones sois, pero baja y dame las monedas, gilipollas.

El cerebro de Natalia realiza la sinapsis. Urriaga no ha permitido que el postor de Balboa ganara la subasta porque ya tenía la jugada en la cabeza; le ahorra tres millones a Álvaro y roba las monedas para entregárselas gratis. Lo que significa que ese tipo de casi dos metros no se va a detener hasta conseguirlas.

—No se las des, Enzo… —susurra Pietra, sin fuerzas, desde el asiento de atrás, sin que parezca tener muy clara la situación en la que se encuentran.

Enzo parece opinar lo mismo, porque mira hacia los lados buscando una escapatoria por el parque que tienen a su derecha. Bastaría con acelerar hasta los árboles y huir a través de ellos. Sin saber si ese camino tiene continuidad, claro está. O revolucionar el coche y pisar el pedal para llevarse a ese tío por delante, aunque la calzada está cortada por su coche. En su mente, ambas opciones tienen sentido. Y ambas plantean incógnitas.

Urriaga, detenido a tres metros del coche, tiene a tiro al conductor.

—¡Que salgas, joder! —ordena.

—¡Vera, ya! —Enzo, sorprendido, no sabe a quién le habla Luca.

—Los del coche, agachaos. —A través de los auriculares, se escucha la orden que viene de una desconocida voz de mujer.

—¡Agachaos! —grita Enzo a Pietra y Natalia.

Pero Urriaga ya se ha cansado de esperar. El disparo atraviesa el parabrisas y Enzo siente el ardor en su brazo, por lo que no puede evitar soltar un alarido de dolor. La bala continúa su trayectoria e impacta en el asiento trasero, entre Pietra y Natalia.

—¡¿Qué coño está pasando?! —Luca puede oír, pero no tiene ojos en Praga.

—¡Ha dado a Enzo! —grita Natalia.

—Mío —dice la desconocida voz femenina.

Y, de pronto, el faro derecho del BMW estalla en mil pedazos a la vez que se oye la detonación. Urriaga se gira al vislumbrar el apagón parcial de su coche, justo a tiempo para ver cómo otro impacto revienta su ventanilla.

Enzo, tapando la herida con la mano, mira a través del espejo retrovisor y puede ver a una mujer que camina hacia ellos a través de la oscuridad empuñando una pistola con las dos manos. Chaqueta de cuero negra, vaqueros ajustados y botas de montaña. Una braga en el cuello, levantada, le tapa nariz y boca, y el cabello rizado, que le llega a la altura de los hombros, recorta su rostro permitiendo ver unos ojos fijos en su blanco. El tercer disparo hace un agujero en la chapa del coche de Urriaga, a la altura de la puerta trasera. Y el cuarto impacta junto a su pie, sacando chispas del asfalto.

El exmilitar no es tan tonto como para no darse cuenta de que los disparos de la silueta de mujer que se acerca son de advertencia; no le ha dado porque no ha querido. Aún.

Y el siguiente le agujerea el abrigo. Urriaga sabe que esa mujer es una profesional que ha venido a salvar a esos tipos, y tiene que decidir si enfrentarse para poder hacerse con las monedas o aceptar que ha perdido la ocasión. Con su silueta recortada por el faro que le queda a su coche, Urriaga sabe que su enorme figura es un blanco fácil, así que la respuesta es sencilla.

Disparando en dirección a la mujer, aunque sin apenas poder verla porque los faros de Enzo le deslumbran, comienza a caminar hacia atrás, deseando que ella no decida reventarle una rueda. Si quisiera haberle matado ya lo habría hecho, por lo que prefiere dejar de comprar papeletas para convertirse en un cadáver en esa plaza de Praga.

Sancho Urriaga sube al coche y consigue maniobrar para escapar de allí. No sin antes tener que agachar la cabeza porque un nuevo disparo destroza la luna trasera, salpicando de añicos todo el habitáculo.

El BMW se aleja cuando la desconocida llega a la altura del Audi A8.

—Están bien, Luca —dice, mirando al interior y bajándose la braga para liberar su rostro.

—Natalia ha dicho que había dado a Enzo.

—Es el brazo, solo un rasguño —confirma ella—. Yo me encargo, tranquilo.

Natalia se queda mirando a la chica que ha abierto la puerta del conductor para examinar a Enzo. Sorprendida, repara en que es la misma mujer que vio en Benasque y en Toulouse; ella informó a Luca y este le pidió que se concentrara. Y la rabia le acelera el corazón hasta sentirlo golpear en su garganta y en sus sienes; él sabía que podía pasar algo y no les informó de que había previsto esa posibilidad contratando a aquella chica. Ella les había seguido los pasos en todo ese periplo de subastas y engaños, y Luca no había sido capaz de decirles ni una sola palabra.

Enzo recuerda que Luca le dijo que iba a contratar a alguien para seguridad y que, en aquel momento, le pareció algo exagerado. Ahora ya no se lo parece.

—El infierno está vacío —dice la recién llegada para que Enzo sepa que está de su parte.

—Y todos los putos demonios se hallan aquí… —contesta él, nervioso y sintiendo que el brazo le arde.

—Estoy con vosotros. —La voz de Vera intenta ser tranquilizadora, sobre todo con Natalia, que parece estar bloqueada—. Vamos a salir de aquí antes de que venga la policía.

Pide a Enzo que pase al asiento del copiloto, y se pone al volante. Arranca y se alejan de allí.

—¡¿Por qué demonios no has matado a ese tipo?! —Natalia, inclinada hacia adelante, grita al oído de la desconocida. La sensación de satisfacción por el trabajo bien hecho que tenía hace unos minutos ha desaparecido, dando paso a una alteración nerviosa, impropia de ella, que le arrebata la seguridad que le caracteriza.

—Te aseguro que el último sitio en el que querrías estar es en la escena de un crimen en República Checa —responde ella—. La prioridad es sacaros de aquí.

—Nos has seguido todo este tiempo. —Natalia afirma, no pregunta.

—Para eso me contrató Luca.

—Ese cabronazo casi me mata. —Enzo se sujeta el brazo para mitigar los latigazos de dolor.

—Si hubiese querido matarte, lo habría hecho. —Ella se gira a mirarle mientras conduce con calma para no llamar la atención—. Sancho Urriaga nunca falla.

—¿Le conocías? —Luca se extraña de esa respuesta.

—En este negocio nos conocemos todos.

—¿Te ha reconocido a ti?

—Luca, por favor… —Esa pregunta casi le ofende.

—Llévalos al hotel, Vera.

—Voy a coserle la herida a Enzo y me encargo del coche. —El Audi cruza el puente sobre el Moldava—. Si lo devolvéis con agujeros de bala, estáis perdidos. Pero, Luca…

—Dime.

—Pietra está inconsciente, intentaré reanimarla en el hotel.

Luca sabe que el encontronazo con Urriaga ha desestabilizado todo. Vera tenía como misión acudir al hotel, recibir las monedas de manos de Enzo y llevarlas a una base aérea militar cercana. Su contacto en la CIA le había informado de un vuelo militar americano con destino a la base de Torrejón de Ardoz. Esa pequeña caja se ocultaría entre todo el material que el avión transportara, y ella se encargaría de recogerla en Madrid.

Ahora tiene un Audi alquilado con agujeros de bala en la carrocería y restos de sangre en el asiento, a Enzo herido en un brazo y a Pietra tan escasa de fuerzas que ha perdido la consciencia.

—Vera, ¿te dará tiempo a todo?

—Conozco a unos tipos que arreglarán el coche esta noche para que Enzo pueda devolverlo mañana.

—¿Y las monedas?

—El avión americano sale a las diez de la mañana. —Se detiene frente a la puerta del aparcamiento del hotel y pulsa el botón del interfono para que le abran—. Y esas monedas estarán a bordo; como que me llamo Vera Castillo.

22. Valencia, septiembre de 2002

Laura sacaba fuerzas de donde no las tenía. Delante de los chicos seguía siendo esa madre pendiente de todo, haciendo ver que aguantaba contra viento y marea, pero por las noches, en una cama que se le hacía grande, el río de sus ojos se desbordaba por la incredulidad de lo que estaba pasando y el miedo por lo que estuviera por venir.

La detención de Francesco, la noche que la policía atravesó la puerta, todavía vibraba en su mente: el susto del golpe, el pánico de ver todas aquellas armas y la desesperación al comprobar que se llevaban a su marido esposado. Ver desde el balcón cómo el agente agachaba la cabeza de Francesco para introducirlo en el coche patrulla. Y, sobre todo, no saber qué tenía que hacer: si debía llamar a un taxi y personarse en comisaría en plena madrugada, o si tenía que quedarse con sus hijos para ocuparse de ellos y tratar de calmarles.

Si aquel capítulo supuso el quiebre de una paz, las noticias del abogado, al día siguiente, supusieron el quiebre de una vida: prisión comunicada sin fianza.

Álvaro Balboa de Núñez-Pisón le llamó en cuanto supo qué había decretado el juez tras aquella primera vista. Que no se preocupara en cuanto al dinero, nada les faltaría a ella y a sus hijos. Y ponía a su abogado a disposición de Francesco para brindarle la mejor defensa posible. Laura no se atrevió a preguntarle qué había pasado: primero porque, en ese lugar escondido en el fondo del corazón al que solo tiene acceso quien lo siente latir en su interior, Álvaro le daba miedo. Y, segundo, porque prefería que las explicaciones se las diera el propio Francesco cuando fuera a visitarlo a la cárcel.

Pasados varios días, el abogado tartamudo le informó de que en unas dos semanas podrían hacer la primera visita en prisión. Antes había que realizar todos los trámites, y Francesco tenía que habituarse a la vida y las normas que rigen un centro penitenciario.

Y esa espera, las incógnitas sobre qué había sucedido y la incertidumbre sobre cómo iba a ser el futuro se le fueron amontonando hasta dejarla casi sin fuerzas. Una roca que se desgasta por la erosión que sufre.

Pietra estuvo ahí desde el primer instante; supo entender que su cuñada y sus sobrinos, en aquel momento, le necesitaban más que su marido y sus hijos. Sin ponerse al frente de nada, sin tomar protagonismo, pero haciéndose más presente que nunca para sostener en silencio la vida de Laura, Luca y Enzo. Y dio margen a Laura para que pudiera desgarrarse por completo si eso era lo que necesitaba; pero Laura se negaba a desfallecer, se resistía a que la vieran dejarse vencer. La hermana melliza de Francesco tenía claro que a este le habían pillado en una de sus falsificaciones; tenía una cabeza privilegiada para estudiar los métodos de los pintores a los que copiaba, unas manos que ejecutaban con maestría lo que su mente imaginaba y un cerebro más adaptado al presente que al futuro. Pietra tenía claro que si le habían detenido y metido en prisión era porque su hermano había hecho algo para merecerlo; aunque también estaba segura de que él no habría participado a solas en lo que fuera que le había llevado hasta ese agujero. Pero era confiado, no tomaba precauciones ni guardaba ases en la manga para cuando la partida se ponía cuesta arriba. Así era su hermano. Y todo apuntaba a que Laura y los niños iban a tener que acostumbrarse a estar sin él durante una larga temporada. De ahí que Pietra supiera que debía estar presente, más que nunca, en el día a día de su cuñada y sus sobrinos.

***

—¿Dónde vamos, tía? —preguntó Luca desde el asiento del acompañante.

—A ver a tu padre. —Pietra hacía las maniobras para sacar el coche del lugar donde había aparcado en la avenida Tres Forques y respondió sin mirar al muchacho.

—¿Y mamá? Ella también querría venir.

Pietra se había presentado a las cuatro de la tarde de ese sábado diciéndole a Laura que tenía dos entradas para el cine y que a Luca le vendría bien salir y distraerse. Y ella, pese que en esos días había delegado en su hijo mayor la atención hacia el pequeño, supo que no podía negarse. Luca, a sus quince años, era mucho más consciente que Enzo de todo lo que estaba pasando y merecía olvidarse durante un par de horas de aquella historia de fantasmas.

—A mí no me preguntes —respondió la hermana de su padre—. Me ha llamado el abogado diciendo que eran las instrucciones que había recibido de tu padre: la primera visita, tú. Y que te llevara yo.

El grupo de familiares esperaba en el espacio habilitado para ello una vez que los funcionarios comprobaron los nombres inscritos en la lista de visitas y los documentos de identidad. La sala que había tras la puerta que Luca y Pietra tenían delante disponía de diez o doce mesas, y vieron cómo los presos que esperaban a sus familiares comenzaban a acceder por otra puerta y cada uno de ellos iba ocupando la mesa que se le indicaba.

Un zumbido alertó de que la puerta que los familiares tenían delante se había desbloqueado y un guardia la abrió para que el grupo fuera pasando y distribuyéndose por las mesas en las que estaban las personas a las que iban a visitar.

A Luca parecieron paralizársele las piernas, y la llamada de atención del funcionario hizo que Pietra pusiera las manos en sus hombros y le empujara un poco para seguir caminando. La fría sala tenía un tragaluz a lo largo de toda la pared del fondo, por el que se podía ver parte del azul del cielo y que permitía la entrada de luz natural. A Luca le golpeó en la nariz el olor a lejía, señal de la desinfección previa de aquel lugar. Francesco, sentado, tuvo que contener las lágrimas al ver a su hijo y a su hermana. Dentro de su cabeza convivían la vergüenza de que le vieran allí y la preocupación de que su reputación entre el resto de presos se viera afectada por verle venirse abajo. Las familias charlaban animadamente y era evidente que el único que estaba recibiendo la primera visita desde su ingreso era Francesco. Los guardias apostados en el interior de la sala pedían que se bajara la voz cuando el tono de las conversaciones se elevaba.

Y, sin saber ninguno de los tres si podían abrazarse o tener algún contacto físico, el saludo fue frío, casi distante. Cómo estás, comes bien, o necesitas algo, por parte de Pietra. Cómo están mamá y tu hermano, cómo estás tú, por parte de Francesco a Luca. Así iban a ser las cosas a partir de ese momento, y a juzgar por lo que veían en el resto de presos y familiares, a todo se iban a acostumbrar.

—Pietra, necesito que me dejes a solas con Luca. —Tras quince minutos de conversación banal sobre la vida en la cárcel, Francesco puso su mano sobre la de su hijo y se dirigió a su hermana melliza.

Ella conocía esa mirada, y le quedó claro que aquella primera visita que había pedido su hermano tenía por finalidad lo que Francesco le estaba pidiendo en ese momento. Y que ella debía dar espacio a esa intimidad. De su bolso sacó una cartera, comprobó que llevaba monedas y se acercó a la máquina de café sin ninguna prisa.

—Luca, escúchame bien... —Francesco sabía que quedaba poco tiempo de aquella visita—. Sé que no entiendes nada y que te va a parecer muy extraño, pero es importante que me escuches y hagas caso a todo lo que voy a decirte.

—Papá, ¿qué ha fallado para que hayas acabado aquí? —Las lágrimas también pugnaban por brotar de los ojos de Luca, pero pudo contenerlas—. Me dijiste que todo estaba bajo control.

—Te prometo que te lo contaré, que lo sabrás todo. —Francesco miraba de forma directa a los ojos de su hijo para no perder su atención—. Lo siento, pero te voy a pedir algo muy duro.

Luca le sostuvo la mirada con esos ojos verdes que atravesaban, que podían ver dentro del alma de las personas. Y esos ojos decían que estaba preparado para escuchar lo que su padre tuviera que decirle.

—Necesito que le digas a mamá que no quieres venir a verme.

—¿Cómo le voy a decir eso?

—Que me odias, que estás enfadado conmigo... —La voz era susurrante porque Francesco todavía no controlaba qué paredes podían oír allí dentro.

—La mataría del disgusto.

—Eres un adolescente. —El padre sonrió—. Le dolerá, pero lo respetará. Pensará que es temporal.

—¿Y todo eso para qué?

—La tía Pietra te traerá a ti a solas cada dos semanas. Y te lo contaré todo, Luca. Te lo prometo —Francesco observó cómo Pietra tomaba el café junto a la máquina, respetando el espacio que le había pedido con su hijo—, pero es muy importante que todo el mundo piense que me has dejado de lado.

—No lo entiendo, papá.

—Lo harás.

—¿Cómo lo sabes?

Francesco calló durante unos segundos. Ahí empezaba todo; en ese momento, en ese instante. La cárcel deja muchas horas para pensar, para buscar dentro de uno mismo. Y lo que cada uno encuentra no siempre le gusta. Aparecen el dolor, la rabia, la ira y la incomprensión. Pero si algo bueno tenía estar preso, pensó Francesco, es que aprendías a dominar todas esas emociones. Porque para pensar en frío solo se necesita el tiempo suficiente y tener un compañero de celda como Manuel, con quien conversar en susurros hasta bien entrada la madrugada. Y de eso tenía de sobra entre aquellas paredes.

—Yo he querido daros una vida… —el padre, avergonzado, bajó la vista ante su hijo—, pero nunca fue más cierto que el infierno está vacío.

—Porque todos los demonios se hallan aquí —completó Luca.

—Incluido yo. —Francesco sintió que tenía que asumir su culpa ante su hijo—. ¿Vendrás dentro de dos semanas? —El reloj de la pared indicaba que el tiempo de visita estaba a punto de finalizar.

El hijo mayor de Francesco, confuso, asintió por inercia, sin saber adónde conducía todo aquello.

—Luca… —Francesco sabía que se agotaba el tiempo, pero tenía que hacer que su hijo estuviera seguro de cómo iban a ser las cosas a partir de ese momento—, nada puedo hacer ahora para salir de aquí. Pero sí para que, cuando salga, podamos vivir una vida tranquila; y para eso, te necesito. Tú eres más inteligente que todos los cerebros de la familia juntos, y vamos a poner en marcha algo que nos hará recuperar esa vida que merecemos. La existencia marca momentos en los que un niño se convierte en hombre, y este es uno de ellos. Tú estás preparado para afrontar todo lo que te voy a ir contando; lo sé porque te he visto crecer, porque he tenido el privilegio de asistir a cómo tu cabeza iba por delante de tu cuerpo, porque sé la clase de hombre en la que te vas a convertir. Y hoy comienzas a ser ese hombre. —Francesco se detuvo porque necesitaba que aquellas palabras fueran calando en su hijo—. Manuel, mi compañero de celda, y yo estamos dando forma a un plan; no es inmediato, va a requerir mucho tiempo: el tiempo que me queda a mí aquí y el tiempo que tú necesitas para ser capaz de ejecutarlo. Eres la persona en quien más confío en el mundo, pero es que, además, eres la persona perfecta para llevarlo a cabo.

Luca asistió en silencio a aquellas palabras de su padre. Y a su cerebro llegaron dos conclusiones: por un lado, su padre no se daba por vencido, seguía luchando, y, por otro, ponía toda su confianza en él. Tratándole, a sus quince años, como un hombre, dándole galones que no sabía que mereciera. Y tampoco sabía qué momentos son los que hacen madurar a alguien, pero sí había sentido que su padre se había abierto con él. Como aquella tarde en el banco del parque mientras Enzo daba patadas a una pelota. Así que solo pudo asentir para dejar constancia de que podía contar con él.

—Sé fuerte, Luca. Y dile a mamá que me odias.

23. Valencia, noviembre de 2022

A Luca siempre le ha parecido triste contemplar una playa en los meses de frío. Desértica, con la arena apelmazada en la que el viento dibuja surcos, y con un mar revuelto y oscuro salpicado del blanco de las pequeñas olas que rompen lejos de la orilla. Desde el banco en el que está sentado puede divisar la playa de la Malvarrosa; el paseo marítimo vacío, algunos de los bares y restaurantes cerrados al ser lunes por la tarde y las farolas emitiendo una débil y cándida luz amarillenta porque la noche ya le ha ganado la partida al día.

Mira su reloj —seis y media de la tarde— y se arrebuja en el abrigo negro que lleva sobre el traje; el frío de otoño ya aprieta al atardecer en Valencia en esas semanas en las que puede haber quince grados de diferencia entre el mediodía y el anochecer. La visión de la puerta del centro de mayores de las Hermanas Dominicas queda interrumpida durante unos segundos por el paso de cada tranvía que tiene parada allí. La vida en el barrio de los poblados marítimos se ralentiza en temporada baja, y vuelve a ser ese lugar en el que todos los vecinos se conocen, los comercios funcionan a medio gas y las tabernas se nutren casi en exclusiva de sus clientes habituales. Con sus historias del día a día, sin necesidad de pedir porque el camarero conoce de memoria lo que toma cada uno de ellos, y picando piedra con cada golpe de las fichas de dominó sobre las mesas.

Luca se enciende un cigarrillo y siente el calor de la llama del encendedor sobre su rostro. Sabe muy bien qué hace allí; lo que le cuesta es reconocérselo a sí mismo. No es una necesidad profesional, no es algo que le ataña como líder de ese peculiar grupo que ha reunido para su Van Meegeren, para hacer historia de una forma silenciosa. Allí está como Luca Santamarta, a título personal, recordándose a cada minuto que él no empieza nada que tarde o temprano vaya a doler.

Por eso sigue sin reconocerse a sí mismo cuál es el verdadero motivo que le ha llevado a calarse de frío sentado en ese banco frente a la puerta del centro de mayores.

Puerta que abre una auxiliar vestida de uniforme sanitario blanco mientras despide a una chica, a la que sonríe y parece agradecer su visita. Natalia, con sus gafas cuadradas de pasta negra demasiado grandes para su rostro, se abrocha el abrigo y mira a uno y otro lado antes de cruzar la calle en dirección a la parada del tranvía. Y se detiene al ver a unos metros al tipo del abrigo negro, que pisa el cigarrillo que ha lanzado al suelo.

—¿Me has seguido? —La pregunta, a modo de sorprendido saludo, esconde un reproche.

Luca no abre la boca, tan solo asiente asumiendo ese pecado.

—¿Y se puede saber por qué?

—Estamos en un momento muy delicado del plan; tengo que conocer todos los puntos débiles del equipo. —El cuello del abrigo, alzado, le cubre parte de la boca cuando señala al centro de mayores—. Y para ello necesito saber hasta qué punto puedo confiar en ti.

—¿No te lo he demostrado ya? —Natalia, molesta, comienza a andar de nuevo en dirección a la parada y pasa junto a él sin mirarle—. Confiar en mí... —Le habla de espaldas—. Como si en ti se pudiera confiar. —Y entre ambos hace acto de presencia la actitud de él el día de la venta de su empresa, o de la contratación de Vera Castillo para protegerles, o de los disparos recibidos en Praga.

—Hasta el momento va todo bien, pero no deseo encontrar variables inesperadas.

—La única variable inesperada es verte aquí. —Ahora sí se gira—. Si no te fías de mí, me sacas de todo esto; si hay algo que quieras saber, preguntas. Pero que nunca más se te ocurra volver a seguirme. —Los ojos de Natalia se han ido encendiendo a cada una de sus palabras—. Estoy tan metida en esta mierda como tú.

—Vosotros os jugáis algo, pero yo me juego todo. —Es lo único que Luca puede argumentar, pero no encuentra respuesta de ella.

Natalia se refugia en la marquesina de la parada del tranvía y comprueba el letrero luminoso: tres minutos para el siguiente.

—¿Me vas a contar la historia de por qué vienes aquí? —insiste él.

—Habló el hombre que es un libro abierto. —Natalia alude de forma irónica a todos los secretos que él guarda.

—Tengo mis secretos, como tú los tuyos —con el pulgar vuelve a señalar hacia el centro de mayores que han dejado atrás—, pero tú no eres de las personas que hacen las cosas por codicia.

—Te aseguro que esto que estamos haciendo lo hago solo por dinero. —Ella avista el tranvía a lo lejos y sale del cobijo de la marquesina—. Si eso no es codicia…

El tranvía se detiene y apenas un puñado de personas bajan de él. Natalia espera a que salga todo el mundo antes de acceder. Y, sin decir nada, observa cómo Luca sube con ella. Se sienta en el sentido de la marcha y él se acomoda a su lado. En silencio.

Ella expresa su indignación con nerviosos movimientos de sus manos y una respiración corta, alterada. Él solo espera.

—Hace cinco años mis padres tuvieron un accidente de coche. —Le ha costado tres paradas comenzar a hablar—. Mi madre murió en el acto.

—Dios…

—Mi padre llegó al hospital en coma. —Sigue mirando por la ventana, pero debido a la oscuridad y a la luz de dentro del vagón esta solo le devuelve su reflejo—. Cuando despertó, el daño cerebral era irreversible.

—Y está ingresado en ese lugar. —Luca ata cabos.

—Es el único que tiene unidad neurológica —añade ella—. Y mi padre necesita tratamientos adicionales, profesionales que se desplazan hasta aquí para atenderle. Mi hermano y yo nos estábamos ahogando para pagar los casi tres mil euros al mes que nos cuesta.

—¿Y qué le has contado a tu hermano?

—Que me han hecho directiva de una multinacional.

—En cierto modo, es lo que vas a ser en Chicago. —Luca fija la vista en el reflejo de ella en el cristal. Su confesión le hace parecer vulnerable, pero él sabe que ella esconde una guerrera indomable en su interior—. Gael ya te ha conseguido la cita con el director del AMCA.

—¿Vale la pena? —Ahora ella sí se gira a mirarle.

—Especifica.

—Hacer algo ilegal por el motivo por el que lo estoy haciendo.

—La mayoría de la gente respondería que no; que traspasar los límites de la ética no compensa.

—Entonces… —Natalia cruza los brazos sobre su pecho, como si el frío siguiera calándole a pesar del abrigo—, ¿por qué demonios lo estoy haciendo yo?

—Porque decir eso es el consuelo de aquellos que saben que no tendrían el valor de hacer lo que tú sí que te estás atreviendo a hacer. —Luca le sonríe, tratando de aportarle confianza—. Tu causa es justa; mucho más que la mía.

—Que todavía no tengo ni idea de cuál es.

—Soy tan cobarde que aún no estoy preparado para verbalizarla.

El tranvía llega a la parada de la calle del Dr. Vicente Zaragozá, donde tiene la conexión con el metro. Natalia y Luca salen del vagón y ella comienza a caminar en dirección a la escalera que desciende al subsuelo.

—Sabes que eres un hijo de puta, ¿verdad? —El momento de flaqueza parece haber pasado a la historia. Luca no puede evitar sentirse hipnotizado cuando ella saca su lado más salvaje—. Casi nos matan en Praga.

—Y tú sabías que esto podía ser peligroso. —Es el argumento de él—. Además, para eso estaba Vera.

—Que ninguno sabíamos que nos seguía.

—¿De qué habrá servido que os lo contara?

—Para sentirnos más seguros.

—O más asustados —rebate él—. Te aseguro que no es fácil tomar decisiones; unas veces se acierta y otras no.

—Pues en esta no acertaste.

—Si hubierais sabido que alguien os cubría las espaldas de un posible peligro, habríais estado pendientes de ver de dónde podía venir. —Es su forma de decir que no se ha equivocado—. De este modo, estuvisteis focalizados en vuestra misión.

—Jugaste con nosotros.

—Sabéis que sois piezas.

Natalia cierra los ojos y respira hondo para mantener a raya la cólera que comienza a sentir. Se toma un instante para evaluar las palabras que él ha pronunciado sin inmutarse; sí, son piezas. Lo que es sinónimo de peones a los que se podría sacrificar llegado el momento, pero también sabe que son piezas cuyo trabajo y cuyo valor está reconocido por el tipo que tiene delante. Alguien que adelanta su dinero para que ella pueda pagar los tratamientos de su padre. Natalia se detiene al comienzo de la escalera que conduce al andén del metro, pero ha de reconocer que no sabe cómo despedirse. Por un lado, una postura a la defensiva es el mejor escudo que puede encontrar; quiere seguir pensando que Luca es de esos tipos que no compensan. Por otro, es la primera vez que le ha visto una grieta al confesarle que todavía no ha reunido el valor para contar por qué están envueltos en todo ese maldito embrollo.

Luca no comienza nada que sepa que tarde o temprano va a doler, porque bastante dolor carga ya a sus espaldas. Y sabe que Natalia, tarde o temprano, puede doler. Pero también tiene claro que, en este preciso instante, lo último que desea es separarse de esa chica y de sus peculiares gafas.

—¿A qué zona vas? —le pregunta.

—No creo que eso sea de tu incumbencia.

—Venga, Natalia… —Luca se lleva la palma de la mano derecha al pecho—, enterremos el hacha. —Y lo dice en plural, para no cargar tintas, aunque en su mente se formule en singular.

—Me bajo en la parada de Facultats —explica tras volver a reflexionar durante unos segundos.

—Son solo veinte minutos andando —calcula—. Paseemos y cenemos algo: quiero contarte cómo vamos a actuar en Chicago.

Esa afirmación esconde una pregunta. A la que ella responde asintiendo con la cabeza, sin mirarle a los ojos. Y conteniendo un amago de sonrisa, aseguraría él.

***

Luca le ha dejado elegir el restaurante —indio— y ella ha pedido por ambos: *pakoras*, *samosa* y pollo *tikka masala*. Y, para beber, dos Cobra, la cerveza típica de la India. Es lunes por la noche y el restaurante está casi vacío. Apenas un par de mesas más están ocupadas, alejadas de la zona en la que les han ubicado a ellos.

—¿Por qué no estás preparado para contarnos los verdaderos motivos por los que hacemos esto? —Ella recuerda la frase que le ha dicho en el tranvía.

—Porque hay una parte de mí que todavía no está convencida de que esté haciendo lo correcto.

—Vi cómo vendías tu empresa; *era* tu abogada. —La ironía de Natalia le da una punzada—. Y sé que tienes dinero. O tenías.

—Esto no es por dinero, Natalia. Aunque mi deseo es que al final me quede suficiente para lo que me resta de vida. —Luca no quiere esconderle nada—. Esto es mucho más profundo, un dolor que llevo veinte años arrastrando.

—Familia —sentencia ella.

—¿Qué otra cosa podría ser si no?

—Actuar por sentimientos no es muy profesional, Luca.

—Lo sé —los ojos entornados de Luca enfocan la duda que ella plantea—, pero también sé que ahora estoy preparado para poder separar ambas cosas.

—¿Enzo lo sabe?

—No. —El camarero llega con los platos y Luca deja de hablar hasta que se marcha—. Enzo me odia.

—Ese idiota no te odia. —Ella lo dice con cariño—. Solo le duele que no estés siendo sincero con él.

—Lo hago para ahorrarle decepciones. —Luca se pasa la mano por el mentón—. Aunque quizás eso sea algo que no se pueda ahorrar. Ni se deba.

—Tarde o temprano tendrás que contárselo.

—Y eso va a doler. —Luca parafrasea su máxima sin que ella lo sepa. Pero ya es consciente de que, a veces, el dolor, o su perspectiva, es inevitable.

Natalia le explica que la *pakora* son verduras fritas con harina de garbanzo. Solo lo hace por darle un respiro, porque todavía tiene cosas que preguntarle. Ella, aun siendo tan joven, conoce muy bien cómo marca la familia el destino de cualquiera. Cómo hay enterrados secretos, momentos trágicos y silencios que pesan como una losa. Que son reproches que no salen a la luz porque nada solucionarían; su madre está muerta por un adelantamiento imprudente de su padre en una carretera comarcal. Y, cada vez que va al centro a visitarle o paga alguna de sus facturas, esos secretos, momentos trágicos y silencios se le vienen encima, ahogándola bajo una riada de reproches. Reproches que, como se tiene que repetir a sí misma, no solucionarían nada. Y esa misma riada es la que siente que arrastra a Luca; la que no le deja dormir por las noches, la que le ha hecho invertir todo su dinero en un complejo y descabellado plan, la que hace que sienta que su hermano le odia.

El cerebro del plan, el chico prodigio, ese tipo delgado y atractivo que tiene todo controlado y desprende seguridad a cada paso que da no es más que otro animal herido que busca lo que todo el mundo persigue: amor y perdón. De los demás y de sí mismo.

—Luca…, ¿por qué me has seguido?

—Ya te lo he dicho. —Luca se pasa la servilleta suavemente por las comisuras—. Quería conocer más a Natalia Echevarría.

—Podrías haberme preguntado.

—Te habrías mantenido en tu postura de indignación. —Es el pronóstico de Luca—. Y con razón: me porté mal contigo.

—Quizá la mantenía porque necesitaba que reconocieras eso. —Ella también se abre—. Pero eso no responde a por qué quieres conocerme más.

—¿Sabes? —Luca desea responder con sinceridad, pero no puede evitar dar un rodeo—. Nunca empiezo nada que sé que tarde o temprano va a doler.

—¿Estás hablando de mí? —Llegados a ese punto, Natalia va a continuar perforando—. ¿Yo voy a doler?

—Tú no. Pero si alguna vez tú y yo, en teoría, tuviéramos algo más personal, eso sí podría doler.

—Entonces, en teoría, nunca te has enamorado. —No es una pregunta.

—Varias veces —enarca las cejas para refrendar el hecho—, pero nunca he dado el paso de decirlo.

—Que algo duela es una de las opciones —reconoce ella—. La otra opción es que sea jodidamente increíble. Nunca se sabe; pero jamás tendrás algo jodidamente increíble si no te arriesgas a que duela.

—Un salto sin red. —Toda esa lección ya se la sabe.

—Luca… —le sonríe hasta con cierta ternura—, los saltos se dan o no se dan. Nadie te los tiene que proponer, y no importa si hay red o no. —Y, sin saber muy bien por qué, le guiña un ojo—. Desde luego, en este asunto del bronce, no hay red.

Ella prefiere parar ahí y observar cómo digiere él esa última frase. Ha visto a Luca más indefenso en los últimos diez minutos que en todo el tiempo desde que se conocen. Aunque hasta ahora siempre se ha mostrado altivo, parece que sigue habiendo un buen corazón latiendo ahí adentro. Sin contar con que es la persona más inteligente que jamás ha conocido. Y a Natalia le atrae mucho la gente con buen corazón. Y la inteligente. Pero que eso le ponga no significa que tenga que compensar.

—¿Cómo está Pietra? —Cambia de tercio.

—Muy débil. —Luca prefiere contestarle eso a «creo que de esta no sale»—. No sé de dónde sacó fuerzas para regresar en el avión desde Praga. Pero se ha negado a que la ingresen; está en su casa, con sus hijos.

—Está muy enferma, ¿verdad?

—Cáncer en estadio cuatro. Terminal.

—Tendrías que haberla visto en la subasta, Luca. —Natalia corta la *samosa*—. Cómo cogió el toro por los cuernos para salirse con la suya.

—Pues eso me ha costado un millón de euros; era el dinero para fabricar el busto. —Lo dice casi divertido—. Aunque es cierto que si no hubiera sido por ella ahora estaríais dando tumbos por más subastas por Europa.

—Lo solucionarás.

—Tienes demasiada fe en mí.

—Y la tal Vera, ¿de dónde la has sacado? —Natalia obvia la última afirmación de él.

—Es una exagente del CNI. —Luca le sirve primero a ella—. No sé lo que ha hecho, porque parece que le persigue media España. Y no sé lo que tiene en su poder, pero es intocable.

—Nos salvó del pistolero de la cara cortada.

—Y esperemos que no tenga que volver a hacerlo. —Se lleva el tenedor a la boca y, tras unos segundos, hace una señal de aprobación con sus labios—. Eso sí, viaja contigo y con Enzo a Chicago.

—¿Quién voy a ser esta vez?

—Mañana repasaremos el plan; Gael ha trabajado duro.

—Hay un detalle del plan que todavía no comprendo… —La pausa de Natalia pone en alerta a Luca—. Voy a representar a un consorcio de empresarios griegos que desean que el Museo Americano de Artes Clásicas comunique a su red de intermediarios en todo el mundo que quiere comprar el busto de Alejandro Magno, ese busto que Livermore «encontró» —comillas con los dedos— en Pakistán. Exactamente, ¿cómo voy a convencer al director para que haga eso?

—Natalia…, para eso estamos aquí. —Luca toma su botellín de cerveza y lo levanta antes de beber—. Esa parte te va a encantar.

24. Valencia, noviembre de 2022

Son las diez de la mañana y Pietra ya está levantada. Le ha pedido a sus hijos que sigan con sus cosas y la dejen un poco tranquila; necesita encontrar un espacio de paz, un pequeño oasis de silencio. Se ha preparado el desayuno —tostadas con jamón, medio mango cortado en rodajas y café con leche— y se lo ha tomado en la mesa de la cocina. Ha recogido, metido el plato y la taza en el lavavajillas y ahora está sentada en el sillón de terciopelo verde, con la mascarilla de oxígeno ajustada sobre la nariz y la boca, escuchando el sonido cavernoso de su respiración.

El pequeño altavoz del salón reproduce la melodía de la *Suite bergamasque* del «Claro de luna» de Debussy. Suena el timbre de la puerta y mira a su reloj: diez y media. Solo se puede confiar en las personas que demuestran una estricta puntualidad, y Luca, sin duda, es una de esas. Su sobrino —pantalón gris, abrigo negro con el cuello levantado y un jersey de cuello alto, también negro— lleva en sus manos una bandeja de trufas de chocolate. Pietra solo necesita observar el papel de Pastelería Martínez con el que está envuelta para sonreír. En silencio, va hacia la cocina para preparar café mientras Luca entra y se quita el abrigo.

—Esto sí que lo voy a echar de menos. —Pietra se ha quitado la mascarilla y cierra los ojos como si así pudiera saborear mejor el primer bocado de trufa.

—¿Por qué no quisiste quedarte ingresada?

—Eso es un moridero, sobrino. —Los abre para contestarle—. Ya te dije que no tengo miedo a la muerte, pero no quiero probar la pérdida de dignidad que trae consigo. Cuando venga a por mí, que no me pille vestida con una de esas batas con las que se te ve el culo.

Luca no puede evitar reír ante esa ocurrencia de su tía. Y reconoce que razón no le falta.

—¿El bronce?

—Lo trajo Vera desde Madrid, está en mi casa.

—Parece ser que estuvimos al límite. —Para Pietra, los recuerdos de lo que ocurrió en el coche de Praga son una nebulosa—. Esa chica nos salvó.

—Es competente en lo suyo —asiente sentado en el sofá junto a su tía.

—¿Cómo está Enzo?

—Es solo un rasguño; ha bastado con la cura que le hizo Vera en el hotel. —Se inclina para tomar la taza de café de la mesilla y dar un sorbo—. Preparado para Chicago.

—Supongo que tienes eso controlado.

—Anoche repasé todo el plan con Natalia.

—¿Anoche? —Es ahora ella quien sonríe—. Entonces yo tenía razón.

—¿En qué?

—Tu chica.

Fueron las palabras que, en el final de aquella frenética subasta, y cuando Gael estaba intentando hacer la transferencia encriptada, salieron por boca de Pietra: «Salva a tu chica y a tu hermano».

—A ver, tía… —Luca se pone en modo didáctico—, pasé ese comentario tuyo en la subasta, pero, de eso que dices, no hay nada.

—Ah, ¿no? —Pietra ha visto cómo su sobrino se ha tensionado y se ha apoyado en el respaldo al mismo tiempo; dos gestos contradictorios. Blanco y en botella.

—Estamos en mitad de esta locura; si esto acaba bien, que está por ver… —Luca hace una pausa, como si resumiera lo hecho y lo que queda por hacer—, ya habrá tiempo de pensar en el resto de las cosas.

—El tiempo no existe; mírame a mí. —Toma otra trufa de la bandeja—. Pero el miedo, sí. Y tú tienes miedo.

Pietra, con la confianza que le otorga haber visto crecer a ese muchacho, es la única a la que no le importa hablarle claro. La única a la que no le preocupa poder dañarle con sus palabras, poder herirle en lo más profundo de su ser con tal de hacerle reaccionar.

—Vale, sí —reconoce él—. Es posible que tenga algo de miedo.

—Es increíble. —El bufido es una mezcla de cierta indignación y de risa socavada—. Eres capaz de arriesgar todo lo que tienes, de asumir la posibilidad de acabar en la cárcel o muerto…, y te da miedo expresarle tus sentimientos a una mujer.

—Lo que me da miedo es que vaya a doler.

—Luca… —ella apura su café—, el dolor que sufriste con tu padre no se va a repetir. Claro que el amor puede doler, pero es un daño distinto. A mí me dolió que mi marido muriera, pero siempre me quedarán los buenos momentos.

—¿Cómo pudiste superar la muerte de mi padre y la de tu marido? —Luca sabe que Pietra esconde una sabiduría insondable, y una fortaleza interior que le ha hecho seguir adelante durante todos esos años.

—¿Quién dice que se supera? Solo sabes que no puedes dejarte caer porque hay otros que te necesitan. —Vuelve a ponerse la máscara porque siente una fatiga que apenas le deja hablar—. ¿Tú has superado lo de tu padre?

—No —niega con la cabeza—, aunque él me dio algo en lo que pensar. Y eso ha tapado los daños.

—Escúchame bien, Luca. —Se recoloca la máscara de oxígeno en la cara, otra prueba de la pérdida de dignidad—. Prométeme que no vas a dejar que me vaya de este mundo sin saber qué ocurrió las tardes que yo te llevaba a la prisión. Sé que todo esto que estamos haciendo tiene que ver con aquellos horribles días, pero aún no me has contado todo. —Una inhalación, menos profunda de lo que hubiera deseado, le proporciona algo de alivio—. Prométemelo.

—Te lo prometo.

—Le fallé a tu madre haciendo caso a lo que me pidió mi hermano. Le oculté que sí que ibas a ver a tu padre, cuando ella moría de pena porque le decías que lo odiabas. —Se deja caer sobre el respaldo del sillón, como si no pudiera cargar con el peso que le oprime el pecho—. Me lo debes.

—Lo sé.

—Y recuerda que no me queda mucho tiempo. —Pietra, a modo de advertencia, levanta el dedo para que su sobrino sepa que habla muy en serio.

***

La mañana es fría pero soleada. De esas en las que hay una diferencia de diez grados entre las zonas de sol y las de sombra, en las que el aire es gélido y duele al pasar por la garganta. Ya se ven algunas decoraciones navideñas por las calles, y los comercios intentan llamar la atención de toda esa gente que anda por ahí haciendo la lista mental de los regalos que adornarán el árbol del salón en el día de Navidad.

Tras el café con Pietra, Luca esquiva los grupos de turistas que visitan la plaza de la Reina y la iglesia de Santa Catalina, y enfila por la calle San Vicente en dirección a la plaza de San Agustín. Ha quedado en su casa con el equipo para repasar el plan de Chicago. Natalia ha de ser muy convincente en su papel ante el director del AMCA, tiene que desplegar todo el potencial que lleva dentro. Y, aunque ha de seguir a pies juntillas el plan que él ha diseñado, el encanto personal que sea capaz de trasmitir será vital para el éxito de la operación. Sin un museo que desee comprar la pieza, todo se complicaría hasta límites en los que Luca no desea pensar.

A la altura del Teatro Olympia, Luca siente cómo el teléfono móvil vibra en el bolsillo interior de su americana y, al mirar la pantalla, comprueba que es un número correspondiente a una línea fija con prefijo de la provincia de Teruel.

—¿Dígame?

—¿Sigue interesado en el Levítico? —La voz, masculina, se entremezcla con un sonido de tráfico de fondo.

—Por supuesto.

—Entonces, tome nota —ordena. Y deja unos segundos que Luca aprovecha para sacar un bolígrafo; solo tiene la palma de la mano para escribir lo que la voz vaya a decirle—. Cuarenta, cincuenta y uno, cincuenta y seis, norte. Cero, nueve, cuarenta y ocho, este. Hoy, ocho de la tarde. Venga solo, espere fuera del coche y lleve un libro en las manos. —Y cuelga.

Luca se queda mirando lo que ha apuntado. Son coordenadas.

Las introduce en el navegador de su teléfono móvil y, en unas décimas de segundo, la pantalla hace zoom sobre el punto geográfico concreto que corresponde a esas coordenadas. Una gasolinera en Valderrobres, Teruel.

Un anuncio con versículos del Levítico en la revista *Botánica y Horticultura*. Hay que joderse con lo ingeniosas que son algunas personas y los métodos que utilizan para que se les pueda contactar, piensa Luca. Y sabe que el Manco fue honesto con él en honor a la memoria de su padre al decirle la forma de dar con el Maestro Español.

«No voy a ir a la reunión. Preparad Chicago sin mí. He dado con la persona que tiene que fabricar nuestro busto y debo ir a visitarle. Tú tienes todo para liderar esta parte del plan», escribe en su móvil y se lo envía a Enzo.

Vuelve a teclear en la pantalla: «Buen viaje. Gracias por dejarte ver un poco más allá». Duda durante un instante si escribir algo más en ese mensaje, pero lo descarta y le da a enviar al contacto de Natalia en su móvil.

25. Valencia, noviembre de 2022

Almudena Galeano toma un café y mastica una barrita de chocolate asomada a la ventana de su despacho en la Jefatura Superior de Policía de Valencia. El día es frío, pero la calefacción del viejo edificio le reseca la garganta y necesita unas bocanadas de ese aire con cierto aroma a polución que le brinda la gran vía Ramón y Cajal.

Echa un vistazo a su mesa, donde se amontonan los expedientes de casos abiertos que va repartiendo entre su equipo y sobre los que va a tener que informar al comisario a lo largo del día. Aunque sigue vistiendo a diario su impecable traje de chaqueta, Almudena se siente cansada. A sus cincuenta y cinco años se encuentra en ese punto en mitad de la nada que es llevar treinta años en la policía y que aún te queden unos cuantos para la jubilación. Y todo eso sin tener pareja ni hijos, lo que supone una perspectiva la mar de apetecible para cuando llegue el momento del retiro forzoso.

Esa jubilación de la que Jerónimo Fonseca, su antiguo jefe, apenas pudo disfrutar un par de años. Con su obesidad bien conservada a base de grasas saturadas, su doble papada y su bigote amarillento, le ahorró un buen dinero en pensiones al Estado. Y, desde hace quince años, ella es la inspectora de la UDEV en Valencia. La verdad es que el puesto suena muy bien, y así era como le sonaba a ella cuando lo ambicionaba, pero la realidad es que su trabajo es un mar de reuniones y papeleos que le obligan a delegar en su equipo el trabajo de campo. Y el trabajo de campo, precisamente, es lo que más le gusta.

—Jefa…

La puerta se abre y asoma la cabeza Víctor Prada, su segundo. Le recuerda a ella cuando estuvo a la sombra de Fonseca, pero sin el palo metido por el culo. Ascender a subinspectora siendo mujer le hizo adoptar una actitud y una forma de vestir muy estudiada para que la tomaran en serio. O ella creía que así sucedería. El traje, el arma abultando en el costado y el cabello recogido en una coleta tan tirante que le alisaba la frente. Y eso dio como resultado una rigidez y una distancia con los demás que todavía no se ha quitado de encima. Ni lo hará. Ella es la misma que hace quince años, pero con más arrugas y más canas que tapar.

—¿Qué ocurre? —Cierra la ventana y se sienta a la mesa.

—Nos han mandado desde Madrid un informe de Interpol.

—¿Cuál es el tema? —Las palabras *Madrid* e *Interpol* se salen del vocabulario diario, y eso le genera interés.

—La semana pasada fue detenido en Budapest un hombre que trataba de vender un cáliz del siglo XVI. —El segundo de Galeano cierra la puerta y le cuenta la historia desde el principio—. El cáliz es propiedad de una iglesia de Brujas, pero llevaba doce años desaparecido, desde que fue robado.

—Aligera, Víctor. —Ella, como de costumbre, quiere ir al grano.

—El caso es que el detenido ha confesado que compró el cáliz en una subasta que se realizó días atrás en Praga. Ilegal, claro. —El subinspector le habla de pie, frente a su mesa.

—¿Y qué pintamos nosotros ahí?

—Se ve que el tipo cantó el lugar donde se celebró esa subasta, e Interpol ha revisado las cámaras cercanas, para ver si identificaba a alguno de los asistentes. —A Víctor Prada le gusta dar contexto al asunto—. Parece ser que tienen una larga lista de matrículas de coches que llegaron al lugar. Entre ellas, la de un Mercedes de alquiler, que es la que nos han enviado.

—¿Tiene algo de especial ese coche?

—Que esos días estaba alquilado por un ciudadano español. —Víctor ha llegado al meollo de la cuestión—. Que, además, reside aquí, en Valencia. —Y ahí deja la estocada, el motivo por el que les ha llegado el tema desde Madrid.

—Imagino que es algún viejo conocido, ¿no?

—Pues no, jefa... —El subinspector se rasca con la mano la barba de cuatro días—. Alguna multa de tráfico, un expediente sancionador de la Agencia Tributaria..., poca cosa.

—¿Cómo se llama?

—Enzo Santamarta.

Los ojos de Almudena Galeano deben de haber lanzado una señal de sorpresa, porque Víctor ha advertido un pequeño respingo y ese brillo que se le pone a su jefa cuando algo no le huele bien.

—¿Le suena? —pregunta él.

—Él no... —La mente de Galeano está viajando veinte años atrás—. Pero un apellido así no se olvida; una vez conocí a un Santamarta.

—No debe de ser un apellido muy común en Valencia; quizá sean familia.

—Rastrea los vuelos a Praga en los días anteriores a esa subasta. —Almudena Galeano ya ha puesto su cerebro en marcha—. Y en los posteriores. Hoteles, pagos con alguna tarjeta a su nombre...

Un cáliz, un tipo que canta la Traviata, una subasta ilegal y un coche alquilado a nombre de un Santamarta que vive en Valencia, recapitula Galeano. Un hecho destapado a raíz de un cúmulo de circunstancias con una ínfima probabilidad de que saliera a la luz. Pero ahí está, brillando como si tuviera un foco encima: Enzo Santamarta. Nombre italiano, como italiano era aquel pintor que detuvieron por el falso Goya inédito. La probabilidad era ínfima, sí, pero las casualidades no existen. Recuerda a los dos chicos, sentados junto a su madre en el sillón de aquella casa, que estaba siendo violada por los agentes de su equipo. Galeano se pregunta cuál de esos dos muchachos ha sido el que ha dejado rastro en Praga. Recuerda que por aquellos tiempos debían de tener unos quince y diez años; por lo que ahora deben de ser treinta y cinco y treinta. Los engranajes encajan y la maquinaria de su cabeza se pone en marcha.

—Su olfato ha olido algo, ¿verdad? —Víctor Prada conoce a su jefa.

—No lo sé. —La vista de Almudena Galeano se pierde por la ventana a la que estaba asomada hacía unos minutos—. Pero «Santamarta» y «arte» son dos palabras que ya había visto viajar juntas de la mano. En otra vida.

No se puede engañar a un falsificador. Y menos a alguien como él.

Tendrás que ir con la verdad por delante y contarle por qué estás haciendo lo que estás haciendo. No te guardes nada.

Y quedarás en sus manos, porque no le bastará con el pago que le ofrezcas. Tienes que darle una historia, una tan buena que le impida rechazar tu propuesta.

Tu historia.

26. Provincia de Teruel, noviembre de 2022

La teoría es algo que suele funcionar; y los problemas siempre aparecen cuando esa teoría se lleva a la práctica. Pero esos problemas surgen porque, en ese modelo teórico, no se han tenido en cuenta todas las variables relevantes en el plan diseñado. Luca, aun sabiendo que era posible que no hubiera tenido en cuenta alguna incógnita en la ecuación —poco posible, eso sí—, ni de lejos se esperaba la que tiene delante en este preciso instante.

O, mejor dicho, detrás: una pistola que le oprime el riñón derecho de cuyo propietario solo sabe que le huele el aliento a alcohol.

—No te gires —ordena el recién llegado.

Luca infiere, por el tono de esa voz, que debe de tener alrededor de cuarenta años; por lo cerca de su oído que la ha sentido, que el tipo le sacará una cabeza; y por la presión del cañón contra sus lumbares, que debe de ser fuerte.

Como era de esperar, a las ocho de la tarde de un día de noviembre, en esa gasolinera a las afueras de Valderrobres donde le ha llevado el GPS, no se ve un alma. Fuera del coche y, aunque bien abrigado, sintiendo el viento frío en el rostro, ve cómo su propia respiración se condensa al expulsar el aire por la boca. Las pocas luces encendidas están en el techado que protege los cuatro surtidores, y al lugar en el que él ha detenido su vehículo apenas llega un tenue resplandor de estas. Aprieta de forma inconsciente contra su pecho el libro que debía portar para ser reconocido —ha escogido un ejemplar de *La conjura de los necios*—, por la tensión de saber que un extraño, pegado a su espalda, le está apuntando con un arma. El hombre le cachea con la mano izquierda y parece conforme al comprobar que Luca está limpio.

—Y ahora, muy despacito —la voz le habla casi en un susurro, como si la trajera el frío viento que sopla—, comienza a caminar hacia el coche que tienes a la izquierda.

La escasa luz que llegaba de la gasolinera se pierde a los pocos pasos de alejarse de ella, y unos metros más adelante centellean los faros de un todoterreno salpicado de barro seco en los laterales; el tipo del aliento con olor a orujo ha debido de aparcar allí antes de que Luca llegara y ocultarse para poder pillarle por sorpresa. Le abre la puerta del acompañante, le arranca el libro de las manos y Luca se sienta sin rechistar lo más mínimo. A la poca luz que sus ojos captan puede vislumbrar las facciones del hombre: barba cerrada, mirada de pocos amigos y mandíbula tensionada.

—Las llaves del coche —ordena de pie junto a la puerta, y Luca se las entrega—. Muévete de aquí y te dejo seco.

Luca sabe que está transitando por el protocolo de seguridad de ese tipo con aspecto carcelario, y, sin siquiera mirar, oye cómo su coche es abierto por ese extraño. Puede oír el sonido de las puertas al desbloquearse con el mando a distancia y el chasquido del portón del maletero. El hombre ha encontrado lo que Luca transportaba y lo pasa a su coche. Sube de nuevo, arma y libro en mano, y arranca el todoterreno.

—Ahora vas a ser bueno y te vas a poner esto. —Sin moverse todavía de allí y sin dejar de apuntarle, le entrega un pequeño saco de tela negra.

Sentado en el asiento del copiloto y con la cabeza dentro de ese saco, que se calienta por el vaho de su respiración, el coche inicia la marcha y, a los pocos segundos, siente como el asfalto pasa a un irregular camino de tierra.

Baches, frenazos bruscos y giros al enlazar un camino rural con otro. Tras lo que Luca estima que han sido diez minutos, el coche frena en seco, el tipo detiene el motor y se baja. A continuación abre la puerta del acompañante y tira del brazo de Luca para que salga. Y, sin todavía permitirle que pueda ver, vuelve a clavarle la pistola en la espalda y le ordena que camine.

Es inevitable sentir miedo ante una situación así. Pero Luca, pese a que no tenía contemplada esta variable, hace algo que se le da especialmente bien: racionalizar. Si el tipo lo quisiera muerto, le habría pegado un tiro en cualquier lugar perdido de ese camino que acaban de recorrer con el coche. Eso, o es que, ya en la completa oscuridad de la noche, acaban de llegar a ese punto perdido donde tardarán meses en encontrar su cuerpo.

Pero su instinto le dice que no es así, porque siente cómo la gravilla cruje bajo sus pasos, señal de que deben de estar en algún lugar habitado. Lo que se confirma cuando el extraño le dice que sortee un escalón y que apoye la mano en la puerta que tiene ante sí. Le quita el pequeño saco de la cabeza, le estruja el libro contra el pecho y se va.

—Regálaselo al viejo —dice en la oscuridad—. Le gustan.

El farol de la entrada de la casa le permite ver que la fachada es de piedra hasta que, a metro y medio de altura, cambia a madera. Los postigos de la ventana que tiene a la izquierda están abiertos y, aunque el visillo está echado, se distingue un cálido resplandor amarillo. La puerta maciza está abierta y Luca solo tiene que empujarla para sentir el calor que emana de dentro. El suelo es de azulejo rústico y en el interior se combinan los tabiques de ladrillo visto con otros de madera oscura. El mobiliario es antiguo, de cuando las cosas se hacían para que duraran toda una vida. En las paredes cuelgan viejos aperos de labranza a modo de decoración y las lámparas visten tulipas de cristal traslúcido en forma de hojas, convirtiendo la bombilla en un trasunto de la flor que crece entre ellas.

El juego de luces y sombras, junto con el crepitar, indican a Luca que en la estancia del fondo está el fuego encendido. Se oye una música suave, y hacia allí se dirige: hacia ese resplandor y hacia las frases de la voz de Lucio Dalla, que abraza a una chica frente al golfo de Sorrento.

—Pase, por favor —se escucha con una cierta reverberación.

Toda la tensión acumulada desde la gasolinera se disipa con ese amable tono de voz y con esa vieja canción que enamoraba a su madre. Cuando Luca accede al salón, ve que está iluminado de manera tenue por el fuego del hogar, así como por una pequeña lámpara de pie que su anfitrión tiene junto al hombro izquierdo.

Le calcula unos ochenta años, y está sentado en un sillón con orejeras tapizado a cuadros que ya debe de tener la forma de su cuerpo. El cabello es escaso, las manos están surcadas de venas de un color cercano al morado, y el blanco bigote esconde algunas de las manchas de la edad que pintan su rostro. Pese a la buena temperatura, y debido a su delgadez, lleva un pañuelo al cuello, una gruesa chaqueta de lana y una manta sobre las piernas. En el regazo, unas gafas y un ejemplar cerrado de *La vuelta al mundo en ochenta días* del que emerge un marcapáginas. Y, junto a él, una silla de ruedas.

—Tiene que disculpar a Virgilio. —Luca imagina que el viejo se refiere al hombre que le ha traído de la gasolinera—. Se toma muy en serio lo de protegerme.

—Está bien. —Le resta importancia mientras trata de que sus ojos se adapten a la luz tenue—. No se preocupe.

—Es usted joven —dice sorprendido—. ¿Qué me ha traído?

Luca se acerca a él y le ofrece el libro que lleva en la mano.

—La única novela que ha conseguido arrancarme verdaderas carcajadas —dice el viejo mientras ojea la portada en la que aparece la caricatura de Ignatius J. Reilly—. Otras también me han hecho reír, pero eran comedias involuntarias.

—Imagino que en la literatura, como en todo, también hay aspirantes a genio. Y otros que creen serlo.

—Siéntate, anda —pasa a tutearle mientras señala una mecedora—. Hacía años que nadie usaba lo del Levítico. ¿Quién te lo dijo?

—Yo desconfiaría de alguien a quien acabo de conocer y me revela algo así. —Luca toma asiento y sus palabras son de cautela—. No he venido hasta aquí para que usted desconfíe de mí.

El viejo sonríe, como si aprobara esa respuesta.

—¿A qué has venido entonces?

—Busco al Maestro Español.

—¿Para qué?

—Para pedirle que fabrique un busto de bronce.

En ese momento entra Virgilio, y Luca, pese a la poca luz, puede verle con claridad por primera vez. Barba cerrada, pelo alborotado, ropa de trabajo. Aspecto de tipo rudo, de pocas palabras y menos amigos. Bebedor. Trae en sus manos la caja de madera que Luca llevaba en el maletero y la deja sobre una mesilla, que acerca para que esté al alcance del anciano. Vuelve a salir, no sin antes mirar a Luca con cara de perro de presa.

El viejo revisa el contenido: los cuatro medallones y el plato de Benasque, el incensario de Toulouse, y las monedas de Praga, que le llaman especialmente la atención.

—Auténtico bronce griego. —El hombre se pone las gafas y deja que la luz de la lámpara ilumine la figura de Pegaso—. Estas monedas son magníficas; sería de necios fundirlas.

—He conseguido todo el bronce que he podido. Y necesito fundirlas.

—*Necesito*… —Parece un reproche mientras devuelve la moneda a la caja—. Solo vendiéndolas ya serías millonario.

—Es que no solo quiero ser millonario.

—¿Qué quieres entonces?

—Colocar una obra de bronce falsa en un museo. —Luca sabe que ha ido a pedir y, para ello, primero ha de ofrecer. Y ofrecer sinceridad es lo poco que está en su mano.

—Vayamos por partes… —El viejo se reacomoda en el sillón—. ¿Tú me has visto bien? No puedo caminar, mis ojos ya no son los que eran y mis manos solo dejan de temblar apenas un par de horas al día.

—No estaríamos teniendo esta conversación si usted no tuviera curiosidad.

—Eso es cierto —reconoce—. ¿Sabes? Llevo muchos años en este negocio, y solo dos tipos de personas querrían hacer lo que tú pretendes: los codiciosos o los vanidosos, ¿cuál de ellos eres tú?

Luca calla porque ha de meditar la respuesta a esa pregunta. Y sabe que está en manos de ese hombre, por lo que ha de continuar transitando el sendero de la sinceridad por el que camina desde que ha entrado allí.

—Me temo que ambos.

El viejo fija la mirada en él, como si quisiera ver más allá, analizando las palabras que han salido de la boca del joven.

—Realmente hay tres tipos, solo que nunca había conocido a ninguno del tercero. —Hace un gesto con la mano, para que Luca se acerque a él con la mecedora—. Pero tú pareces uno de ellos, porque nadie habría reconocido lo que acabas de decir.

—¿Cuál es el tercer tipo?

—Los que quieren hacer algo así porque están rotos por dentro.

Luca apoya la espalda en la mecedora, que inicia su balanceo mientras él evalúa lo que acaba de escuchar. Tocado. Roto por dentro: no lo habría definido mejor. Y el viejo sabe que ha acertado.

—No tengo dinero para pagarle.

—El problema de los que estáis rotos por dentro —parece que no ha escuchado el comentario de Luca— es que creéis que encontraréis la paz cuando hayáis conseguido vuestro objetivo. Y eso no funciona así.

—Es posible —Luca se recompone un poco para volver a clavar los ojos verdes en el anciano—, pero ahora ya he metido en esto a demasiada gente y he gastado todo lo que tenía como para echarme atrás.

—¿Cómo te llamas?

—Luca. —Se acerca todavía más y le ofrece la mano—. Luca Santamarta.

—Con que Santamarta, ¿eh? —El viejo se la estrecha y sonríe con sabiduría—. No me extraña que estés roto por dentro.

—Las historias vuelan en el gremio, ¿no es así?

—Es que no somos tantos. Aunque, como has dicho antes, hay muchos aspirantes a genio y poco genio de verdad.

—¿Conoció a mi padre?

—No, pero por ahí se dice que él no era solo un aspirante.

—Pues, aun así, le pillaron.

—Y esa secuencia de hechos que arrancó hace más de veinte años te ha traído hasta aquí, ¿verdad?

—Verdad.

—Todavía queda un rato para que Virgilio prepare la cena —el viejo mira un reloj que cuelga sobre la chimenea—, y no hay nada que me guste más que una buena historia.

Y si el Maestro Español ha detectado en una pequeña conversación que Luca está roto por dentro, él mismo termina por darse verdadera cuenta de hasta dónde alcanza la fractura de su alma. A ese viejo al que acaba de conocer le habla de lo que no le ha hablado a nadie jamás, le cuenta su historia con toda su crudeza. Y revive el Van Meegeren de su padre, la detención, la petición que este le hizo de que se negara a ir a verle en la cárcel, las visitas a escondidas, el plan que diseñó su compañero de celda, su muerte, el suicidio de su madre, la venta de su empresa informática, la excavación del arqueólogo Livermore en Pakistán y el equipo que ha reunido. Le habla también de la subasta de Benasque, de la de Toulouse y de la de Praga, del tiroteo entre Urriaga y Vera Castillo. Y del plan que tiene para convencer al Museo Americano de Artes Clásicas de que un *lobby* de empresarios griegos realizará una gran donación si ese busto de Alejandro Magno —el mejor conservado conocido— se exhibe allí. De su idea para que el AMCA no pueda negarse a hacer la petición de esa pieza a todos los marchantes de Europa. De la empresa ficticia que ha creado para que uno de esos marchantes pique el anzuelo. De cómo ha invertido en todo esto los siete millones de euros limpios que le quedaron tras vender la empresa más otros siete que ha pedido prestados, con sus tres de intereses. Y de cómo toda esa sucesión de acontecimientos le ha dejado sin dinero para pagar por la fabricación de ese busto de bronce hasta que lo venda. Si todo sale bien, claro.

Habla de Pietra, que se muere. De Enzo, que vive resentido con él. De cómo uno de los mejores *hackers* del mundo ha encontrado su lugar junto a ellos. Y de esa chica con unas gafas enormes que le quedan horribles que se le metió hasta el fondo de su ser desde el primer día que la vio.

Pero que él no empieza nada que tarde o temprano vaya a doler.

—Pues esto parece que esté doliendo bastante. —Es el diagnóstico del viejo al ver cómo brillan los ojos verdes de Luca—. Y, aun así, lo has empezado.

—Y estoy aquí porque deseo terminarlo. —Luca está exhausto por la confesión a ese extraño, aunque liviano tras haber soltado todo.

—No voy a poder hacerlo solo. —Muestra las manos, recordando que los buenos tiempos ya pasaron—. Necesito a Virgilio. Y a ti.

—¿A mí?

—Te vas a quedar aquí varios días, y fabricaremos tu busto. —El Maestro se incorpora un poco, como si por ensalmo hubiera recobrado cierta energía—. Tus manos y tus ojos van a ser importantes.

—Ya le he dicho que no voy a poder pagarle hasta...

El viejo vuelve a recostarse en su sillón. Se quita las gafas y restriega sus ojos vidriosos con el pulgar y el índice de su mano derecha. El reflejo del fuego hace visible un brillo que nace de ellos, y Luca sabe que nadie que se dedique a ese negocio puede tener su alma en paz.

—Tengo dinero suficiente, y no me va a faltar nada hasta que muera. —Parece que ahora es él quien necesita confesión—. Mi hija y mi nieto también están cubiertos de por vida. Es el único consuelo que me queda; ella me odia y al chico ni lo conozco. No hice bien las cosas con mi mujer, que en paz descanse. Ni con mi hija.

—Entiendo...

—No, no entiendes. —Lo dice con calma, asumiendo que Luca todavía es muy joven para poder ponerse en su piel—. Me entenderás algún día si cumples los ochenta, si tienes que esconderte en una casa en mitad de un bosque, si tu única familia no quiere saber nada de ti o si un pobre vagabundo es la única persona que se ofrece a cuidarte. Estás a tiempo de no acabar como yo.

—Entonces, usted dirá el precio.

—Mi hija heredará mi dinero y esta casa, pero quiero dejarle algo a Virgilio cuando yo muera. Por eso voy a hacerlo. —Vuelve a meter la mano en la caja donde descansa el bronce de Luca—. Con las monedas tenemos suficiente bronce para el busto; los medallones, el plato y el incensario serán mi pago.

Y, de repente, la mayor preocupación que Luca tiene en la cabeza en esa fase del plan se ha disipado. El Maestro le ha ofrecido una salida de esa autovía que podría haber terminado en un muro. Pero también sabe que, gracias a él, el viejo ha encontrado la forma de recompensar a ese vikingo que tiene por cuidador. Virgilio no va a saber mover esas fichas, pero el Maestro podrá conseguirle más de medio millón de euros por las piezas de bronce. Quizá le dure para lo que le resta de vida o quizá se lo beba en menos de tres años. Quién sabe. Pero eso ya no es problema de Luca. Ni lo será del viejo.

—¿Tenemos un acuerdo? —Luca cruza las piernas con seguridad y levanta una ceja.

—Lo tenemos, Santamarta.

Virgilio entra a la casa cargado con una cesta de verduras para comenzar a preparar la cena. Enciende la luz de la cocina y el resplandor blanco ilumina la penumbra en la que Luca y el Maestro se encontraban. El hombre de la poblada barba y las enormes manos mira a Luca, pero calla al comprobar que todo está en orden.

—Virgilio —el Maestro le habla sabiendo que su protector está a su espalda—, el joven se va a quedar con nosotros varios días. Dormirá arriba. —El gruñido parece ser un asentimiento—. Y prepárate, vamos a tener trabajo.

Se oye el corte de las verduras sobre una tabla de madera y cómo una sartén es puesta en el hornillo para comenzar a cocinar; el cascar de unos huevos y el rítmico sonido de batirlos con un tenedor.

—Tengo que pedirle dos cosas.

—Habla.

—La primera es que el busto ha de ir nomenclado; que la pieza lleve incorporada una peana que identifique la figura como Alejandro el Grande. —Luca calla porque el anciano parece interrogarle con los ojos.

—No han aparecido bronces griegos así. —El Maestro, con diplomacia, le está diciendo que eso no se lo va a tragar nadie.

—Pero no es imposible que existieran —responde—. Por eso esta pieza es única. El bronce de Alejandro Magno mejor conservado de la historia.

—Está bien; la haremos única. —El movimiento de las manos del anciano indica que le importa poco ese punto. El chico sabrá—. ¿Y la segunda?

—La segunda es… —Luca se acerca de nuevo al Maestro para hablarle en voz baja.

Este gira un poco la cabeza hacia el lado derecho para escucharle con el oído menos malo. Cuando Luca termina, se le queda mirando como si estuviera evaluando lo que le acaba de decir. Tiene que admitir que el chico es atrevido y, por lo que le ha contado desde que se sentó frente a él, tiene una mente privilegiada. Pero esta última petición le parece innecesaria. Arriesgada. Inconsciente.

—Ahí es donde te van a cazar. —Es su diagnóstico—. Alardear de esa manera no compensa la cárcel, hijo.

—No me van a cazar. —Luca, tras haberse roto en mil pedazos en la última media hora, ha conseguido volver a pegar sus piezas—. Y lo que le acabo de pedir es innegociable.

El viejo levanta las cejas y hace un gesto con los hombros.

—Que sean esas dos cosas —acepta—. El problema será tuyo.

—Lo sé.

—Codicioso, vanidoso y roto por dentro. —Se pone las gafas de nuevo mientras la voz de Patty Bravo canta que, para él, ella es solamente una bámbola—. Eres un unicornio, Luca Santamarta.

27. Valencia, noviembre de 2022

Los terrenos de lo que hoy es el entorno del paseo de la Alameda, al otro lado del río, se urbanizaron con motivo de la Exposición Regional de 1909. A la luz de la nueva era que alumbró dicho evento, comenzaron a proyectarse multitud de edificaciones que llevaban el sello de una arquitectura modernista valenciana que sigue impresionando hoy.

En 1917 comenzó a construirse, en esa expansión de la ciudad a la otra orilla del Turia, la fábrica de la Industria Lanera Valenciana, una empresa textil puntera en aquellos tiempos lejanos. Tan lejanos que ese edificio es ahora un hotel de cinco estrellas en el que se alojan artistas, políticos o toreros cuando visitan Valencia.

Y en el patio central de ese hotel, protegido por el abrigo negro y una estufa vertical de exterior, Sancho Urriaga toma un *cappuccino* mientras lee cómo Marlow está a punto de dar con Kurtz en *El corazón de las tinieblas*, de Joseph Conrad. Estaba citado a las doce de la mañana, pero ha llegado un poco antes para poder disponer de un tiempo para seguir con la lectura de esa novela que le está fascinando. Una historia sobre hombres que rompen con la civilización para lanzarse a explorar el África profunda que le hace reafirmarse en que ha nacido en el siglo equivocado.

La edición es de bolsillo, y a todo el que pasa por su lado le llama la atención ese tipo enorme vestido de traje, con el pelo cortado a cepillo y una cicatriz en el rostro a quien el libro le queda minúsculo en sus grandes manos.

—No tengo mucho tiempo. —La voz rota de Álvaro Balboa indica impaciencia. Y malhumor—. Me he escapado de una reunión para invertir en un fondo. Y estoy muy decepcionado; contigo, claro.

El impecable traje hecho a medida, la camisa con las iniciales bordadas y los gemelos de oro hacen ver a Urriaga que el marchante de arte debe de estar en algún asunto importante. Aunque no tan importante como para quitarse las gafas de cristal ahumado que le dan un aspecto intimidante.

—Su postor ya había sobrepasado el presupuesto que usted le asignó en Praga —Urriaga cierra el libro y lo deja sobre la mesa—, y le tuve que parar los pies.

—Todavía no has averiguado nada de lo que Livermore encontró en Pakistán, ni tengo las monedas de bronce. —Álvaro enciende un cigarrillo—. Esta chapuza no es propia de ti.

—Usted no me dejó averiguarlo en Pakistán —le recuerda Urriaga—. Y en cuanto a las monedas, intenté conseguirlas cuando la ganadora de la puja abandonó la sala.

—Te comieron la tostada. —El marchante sigue hurgando en la cornada—. Unos aficionados.

—Puede ser. —El exmilitar ha captado el reproche; una postora que no había visto en su vida le había levantado la presa—. Aficionados con dinero, eso sí. Pero la que no tenía nada de aficionada era la mujer que les protegía.

—¿La conocías?

—No pude verla bien.

—A saber dónde cojones aparecen ahora esas monedas… —Álvaro Balboa sabe que ese tren ha pasado—. Te haces viejo para esto.

—No tanto si pude conseguirle el yelmo de Lorente. —Urriaga quiere apuntarse un tanto al menos.

—No me jodas… —Los tres ocupantes de la mesa más cercana se giran al oír la frase por esa voz que parece que esté amolando un cuchillo—. Eso fue como quitarle un caramelo a un niño.

Sancho Urriaga siente que está ocurriendo lo que le describía a ese empresario tecnológico al que tuvo que enseñarle fotos de sus hijos para que entrara en razón: su mejor cliente estaba perdiendo la confianza en él. Y eso no puede consentirlo.

—Seguiré preguntando.

—Seguirás preguntando… —Y el gesto de la mano indica que a Álvaro no le vale la respuesta—. Quizá tenga que ser yo quien pregunte a gente más competente que tú. —Tira el cigarrillo al suelo, aunque hay un precioso cenicero de cristal sobre la mesa.

Álvaro se levanta, la conversación ha terminado. Solo quería ver a Urriaga para apretarle las tuercas; tiene el convencimiento de que lo que encontró Livermore es un mirlo blanco. Una de esas piezas que pueden valer decenas de millones y te hacen pasar a otro escalón. Otro nivel.

—Tienes una semana, Urriaga.

Y se marcha sin despedirse, dejando al exmilitar sabiendo que, si no consigue resultados, jamás volverá a recibir un encargo de su parte. Y ese tipo de la voz cuarteada es su mejor pasaporte al retiro dorado.

***

—Dime algo que no sepa —suelta Almudena Galeano mientras espera a que caiga la chocolatina de la máquina.

A media mañana necesita su dosis de azúcar. Cruzaría la Gran Vía para ir a esa cafetería que tiene unos cuernos de hojaldre rellenos de chocolate que explotan en la boca al primer mordisco, pero, siguiendo su tirantez y la distancia que marca con compañeros de otros departamentos, no quiere que nadie le vea disfrutar. Sería como echar a perder una reputación que lleva más de quince años labrándose. Así que se conforma con bajar a la máquina expendedora de la Jefatura Superior de Policía y sacar una barrita industrial repleta de saborizantes, excipientes y aceite de palma.

Y vestida con su traje de chaqueta y con la tirante coleta, en la indecorosa postura de agacharse para meter la mano en la compuerta por donde debe sacar ese sucedáneo, es como le pilla Víctor, su segundo.

—Enzo Santamarta voló a Praga un día antes de la subasta, alquiló el coche y se alojó en el hotel… —mira el papel que lleva en la mano— General Old Town.

—Lo que me dices y nada es lo mismo.

—He revisado la lista de pasajeros de su vuelo y la he cruzado con la de entradas al hotel ese mismo día.

—Sorpréndeme —dice Galeano con la boca llena mientras mastica la galleta y el chocolate de la barrita.

—Otras dos personas, Natalia Echevarría y Pietra Santamarta, viajaron en el mismo vuelo y se alojaron en el mismo hotel.

Galeano comienza a andar hacia el ascensor y Víctor arranca para seguirla. Ha detectado el hilo que le está ofreciendo el subinspector y quiere llegar a su despacho para hablar sobre los pasos a dar.

—Por la coincidencia del apellido, la tal Pietra y Enzo viajaron juntos. —La inspectora está pensando en voz alta—. ¿Se sabe algo de la otra?

—Sí. —Mientras entran en el ascensor, Víctor se queda mirando a su jefa con el orgullo de haber hecho un buen trabajo—. Volvieron los tres en el mismo vuelo al día siguiente de la subasta. Y los tres residen aquí, en Valencia.

—Tantas casualidades no son posibles, ¿no te parece?

—No me parece, jefa.

—¿Qué se sabe de ellos? —Galeano sabe que el tipo que tiene al lado, su mano derecha, es un buen sabueso.

—Enzo Santamarta y Natalia Echevarría han tomado hoy un vuelo a Chicago.

—Vaya, volvieron de Praga hace unos días y ya están en marcha; son moviditos. —La inspectora abre la puerta de su despacho y tira a la papelera el envoltorio de la chocolatina—. ¿También ha volado la tal Pietra?

—No, está en su domicilio. —Víctor comprueba que tiene la dirección apuntada—. ¿Quiere que vayamos a hacerle una visita?

—La pondríamos en alerta y avisaría a los otros. —Eso es un *todavía no*—. ¿Qué edad tiene esa mujer?

—Debe de estar a punto de soplar las velas de los setenta.

—Esa no se va a mover. —Almudena Galeano ha fijado una pieza en el tablero—. ¿Y Enzo?

—Treinta y uno.

—Tía y sobrino —dispara Galeano—. Pide las grabaciones del hotel de Praga, para confirmar si Natalia Echevarría viajó con ellos. Quiero saber los horarios a los que entraron y salieron y quién iba en el coche alquilado que fue a la subasta.

—Y le aviso cuando encuentre nuevos billetes de avión a su nombre. —Ese tipo sabe hacer su trabajo.

—Praga, Chicago… —La inspectora vuelve a pensar en voz alta—. Mantenme al tanto, Víctor.

En cuanto sale el subinspector, Galeano abre la ventana. Hace frío, pero le ayuda a pensar. Porque una teoría se está abriendo paso en su cerebro: ¿es posible que, tarde o temprano, el pasado que no se ha resuelto vuelva para cobrar su tributo? Su pálpito no es tan descabellado, así que solo tiene que sentarse delante del ordenador para comprobar si está en lo cierto o no.

En este juego tienes que aparentar seguridad, que sabes bien lo que haces.

Pero va a llegar un momento que va a ser clave y vas a tener que dejar que sea otra persona quien lo haga.

Primero, porque tú no puedes estar en todas partes. Y, segundo, porque esa otra persona lo va a hacer mejor de lo que tú lo harías.

Prepara a esa persona, muéstrale el camino que tiene que seguir, pero deja que se responsabilice. Que sienta la presión, pero también la confianza que depositas.

Y, para la reunión clave, tienes que pensar dos cebos: uno siempre será corto, por muy atractivo que sea. Pero haz que el segundo sea tan sorprendente que deje al público con la boca abierta. El truco de magia ha de ser progresivo, creciente. Hasta que quien lo presencie solo pueda aplaudir.

Esos dos cebos derribarán cualquier muro.

28. Chicago, noviembre de 2022

Richard Miller mira la hora en la esquina inferior derecha de la pantalla de su ordenador —once y cincuenta y cinco— y apura el té que le ha servido su secretaria. Está repasando la lista de invitados para la inauguración de la próxima exposición, y eso siempre le parece un suplicio: aforo limitado, que esté invitada toda persona que deba estarlo y que se reciban el mayor número de donaciones posible.

Dirigir un museo como el Museo Americano de Artes Clásicas es un reto continuo; eso sí, un reto que le abre todas las puertas del país y le hace conocer a un buen número de congresistas y senadores. Pero algo bien debe de estar haciendo si, cuatro años después de haber accedido al cargo, el AMCA de Chicago se ha convertido en el tercer mayor museo de Estados Unidos.

Por el gran ventanal de su despacho comprueba que el día es nublado, pero la temperatura todavía es suave. Buen presagio para, una vez que pase la inauguración, celebrar Acción de Gracias con su mujer, sus hijos y sus nietos en la gran casa que tiene en la parte residencial del lago Michigan.

Hellen, su secretaria, abre la puerta y se dirige a su mesa para retirar la taza y el platillo e informarle de que su visita ya ha llegado.

Miller, con cierto fastidio porque tendrá que terminar de repasar la lista antes de la hora de comer, pone los ojos en blanco y hace un asentimiento con la cabeza en señal de que no tiene más remedio que atender a esa visitante. Y aprovecha para mirar de nuevo en su agenda el nombre de la persona que está a punto de entrar en su despacho: Zuleima Salazar.

Richard Miller ha hecho los deberes. No hay mucha información sobre esa mujer y la organización a la que representa, pero la poca que hay la ha encontrado y la ha estudiado a fondo: le huele a opaco, a poco transparente y a demasiado elitista. Pero fue precisamente eso último lo que le llevó a aceptar la reunión; Miller ya es perro viejo y sabe que, si esa organización es tan influyente como parece, quizá tengan acceso al consejo de administración del museo y se quejen de que el director no ha recibido a su emisaria. Mejor curarse en salud, por extraña que le parezca esa visita.

Hellen hace un pequeño gesto con la cabeza y, con una sonrisa, despeja el paso para que la visita pueda entrar.

—*Director Miller, it's a great pleasure to meet you.* —La joven que entra a su despacho sonríe mientras camina hacia el director ofreciéndole su mano—. *Thank you very much for your kindness.*

El despacho del director del Museo Americano de Artes Clásicas es todo lo que se podría esperar de alguien con un puesto así en un lugar así. Amplio, luminoso y de moderno mobiliario de aluminio, madera y cristal. Pero salpicado por una decoración de antigüedades clásicas entre las que destacan una máscara funeraria egipcia, un *gladius* de las legiones romanas y un ánfora griega, decorada con motivos geométricos, en perfecto estado de conservación.

—Señorita Salazar… —En boca de Miller suena *Salasarrr* a la vez que estrecha su mano y la observa: joven, guapa y elegante. Con unas horribles gafas cuadradas, eso sí—. El placer es mío y he de reconocer que tengo una enorme curiosidad por saber a qué debo su visita.

—¿Habla usted español? —La cara es de sorpresa; inesperada, porque no entraba en sus planes. Toma nota para restregarle a Luca ese detalle que ha obviado investigar.

—Estuve seis años trabajando en México: Museo Soumaya. —Miller señala la silla que hay frente a su mesa y él vuelve a su sillón de trabajo—. Charlar con usted será una oportunidad para practicarlo. Es usted argentina, ¿verdad?; pero no tiene apenas acento.

—Así es, señor Miller. —Tiene que ser rápida—. De madre española. Doble nacionalidad, pero me crie en Madrid.

—¿Y qué hace una mujer latina trabajando para un consorcio griego?

—Ya sabe que la vida juega a los dados con nosotros. —Sonrisa encantadora y momento de charla informal, así que se acomoda en su silla—. Me gradué en Derecho en Oxford y he trabajado para varias multinacionales en Europa. En una de ellas entré en contacto con un miembro de la Fundación para el Patrimonio de Grecia, y hasta hoy. —Observa la decoración del despacho sin saber muy bien qué es lo que tiene allí ese hombre, pero suponiendo que todo ha de ser muy antiguo. Y muy valioso.

—Una carrera impresionante, señorita Salazar. —Un halago antes de ir al grano; Miller se queda unos segundos en silencio, midiendo a esa joven que tiene ante sí—. ¿Y cómo es posible que yo no haya oído jamás nada sobre esa fundación?

—Porque sé hacer mi trabajo. —Se incorpora un poco y cambia el gesto a uno más serio. Comienza la batalla—. Los miembros de la fundación son personas muy discretas. Pero si ha asistido a alguna reunión del club Bildelberg le aseguro que se habrá cruzado con varios de ellos.

Es evidente que el director del AMCA no ha asistido en su vida a una de esas reuniones. Ni asistirá jamás, aunque sí conoce a alguna persona que las frecuenta, y, como es lógico, no desea incidir en ese punto en el que puede encontrarse en inferioridad.

—Hábleme de las personas que forman la fundación para la que usted trabaja.

—Señor Miller, piense en las personas más ricas de Europa. —La joven hace una pausa de unos segundos para que el director del museo enumere en su cabeza—. Ahora, multiplique por diez el patrimonio de las personas en las que ha pensado. Petróleo, gas, metales preciosos..., los miembros de la fundación son accionistas mayoritarios de compañías de esos sectores.

Richard Miller entra en su ordenador y abre la carpeta en la que ha reunido la información que ha ido encontrando sobre la Fundación para el Patrimonio de Grecia desde que, días atrás, concertaron la visita con su secretaria. Tiene una lista con el nombre de algunos de los patronos, y varias noticias de diarios digitales de todo el mundo que aluden a la inversión realizada por la fundación en una campaña para que la parte de los frisos del Partenón de Atenas que están en el British Museum regrese a Grecia. El presidente de la fundación es un tipo con un nombre griego imposible de pronunciar para él, y ha ido descargando recortes de prensa sobre noticias relacionadas con el patrimonio clásico de Grecia, aderezadas con fotografías de ese hombre junto a jeques árabes, Vladímir Putin en el Kremlin, o Emmanuel Macron en el Elíseo. Y Miller ha de reconocer que a ese tipo no lo había visto en toda su vida ni había tenido jamás la más mínima referencia de él.

—Impresionante, señorita. —Miller, en su interior, se rinde al potencial de la organización a la que representa la joven que tiene delante, pero su instinto le dice que ha de seguir a la defensiva—. Todavía no sé qué puedo hacer yo por su fundación.

Zuleima Salazar advierte que Miller desconfía de la situación y que no está dispuesto a dar ni un solo paso en falso. No hay prisa, piensa: ese hombre todavía está tanteando el terreno. Así que ella también puede tomarse su tiempo.

—¿Ha oído hablar de la excavación que el doctor Livermore hizo en Pakistán hace un par de meses? —pregunta por fin.

—¿Quién no ha oído hablar de ello? —confirma Miller—. Lo que todavía no se sabe es qué pudo encontrar.

La joven se queda en silencio, y el director ve, a través del enorme cristal cuadrado de sus gafas, cómo levanta la ceja izquierda.

—Su expresión me da a entender que ustedes sí lo saben. —El director se recuesta en su sillón.

—Nosotros pusimos algunos medios para que Livermore pudiera sacar su hallazgo de Pakistán. —La señorita Zuleima Salazar dosifica la información—. Ahora está en un lugar seguro.

—¿Y qué es lo que encontró allí? Si se puede saber, claro. —Miller no puede evitar la impaciencia, pero no muestra un ápice de ella. Pregunta pausado, como si la respuesta no tuviera mayor importancia para él.

—El busto mejor conservado que se conoce de Alejandro Magno. —Otra pausa para que él digiera esas palabras—. Una pieza única, enterrada durante casi dos mil cuatrocientos años; tributo a su victoria en la batalla del Hidaspes.

—Claro… —asiente el director, como si lo que esa joven le está contando fuera algo de lo más común—, todo cuadra: Lahore, Alejandro, la batalla contra Poros…

—Y nomenclado. —La sorpresa final.

—¿Cómo que nomenclado? —Y esa sorpresa hace efecto en Miller.

—El busto se sostiene en una peana en la que aparece la inscripción «Alejandro el Grande».

—Pero eso es completamente inusual…

—Lo sé —afirma Salazar con calma.

—Si es cierto lo que está diciendo, sería una obra única hasta ahora en la Historia del Arte Clásico.

—Así es… —La joven comprueba que el director anda bien de nociones de historia—. Y queremos que esa pieza esté aquí, que sea usted quien la muestre al mundo.

Miller necesita un respiro: un busto de Alejandro Magno en perfecto estado de conservación. Y nomenclado. Sería la pieza más valiosa del museo, el reclamo perfecto para visitantes y donaciones. Su legado antes de jubilarse. Pero tiene que seguir con la actitud de jugador de póquer que ha adoptado desde que esa interesante joven ha entrado en su despacho.

—Si quieren que esa pieza esté aquí… —piensa en voz alta sobre la última frase que ha pronunciado su visitante—, para eso tendría que adquirirla. Yo necesitaría antes dar con la obra, saber el precio y tener la aprobación del Consejo; un proceso largo y complejo, señorita.

—Verá, señor Miller… —Zuleima Salazar se acerca a la mesa para hacerle una confidencia—. La fundación para la que trabajo no hace nada sin un motivo bien estudiado; he de confesarle que el deseo de que el busto de Alejandro Magno esté en Estados Unidos es para que sea la tarjeta de visita de unas importantes inversiones en su país por parte de este grupo de empresarios. Y, si va a estar en Estados Unidos, no hay mejor lugar que el Museo Americano de Artes Clásicas.

—¿Qué me está queriendo decir con eso?

—Que usted no tiene que dar con esa pieza —vuelve a pegar la espalda al respaldo—, solo tiene que hacer saber a sus intermediarios habituales que puede estar interesado en ella.

—No entiendo la necesidad de un intermediario.

—Perdóneme, no quisiera entrometerme en su trabajo... —Baja la vista, con cierto pudor—. La procedencia de esta pieza podría ser problemática. Pero si usted se la compra a un intermediario, de una forma legal, esa procedencia no será su problema. O, al menos, su museo estaría cubierto ante posibles reclamaciones. Serán sus intermediarios habituales quienes busquen la pieza, negocien por ella y se la ofrezcan a usted.

El razonamiento de esa joven deja pensativo a Miller. Es cierto; si en algún momento el gobierno de Pakistán reclamara la pieza, él no tendría responsabilidades sobre cómo ha llegado hasta allí. Su experiencia le dice que siempre hay que tener coartada.

—¿Y su fundación estima qué precio alcanzaría la pieza?

—Entre lo que pida Livermore, la comisión del intermediario y todos los gastos logísticos... —enumera ella—, unos sesenta millones de dólares.

Miller calla. El precio es astronómico, pero razonable si se trata del busto que la joven le ha descrito. Tendría que verlo, y necesitaría el estudio de materiales que certificara que la pieza es auténtica. Pero sabe que va a encontrar una dificultad principal.

—El consejo rector del museo nunca aprobará esa compra —insiste—. La reputación del museo está en juego. Y, con ese precio del que usted habla, su viabilidad económica también.

—Soy consciente de ello —dice la joven Salazar con aplomo—, es un precio muy elevado. Por eso, la Fundación para el Patrimonio de Grecia tiene la intención de realizar donaciones a su museo en los próximos cinco años por el mismo valor de la pieza.

—¿Van a donar sesenta millones de dólares al museo? —Miller, saltándose sus reglas de protocolo y diplomacia, pregunta de forma casi irónica.

—Como ha oído. —La joven se mantiene firme—. Para los patronos de la fundación esta es una operación vital. Su museo es la puerta de entrada para hacer negocios en su país: casinos, rascacielos, equipos deportivos…

—Señorita… —Miller la mira con el ceño fruncido—, comprenderá que es difícil de creer todo lo que me está contando. Y yo no me voy a jugar la reputación del museo ni la mía propia por muy importantes que sean las personas para las que usted trabaja.

—Señor Miller, le comprendo a la perfección y no dudaba de que esta fuera su postura. —Ella le habla con respeto—. ¿Me permite demostrarle el interés que tenemos en esta operación?

—Me encantaría. —El gesto con la mano de Miller es una invitación a hacerlo.

—En la sala de espera está mi asistente, ¿puede pedir a su secretaria que la haga pasar?

Miller descuelga el teléfono y sigue las instrucciones que Zuleima Salazar le ha dado. A los pocos segundos se abre la puerta y su secretaria deja entrar a otra mujer; un poco mayor que la que tiene sentada frente a él, con el cabello rizado que le llega a unos hombros femeninamente musculados y también vestida de traje. La recién llegada lleva una caja de madera en sus manos y una tableta electrónica sobre ella. Le cede la caja a Zuleima Salazar y se queda con la tableta.

—Lo primero… —Salazar se levanta y deja la caja delante de Miller—. Esto es un regalo.

El director la observa; no es muy voluminosa, unos cuarenta centímetros por cada lado. Levanta la tapa, que está sujeta con bisagras, y alarga un poco el cuello para mirar el interior. Se queda unos segundos con la vista clavada, y levanta los ojos para mirar a su visitante con un gesto de sorpresa.

Ella solo sonríe. Miller introduce sus manos y saca una escultura en bronce de un estilizado caballo. Estrecho en el vientre y con una de sus finas patas levantadas.

—Dios santo... —Es lo único que él alcanza a pronunciar.

—Siglo...

—Siglo III antes de Cristo. —Miller se adelanta a la respuesta—. Periodo Helenístico, perfectamente conservada y restaurada.

El rostro de él no da crédito a lo que tiene en sus manos. Ni a que sea un regalo de esa joven y su fundación.

—Y ahora, ¿tiene usted acceso desde su ordenador a la cuenta bancaria para donaciones de su museo? —pregunta Salazar.

Este asiente y observa cómo la joven se gira para mirar a su asistente y le hace un gesto con la cabeza. La asistente, más baja que Salazar pero más fornida, comienza a pulsar sobre la pantalla táctil de su tableta. Tras unos segundos, levanta la vista de esta y es ella ahora la que asiente a Salazar.

Zuleima Salazar vuelve la mirada de nuevo hacia Miller mientras su asistente abandona el despacho y les deja a solas. El director del AMCA tiene los ojos fijos en la pantalla y clica con el ratón cada pocos segundos. Hasta que se detiene, y el sonido de su rápida y única respiración es audible para la joven que está frente a él.

—Ya ha llegado, ¿verdad? —sonríe ella.

—Acaba usted de hacer una donación de cinco millones de dólares al museo... —Miller, casi en susurros, hace ver lo impresionado que está por la demostración. Y ya le queda claro que esa dichosa fundación va muy en serio.

—Por favor, señor Miller, hable con su consejo y haga un llamamiento a los intermediarios de arte más importantes de Europa. Los que le inspiren más confianza, los que sean capaces de llevar con discreción un asunto como este. —La joven se levanta—. Nosotros nos encargamos de cubrirle las espaldas y de que esta operación llegue a buen puerto.

Y le ofrece la mano, que Richard Miller estrecha todavía sorprendido. Este le acompaña hasta la puerta con una sonrisa; quizás esa joven haya caído del cielo. Ha recibido como regalo un notorio caballo de bronce, acaba de ingresar cinco millones de dólares en la cuenta del museo, puede conseguir una pieza que va a hacer que se le recuerde como el mejor director de la historia del centro y, además, le va a salir gratis por las donaciones de esa fundación. No descarta que, cuando se jubile, le pongan una estatua en el jardín exterior. Eso sí, sabe que va a tener que saltarse un par de protocolos. Pero el fin justifica los medios.

***

—Creo que ha ido bastante bien —le cuenta Natalia a Enzo mientras, tras descender Vera y ella la escalinata de acceso al museo, llegan al coche donde él, como chófer, les está esperando.

—¿Ha entrado al trapo?

—Le ha costado —confiesa—, pero el caballo de la subasta de Toulouse ha allanado el camino.

—¿Y con la donación?

—Luca se acaba de gastar cinco millones en una corazonada. —A ella parece que le duela por él—. Consultará al consejo.

—No entiendo cómo Luca no ha utilizado a Gael para realizar una transferencia falsa y ha preferido gastarse esos cinco kilos.

—Enzo… —la sonrisa de ella refleja algo parecido a cierta ternura—, sigues pensando como un delincuente.

—¿No es lo que somos?

—Para Luca somos artistas del engaño, y actuamos como tales. La verosimilitud lo es todo. —Natalia, en este caso, piensa que el cerebro del grupo ha tomado la mejor decisión posible—. Todo recae en que Miller haya mordido el anzuelo.

—Natalia... —la sonrisa de él refleja confianza mientras le abre la puerta—, que yo no esté de acuerdo en esto con él no quiere decir que mi hermano no haya estudiado bien a Miller. Quiere su medalla y se la acabamos de poner en bandeja.

—No lo había estudiado tan bien, Enzo: Miller hablaba español. He tenido que improvisar. —Sube al coche por la puerta trasera derecha y Vera por la del otro lado—. El cerebrito dejó un cabo suelto.

—Por mucho que me joda, sé cómo es Luca; te ha puesto a prueba. Y la has pasado con nota. —Girándose hacia atrás desde el asiento del conductor, le guiña un ojo—. Oficialmente, nos hemos gastado catorce millones de euros. Apenas nos quedan unos pocos billetes de quinientos.

—Ese era el plan. —Ahora es ella quien sonríe, como si todavía no se acabara de creer todo lo que están haciendo.

—Sí, el plan va según lo extrañamente previsto —dice él con ironía.

—¿Cómo irá Luca con el Maestro Español?

—Me ha mandado un mensaje hace un rato. —Enzo arranca y se incorpora al tráfico de la avenida Michigan—. Dice que apenas tiene cobertura, en la casa hace frío, el falsificador no puede andar, y que su guardaespaldas le mira como si quisiera partirle por la mitad.

—¿Entonces?

—No sé más. —Enzo se pone las gafas de sol, como si fuera una señal de que ya ha dado toda la información que tiene—. Confiemos en que en unos días tengamos un increíble busto de Alejandro Magno —su voz es firme, confiada— y que podamos gastar el poco dinero que queda en el informe de autenticidad de The Winton Institute. —Aunque su rostro no tanto.

Richard Miller mira a través del cristal de su ventana. Las dos señoritas que acaban de abandonar su despacho han descendido las escalinatas, y el chófer ha abierto la puerta trasera para que Zuleima Salazar suba al Cadillac. Ha de reconocer que esa gente tiene estilo, y que se cumple una máxima que su predecesor en el cargo le enseñó: millonarios hay muchos, pero los que son millonarios de verdad son anónimos a ojos del mundo.

29. Chicago, noviembre de 2022

—¿Alguna vez has recibido un disparo? —pregunta Enzo mientras se echa el cabello hacia atrás.

—Varias —Vera Castillo se mete en la boca la aceituna de su Martini—, pero lamento decirte que un rasguño no se considera un disparo de verdad.

—Vaya... —Hace tintinear los hielos de su vodka—. ¿Ni siquiera voy a poder presumir de esto? —Y se señala el brazo derecho.

—Ya te dije que Urriaga habría acabado contigo si hubiese querido. —Ella sabe que eso es tan seguro como que al día siguiente saldrá el sol—. Por eso estoy en Chicago con vosotros; no podíamos arriesgarnos a que, a saber de qué manera, supiera que habéis viajado hasta aquí y viniera a terminar lo que empezó.

Las habitaciones en el Four Seasons son parte de la tapadera de su viaje a Chicago. Si a alguien le da por investigar, la joven que ha ordenado la donación de cinco millones de dólares al AMCA no puede estar alojada en cualquier sitio.

El barman latino del *lobby bar*, impecable con su chaleco, su camisa blanca y su pajarita, hace recuento de existencias a pocos minutos del cierre. La noche ha caído sobre Chicago y las gotas de lluvia golpean en la gran cristalera desde la que se divisan las luces de la avenida en la que se ubica el hotel. Por el hilo musical suena *Downtown*, de Petula Clark.

Natalia ha subido a su habitación después de cenar. El *jet lag* y la tensión de la reunión con Miller le han pedido cama. Pero Enzo y Vera, sentados en los taburetes de piel de la barra, han conseguido ser los últimos clientes que quedan en el bar.

—¿Quién eres tú, Vera Castillo?

—No soy nadie.

—Pues, para no ser nadie, te vi muy suelta la noche de Praga.

Vera da un trago a su copa y saborea el licor mientras observa cómo el camarero limpia su zona de trabajo. Solo está ganando tiempo para decidir hasta dónde le cuenta.

—Trabajé en el CNI, ellos me persiguieron durante un tiempo y ahora nos encontramos en un tenso alto el fuego. —Luca conoce su historia, por lo que es absurdo escondérsela a Enzo—. Aun así, hay servicios secretos de varios países que me quieren bajo tierra.

—Un precioso currículum. —Enzo levanta el vaso brindando por ella—. ¿Por qué te perseguían?

—Información. —Ella no se siente cómoda hablando de todo eso, pero, hasta el momento, las preguntas no han traspasado ninguna línea roja—. Cuando tienes el trabajo que yo tenía, los ases en la manga son necesarios.

—¿Y a qué se debe la tregua?

—A que, si me detienen o acaban conmigo, toda esa información llegará a los diarios más grandes de Europa.

—Así que guardas algún secreto… —afirma él con ironía—. ¿Tan gordos son?

—Bueno, según se mire… —Ahora es ella quien levanta su copa—. El presidente del Gobierno acabaría en una celda. —Y bebe.

—Parece que mi hermano sabía a quién contrataba. —Enzo apura su vodka de un largo trago. Cierra los ojos y exhala sonoramente como si así pudiera sentir el alcohol corriendo por su torrente sanguíneo.

Vera observa al hermano pequeño. Aunque ha menospreciado el disparo que recibió, lo cierto es que el chico aguantó el tipo. Ha visto a hombres bien entrenados llorando como niños por menos. No por el dolor, sino por el miedo; por saberse vulnerables. Enzo supo controlar su adrenalina aquella noche de Praga, y eso merece su respeto.

—Tu hermano es el tipo más inteligente que he conocido jamás.

—Lo sé.

—No tengo ni idea de qué pasa entre vosotros —ella le hace ver que es evidente—, pero espero que lo solucionéis.

—Eso depende de él. Tiene muchas explicaciones que darme.

—¿Qué necesitas saber?

—Por qué se portó así con mi padre, por qué hizo sufrir tanto a mi madre, por qué estamos haciendo esto…

Ella acaba su Martini siendo testigo del rencor que esconde Enzo. La familia es fuente de dolor, lo sabe bien. En el negocio en el que se están moviendo es preferible no tener cerca a esa familia; si alguien quiere dañarte, puede hacerlo a través de ella. Y Luca ha metido a su hermano y a su tía, sabiendo que arriesga sus vidas, pero, a su vez, lanzándoles el mensaje de que confía en ellos y que desea que ellos confíen en él.

—Hace un par de años, en un asunto complicado con unas antiguas monedas de oro, casi logro que maten a mi tía y a mi prima. —Vera destapa un recuerdo, sabiendo que es imposible que algo así se borre de la memoria de alguien—. Luca está arriesgando mucho. Y, aunque no lo creas, en parte lo está haciendo por ti.

—¿Por mí?

—Reconoce que, si esto sale bien, tu vida va a ser mejor de lo que es ahora.

—Fue él quien vino a buscarme —contesta Enzo sin aceptar, aun sabiéndolo, que ella tiene razón.

—Si tu hermano es el tipo que creo que es, te dará las explicaciones que mereces en su debido momento.

—¿Sabes? Me cansa que todo el mundo le idolatréis —confiesa con un reproche hacia ella, del que se arrepiente de inmediato.

—Tienes tus motivos para estar resentido con él, Enzo —Vera no quiere quitarle la razón—, pero lo que está haciendo tu hermano está al alcance de muy pocas personas en el mundo.

—Ya será menos, Vera.

—Mira, yo he trabajado con gente muy inteligente —apoya un brazo en la barra y se acerca a Enzo—, gente que es capaz de derrocar gobiernos, de manipular unas elecciones o de jugar con la opinión pública sin que les tiemble el pulso. Pero es gente que ha dedicado toda su vida a conocer un sistema para poder dominarlo. —Susurra esa confidencia—. Tu hermano está manejando decenas de variables de un mundo al que acaba de llegar. Si el CNI supiera de lo que es capaz, estaría ya fichado.

—Para mí es solo mi hermano.

—Está bien que así sea. —Sonríe—. Confía en que todo va a tener sentido.

—Y quiero que me cuente por qué hacemos esto —insiste.

—Porque quieres perdonarle. —Vera pone una mano sobre la de él—. Le quieres; eres un buen tipo, Enzo Santamarta.

—Ya... —Enzo sabe que ella ha dado en el clavo, pero no quiere seguir por ahí.

—Por cierto... —la sonrisa de Vera indica que cambia de tema—, tu hermano está hasta las trancas de la de las gafas raras.

—Lo sé desde el día que fuimos a reclutarla. Yo le echo un poco de ficha a Natalia solo por tocarle los huevos —Enzo guiña un ojo—, pero él siempre dice que no empieza nada que tarde o temprano vaya a doler.

—Menuda gilipollez; la vida duele.

—Joder que si duele...

—Y esos dos se necesitan para encontrar paz. —Vera Castillo dicta su sentencia.

Enzo levanta las cejas, como si ese tema no le importara en este momento. Mira la mano que ella ha posado sobre la suya, y vuelve la vista hacia sus ojos, que también están clavados en él. Se echa el cabello hacia atrás y asiente varias veces como si un pensamiento se hubiera abierto camino en su cabeza.

—Por favor —llama al camarero—, ¿puede cargar las bebidas a mi cuenta?

—Por supuesto, señor.

—Y... —señala a la cámara frigorífica acristalada— quiero una botella de Bollinger.

El camarero abre el armario refrigerado, toma la botella de champán y la deja sobre la barra.

—¿Vas a continuar en tu habitación? —pregunta Vera.

—Preferiría continuar en la tuya.

Silencio.

La mano de ella sigue sobre la de él, y el contacto visual no se ha cortado.

—Sabes que esto no va a ningún sitio, ¿verdad? —El gesto de ella lleva implícita una advertencia.

—Claro que lo sé —contesta él, habituado a jugar partidos como ese.

A lo que Vera asiente varias veces, conforme con su respuesta. Y Enzo vuelve a dirigirse al camarero.

—Dos copas, por favor.

***

El sexo con amor es una cosa. El sexo ocasional con alguien conocido, otra. Pero el sexo con desconocidos es una completa bomba de relojería. La urgencia, el lugar o el año de nacimiento que figura en el DNI son variables que influyen en cómo va a desarrollarse ese encuentro y que escapan al control de los amantes: puede derivar en química, en chispazo o, lo más común, en desastre. Pero la variable de las circunstancias que han unido a esos seres también es vital. Y en la habitación 802 del hotel Four Seasons de Chicago se han unido dos personas heridas, para las que el contacto con otra piel se convierte en una necesidad instintiva y primaria: Enzo Santamarta, arrastrando esa historia familiar que le tiene marcado desde los once años, y la exagente del CNI, quien se ha acostumbrado a vivir sabiendo que, cualquier día, el destino se chocará con ella de frente y se la llevará por delante. Y esas circunstancias, mezcladas y agitadas en su justa medida, dan como resultado que dos leones enjaulados y hambrientos batallen entre ellos para ver quién es más dominante, quién tiene más remordimientos y quién siente más temores.

Porque ambos, sabiendo que pisan firme por la vida sin saber si al siguiente paso hay enterrada una mina antipersonas, han aprendido a vivir por encima del miedo; pero eso no significa que no lo tengan. Y una ocasión como esa sirve para liberar a la bestia que llevan dentro, obviando preludios, interludios y tabúes. Y así los pequeños mordiscos en una clavícula, las uñas clavadas en una espalda y la mutua utilización del cabello del otro como riendas con las que cabalgar son el símbolo de que ambos guardaban urgencias, remordimientos y temores. Símbolo de que necesitan sacarlos de su cuerpo, aunque solo sea por una noche.

Porque Enzo y Vera saben, sin decírselo, que no resulta sencillo encontrar la adecuada pareja de baile cuando se vive al filo. Porque solo un caminante sobre el alambre se entiende con otro, se reconoce en otro de su misma especie; hasta que llega el momento en que solo acepta la compañía de otros funambulistas de la vida. Y cuando dos seres de esa raza se encuentran, saben exprimirse sin palabras, saben que presentar batalla es la única manera de presentar respetos. Y saben que es una incógnita cuándo va a volver a ser la próxima vez.

Con esa forma de pensar y de vivir, Vera monta sobre Enzo, descargando el peso de su cuerpo sobre los brazos extendidos de él para poder inmovilizarlo y ganar esa escaramuza. Y él la ataca por la espalda, envolviéndola con sus brazos con toda la fuerza que es capaz de reunir para intentar que ella saque bandera blanca. Ambos luchan en los cuatro metros cuadrados del colchón en una pelea para ver quién ocupa el centro del ring, en un baile de brazos para ver quién es capaz de tapar con su mano la boca del otro y apagar gemidos y jadeos, y en una encarnizada ofensiva con sus piernas para ver quién doblega a quién. El Bollinger bebido directamente de la botella, o lamido en el ombligo de ella, el respingo al sentir un incisivo que punza la piel, o la presión en la cabeza cuando uno de los dos no desea que el otro deje de explorar con su boca.

Y en esa lucha ambos se liberan, ambos sienten que, por unas horas, se quitan corazas y escudos para entregarse a alguien que entiende la intimidad como ellos mismos lo hacen.

Como un privilegio que ocurre pocas veces y para el que hay que vivir preparado cuando se presenta.

Vera Castillo y Enzo Santamarta batallan para ver quién es el primero que se rinde, el primero que sucumbe al clímax; y ninguno de los dos quiere perder. Por lo que las horas de la noche transcurren entre la decisión de querer dominar o dejar ser dominado. Entre momentos de sacar todas las armas y otros en los que bajar la guardia para permitir que el otro reine. Hasta que, exhaustos, los dos se rinden a su instinto y a los deseos de sus cuerpos para dejarse llevar por esos instantes de pequeña muerte, donde nada más importa y solo hay que centrarse en la invasión que produce el placer, que, como no podía ser de otra forma, es el que finalmente ha ganado la guerra.

Y las primeras luces del alba les encuentran tan vacíos de fuerzas que Enzo ni siquiera vuelve a su habitación.

30. Provincia de Teruel, diciembre de 2022

Es curioso cómo la vida encuentra caminos para proporcionarnos pausas que no sabíamos que necesitábamos. Es lo que piensa Luca tras una semana en esa casa perdida en mitad del bosque. Ha estado rodeado de un silencio que solo han roto algunas conversaciones y los sonidos de la naturaleza, ha comido mejor que en meses y ha experimentado una convivencia austera con dos hombres que viven apartados del mundo.

Luca Santamarta ha tenido tiempo para estar a solas, para pensar en lo que está haciendo, en la gente que ha comprometido y en los motivos que le hicieron poner en marcha su descabellado y complejo plan. Esa toma de distancia ha hecho que, en algunos momentos, esos motivos se difuminen, se conviertan en un humo que se dispersa en el aire. Y, en otros momentos, ha podido llorar a solas recordando todo lo vivido y reafirmarse en que tiene que terminar lo empezado. Una introspección que le ha hecho navegar de un extremo a otro de sus emociones, saliendo a flote en ocasiones y hundiéndose sin remisión en otras.

Ha caminado por la montaña, sintiendo cómo el frío del final del otoño le cortaba la cara, cómo era consciente de su respiración jadeante al subir un risco y cómo la piel reseca de sus nudillos se despellejaba en un par de ocasiones en las que su bota resbaló en las húmedas rocas.

Ha trabajado más duro de lo que había imaginado, pero también ha sido consciente de que ese trabajo tan delicado le hacía focalizarse y aislar sus pensamientos, dejando atrás fantasmas y sombras lúgubres mientras estaba ocupado.

Y le ha dado una vuelta de tuerca al concepto de paciencia.

Darle a cada parte del proceso el tiempo que requiere, superar la necesidad de estar haciendo siempre algo que él considere productivo, saber que para poder dar el siguiente paso son necesarios varios días y, literalmente, no tener nada que hacer. Un proceso artesanal no es rápido, va a una velocidad menor de la que él está acostumbrado, y Luca, en esa semana, ha tenido que dominar el incesante ritmo al que trabaja su cerebro, y, para ello, ha aprendido a calmarlo. No le ha sido fácil, porque los pensamientos, más allá de aquello que le ha llevado a ese perdido rincón, se le han ido amontonando como cascotes que caen de un edificio derribado: qué estaría ocurriendo entre Natalia y Enzo en Chicago, si su hermano podría llegar a traicionarle por esa deuda emocional que le abruma, si Pietra pudiera irse al otro barrio sin estar él presente…

Pero, cuando fue capaz de calmar su mente, su camino se despejó, sus motivaciones emergieron de ese remolino en el que se estaban ahogando y supo de nuevo que estaba en la senda en la que había elegido estar. La ausencia de ruido en su cabeza le ayudó a pensar en Natalia y en qué deseaba con ella, en Enzo y en el arrepentimiento que sentía por cómo se había portado con él, o en Pietra y en su cara a cara con la muerte.

El primer día que se levantó en ese lugar, después de que el Maestro Español decidiera que iba a ayudarle, tomó unos huevos revueltos, ya fríos, que Virgilio debía de haber cocinado al alba. Cuando salió de la casa, el protector del viejo estaba cortando leña con el hacha. Y, deteniéndose para observar a Luca, señaló con ella el cobertizo que la noche anterior no había visto por culpa de la oscuridad. Sin mediar ni una sola palabra.

Aunque no eran ni las ocho, el Maestro parecía que llevaba horas trabajando. Sentado en su silla de ruedas, arremangado, se inclinaba sobre una mesa que tenía una altura adaptada para él. Luca no pudo evitar maravillarse por lo que vio: el anciano daba forma en escayola, con las manos y los antebrazos manchados de esa pasta blanca, a un busto que iba creando con espátulas, punzones y paletas metálicas. El fino rostro, los bucles del cabello, el escorzo de la cabeza y el rostro inexpresivo. Los suaves pómulos, la nariz proporcionada, la pequeña boca de labios perfilados y unos ojos que parecían mirar al infinito. El estilizado cuello, en el que se marcaba la protuberancia de la nuez, emergía de sus hombros desnudos, y el comienzo de sus brazos y de su pecho era la base sobre la que se sustentaba todo el conjunto. El acabado todavía era tosco, pero ya se vislumbraba qué iba a nacer de esas manos y de ese polvo de yeso con agua.

Con varios libros abiertos sobre la mesa, que contenían fotografías de piezas en bronce, el Maestro Español daba forma a la escayola, puliendo detalles que, poco a poco, iban conformando la figura. Luca, que había estudiado a conciencia el proceso de los antiguos orfebres del bronce, sabía que aquello solo era el inicio del camino. Se sentó a distancia, sin abrir la boca, y miró a su alrededor. El cobertizo de madera era un taller de trabajo con todo lo necesario para esa labor artesanal: el horno refractario de ladrillo, las poleas con cadenas que colgaban del techo, un juego de crisoles —recipientes en forma de vaso de gran tamaño— de carburo de silicio para fundir metales y las pinzas y tenazas para poder manejarlos cuando estuvieran a plena incandescencia. El frío se atenuaba un poco por el fuego que ardía en el horno, pero la fina madera de las paredes del cobertizo no impedía que el ambiente fuera gélido. El viejo no había levantado los ojos de su trabajo, y parecía que ni siquiera había reparado en que él estaba allí.

Pasadas un par de horas, en las que había ido añadiendo yeso y agua para seguir moldeando, el Maestro remató el conjunto con una peana de unos cinco centímetros, y dejó la figura en pie.

—Llévame hasta el fregadero. —Y, señalando a su izquierda, abrió por primera vez la boca.

Luca le llevó hasta él, giró el grifo dejando que saliera el agua y vertió jabón en sus manos. Una vez que la piel de las manos y los brazos del Maestro Español recuperaron su color, Luca le alcanzó una toalla.

—Vamos a la casa —ordenó.

Empujando la silla, pasaron de nuevo junto a Virgilio, que amontonaba la leña que había cortado. Este volvió a medir a Luca con la mirada, vigilando que manejara con cuidado la silla de su patrón.

El fuego estaba encendido en el hogar, y el Maestro se colocó junto a su sillón orejero. Con un gesto de sus manos, pidió a Luca que le ayudara a cambiar de asiento, y, una vez en él, se cubrió las piernas con su manta. Luca añadió un par de troncos, que las llamas comenzaron a lamer.

—Ahora te vas con Virgilio a por tu coche; no quiero que a nadie le extrañe que lleve mucho tiempo ahí y que la Guardia Civil reciba algún aviso.

Luca asintió.

—Y te vas a comprar arcilla, treinta kilos.

—¿Dónde voy a…?

—Trae también veinte kilos de cera de abeja —le cortó el viejo—. Compra el material en lugares distintos; no dejes un rastro demasiado grande. Cuando vuelvas, sigue cortando leña, porque vamos a necesitar mucha.

—Entendido… —dijo tras darse cuenta de que tenía que buscarse la vida sin dar problemas al viejo.

—Mañana te levantas a las cinco, le das una capa de vaselina a la figura —señaló al cobertizo— y comienzas a hacer el molde de arcilla. Tienes que crear dos mitades…

—Sé cómo hacerlo. —Esa vez fue Luca quien le cortó.

—Pues, entonces, no me molestes hasta la noche. —Y el Maestro cerró los ojos para dormitar al calor del fuego.

Cuando Luca salió de la casa, Virgilio ya estaba esperándole subido al todoterreno; el viejo y su protector se comunicaban más de lo que parecía.

A la mañana siguiente, Luca comenzó a recubrir la figura de yeso con arcilla para fabricar el molde. Exploró en su memoria para que emergiera el recuerdo del proceso de dividir ese cubo de arcilla en dos partes iguales, dejando un agujero de unos cinco centímetros de diámetro en la parte de abajo. La arcilla todavía iba a tardar tres días en fraguar, y ahí comenzó la penitencia de Luca: todo ese tiempo libre en el que no podía avanzar y en el que su cerebro comenzó a navegar por aguas turbulentas.

Las caminatas, los senderos, las subidas a las colinas cercanas, los pensamientos. La culpa, la ira, el miedo. Su padre, su madre. Natalia, Enzo, Pietra, Gael, Vera. El Museo Americano de Artes Clásicas, los catorce millones de euros gastados, la búsqueda del intermediario. El busto de bronce y su estudio para verificar que es auténtico. Esos tres días que había que darle a la arcilla fueron la terapia que Luca necesitaba; la caída en las fauces del pánico y el posterior resurgir de sus cenizas.

Separaron las dos mitades del cubo de arcilla cuando este fraguó tras esos tres días necesarios. La vaselina que Luca había aplicado ayudó a dicha separación y las dos caras del molde quedaron ante los ojos de ambos. El Maestro limpió el interior y pidió a Luca que pusiera la cera de abeja en uno de los crisoles y que lo introdujera en el horno para fundirla. Una vez fundida, el Maestro pintó la cara interior de esos moldes con la cera y volvió a unir las dos partes, sellándolas con garras de hierro. A continuación, Luca vertió la cera líquida por el agujero que había dejado en la arcilla, dejó que actuara durante unos segundos y la vació de nuevo por el mismo orificio.

Cuando retiraron las garras de hierro y volvieron a separar las dos mitades, apareció Alejandro Magno fabricado en esa amarillenta cera que proveían las abejas. Una figura hueca por dentro y hecha de un material sobre el que se podía trabajar con mayor comodidad que con la escayola.

El Maestro señaló la silla a Luca; era su forma de decirle que le tocaba esperar, pero que no se fuera de allí. En la figura de cera, el anciano comenzó a definir mucho mejor los detalles con la ayuda de su colección de espátulas. Los párpados, las cejas, los surcos del cabello, la definición de los labios, el contorno de los hombros o el perfil del mentón. Con paciencia infinita, teniendo que detenerse cuando las manos empezaban a temblarle, repasó todas las imperfecciones del modelo de cera. Eliminó la rebaba creada por la junta de las dos piezas del molde, añadió parches donde habían quedado imperfecciones y alisó la cera hasta que esta brilló. Luca sabía que estaba viendo trabajar al último artesano, al hombre de cuyas manos habían nacido piezas de bronce que se exponían en algunos de los museos más importantes del mundo. Se sintió un privilegiado;

aquel anciano, a lo largo de los años, se había aprovechado de la codicia de aquellos que todo lo ambicionaban, de aquellos que creían con firmeza que su dinero podía comprarlo todo. Y él les daba lo que querían. A cambio de mucho dinero. A cambio de ser el falsificador más buscado del mundo y tener que vivir escondido y aislado del mundo. A cambio de que ni siquiera su hija quisiera saber nada de él. A cambio de tener que acoger a un desheredado para que le cuidara y le protegiera en los últimos años de su vida.

En la peana que hacía de base de la pieza grabó una inscripción: «Ἀλέξανδρος ὁ Μέγας». Alejandro el Grande. La primera de las peticiones que Luca le solicitó la noche en que se conocieron.

Añadió cera derretida en unos moldes para convertirla en alargados y finos cilindros que harían de bebederos para la canalización del bronce fundido. Derritiendo los extremos de esos cilindros con una espátula caliente, creó la estructura que tendría que canalizar el metal líquido.

—Llena esa cubeta de madera con la porcelana líquida —le indicó.

—Ha hecho la primera cosa que le pedí. —Luca, refiriéndose a nomenclar la pieza, no hizo caso a la orden del viejo—. Falta la segunda.

—Eso lo haré cuando el busto esté terminado.

—No —se mantuvo firme—. Si lo hace después, sería fácil detectar que ha sido añadido *a posteriori*. Y quiero que se sepa que ha sido fabricado así a propósito.

—No pasará el proceso de autenticación.

—Lo sé. —Luca sonrió para restar tensión—. Ese será mi problema.

El asentimiento del Maestro significaba un *como tú digas*, e hizo la segunda cosa que el joven le había pedido la noche en que llegó a su casa. Mientras el anciano añadía la petición de Luca al busto de cera, este se levantó y vertió cerca de cuarenta litros de porcelana líquida en la cubeta. El Maestro puso varios clavos en la cabeza de la pieza de cera y en otros puntos de esta para que no se moviera en la cubeta. Cuando la terminó, Luca la tomó entre sus manos y la sumergió boca abajo dentro del blanquecino líquido. Sintió que los clavos se apoyaban en el fondo del recipiente de madera y la figura quedó inmóvil, quedando a la vista solo el inicio de los bebederos de cera que el Maestro había añadido. El resultado de toda esa operación era que la figura naciera dentro de la porcelana, un material muy resistente al calor, pero muy frágil a los golpes con los que se liberaría después el busto de bronce.

—Hay que dejarlo fraguar hasta mañana. —Lo que significaba que esa fase del trabajo ya había concluido—. Llévame dentro. Y corta leña.

***

El manotazo en el pie despertó a Luca. En una completa oscuridad, rota solo por el haz de luz de una linterna, pudo distinguir el rostro de Virgilio. Tomó el teléfono móvil y miró la hora: las cuatro de la madrugada.

—Vamos —le gruñó—, hay que encender el horno.

El frío le golpeó el rostro cuando salieron de la casa, camino del cobertizo, guiados por el reflejo de la luna. Virgilio abrió la portezuela del horno y limpió el interior con una manguera de aire comprimido. Comprobó que la salida de humos estaba despejada y comenzó a amontonar bolas de papel de periódico y pequeñas ramas secas.

—No puede faltar leña aquí. —Señaló al suelo sin mirarle—. Así que ve trayendo.

Y, en las siguientes horas, Luca descubrió el porqué de la obsesión del viejo con que cortara en pequeños trozos todo tronco y rama que encontrara. El horno tenía que llegar a la temperatura de fundición del bronce y, para eso, hacía falta quemar mucha madera. Trajo la primera remesa y echó varios troncos para que comenzaran a arder. Virgilio sacó de un cajón un instrumento similar a un lector de códigos de barras con una pantalla digital. Lo colocó de pie junto al horno y pulsó el botón de encendido. En la pantalla apareció un número: cuarenta y cuatro.

—Tiene que llegar a mil. —Luca supo que se refería a la temperatura de fundición del bronce—. Iré a por el viejo cuando alcance los ochocientos. —Y se sentó, dejando todo el trabajo para él.

Una hora después, el horno había alcanzado los cuatrocientos grados y ya se hacía imposible abrir la puerta sin protección en las manos y en el rostro. Cada vez que Luca quería remover las brasas o echar más troncos, tenía que ponerse unos guantes ignífugos y una máscara de protección. Su rostro se fue tiznando a medida que pasaban las horas y el sudor empapaba su cabello pese al frío que hacía en el exterior.

Cuando se alcanzaron los seiscientos grados, Virgilio, protegido contra el calor y ayudado de unas tenazas, introdujo ocho crisoles de carburo de silicio para que comenzaran a coger temperatura.

El pitido despertó a Virgilio. Le había fijado una alarma al pirómetro y se había quedado dormido en la silla mientras Luca seguía con la leña. Ya había amanecido, y la luz entraba por la ventana empañada del cobertizo.

—Saca los crisoles y mete las monedas en ellos —dijo el Maestro mientras Virgilio salvaba con la silla el pequeño escalón de la entrada.

Luca, armado con las tenazas y tratando de soportar un calor inhumano, abrió la puerta del horno y sacó uno de los recipientes, que dejó en el suelo. Puso en él todas las monedas que pudo, unas treinta, y con las tenazas lo volvió a dejar al fondo del horno y sacó otro de los crisoles. Así hasta llenar los ocho con las doscientas cincuenta monedas acuñadas con Pegaso que habían conseguido en la subasta de Praga.

—Ahí va un patrimonio de la humanidad —se lamentó el viejo mientras comprobaba que la cerámica líquida ya hubiera fraguado—. Es el precio que hay que pagar por buscar la eternidad.

El Maestro ordenó que colocaran junto al horno, boca abajo, la cubeta que contenía la cerámica fraguada. El efecto del calor hizo que la figura de cera que contenía en su interior se fuera derritiendo, y esta provocó un pequeño charco en el suelo. Ya tenían un molde vacío con la forma del busto que había creado el anciano, y ahí es donde verterían el bronce fundido.

Una nueva alarma sonó cuando el horno alcanzó los mil grados; el bronce comenzaba a fundirse. Pasados unos minutos, el Maestro le hizo una señal a Virgilio y este sacó uno de los crisoles. Estaba incandescente, y el contenido refulgía de un espeso líquido abrasador con un color que variaba del amarillo al naranja. El borboteo del bronce fundido era hipnótico para Luca, que observó cómo Virgilio sacaba el resto de crisoles y los iba colocando junto a la cubeta de madera que contenía la cerámica endurecida. El rudo hombre de la barba le dio otras tenazas a Luca y cada uno de ellos atrapó un crisol con el incandescente fluido.

—Despacio. —El Maestro observaba la operación a varios metros.

Virgilio vertió el contenido sobre el orificio que había quedado tras derretirse la cera que sobresalía de la cubeta. Luca le imitó y, entre ambos, vaciaron los ocho crisoles. Ese bronce de dos mil cuatrocientos años de antigüedad se abría paso por el interior de la cubeta, y ya estaba corriendo por el lugar que había sido ocupado por la cera. Cuando acabaron de verterlo todo, parte del bronce líquido, todavía en llamas, emergía por encima del molde de cerámica, señal de que habían rellenado todo el espacio libre que albergaba el interior.

—Dejadlo enfriar —ordenó—. Virgilio, llévame a la casa, necesito descansar.

Tres horas después, el viejo volvió a primera línea y, a su señal, Virgilio desatornilló los laterales de la cubeta de madera, quedando a la vista un perfecto cubo cerámico que encerraba la pieza de bronce. Para liberarla, el protector del viejo tomó un martillo y de un golpe seco hizo añicos el recubrimiento porcelánico.

Y, ante ellos, apareció Alejandro: el rey de bronce.

El hombre que heredó Macedonia y construyó un imperio a golpe de espada y de política. El conquistador que, en solo trece años, amplió las fronteras de su reino hasta el punto de ser uno de los personajes que marcó el devenir de la humanidad.

Todavía quedaba mucho trabajo por delante, pero ya se podía apreciar la maestría de ese anciano que había dedicado su vida a fabricar figuras como aquella. Luca y Virgilio se ayudaron de un poco de agua para acabar de enfriar la pieza y limpiarla de restos de la cerámica en la que había estado aprisionada. Entre ambos la colocaron en la mesa de trabajo, y el anciano tomó un martillo y un cincel. Con golpes secos desprendió los bebederos y los tornillos. Y colocó el busto en pie, pudiendo comprobar los tres el majestuoso porte del hijo de Olimpia y Filipo. El rey de Macedonia y Persia, el faraón de Egipto. Ἀλέξανδρος ὁ Μέγας.

—Luca, diluye el contenido de ese saco —señaló el Maestro— en una cubeta con agua.

Espolvoreó el contenido, un granulado de cristales blancos, y dejó que se disolvieran. Siguiendo las instrucciones del anciano, Virgilio y él tomaron el busto de bronce con unas tenazas cada uno y lo sumergieron en la solución, que burbujeó por la reacción química. Cuando lo sacaron, el busto presentaba un aspecto desgastado, envejecido, donde las tonalidades de color variaban del verdoso al dorado.

—Cloruro de amonio —dijo el Maestro—. Ya tenemos un bronce que ha sufrido el efecto del tiempo. Atadlo al todoterreno y dadle un paseo.

En silencio, Virgilio al volante y Luca a su lado, recorrieron varias veces el camino de piedras y baches que conducía a la casa. Oían cómo el busto golpeaba contra el suelo y chirriaba al ser arrastrado por el vehículo. Nadie iba a creerse que una pieza así presentara un aspecto tan impecable, y por eso había que maltratarla un poco.

Lo lavaron con agua a presión, comprobando que ese viaje en coche le había producido erosiones y cierto desgaste en algunos puntos. Cuando se lo llevaron de nuevo al Maestro, este le dio el toque final: el soplete aplicado sobre el lado derecho de la pieza fijó el color en esa zona, proporcionándole una preciosa pátina oscura.

—Tiene que ser verosímil el cambio de color entre uno y otro lado de la pieza. —El Maestro alargó el brazo y Virgilio tomó el soplete en sus manos—. De ese modo, la inspección para autentificarlo determinará la posición en la que estaba enterrado durante todos estos siglos.

El hallazgo de Livermore en Pakistán había tomado cuerpo y forma.

***

Después de una semana en aquella casa, Luca carga en su maletero la caja que contiene el resultado de todo lo que él y su equipo han luchado por conseguir. El Maestro sale para despedirse, empujado por Virgilio.

—Ten cuidado, Luca Santamarta.

—Lo tendré.

—Pero recuerda que, si te embarcas en un viaje de venganza, antes tendrás que cavar dos tumbas.

—Ya las he cavado —responde—. Pero espero que solo una sea ocupada.

—Así sea —pide el anciano.

—Gracias, Maestro.

—No, gracias a ti. —La sonrisa es triste pero sosegada—. He podido hacer una última obra, y la recompensa ha merecido la pena. —Luca sabe que el viejo se refiere a los objetos de bronce que va a dejarle como herencia a Virgilio.

—Ojalá no vea mi cara en los periódicos.

—Eso sería buena señal; no estarías muerto ni en la cárcel. —El Maestro Español le tiende la mano—. Pero recuerda que el infierno está vacío.

—Porque todos los demonios se hallan aquí —completa Luca mientras estrecha la mano del anciano.

Asiente a Virgilio a modo de agradecimiento, y este le devuelve el gesto. Arranca su coche y el polvo del camino lo hace desaparecer unas decenas de metros después de abandonar aquel lugar aislado del mundo.

La canción de John Denver que suena por sus altavoces parece premonitoria: carreteras agrestes le devuelven a casa.

31. Valencia, diciembre de 2022

En mangas de camisa, gemelos incluido, y con el chaleco desabrochado, Álvaro Balboa, en su sillón de trabajo, se inclina sobre el gran cenicero para chasquear el cortapuros y hacer la hendidura en el extremo cerrado del Montecristo n.º 1. A más de mil euros la caja de cinco unidades, fue un regalo de un ministro al conseguirle un pequeño Picasso de su época rosa. Guardaba esos cigarros para una ocasión especial, y, en cierto modo, esta lo es. O puede serlo si se cumple lo que lleva en la cabeza.

Por importante que ya fuera Napoleón en su día, no lo fue del todo hasta que se coronó emperador. Y Álvaro sabe que, en el mundo del arte, no hay nadie más importante que él en toda España, pero también sabe que le falta aquello que le corone, que le haga inmortal. Aquello que le haga emperador.

Está inquieto porque le ha llegado algo que puede hacer eso posible. Su olfato no falla nunca, y cuando huele presa va con todo. Por muchos cadáveres que deje por el camino.

Acerca la llama del encendedor y aspira varias veces para prender el Montecristo. La voz grave de Charles Aznavour canta al amor sencillo en los versos de *La Bohème*, la canción preferida de su padre. Y eso le recuerda que a él le trataban como si fuera el heredero, aquel al que se lo habían dado todo hecho. Esas bocas ya se cerraron hace tiempo; las cerró él, mejor dicho. Los ricos tienen la gran responsabilidad de mantener el patrimonio que reciben y, si lo aumentan, ya demuestran que tienen algo de cerebro. Pero su obsesión, más allá de incrementar el patrimonio que recibió de su padre, fue crear su propio legado. Y es lo que ha conseguido con el arte, el mundo en el que se metió empezando desde cero. Su propio imperio. El emperador al que solo le falta la corona.

En sus otros negocios tiene sus abogados, sus consejos de administración, sus secretarias guapas y sus lameculos oficiales. Pero el negocio del arte es solo suyo; él maneja, él domina y él se encarga personalmente de todas las negociaciones. Que todo el mundo se ponga en pie cuando él entra en la sala. Y, si no lo hacen, para eso tiene a Urriaga.

Y es en su castillo, en ese despacho minimalista y que habla de su gusto exquisito —excepto por esa concesión que es su retrato al óleo, que cuelga detrás de él—, donde hace balance de todo lo vivido, sabiendo que no le quedan tantos años de vida en buena forma y que si quiere que, además de ponerse en pie, el mundo se arrodille a su paso necesita dar el golpe encima de la mesa. Y tiene la oportunidad ante sí.

Con el Montecristo humeando entre sus dedos vuelve a tomar su teléfono móvil y pulsa el teclado de nuevo. La llamada entrante pausa la lista de reproducción que Luca va escuchando en su coche tras haber dejado, hace poco más de una hora, la casa del Maestro Español.

—Hola, tío.

—Joder, por fin… —La voz cascada que parece quemada con pólvora suena enfadada—. ¿Dónde cojones te has metido?

—He tenido mala cobertura.

—Mala cobertura… —se oye la calada al cigarro—. Llevo tres días llamándote. Vente a casa, tengo que hablar contigo.

—No puedo, estoy fuera. Un tema de trabajo.

—Pues esto no puede esperar. —La impaciencia de Álvaro Balboa de Núñez-Pisón es evidente—. ¿Sabías que Livermore hizo hace unos meses una excavación en Pakistán y parece ser que encontró algo fuera de lo común?

—Sabía lo de la excavación, pero nadie sabe qué es lo que buscaba. Ni si lo encontró.

—Yo sí. —Pausa—. Encontró un busto de Alejandro Magno. Y quiero que hagas la cosa esa que haces con tu empresa y que lo localices.

—¿Cómo lo has sabido?

—No quiero contarte mucho por aquí —Álvaro golpea el puro contra el cenicero para descargar la ceniza; está inquieto—, pero un museo extranjero ha lanzado una orden para comprarlo.

—¿Qué museo?

—Te he dicho que por teléfono no.

—Dios... —Luca alarga la «s» y se queda en silencio. Sabe que Álvaro se quedó impresionado con aquella demostración con su escultura de Chillida.

—¡¿Qué pasa?! —Álvaro está nervioso. Ha detectado el tono de sorpresa de Luca y se ha tensado en su asiento.

—Ahora me cuadra todo... —A través de la línea se oye cómo Luca expulsa el aire de sus pulmones y calla durante unos segundos—. Me han entrado en la web tres peticiones de un busto de Alejandro en las últimas cuarenta y ocho horas. Lo están buscando peces muy gordos.

—¡Me da igual quién demonios lo esté buscando! —El estallido de Álvaro parece el de una hiena— ¡Tú trabajas para mí!

—Tío... —Luca busca las palabras—. Esa pieza no es para ti, va a alcanzar un valor enorme. Muchos millones de euros. No vale la pena invertir tanto, de verdad...

—¿A ti qué cojones te importa el valor que alcance y si es o no para mí?

—Se va a desatar una guerra entre coleccionistas por esa pieza de bronce. Gente a la que no le va a importar pagar veinticinco, treinta millones por él —vaticina Luca—. No te metas en esto, tío; es muchísimo dinero.

Se hace el silencio. Luca sabe que Álvaro sigue ahí porque oye su respiración cavernosa y acelerada, mientras parece estar meditando su respuesta.

—Luca... —dice al fin—, que sea la última vez en tu puta vida que me dices lo que tengo que hacer. ¿Te ha quedado claro?

Ahora es Luca quien calla.

—Sí, tío... —dice con falso arrepentimiento—. Solo pretendía protegerte...

—Pues ya me protejo yo solito. —El dragón afónico suelta su fuego—. Haz la mierda esa que haces por Internet y consígueme ese busto.

—Voy a hacer lo que pueda para...

—No —le corta—. Hazlo y punto. —Y cuelga.

Álvaro le aprecia de verdad. Sabe que Luca es joven y que todavía le queda mucho por aprender; incluso podría ser su sucesor en alguno de sus negocios, pero tiene que grabarse en la cabeza que nadie piensa por él, que nadie tiene que cuidar de él, que sus palabras son meras órdenes que no tiene más opción que cumplir.

El emperador que busca su coronación. Vuelve a tomar el Montecristo entre los dedos mientras Charles Aznavour sigue cantando, y esta vez cuenta que todo en Venecia le hablaba de amor.

Hay que ponerle el lazo al regalo. El broche final.

El engaño no será completo hasta que alguien diga que es auténtico, que no hay ninguna duda de ello.

Y para eso habrá que empujar un poco al destino.
Y a la persona que lo escribe.

32. Madrid, diciembre de 2022

Esteban Olmedo remueve los hielos de su mojito y le da un sorbo con la pajita. Sabe que beberse un mojito en Madrid a pocos días de las fiestas de Navidad no es algo común, pero le trae buenos recuerdos. Otros tiempos y otra vida que ya no tiene, que se le escapó de las manos.

Son las ocho de la tarde, esa hora en la que ya es de noche pero todavía no es el momento de cenar, y se ha habituado a esa rutina: sale del trabajo, busca sitio para aparcar cerca de su casa y entra al Dream's, una coctelería de la calle de Embajadores, a tomar una copa. Esta vez ha tenido suerte y ha encontrado aparcamiento muy rápido, en la zona azul de la ancha calle, junto al bar en el que acaba la jornada. La realidad es que esa parada la hace para retrasar el momento de llegar a casa, porque esta se le cae encima.

El Dream's está casi vacío a esas horas —sabe que el momento punta de ese local son las tardes y noches de fin de semana—, pero él prefiere sentarse allí los días de entresemana, porque se puede charlar con más calma. Si es que hubiera alguien con quien charlar, claro. Esteban Olmedo acude casi todos los días con la esperanza de entablar conversación con alguna mujer solitaria que también ahogue sus penas con una copa, aunque eso no ha ocurrido nunca en los seis meses que lleva yendo allí con regularidad. Aun así, antes de entrar se quita la corbata y se desabrocha el botón del cuello de la camisa. Se siente más atractivo, sabedor, eso sí, de que, a sus cuarenta y nueve años, la calvicie y el sobrepeso no le ayudan a tener tirón entre las mujeres.

Husmea por Tinder —se ha hecho miembro de pago—, dando «Me gusta» a la mayoría de las mujeres que le aparecen, en el rango de edad y distancia que ha seleccionado, porque tiene la esperanza de que ligar sea una mera cuestión de estadística. Al fin y al cabo, como ingeniero que es, confía en la acumulación de intentos y en un muestreo lo suficientemente grande como para poder obtener resultados positivos.

En el local suena *Take On Me*, de A-ha, cuando Esteban observa a un tipo que acaba de entrar. Entre treinta y treinta y cinco, cabello tirando a largo que peina hacia atrás, traje gris, camisa blanca y dos botones desabrochados por los que asoma una cadena de oro; no lo había visto nunca por allí.

—Perdón. —El recién llegado alza la voz por encima de la música para que puedan oírle los pocos clientes—. ¿Es de alguien un Mercedes Clase B blanco que está aparcado en la zona azul?

Esteban se sobresalta, aunque intenta que no se le note. Tímido y desconfiado por naturaleza, no le gusta que nadie pueda saber más cosas de las necesarias sobre él. Pero, preocupado por si le ha ocurrido algo a su coche, finalmente levanta la mano.

—Mío —dice con una voz aguda que no pega con su corpachón.

—Genial... —El desconocido sonríe y se dirige hacia él—. Verá, es que necesito una copa y he dejado el coche en doble fila, obstaculizando el suyo. Espero que no le importe.

—No pasa nada. —Sentado, mira hacia arriba al tipo que se ha plantado junto a su mesa.

—Muchas gracias. —Le sonríe el desconocido—. Si va a salir, solo tiene que decírmelo. Una copa y me voy —dice echándose el pelo hacia atrás con la mano.

—¿Un día duro? —A Esteban le ha caído bien ese tipo.

—No lo sabe usted bien. —El recién llegado mira a la camarera—. Un ruso blanco, por favor. Y... —se gira de nuevo hacia Esteban y mira su copa— otro mojito para el caballero. ¿Me permite invitarle por las molestias?

—No es necesario... —Esteban Olmedo se siente abrumado; hace años que nadie le invita a una copa.

—Insisto, por favor. —Y la sonrisa vuelve a deslumbrar.

El extraño deja su copa en la barra y le lleva a Esteban la suya. Una vez dejada sobre la mesa, extiende el brazo ofreciendo su mano.

—Me llamo Enzo.

—Esteban. —Hace ademán de levantarse mientras estrecha la mano del joven; cuestión de protocolo.

—Un placer, Esteban. Gracias de nuevo.

—¿Espera a alguien?

—No —responde Enzo—. Estoy solo.

—Pues si le apetece charlar un poco... —Y señala la silla que está frente a él. Cree que es lo mínimo que puede hacer tras esa amable invitación.

—Claro. —Enzo se alegra por ese ofrecimiento. Vuelve a la barra, toma su copa y se sienta a la mesa—. Mojito —señala la copa de Esteban—: usted echa de menos otros tiempos. Vacaciones, quizás a una mujer...

—*Touché.* —Esteban sonríe y se golpea el pecho con la palma de la mano—. Mi esposa *me divorció* hace seis meses y todavía ando un poco perdido.

—Vaya, lo siento... —Enzo levanta su copa—. Por los nuevos comienzos. —Y prueba el ruso blanco.

—He encontrado un pequeño piso por este barrio, no conozco a nadie. Mi mujer se quedó con nuestra antigua casa, por la custodia de los niños, ya sabe… —Esteban acaba la copa que estaba tomando para ponerse con la nueva—. Con mi trabajo me es imposible la custodia compartida.

Enzo observa la tristeza que arrastra ese hombre. Y la necesidad que tiene de contarle a alguien cómo se siente, aunque sea a un desconocido. Intenta ponerse en su piel; a ese tipo gris se le cayó el castillo en el que creía vivir. Probablemente su mujer se aburriera de él, conociera a otro o quizá necesitara cambiar de vida. Quién sabe. Enzo recuerda las palabras de Groucho Marx: «La principal causa de divorcio es el matrimonio».

—Tengo un amigo que dice que es injusta. —El joven se acomoda en la silla y coloca una pierna sobre la otra.

—¿El qué?

—La palabra «divorciado». —Toma el ruso blanco en su mano y limpia en su pantalón la condensación del cristal—. Es como tener antecedentes penales, un estigma; esa palabra recuerda el pasado de alguien allá donde va. Cuando una persona se divorcia, tendría que pasar a ser soltero de nuevo.

—Visto así… —Esteban arquea los labios hacia abajo, como cayendo en la cuenta de lo que ese joven le está diciendo—. ¿Está usted casado?

—Nunca empiezo nada que tarde o temprano vaya a doler. —Enzo no cree en esa máxima que Luca aplica a su vida, pero le ha parecido que quedaba estupenda en el contexto en el que se encuentra. Y quizá, piensa, hasta a su propio hermano se le haya quedado ya anticuada.

—¿A qué se dedica, Enzo?

—Bueno, voy de acá para allá. —Enzo sabe que eso es como no decir nada—. Soy un catalizador; tengo clientes que necesitan algo y yo se lo consigo. Una reunión con una determinada persona, un cliente en otro país, una inyección de fondos por parte de un inversor… —Sorbo a su copa—. ¿Y usted?

—Soy ingeniero de materiales. —Esteban lo dice como si lo suyo sí fuera un trabajo de verdad, no la palabrería de su acompañante—. Trabajo en una empresa llamada The Winton Institute desde hace quince años.

Enzo detecta que el terreno profesional es algo que levanta el orgullo de Esteban Olmedo. Incluso para citar el nombre de la empresa en la que trabaja, como si todo el mundo tuviera que conocerla. Ahí está su talón de Aquiles.

—¿Y qué hace allí exactamente?

—Pruebas de resistencia de materiales, homologación de piezas industriales…

—Suena muy interesante.

—No es fácil, requiere una técnica que se adquiere con los años. —Esteban presume de su experiencia—. Pero la verdad es que es algo bastante rutinario.

—Es usted modesto. —El tono de Enzo implica hasta una cierta admiración—. Seguro que en ocasiones tiene entre sus manos algo emocionante.

—Qué va —el ingeniero se siente adulado y, con una sonrisa, hace un gesto con la mano quitando importancia a lo que Enzo le ha dicho—, pero el caso es que hoy… —Se detiene unos segundos, como dudando si debe contarlo o no. Qué demonios, piensa al fin—. Hoy ha entrado uno de esos trabajos que son muy poco comunes.

—No me diga, ¿de qué se trata?

—Un cliente nuevo nos ha enviado una estatua de bronce para hacer un estudio de datación. —Cree que quizás ha sido demasiado técnico con la descripción—. Para estudiar la antigüedad de esa pieza —aclara.

—Y por lo que parece —Enzo le señala mientras sonríe—, usted se ha divertido.

—He de reconocer que es el tipo de trabajo que de verdad me gusta. —Al fin alguien que se interesa por lo que él hace, piensa Esteban—. La tomografía computerizada para saber si ha sufrido añadidos de material, el análisis de aleaciones para compararlo en la base de datos de piezas registradas, las fotografías para enviarlas a un experto en arte y arqueología que colabora con nosotros…

—¿Y bien?

—Un resultado increíble: siglo IV antes de Cristo. —Abre las manos entrando en éxtasis—. Un busto de Alejandro Magno con casi dos mil quinientos años, perfectamente conservado. Una pieza única, el propietario se va a hacer millonario si quiere venderla.

—Pero, y dígame si me equivoco… —Enzo se incorpora y apoya los codos sobre la mesa, acercándose mucho a Esteban—: ha encontrado algo muy extraño.

—¿Cómo lo sabe? —La afirmación deja de piedra al ingeniero.

—Porque me llamo Enzo Santamarta —susurra para bajar la tensión que se ha instalado en el rostro de Esteban.

—¿Santamarta? —Abre mucho los ojos—. Ese es el apellido de la persona que ha enviado la pieza.

—Es mi hermano.

—Así que todo esto es una encerrona… —Esteban Olmedo cae en la cuenta—. Y ahora me pedirá que me olvide de lo que he encontrado, ¿verdad?

—A ver, no se ponga tan digno; me está contando todo esto y me acaba de conocer. —Sonríe y se echa el cabello hacia atrás—. Lo que le pido es que sea absolutamente profesional, que emita su informe y que lo firme; eso sí, dejando en la última página esa anomalía que ha encontrado. Y que no se lo cuente ni al director de su empresa ni a nadie más, claro está.

—Mire usted, Enzo Santamarta... —también se acerca a ese tipo que le ha engañado—, yo soy un profesional y no voy a hacer nada que atente contra mi integridad.

—Te lo voy a poner muy fácil, Esteban. —Enzo se rasca la frente y pasa a tutearle. Mete la mano en el bolsillo de la americana y saca un sobre, que deja sobre la mesa—. Aquí hay quince mil euros, por las molestias de atentar contra tu integridad.

—¿Cree que voy a aceptar su dinero? —La cara del ingeniero se va enrojeciendo por la ira.

—Deberías. —Enzo no pierde la calma—. Mañana emites el informe, lo firmas y se lo envías a mi hermano. Con el dinero puedes pagar la pensión a tus hijos o invitar a alguna chica a un crucero, lo que prefieras. —Del bolsillo lateral saca un paquete de cigarrillos y toma uno entre los dedos—. Pero, si no lo haces, haré una visita a la calle Marqués de Mondéjar.

Enzo se lleva el cigarrillo a los labios, observando cómo el color de la cara de Esteban Olmedo pasa del rojo encendido al blanco más pálido. La referencia a la calle donde vive su exmujer con sus dos hijos ha servido para calmar los ánimos del ingeniero. Este se queda en silencio, valorando las opciones que el joven le ha presentado.

Resopla y alarga la mano hasta el sobre, que toma y lo lleva al bolsillo interior. Ha de reconocer que habría surtido el mismo efecto solo con la referencia a la calle, pero ese tipo ha tenido la deferencia de pagarle por no decirle a su jefe la anomalía que ha encontrado en el busto de bronce.

—Has tomado una decisión inteligente. —Enzo se levanta, acaba el ruso blanco y asiente a modo de despedida—. Un placer.

Camina hasta la barra y deja un billete de veinte euros sobre ella. Al salir a la calle, siente el frío de Madrid en diciembre, enciende el cigarrillo y saca el teléfono móvil del bolsillo.

—Dime, Enzo.

—Niño, ¿estás con Luca?

—Sí. Lo pongo en altavoz —responde la voz del *hacker*.

—Todo listo, Luca —dice Enzo—. Eres un genio, Gael. En cuanto le he mencionado la calle, se ha venido abajo.

—¿Vamos a tener el informe? —pregunta Luca.

—Mañana, en tu correo electrónico.

—Buen trabajo, hermano.

—Si lo dejas en mis manos, sabes que puedes darlo por hecho.

—Vente para Valencia, Enzo. —Luca hace una pausa de unos segundos—. Han ingresado a Pietra.

—Joder… —A través de la línea se oye el suspiro del hermano menor—. ¿Es grave?

—De esta no sale. —La voz de Luca destila el dolor de las palabras que está pronunciando—. Nos vemos en el hospital; tengo que hablar con vosotros.

—En tres horas estoy allí.

—Enzo… —Luca pretende calmar la ansiedad que ha detectado en su hermano—, lo último que necesitamos ahora es una multa por exceso de velocidad. O un accidente. Ve con calma, por favor.

Enzo cuelga, sube al coche y arranca el motor. Las ruedas chirrían por la velocidad con la que abandona la calle de Embajadores mientras en el reproductor suena *Copenhague*, de Vetusta Morla, que es una descripción de cómo ha sido siempre su vida:

Él corría, nunca le enseñaron a andar.
Se fue, tras luces pálidas.

33. Valencia, diciembre de 2022

Junto al puesto de las enfermeras hay un triste árbol de Navidad. Enzo, devorando una chocolatina que acaba de sacar de la máquina, pregunta por la habitación de Pietra Santamarta. Sigue las indicaciones que le dan y se dirige allí a toda prisa. No había tráfico y en un poco más de tres horas ha hecho el trayecto Madrid-Valencia. Pasando de ciento veinte de velocidad, claro está, y obviando todos los consejos de su hermano.

Cuando entra por la puerta de la habitación, ve que la enfermera está cambiándole el gotero a su tía, y Luca y Natalia están sentados junto a la cama. Los ojos verdes del hermano mayor indican que no hay nada que hacer; se acerca el final. Enzo guiña un ojo a Pietra y le sonríe; esta solo puede levantar las cejas y hacer un gesto de hartazgo. *Ya ves, esto es lo que hay*, parece decir. Natalia se levanta y le da un abrazo de bienvenida; Enzo sabe que Luca quiere hablar con Pietra y con él, pero que allí esté también Natalia indica cercanía y familiaridad, y no puede evitar pensar que se ha acabado lo de echarle ficha a la chica de las grandes y horribles gafas: parece que su hermano vuelve a llevarse el gato al agua. Puta vida...

—¿Y los primos? —pregunta Enzo por los hijos de Pietra.

—Les hemos dado unas horas de tregua —responde Luca—. En un rato vendrán para dormir con ella.

La enfermera acaba y sale de la habitación; Luca se levanta y cierra la puerta. Le indica a Enzo que se siente en la silla en la que él estaba y, de pie, apoya las manos sobre la parte delantera de la cama.

—Me juraste que no ibas a dejar que me fuera de este mundo sin contarme toda la verdad. —Pese a toda la debilidad que acumula, Pietra no pierde su autoridad—. Así que, ahora que ya estamos todos, empieza a cantar, sobrino.

Saben que ha llegado el momento y, de una manera inconsciente, parece que dejen a Luca que se tome su tiempo. Este asiente y carraspea para aclarar la garganta. El aire de esa habitación de hospital parece pesar toneladas, y Luca se arma de fuerzas para empezar a hablar. Se lo debe a Pietra, sí, pero, sobre todo, se lo debe a su hermano.

—Yo sabía cuál era el trabajo que el tío Álvaro encargó a papá, él mismo me lo contó. Hacer un falso original era su sueño; un Van Meegeren. Y el encargo fue un cuadro de Goya para un banquero. Yo solo tenía quince años, y me era imposible conocer todas las derivadas que podrían surgir de un asunto así. Pero papá siempre me dijo que estuviera tranquilo, porque, con el tío Álvaro de por medio, nada podía pasar.

»Pero pasó. El comprador descubrió que era falso y la policía entró aquella noche en casa para detener a nuestro padre. Prisión provisional sin fianza a la espera de juicio. En un primer momento, papá no sabía cómo la policía había llegado hasta él; pero, cuando el abogado del tío Álvaro le dijo que había sido a través del Manco, supo que aquel al que llamaba hermano le había traicionado. El Manco era el proveedor de papá y no tenía el más mínimo dato de contacto sobre él; Álvaro se había salvado a costa de echar a su socio a los pies de los caballos. El abogado le comunicó a papá que el tío no iba a exponerse a visitarle en la cárcel y que, a partir de ese momento, se cortaba toda relación entre ellos; pero que se iba a encargar de que a nosotros no nos faltara de nada. Con esa espada de Damocles sobre su cabeza, papá prefirió callar.

»Mamá estaba esperando instrucciones para ir a la cárcel a visitarle, pero, esa primera semana, tía Pietra vino a recogerme y, sin que yo supiera nada, acudimos a la prisión. Papá me contó que le había ordenado al abogado que la primera visita tenía que ser conmigo, y me pidió que siguiera sus instrucciones al pie de la letra: por un lado, decirle a mamá que le odiaba tanto por lo que nos había hecho que no quería ir a verle, y, por otro, que la tía, con la excusa de sacarme de casa, me llevaría a la cárcel cada dos semanas para charlar con él a solas.

»A medida que fui haciendo esas visitas en secreto a la prisión, papá me fue contando su plan para vengarse del tío Álvaro. Eran la traición y la decepción las que hablaban por su boca; él conocía los riesgos que tenía lo que había hecho, pero jamás esperaba que para Álvaro fuera solo un peón más. Uno de los riesgos era acabar entre rejas, sí, pero nunca pensó que fuera de aquella manera. Hace veinte años de aquello, yo apenas era un crío, pero ese plan al que fuimos dando forma partía de la cabeza de Manuel, el compañero de celda de papá: un timador de guante blanco con una imaginación fuera de lo común. Para bien y para mal, claro.

»Me dijo que sabía que mamá estaba triste porque pensaba que yo le había repudiado, pero que era necesario que fuera así para no implicarla a ella también. Y papá me ordenó que el tío Álvaro jamás debía saber que era consciente de que era él quien le había delatado; si llegaba a saberlo, daría orden de asesinarlo en la cárcel con tal de protegerse.

»Con el paso de las semanas, Manuel y él fueron conformando el plan, y en cada visita me contaba una parte. Sin darme cuenta, entré en una espiral de responsabilidad y ansiedad por ser yo en quien descansaba todo aquello. Sin contar nada a nadie; ni siquiera a Pietra, que veía cómo cada dos sábados yo me sentaba a escuchar a papá. Quizá contármelo a mí no era la mejor opción, pero no le culpo; quería vengarse de la traición de Álvaro y que nosotros no dependiéramos de él. Cuando yo llegaba a casa, escribía en un cuaderno lo que papá me había contado ese día. Él sabía que Álvaro estaba metiéndose de lleno en el mundo de las piezas clásicas de bronce, y en ese tendón de Aquiles era donde íbamos a disparar nuestra flecha. Me contó que había que hacer creer a todo el mundo que había aparecido un bronce excepcional en algún lugar exótico, y que eso pasaba por contratar a un reputado arqueólogo y pagarle por una falsa excavación. Me habló del equipo que había que reunir y de cuál sería el papel de cada persona en la operación. Habría que conseguir, en subastas ilegales, bronce de la época en la que deseáramos ubicar la falsa pieza. Y que el Manco podría ponerme en contacto con el Maestro Español para que, con ese bronce, fabricara la escultura en cuestión.

»Había que convencer a un museo de la existencia de esa pieza excepcional y provocarle el deseo de tenerla en su colección; para ello, ese museo tendría que hacer un llamamiento a los intermediarios con los que trabajara para ver si era posible conseguirla. Esa petición seguro que llegaría hasta Álvaro, por lo que antes había que convencerle de que yo era capaz de buscarle cualquier obra de arte, por imposible que pareciera. Papá me dijo que yo tendría que decirle que había entrado a trabajar en una casa de subastas que estaba acostumbrada a piezas únicas y clientes que buscaban discreción.

»Cuando a Álvaro le llegara la petición del museo escogido, me llamaría a mí. Yo tendría la pieza fabricada por el Maestro Español con el bronce original de las subastas ilegales. Y se la colaríamos al tío por una buena cantidad de dinero. De ese modo, papá se aseguraba de que no nos faltara de nada, y de que el tío Álvaro sería un timador timado.

»Ese plan iba a costar dinero, pero se amortizaría de sobra con lo que sacáramos por el engaño. Según él, yo tenía que esperar a cumplir los veinte para poner en marcha todo; él estaba seguro de que todavía le quedaban al menos diez años allí dentro. Calcularíamos juntos los costes, y, cuando llegara el momento de comenzar, yo debería ir al Manco para que consiguiera gente que me prestara el dinero a cambio de unos buenos intereses.

»Pero, entonces, algo ocurrió.

34. Valencia, junio de 2003

Que Laura, aquel sábado por la mañana, se hubiera llevado a Enzo a hacer la compra le permitió a Luca centrarse en la tarea de derrotar a M. Bison en el *Street Fighter Alpha 3*. Siempre elegía luchar con Ryu, porque, para él, era uno de los personajes menos ágiles y ahí residía el verdadero reto. Las visitas en secreto a la cárcel, ver a su madre rota por dentro por su fachada de no querer ver a Francesco y el semblante de Enzo de no tener ni idea de qué estaba ocurriendo en la familia le estaban llevando a momentos de ansiedad y a un desbordamiento de responsabilidad. Y la única forma que se le ocurría para sobrellevar todo eso era meterse en su Game Boy y pelear hasta el último aliento.

La pelea no estaba decantada, hasta que una concentración esférica de energía golpeó a Ryu y Luca supo que le iba a resultar casi imposible reponerse de ese ataque. Y ya imposible del todo cuando sonó el teléfono, así que decidió dejarse matar.

—¿Dígame?

—Luca… —La voz de volquete de camión soltando su carga se detuvo a toser—. ¿Estás bien?

—Sí, tío…, todo bien.

—¿Hay alguien ahí contigo?

—No, ahora estoy solo. —Todo ese rodeo puso en guardia al chico.

—Entonces, escúchame bien... —la honda respiración, como si estuviera recargando la paciencia, se escuchó a través de la línea—, ¿se puede saber por qué cojones no me has hecho ni puto caso?

Esa frase, pronunciada con toda la calma del mundo fue, en boca de Álvaro, más espeluznante que si la hubiera escupido llevado por la ira. Luca sintió cómo se erizaba el vello de su nuca, sabiendo que tenía que medir bien qué iba a responder a esa pregunta.

—Tío, todavía estoy haciéndome a la idea de que...

—¿A la idea de que tu padre está en la cárcel? —le cortó—. Me parece que ya eres mayorcito para que eso te haya entrado en la sesera, ¿no?

Silencio.

—Vas a verle, haces el paripé si quieres y te vuelves a casa. —La voz se detuvo a beber y por el auricular se coló el tintineo de unos hielos—. Total, es un rato cada dos semanas.

—¿Y a ti que más te da lo que yo haga? —Luca se envalentonó con la informalidad que detectó en el tono de Álvaro.

—A mí me la trae al pairo, chaval —puestos a sincerarse, Álvaro estaba cumpliendo bastante bien—, pero estoy hasta los huevos de que tu madre me venga cada tres por cuatro con tu monserga, ¿estamos?

—Le diré que no te lo vuelva a comentar.

—¡No le vas a decir una mierda! —Y la voz tornó de calmada a tormentosa, con truenos incluidos—. ¡Me vas a hacer caso a mí y punto!

Y, por primera vez en su vida, Luca entró en cólera al escuchar esas palabras. Lo que le pedía Álvaro contravenía el pacto que había establecido con Francesco y, además, metía a su madre por medio, llamándola poco menos que arrastrada. La reacción normal de cualquier persona ante un grito de Álvaro Balboa de Núñez-Pisón hubiera sido el pánico, pero la bilis acumulada en la garganta de Luca Santamarta oprimió ese pánico, igual que la noche en que la policía irrumpió en su casa.

—Padre ya tengo; tú te quedas solo en tío. Y postizo.

—¡Niñato de los…! —Álvaro hizo un esfuerzo por contenerse; el objeto de su rabia era un niño de quince años, lo que le hacía sentirse ridículo—. ¡Pues ahora mismo soy lo más parecido que tienes a un padre, porque el tuyo no fue demasiado listo cuando tenía que serlo!

—¡Y tú no fuiste su amigo cuando era lo que él esperaba de ti! —La andanada de uno fue respondida con una apuesta más alta por el otro—. ¡Por eso está encerrado en ese agujero!

—¿Estás insinuando algo? —El tono volvió, tras unos segundos, a esa calma que se vive en el ojo de un huracán; una paz rodeada de rugidos de destrucción—. Porque si un hombre de verdad acusa a otro, lo hace de frente. Hazlo si tienes lo que hay que tener.

—¿Crees que no he sido suficientemente claro?

Esa bilis almacenada fue la que hizo a Luca afilar sus palabras para que pudieran herir al máximo. Como un puñal que, una vez clavado en el estómago, es girado para desgarrar las tripas y provocar una muerte en diferido.

La exhalación del aire que contenían los pulmones de Álvaro saturó la línea como si un papel se rasgara de forma violenta. Y, pasados unos segundos, este colgó.

Con el auricular pegado todavía en la oreja por pura inercia, y sabiendo que Álvaro ya había abandonado la llamada, Luca se dio cuenta de lo que había hecho. La rabia le había llevado a romper lo que le había prometido a su padre: no le había dicho con nitidez a Álvaro que sabía que era un traidor, pero lo había dejado entrever. Y eso, para alguien como su tío, era más que suficiente. Pulsó nervioso el botón de rellamada mientras bisbiseaba una súplica para sí mismo.

—Sabía que me llamarías. —La voz de plancha metálica pisoteada sonaba de nuevo calmada—. ¿Estás más tranquilo?

—Perdóname, tío… —Luca ahogaba unas lágrimas—. Es que todo esto me está viniendo muy grande.

—Anda, no te preocupes…

—Mi madre no te va a volver a molestar con ese tema. —Las palabras, aceleradas, daban forma a esa desesperada manera de intentar arreglar las cosas—. Te prometo que voy a ir a ver a mi padre, tío.

—Tampoco te preocupes de eso. —Álvaro, con un tono conciliador, hizo que las pulsaciones de Luca comenzaran a descender—. Todo olvidado, hijo. —Y colgó.

35. Valencia, diciembre de 2022

Pietra, Natalia y Enzo no pueden dejar de mirar a Luca, esperando a que continúe. Pero comprenden que tenga que tomarse un respiro. Ordenar la mente para contar una historia como la que está compartiendo con ellos saben que es agotador. Luca les ha contado esa historia de la llamada de Álvaro, y todos presienten cuál es el resultado final de aquella decisión que tomó un joven herido de quince años que, por otra parte, no ha logrado que ninguno de esos recuerdos haya cicatrizado.

—Dos días después sonó el teléfono en casa; contestó mamá mientras Enzo y yo veíamos la tele. Su grito nos asustó y fuimos corriendo a la cocina. Mamá lloraba en el suelo: habían matado a papá en la cárcel, nueve meses después de haber entrado y todavía a la espera de juicio.

»Y yo sabía que le habían matado por mi culpa. Si me hubiera callado, si no le hubiera dicho eso al tío Álvaro, papá seguiría vivo. El día del entierro, yo estaba muerto en vida: roto de dolor, por un lado, y aterrado por volver a encontrarme con el tío Álvaro, por otro. Pero este se comportó como el protector de la familia que todo el mundo esperaba que fuera. A papá le habían matado de un pinchazo en el corazón en un módulo de baja conflictividad; nada cuadraba. Pero

Álvaro no hizo mención alguna a nuestra conversación. Ni ese día, ni ningún otro.

»Obligándome a enterrar todo para proteger a mamá y a Enzo, la culpa no me dejó dormir durante semanas. Hasta que una noche exploté. Mamá escuchó mis lloros desde la cama, y, preocupada, me sacó de la habitación para que no despertara a Enzo. Y ahí le conté todo; mis visitas a papá, que él sabía que Álvaro le había traicionado, que me había contado el plan que había ideado junto con su compañero de celda para vengarse de él, y cómo a mí me pudo la rabia y le conté al tío que papá lo sabía todo.

»Ella lloró conmigo. Ya no sé si por la tristeza de nuestro propio hundimiento o por el dolor de que yo cargara con ese peso. Mamá se negaba a creer que Álvaro hubiera encargado la ejecución de papá; sabía que no tenía escrúpulos, pero no lo veía capaz de llegar tan lejos. Aun con todo ese dolor, ella fue capaz de quitarme esas piedras de encima; la sucesión de acontecimientos que habían acabado con Francesco Santamarta bajo tierra solo eran culpa de él y de sus decisiones. Ninguno de nosotros tenía responsabilidad sobre ello. Había sido un hombre capaz de arriesgar todo por un sueño y no lo había logrado. Mala suerte.

»Con las lágrimas rodando por mis mejillas y la voz entrecortada, le dije a mamá que teníamos que denunciar a Álvaro a la policía. Y, en ese momento, ella me demostró que era más inteligente de que lo que yo jamás había sabido ver. Me hizo prometer que nunca se lo contaríamos a Enzo, para protegerle, y que, dada nuestra situación, no podíamos denunciar al tío Álvaro: nos arriesgábamos a perder el dinero que nos pasaba todos los meses.

»Varias semanas después llegó una carta a casa. Iba firmada por Manuel Cornejo, el compañero de celda de papá. En ella contaba cómo a todos los presos del módulo, incluido Francesco, que ya estaba hecho a las rutinas de la cárcel, les extrañó que instalaran allí a un recién llegado que no daba el perfil de baja conflictividad: tatuajes hechos a mano, marcas de pinchazos en los brazos y cólera contra los funcionarios y el resto de reclusos. A Manuel, según sus palabras, le dolía contarnos lo que ocurrió, pero ese preso nuevo, apenas cinco días después de llegar, atravesó en las duchas el pecho de Francesco a la altura del corazón, arrojándole una frase de tan solo tres palabras mientras este se retorcía moribundo en el suelo y el agua arrastraba su sangre hacia el sumidero: «Recuerdos de Balboa».

»A partir de ese momento, la mayor preocupación de mamá ya no fue el dinero, sino nuestra seguridad. La carta de Manuel le mostró lo que yo le había anticipado: que el tío Álvaro había ordenado la ejecución de papá. Mamá sabía que estábamos indefensos y ella se convirtió en la guardiana de nuestras vidas, obligándose a permanecer en contacto y a estar agradecida con el asesino de su marido. Sabiendo que los tentáculos de Álvaro eran más largos de lo que jamás habría imaginado, y que acudir a la policía no serviría de nada, mamá fue una heroína que no sé dónde encontró fuerzas para sacar adelante toda aquella situación.

»El tiempo pasó, Enzo y yo fuimos creciendo y llegó el momento en que volamos de casa. Todo pareció quedar barrido bajo de la alfombra, disfrazado de realidad y rutina. Yo nunca volví a ser el mismo, la culpabilidad ha marcado mi vida; y, a medida que pasaba el tiempo, lo fui pagando con indiferencia hacia mamá y Enzo. Tenía mi meta, mi objetivo y, persiguiendo esa quimera, me fui alejando de la realidad y distanciando de ellos. Solo tenía en la cabeza este plan que estamos ejecutando.

»Sin nosotros en casa, mamá cayó poco a poco en una depresión de la que no sabíamos hacerla salir. Comenzaron los psiquiatras, la medicación y los ingresos en clínicas. Nuestra madre pasó, sin darnos cuenta, a ser nuestra hija. Ella gastó todas sus fuerzas en protegernos, dio su vida por nosotros, y yo se lo pagué de esa mala manera; soy el peor hijo de la historia. Perdí la capacidad de darle cariño a mamá, me bastaba con cuidar de que no le faltara de nada. Y dejé de ser el referente que Enzo necesitaba. Me embarqué en la idea que me hizo crear mi empresa tecnológica y estuve volcado en el desarrollo y la posible venta. Me distancié de ellos como jamás debí haber hecho, y nunca podré reparar el daño que provoqué. Sé que no tengo más opción que vivir con ello.

»Una noche, hace nueve meses, mamá me llamó.

»Estaba alterada, nerviosa; sentía su voz pastosa, y le costaba vocalizar. Aun así, parecía que su discurso era más lúcido, y a la vez más triste, que en mucho tiempo. Y, en ese momento, fue ella quien me lo contó todo; una historia que estaba ocurriendo durante años ante mis ojos y yo no había sido capaz ni de imaginar.

»Tras la muerte de papá, Álvaro jugó la baza de que tenía la sartén por el mango gracias al dinero que le pasaba a mamá todos los meses, y ella sabía que lo necesitaba por nosotros. Durante los primeros años, Álvaro estuvo acosándola, incluso insinuándole que quería que se casara con él. Mamá me contó que la depresión fue el mejor repelente para esa víbora, y que el sufrimiento por la patología mental que ella padecía fue a la vez su mejor refugio. La salida hacia adelante siempre era decirle a Álvaro que necesitaba recuperarse y estar bien para tomar una decisión tan importante. Cuando mamá le rechazó de manera definitiva, la actitud de él hacia ella cambió por completo: comenzó a exigirle que se pusiera a trabajar, la enviaba a entrevistas de empleo en las empresas de sus amigos o la presionaba para que fuera su acompañante en fiestas e inauguraciones. Se convirtió en uno más de sus peones, una de esas personas que están a su servicio cuando él lo desea. Me contó que una noche, después de una cena para celebrar un trato con uno de sus clientes a la que llevó a mamá como invitada de piedra, trató de forzarla. Lo único que consiguió fue una bofetada por parte de ella y una amenaza de denuncia ante la policía. Lo que él desconocía era que mamá sabía todo. A partir de ese momento, dejó de llegarle el dinero que lavaba la conciencia de Álvaro por haber traicionado y matado a nuestro padre. La tensión que soportó mamá fue infernal, y de ahí derivaron sus problemas de salud mental.

»Ella tuvo que hacer esfuerzos sobrehumanos y, pese a su estado de salud, trabajar en cualquier cosa que le saliera para sacarnos adelante. Ese tiempo en el alambre agotó a mamá. La hundió, le hizo gastar todas sus fuerzas en luchar y se acentuó su depresión; y yo no supe ver que esa caída en picado la había hecho por nosotros. De manera voluntaria, de forma consciente y sabiendo el coste que estaba asumiendo. Toda una vida echada al fuego por culpa de la codicia y la traición.

»En aquella llamada hace nueve meses, en ese extraño momento de lucidez tras tantos años de medicación, me contó que estaba harta de vivir, pero que no tenía el valor para quitarse de en medio. Que le había dado por pensar, por recordar y por imaginar la vida que podía haber tenido si las cosas no se hubieran torcido de esa forma tan diabólica. Había rezado, había llorado y estaba mirando los viejos álbumes de fotos. Y, por fin, había encontrado una lucidez y una claridad de pensamiento que no recordaba que se podía tener.

»La sentí triste, pero sólida; por un momento me pareció que recuperaba parte de su espíritu y su fuerza. Le comenté que al día siguiente llamaría a Enzo e iríamos a verla; que no hiciera nada, que se acostara y tratara de estar tranquila.

»Pero me dijo que ya era tarde y que acababa de hablar con Álvaro: le había dicho que sabía todo desde hacía años y que al día siguiente iba a ir a denunciarle a la policía. Que quería que pagara, aunque fuera después de tantos años, por haberle arrebatado a su marido. Ella asumía que Francesco purgara su culpa en la cárcel, pero la esperanza de que algún día saliera de allí y pudieran volver a reunirse y ser una familia era lo único que le hacía seguir adelante. Pero Álvaro le había robado esa esperanza y ella se quebró hasta el punto de casi morir de pena. E iba a hacer todo lo posible por acabar con él. La leona que llevaba dentro había vuelto a resurgir.

»Ahí caí en la cuenta de que mamá había atravesado una línea roja. Le dije que no se moviera de casa, que iba corriendo para allá.

»Pero llegué tarde; mamá ya estaba tumbada sobre un charco de sangre en el patio de luces del edificio. No tengo pruebas, pero tampoco dudas: el tío Álvaro ordenó acabar con su vida esa noche, por temor a lo que ella pudiera contar en comisaría al día siguiente. El ángel de la muerte de nuestros padres viste traje y gafas ahumadas.

»Tuve miedo de que Álvaro creyera que mamá nos podía haber contado algo a Enzo o a mí antes de morir. Pero esas dudas se despejaron el día del entierro, cuando el tío estuvo todo el tiempo junto a nosotros, como un miembro más de nuestra familia. Nos consoló, nos estuvo llamando durante unos días, y la vida siguió.

»Yo me encontraba en ese momento en la última fase de la venta de mi empresa, no podía perder el foco ni dejar pasar esa oportunidad. Me encerré en mí mismo hasta la firma de aquel contrato y, ya con el dinero en mis manos, recuperé las notas de todo lo que, veinte años atrás, papá me había contado en la cárcel.

»El plan de papá y de Manuel Cornejo.

»Pero el plan estaba anticuado, hacía aguas por todas partes porque no estaba adaptado a nuestros tiempos. Por eso tuve que redefinirlo, diseñar de nuevo cada una de las fases, pensar en los perfiles de las personas que iba a necesitar para llevarlo a cabo y, esta vez sí, pedir prestado el dinero que me faltaba.

»Siempre he querido restaurar el honor de papá, hacer justicia a su memoria, pero esto lo hago por mamá, que es quien de verdad sufrió un calvario durante años. Y este plan está concebido desde la más absoluta frialdad y utilizando el cerebro.

»Pero la única realidad es que tan solo se trata de una historia de venganza hacia Álvaro Balboa de Núñez-Pisón.

Luca, tras esa confesión, se siente exhausto, pero tranquilo a la vez; por fin ha podido vomitar el nudo que ha llevado en el estómago durante veinte años. Quizá por eso se siente más ligero. Pietra, Enzo y Natalia permanecen callados mientras digieren cada detalle de lo que han escuchado.

—Dios mío, pobre Laura… —Pietra, detrás de su máscara de oxígeno, rompe el silencio para acordarse, en primer lugar, de su cuñada.

—Todos ocultabais algo a los demás. —Enzo, mirando al suelo, piensa en voz alta—. Y todos me mentíais a mí, que era el único que no sabía nada.

Luca mira a Pietra, y los ojos de esta le dicen que su hermano pequeño tiene razón. El resuelto Enzo, el canalla Enzo, vuelve a ser un niño. Vuelve al dolor que ha sentido durante todos estos años. Han tejido una red de mentiras, en la que les dolía esconder sus secretos, pero en la que todos desconocían que tampoco sabían los del resto.

—Lo siento, Enzo. —Luca asume su parte—. Ojalá algún día puedas perdonarme.

—No, Luca, así no se hacen las cosas... —Enzo destila rabia por cada uno de sus poros—. Te compro que me protegieras siendo un niño, pero creo que hace años que podrías haberme contado la verdad.

—Tienes razón. —La cabeza gacha del hermano mayor indica que este reconoce su responsabilidad—. Supongo que para mí nunca has dejado de ser mi hermano pequeño.

—Enzo... —a Pietra, con una debilidad extrema, se le hace un mundo hablar—, estás en tu derecho de sentirte así, pero nada va a cambiar las cosas. Lo importante es si deseáis construir desde aquí.

—¿Desde dónde, tía?

—Tu hermano puede haberse equivocado, pero jamás ha hecho nada con la intención de dañarte.

—¿De verdad crees que a mamá y a papá les asesinó Álvaro? —Enzo cambia de tema porque se le van amontonando hechos y datos que su cerebro procesa como va pudiendo.

Luca tan solo asiente, avergonzado por haber ocultado la verdad sobre la muerte de su padre y de su madre, y Enzo tiene que asimilar esa nueva realidad. Como si, de pronto, el mundo se hubiera transformado y esos cambios crearan un terreno desconocido y hostil.

—Voy a matarle. —Enzo se echa el cabello hacia atrás y levanta la cabeza—. Voy a acabar con él.

—Hermano, por favor... —Luca sabe que tiene que atemperar la furia que está creciendo en Enzo—. ¿Recuerdas lo que me dijiste el día en que te metí en esto?

—Me da igual lo que dijera.

—Con un Santamarta que entró en prisión y salió de allí en una caja de pino ya es suficiente.

Natalia toma la mano de Enzo, tratando de calmarle. Siente su temblor, provocado por la rabia, y sabe que está luchando por contenerla. Al igual que sabe que es momento de ofrecer un horizonte a esa violencia que el corazón le pide a Enzo.

—¿Qué vamos a hacer ahora? —pregunta ella para volver a poner los pies en la tierra.

—Acabar lo que hemos empezado —responde Luca mientras saca su teléfono móvil del bolsillo interior de la chaqueta—. Este es un plan de venganza y necesito que confiéis en mí una última vez, por favor…

Luca pasa la mirada por los tres rostros que están fijos en él. Han llegado muy lejos, les ha exprimido a todos y les está pidiendo un último acto de fe.

—¿Pietra?

Y esta asiente.

—¿Natalia?

También.

—¿Enzo?

No contesta; se queda mirando a su hermano en silencio, como si estuviera sopesando las implicaciones que tiene dar esa respuesta.

—Pues claro que sí —responde Pietra por él. Y el propio Enzo asiente de manera leve a las palabras de su tía.

Luca pulsa en el teléfono varias veces y se oye claramente el sonido de llamada porque lo ha puesto en altavoz. Se lleva el dedo índice a los labios, pidiendo silencio. Esto quiere hacerlo delante de ellos.

—Luca —contesta la voz rota de Álvaro.

—He encontrado el busto de Alejandro.

—Sabía que no me ibas a fallar. —Las palabras suenan como un cuchillo en una piedra de afilar—. ¿Cómo lo hacemos?

—El busto y la persona que lo tiene están en España; The Winton Institute ha confirmado la autenticidad y tengo el informe. —Luca deja que esa información penetre en la cabeza de Álvaro—. Tío, hay varios interesados, pero he conseguido que nos den dos días para reunir el dinero.

—¿Cuánto?

Luca levanta la vista de su teléfono móvil y pasa su mirada por Pietra, Enzo y Natalia. Es el momento.

—Cuarenta y cinco millones de euros.

Silencio. Natalia se tapa la boca con la palma de la mano y los ojos de Enzo se abren sin creer lo que acaba de escuchar. Pietra solo sonríe y asiente; su sobrino ha sabido ejecutar los movimientos precisos y moverse con paciencia para crear las condiciones en las que asestar ese golpe. Casi ha doblado el precio que les dijo cuando todo aquello empezó; el cinco por ciento que le toca a cada uno de ellos ha pasado a ser más de dos millones de euros.

—¡La Virgen! —Álvaro carraspea para aclarar la garganta—. Es mucho dinero.

—Si no lo pagas tú, otro lo hará. —Luca aprieta un poco más—. El Museo Americano de Artes Clásicas está dispuesto a comprar el bronce por sesenta millones a quien se lo lleve.

—Lo sé. Me llegó la petición del museo.

Esa petición que, por obra del plan de Luca, también debió de llegar a los intermediarios más importantes de Europa; pero ninguno de ellos sabe qué es lo que está pidiendo Richard Miller, el director del AMCA. Porque todo es producto de la mente de Luca; él ha creado este engaño con una pieza que, en realidad, no existe. La tela de araña está esperando que su presa caiga en ella.

—Tengo que decirles algo esta noche, tío.

Silencio de nuevo. Luca cierra los ojos y contiene la respiración. Sin saber que las tres personas que tiene delante hacen exactamente lo mismo.

—Luca… —los cálculos en la mente de Álvaro casi pueden oírse—, ganar solo quince millones es una rentabilidad muy baja en una operación como esta. Voy a dejar correr este tren.

—Tío… —Y Luca sabe que ha llegado el momento en el que sacar el cañón que tenía guardado, la última posibilidad de alcanzar la línea de flotación—. Tú me lo has enseñado: no se trata de dinero, se trata de respeto.

El espeso silencio hace que casi pueda oírse el sonido de los pensamientos de Álvaro Balboa de Núñez-Pisón. «El emperador que espera a que le coronen. Que todos se pongan en pie cuando entre al salón y que se arrodillen a su paso; el intermediario que alcanza la cumbre y pasa a la Historia».

—Esa frase es mía; te he guiado bien —contesta Álvaro por fin, haciendo gala, satisfecho, de que sus consejos siempre han valido como el oro—. Está bien, dile que sí.

Y las caras en esa habitación de hospital no son de alegría, sino de alivio. El aire vuelve a correr por los pulmones de todos, tratando de que sus respiraciones sean todo lo silenciosas que sea posible.

—Dos días para reunir el dinero —le recuerda—. Mañana te doy detalles de la entrega. —Y cuelga.

Al peso de la confesión que Luca ha hecho unos minutos atrás se une la tensión de la conversación que acaba de tener. El último secreto, la última carta que ocultaba. Luca vuelve a mirar a los tres, y cada uno de los rostros es diferente: Pietra sigue sonriendo por haber vuelto a contemplar, quizá por última vez en su vida, una prueba más del privilegiado cerebro que tiene su sobrino, Enzo se echa el cabello hacia atrás con un gesto de incredulidad ante la cifra que su hermano acaba de conseguir, y Natalia junta las palmas de las manos tocando sus labios con los dedos índices, recordando todo lo vivido. Se han dado cuenta de que Luca Santamarta tenía medido cada uno de los movimientos que los han llevado hasta allí.

—Acaba con él, Luca. —Ya más atemperado, Enzo no quiere olvidar todo lo relatado por su hermano—. Haz que se queme en el infierno.

—Vamos a causarle el mayor de los daños: vamos a arruinarle. —Los ojos verdes de Luca se tornan duros y fríos—. Y a joderle lo que le quede de vida.

36. Valencia, diciembre de 2022

—Jefa, esto le va a encantar. —Víctor Prada ha entrado en el despacho de su superior sin ni siquiera llamar, y esta se lo pasa por alto porque percibe el alto grado de excitación que trae.

—Venga, sorpréndeme —le dice Almudena Galeano mientras aparta unos expedientes para que el subinspector deje sobre la mesa el ordenador portátil que lleva en sus manos.

—La cámara de recepción del hotel General Old Town de Praga. —Víctor señala a la señorita y al mostrador que se ven en la imagen en blanco y negro.

Tras unos segundos, aparecen dos mujeres y un hombre que acaban de llegar al hotel con sus maletas. La más joven, con unas enormes gafas cuadradas de color negro, habla con la recepcionista y los tres entregan su documento de identidad.

—Así que viajaron juntos —conecta Galeano.

—Enzo Santamarta, Pietra Santamarta y Natalia Echevarría entraron al hotel a las 15:46 —confirma su segundo mientras señala la marca horaria en la parte superior derecha de la pantalla—. Pero espere, que esto no ha hecho más que empezar.

Hay un corte y la siguiente imagen es la del parking; 21:32 horas. Dos mujeres aparecen en cámara, la más joven pulsa el mando que hace destellar los faros de un Audi A8 y abre la puerta trasera del vehículo para que se siente la mayor.

—Joder, son ellas... —La inspectora empieza a comprender el estado de tensión de Víctor—. Disfrazadas.

Vestidas de noche, las peculiares gafas de Natalia han desaparecido, y Pietra, de negro, lleva ahora el cabello rubio platino y unas gafas de sol. La mano de Víctor le hace a Galeano una petición de paciencia y que siga atenta a la pantalla. A los pocos segundos aparece un tipo con el pelo recogido en una coleta, gafas de cristal claro, barba y bigote. Habla unos segundos con la joven, esta le lanza las llaves y suben al coche. Arranca, los faros se encienden y el vehículo desaparece del plano.

—Luego enlazamos con la imagen que tenemos del coche en el lugar en el que se celebró la subasta ilegal. —El subinspector introduce en el relato la pista que les había facilitado Interpol—. Tardaron trece minutos en llegar desde el hotel.

—Van de incógnito a una subasta. —La mente de Galeano trata de adentrarse en lo que está viendo—. Con lo que accederían a la sala con identidades falsas. Esa gente no está trabajando a solas; tiene que haber un cerebro detrás de todo esto.

—¿Y utilizan sus verdaderas identidades?

—Prada, estamos viendo esto de pura chiripa, un cúmulo de casualidades nos ha hecho dar con ellos. —Galeano recapitula a la pregunta de su subordinado—. Los carnets falsos deben de ser muy buenos para no ser detectados, y la mente pensante no ha querido arriesgarse a que todo el plan salte por los aires por el exceso de celo de algún policía aeroportuario.

—Y si esto le ha sorprendido... —Víctor, de pie junto a su jefa, se rasca la barba de cuatro días con una mano mientras adelanta el vídeo con la otra—, agárrese, jefa.

La imagen vuelve al parking del hotel, y aparece el coche de nuevo. Víctor detiene la imagen mientras el vehículo hace maniobras para estacionar; 23:44 horas.

—Mire aquí. —Señala un punto en la pantalla—. Juraría que esta mancha negra del capó es un agujero de disparo. Y esto de aquí —su dedo alcanza otro punto— es un impacto en el parabrisas.

Almudena Galeano se frota los ojos con el pulgar y el índice. Aunque en su carrera ya ha visto de todo, ha de reconocer que no esperaba las variantes que iban a surgir de esta historia. Se incorpora un poco sobre su silla de trabajo, estirándose la chaqueta del traje, cuando Víctor acciona de nuevo la imagen.

El vehículo aparca y de la parte del conductor sale una mujer de cabello rizado, vestida con una chaqueta de cuero negra, vaqueros y botas de montaña.

—¿Quién es esa? —pregunta la inspectora.

—He enviado la imagen a Reconocimiento Facial. —Víctor Prada quiere que conste en acta que sabe hacer su trabajo—. Cero resultados.

—¿Ni resultados semejantes?

—Nada.

—Eso no es posible… —Galeano apoya de nuevo la espalda—. A no ser que sea un fantasma.

—La identidad de esa mujer está protegida —confirma el subinspector—. Debe de haber lobos muy grandes detrás de ella.

—Protegiéndola o persiguiéndola. —Para Galeano, ambas posibilidades son factibles.

—Y ahora… —Prada deja unos segundos de tensión dramática—, el número final.

De la puerta del acompañante baja Enzo Santamarta, sin la barba ni el bigote postizos, sujetándose el brazo derecho con la mano izquierda. La mancha oscura en la imagen en blanco y negro no deja lugar a dudas: es sangre. Lo que refuerza la teoría de que el coche ha sido tiroteado. De la puerta trasera izquierda sale la joven y, entre los tres, sacan del coche a la mayor, que parece desvanecida y apenas puede caminar. Ya no lleva la peluca ni las gafas de sol y vuelve a ser Pietra Santamarta.

—¿Le dispararon también? —El vídeo termina y Galeano interroga a su segundo.

—No. —Otra medalla al trabajo bien hecho—. Los tres abandonaron el hotel al día siguiente con aparente normalidad.

—¿Y la mujer fantasma?

—Se lleva el coche de nuevo y ya no se vuelve a saber nada de ella.

Almudena Galeano se levanta y camina hacia la ventana. La abre para sentir el frescor de diciembre y para poder oír con nitidez el sonido del tráfico que circula por delante de la Jefatura Superior de Policía. Cierra los ojos para pensar, para hallar lo que conecta todo lo que ha visto en la pantalla del ordenador portátil.

—Yo estaba presente cuando detuvimos a Francesco Santamarta, el padre de Enzo. —Habla dándole la espalda a Prada—. Hizo un falso original de Goya, que compró un banquero. Este averiguó que era falso y llegamos hasta el artista. Santamarta murió nueve meses después en prisión; un pincho le atravesó el corazón.

—¿Mataron en prisión a un falsificador? —A Víctor le parece algo improbable—. Con ese delito, debería haber estado en un módulo de baja conflictividad, ¿no?

—Lo estaba. Pero parece ser que por falta de espacio metieron en ese módulo durante unos días a un preso que no debía estar allí. Y ese fue quien acabó con él en las duchas.

—Joder… —La historia es truculenta, piensa el subinspector Prada—. ¿Cree que el hijo sigue los pasos del padre?

—Esto parece algo mucho más sofisticado, pero huele fatal. —La inspectora se gira y se apoya en la pared—. ¿Dónde están?

—Pietra Santamarta está ingresada: cáncer en estado terminal. —El subinspector recoge su portátil—. Parece ser que en Praga tuvo un episodio de su enfermedad que casi acaba con ella. Enzo Santamarta y Natalia Echevarría volvieron a Valencia después de estar en Chicago.

—Detened a los dos. —Y se adelanta a lo que va a preguntar su segundo—. Posible participación en una subasta ilegal.

—¿Está segura? ¿Detenerlos?

—Hazlo, yo me encargo del papeleo.

—Vamos allá. —Prada se dirige a la puerta.

—Una última cosa. —Le detiene Galeano mientras enciende la pantalla de su ordenador—. Apunta este nombre: Luca Santamarta. Es el hermano mayor de Enzo y hace unos meses ganó un dineral con la venta de su empresa. —Y le muestra un artículo de prensa en el que se habla del asunto en cuestión.

—¿Cree que está metido en esto?

—Ya te he dicho que esos —señala al portátil— no están trabajando solos.

Y la inspectora le demuestra a su segundo que ella también hace los deberes.

***

Sancho Urriaga pasa la página doscientos dieciséis de *Matar a un ruiseñor*. Él suele leer novelas de aventuras, pero cuando la bibliotecaria le recomendó el libro de Harper Lee le dio vergüenza rechazarlo. Y ahora ha de reconocer que Atticus Finch ha ganado su corazón. De fondo, se escuchan las notas de *Gymnopédie n.º 1* de Erik Satie. Y el momento podría calificarse como perfecto si no fuera porque está en el despacho de Álvaro Balboa de Núñez-Pisón y el retrato de este no deja de observarle desde detrás de su gran escritorio. Ese retrato es la nota discordante ante las esculturas de Baltasar Lobo y los cuadros de Zóbel o Hernández Mompó, que forman parte del gusto refinado que tiene su cliente.

El enorme cuerpo de Urriaga le queda grande a la silla de confidente en la que está sentado y siente cómo las mangas del traje presionan sus bíceps. Señal de que, sin ser consciente, los está tensando, porque estar en ese despacho le produce intranquilidad y una cierta zozobra.

Al abrirse la puerta, cierra el libro y se pone en pie. Álvaro Balboa, con un cigarrillo humeante entre los dedos, le hace un gesto con la mano para que vuelva a sentarse y se acomoda, debajo del cuadro, en su enorme sillón de trabajo. Tras Balboa entra su asistenta con el impoluto uniforme blanco portando una bandeja con una cafetera y dos tazas; sirve un café para cada uno de ellos y se marcha.

Álvaro echa el azúcar y remueve con la cucharilla. Da un pequeño sorbo y una última calada a su cigarrillo, que apaga en el cenicero de cristal que tiene sobre la mesa. A través de sus cristales ahumados, observa a Urriaga durante unos segundos mientras exhala el humo. Este, que no quiere amilanarse, aguanta esa incómoda mirada.

—Al final he tenido que hacer yo tu trabajo. —La voz afónica rompe la tensión que allí se respira con más tensión todavía—. He localizado lo que encontró Livermore en Pakistán.

—Me alegra que sus gestiones hayan dado resultado.

—¿No tienes curiosidad por saber qué es?

A pesar de su tamaño, Urriaga puede notar cómo se hace pequeño delante de Álvaro Balboa. Le intimida, le cohíbe y le hace sentir un inútil. En todos sus años de experiencia militar nadie le había hecho sentir así. Pero, y es lo que más le jode, tiene una especie de síndrome de Estocolmo con ese hombre de gafas ahumadas. Cuando más lo menosprecia, más desea ser valorado; como el perro que es fiel a un amo que ni siquiera le da de comer. También es cierto que Balboa se ha convertido en los últimos tiempos en su único cliente, y, si algún día desease retirarse, más le vale que ese hombre le encargue algún trabajo muy bien pagado. Si eso ocurre, piensa Urriaga, ya encontrará las palabras para despedirse de forma elegante.

—¿Qué es? —pregunta al fin.

Álvaro toma una carpeta de encima de su mesa y se la lanza a Urriaga.

—El busto de Alejandro Magno mejor conservado de la Historia. Nomenclado, una pieza única. —Señala a la carpeta para que el exmilitar la coja—. Ahí lo tienes todo: fotos, medidas y el informe de autenticación de The Winton Institute.

Urriaga ojea el informe como si realmente le interesara, tan solo porque no quiere hacerle un feo a Balboa. Si le ha llamado para reunirse con él, por algo será.

—¿Y en qué puedo ayudarle?

—Voy a comprar ese bronce —le informa—. Mi sobrino Luca es el intermediario, y mañana va a ser la entrega. Él lleva a la persona que lo posee y yo le pagaré. —Hace una pausa para dar otro sorbo a su café—. Solo que no voy a ir yo; vas a ir tú.

—Como usted ordene —asiente Urriaga—. ¿Instrucciones?

—Te voy a pasar la ubicación del lugar de la entrega a tu teléfono móvil. —Álvaro toma de nuevo la carpeta que el otro le devuelve—. Te mostrarán la pieza de bronce y, cuando la tengas en tus manos, me llamas y yo haré la transferencia.

—Perdone, pero ¿está seguro de pagar en una transferencia, señor? Dejaría huellas.

—De mi cuenta en Hong Kong a la cuenta en Suiza de la parte vendedora. —Sonríe con suficiencia—. Está todo controlado. Discúlpate de mi parte con el vendedor por no haber podido acudir y me la traes. ¿Entendido?

—Todo claro.

—Ya conoces a mi sobrino, de mi fiesta de cumpleaños.

—Sí, señor.

—Un chaval listo, mucho futuro por delante…

—Señor Balboa, si no es indiscreción… —Urriaga hace una pausa porque sabe que se mete en terrenos que no le competen—, ¿qué precio va a pagar por la pieza?

La risa de Álvaro, pausada, llega a los oídos de Urriaga. Esta expresa superioridad, y un cierto reproche por preguntar cosas que no debe. Pero Álvaro tiene claro que no ha de acudir a la cita; cómo ha llegado esa pieza desde Pakistán a España es un misterio, y la compraventa se va a realizar entre paraísos fiscales. Teme que exista una pequeña posibilidad de que su sobrino haya dejado algún cabo suelto y la policía se presente allí para detener a todos los implicados. Por eso necesita a Urriaga, por eso le va a pagar y por eso quiere tenerlo motivado al máximo.

—Cuarenta y cinco millones de euros.

La respiración del exmilitar se detiene al oír esa cifra. Sabe que Balboa no da puntada sin hilo y que ya habrá encontrado otro comprador para ese busto de Alejandro. Eso significa, al menos, un posible nuevo encargo y, si la suerte le sonríe, el que le pueda hacer retirarse.

—Déjelo en mis manos —dice, tratando de no mostrar el más mínimo gesto de sorpresa ante esa cantidad de dinero.

—Urriaga… —Álvaro Balboa saca otro cigarrillo de la cajetilla y lo enciende a mitad de frase—. No la cagues. —El humo sale de su boca mientras habla—. Es la operación más grande que he hecho en mi vida; sería la última vez que trabajarías para mí. Para cualquiera.

El exmilitar sabe que Balboa tiene poder y contactos para eso y más. Y lo último que desea en el mundo es que ese tipo de las gafas ahumadas desee cumplir esa amenaza. Urriaga toma el ejemplar de *Matar a un ruiseñor* y se levanta para marcharse.

—No se preocupe de nada —dice, a modo de despedida—. Le llamaré en cuanto tenga la pieza en mis manos.

—Una última cosa... —Álvaro se recuesta en su trono, dominando la situación—. Conozco a la gente, nada se me escapa, y sé que tú te estás cansando de esta vida. Haz lo que debes y tendrás la oportunidad de retirarte con esta operación.

Y mientras suenan los acordes de *In the Nature of Daylight*, de Max Richter, Urriaga sale del despacho de Álvaro Balboa de Núñez-Pisón dando forma a una idea que ha ido creciendo en su cabeza y por la que está seguro de que su cliente le va a recompensar como se merece.

37. Valencia, diciembre de 2022

Diez de la mañana. Luca, de pie en el salón de su piso en la plaza de España, deja vagar la vista a través del ventanal. Las personas que esperan en la parada de autobús, el tráfico a golpes regulado por los semáforos, y los operarios que limpian la gran pirámide de cristal que hace de tragaluz de la estación de metro componen la vida de un martes cualquiera. De un día en el que en la cabeza de la gente está las cercanas fiestas de Navidad. Y, mientras tanto, el mundo es ajeno a lo que pasa por la suya.

Lo que acaba de ocurrir no estaba en ninguno de sus planes. O, mejor dicho, sí había contemplado que pudiera ocurrir, pero no en ese preciso instante, en ese momento al que ha llegado tras tanto trabajo y en el que todo está cerca de resolverse. Para bien o para mal. Y la manera en que iba a ejecutar el último número ha quedado hecha añicos. En tres horas es la entrega del bronce de Alejandro a Álvaro Balboa, y todo su plan ha caído como un castillo de arena que es arrastrado por una ola inesperada.

Apoyado en el borde del ventanal, viendo cómo el mundo sigue girando e ignorando todo aquello que martillea en su cabeza, Luca se pregunta en qué se ha equivocado. Porque todo es por su culpa, claro: pecado de error u omisión. Aunque ya dé lo mismo.

La vibración del teléfono móvil en su bolsillo le saca de sus pensamientos. La llamada proviene de un número largo.

—Hola, Natalia…

—¿Cómo sabías que era yo?

—Un número de centralita. —Para él resultaba blanco y en botella—. Ya sé que estáis detenidos.

—¿Enzo también? Joder…

—Pero él no me ha llamado, ha sido un abogado que ha contratado. —A Luca le preocupa ese movimiento de su hermano; hubiera preferido que estuviera quietecito, y ahora tiene dudas de si le están apretando demasiado las tuercas. Confía en Enzo, pero también sabe que, cuando se lo propone, puede ser muy volátil—. ¿Estás bien?

—Estoy aterrada —confiesa ella—. Soy abogada y no sé ni qué tengo que hacer. Tengo una llamada y solo se me ocurría contactarte a ti.

—Escúchame bien, por favor. —Luca se recompone y hace una pausa para asegurarse de que ella está atenta—. Lo único que tienes que hacer es guardar silencio, no decir nada. Es lo mismo que le he dicho a ese abogado de mi hermano.

—Dime que vas a sacarnos de aquí.

—Voy a sacaros de allí. —Luca lo dice porque es lo que ella necesita escuchar, pero todavía no ha pensado cómo actuar—. Aunque te repito el mismo mensaje que a Enzo: vais a tener que aguantar un poco. Os pueden retener hasta setenta y dos horas, por lo que es seguro que hoy dormiréis en el calabozo.

—Luca… —Natalia se detiene un instante; sabe que tiene que tomar sus precauciones porque puede ser escuchada—, ¿hemos llegado a un callejón sin salida?

Silencio. Natalia no puede verlo, pero Luca ha cerrado los ojos y respira hondo para que no se le note el miedo que le invade.

—¿Confías en mí?

—Sí.

—Entonces aguanta y no abras la boca. Todo va a salir bien.

—¿Me lo prometes? —El tono de voz de ella decae en ese instante, presa de la vulnerabilidad.

—No voy a permitir que te pase nada. —Él necesita que mantenga las alas abiertas—. Porque formas parte de este equipo. Y porque estoy enamorado de ti.

—Vaya, al menos hemos sacado algo bueno de todo esto. —De fondo se oye una voz que ordena a Natalia que cuelgue—. Por fin se lo has dicho a alguien. —Y finaliza la llamada.

Sí, quizás el mundo sigue su curso e ignora qué está pasando por la cabeza de Luca Santamarta, pero, si la llamada del abogado de Enzo le ha hundido, la de Natalia ha vuelto a activar su cerebro. Y este ha comenzado a viajar a través de su palacio mental. Baraja opciones a una velocidad creciente, descartando algunas y dejando otras apartadas para valorar a continuación sus posibilidades reales. Y esas posibilidades incluyen tres cartas que va a tener que jugar a su debido momento. Tres puntos clave de la partida que va a comenzar.

Natalia tendría que haber interpretado a la dueña del busto de Alejandro en la entrega, pero ahora ya es imposible. El tiempo corre, y en poco más de dos horas y media comienza el último acto de esa función que están representando.

Luca va hasta su dormitorio, entra en el vestidor y descuelga un traje, camisa y corbata. Echa un vistazo al zapatero y elige el calzado. Con todo ello en las manos, vuelve al salón.

—Gael… —El joven *hacker* asoma la cabeza por la puerta de su cubículo y observa al mayor de los Santamarta—. Ponte esto.

—¿Yo? —Se señala a sí mismo—. Si no me he puesto un traje en mi vida.

—Pues hoy es un día de primeras veces.

Luca camina de nuevo hacia su dormitorio buscando privacidad, vuelve a tomar el teléfono y teclea antes de pegárselo al oído.

—Hola, Luca…

—Hola, prima. —La primera de las tres cartas entra en juego—. ¿Cómo está Pietra?

—Aquí estoy con ella, parece que hoy ha dormido bastante bien. Acaba de pasar la enfermera…

—¿Está todo bien por allí?

—Ya sabes cómo son los hospitales —responde su prima. Lo que Luca interpreta como que no se ha presentado la policía. Buena señal.

—Voy a ir a verla, y así te tomas unas horas de descanso.

—Las necesito… —la hija de Pietra muestra una voz agotada—, pero me da miedo irme, por si… ya sabes.

—Lo comprendo, pero me apetece estar con ella. Tú vas a casa, te das una ducha y vuelves.

—¿Cuánto tardas?

—Media hora.

—Gracias, Luca. Me vendrá bien.

Cuando Luca cuelga, Gael está mirándose al espejo, analizando si va elegante o disfrazado. Eso sí, no puede abrocharse la chaqueta porque es más ancho que Luca. Y las perneras del pantalón se le arrugan sobre los zapatos, porque es un poco más bajo.

—Te ves bien, Gael. —Luca omite esos detalles.

—Me pone salir vestido así una noche. En plan estrella.

—Quédatelo, es tuyo.

—Pero ¿para qué me has hecho ponérmelo?

Luca toma las llaves de su coche y se las lanza a Gael.

—Te lo explico de camino. Conduces tú. —Y le da otra muestra de confianza.

—No sé si alegrarme o acojonarme —reconoce Gael.

—Estate preparado para ambas.

—Nunca defraudas, Luca. Solo una cosa... —el pirata informático se queda mirando a su jefe—, ¿me haces el nudo de la corbata?

Y el chico que es capaz de crear identidades falsas, de encriptar transferencias y que tiene un aparato para hacer desaparecer señales de avión de un radar, pero que no sabe anudarse una corbata, arranca una sonrisa a Luca en una mañana de la que se ha adueñado el caos. En el coche, deseando que sea un presagio, suena *Lucky Man*, de The Verve, mientras atraviesan la plaza de San Agustín y Luca le indica a Gael que siga por San Vicente.

—¿Adónde vamos? —pregunta el inesperado conductor.

—Calle de la Paz. Yo te indicaré dónde parar. —Luca sigue construyendo una solución en su cabeza.

—¿Me vas a contar ya por qué me he vestido así?

—Gael... —es el momento de contarle la situación—, han detenido a Enzo y Natalia.

—Joder... —Eso no se lo esperaba—. Hoy es la entrega.

—Natalia era la que iba a hacerla, pero ahora hay que improvisar.

—Así que por eso me he vestido así, ¿verdad?

—Llevamos el busto de bronce en el maletero, y vamos a hacerlo. —La determinación ha vuelto a la voz de Luca—. Tú solo vas a ser el conductor, tranquilo. No tienes que abrir la boca.

—Luca, yo soy un *freak* de los ordenadores. No se me da bien ni andar por la calle.

—No te preocupes de nada, yo te indicaré todo lo que has de hacer. —Sabe que tiene que mantener a raya los nervios del joven—. Tú solo conduces, y cuando yo te haga una señal sacarás la pieza del maletero y se la entregarás a Álvaro. Fácil y limpio.

Ambos guardan silencio, detenidos en el semáforo de la plaza del Ayuntamiento con calle de las Barcas. Luca se ha decidido por una de las opciones que su mente ha barajado, sabiendo que es la mejor, pero sabiendo también que no está exenta de riesgos; la lista de cosas que pueden salir mal es interminable. Lleva todo el camino mirando por el espejo retrovisor del acompañante para comprobar si les siguen. Estando Enzo detenido, su nombre habrá salido a la palestra. Y lo último que desearía es que la policía le siguiera los pasos.

—Yo siempre he sido un inadaptado, Luca. —Gael rompe el silencio entre ambos—. Se me dan bien los ordenadores porque así no tengo que hablar con nadie.

—Se te dan muy bien. —Luca recalca el «muy».

—Tú me has dado la oportunidad de unirme a un equipo. Te va a parecer una tontería... —calla durante unos instantes—, pero no quiero que esto acabe.

—Gael... —Luca vuelve el cuello para mirarle—, no es que no quieras que esto acabe; es que tienes miedo de volver a estar solo. Arranca. —El semáforo se ha puesto en verde.

—No quiero volver al cuchitril ese en el que vivo.

—No vuelvas. —Indica con la mano que salga del carril bus—. Con el medio millón que ya te has ganado puedes vivir donde desees. Y si esto sale bien, podrás comprar la vida que quieras.

—Es que quizá la vida que queremos no se compra. —Se incorporan a Pintor Sorolla y Gael, con la vista fija en el tráfico, sigue hacia la plaza de Alfonso el Magnánimo—. Yo no tengo hermanos, o una chica. Eso no puedo comprarlo.

Luca sonríe. Ha reunido un equipo a golpe de talonario y, a la hora de la verdad, ninguno de ellos lo está haciendo por codicia. Natalia ha de pagar las facturas médicas de su padre, Pietra quiere dejar una herencia a sus hijos, Enzo solo busca la oportunidad de perdonarle y Gael no quiere estar solo. Desde luego, ninguno serviría para mercenario; pero iría hasta el fin del mundo con cada uno de ellos.

—A Natalia le he dicho que les voy a sacar de ahí. Ni siquiera sé muy bien cómo —reconoce—, pero lo voy a hacer. A ti tampoco te voy a dejar, Gael.

Y esta vez es el joven quien se gira hacia Luca y le sonríe, como si por primera vez hubiera encontrado a alguien que le comprende de verdad. Los hermanos Santamarta no le han cambiado la vida, sino que han ido mucho más allá: esos dos tipos, tan diferentes entre sí, le han dado una. Y ya no se siente capaz de prescindir de ella.

El sonido de la llamada entrante a través del manos libres rompe los pensamientos de ambos. Pese a aparecer solo un número de teléfono en la pantalla, Luca reconoce a su propietario. Y esto sí que sabía que podía ocurrir, aunque es el día más desafortunado para ello.

—Señor Novikov —contesta tras presionar la pantalla táctil del panel de control del vehículo.

—Tenía ganas de saber novedades de mi amigo Luca. —La voz que emerge de los altavoces tiene un marcado acento de Europa del este.

—Todo según lo previsto.

—Me alegra saberlo. Solo quería asegurarme de que mañana vas a hacer la transferencia.

—Dígale al señor Bulka que será a las doce en punto. Diez millones de euros.

—Me alegra que así sea. —La voz eslava sonríe por lo bajo con aire de satisfacción—. Por protocolo profesional, permíteme recordarte que si no la haces mataremos uno a uno a todos los miembros de tu banda hasta que nos pagues. Y ya sabes lo que te esperaría a ti al final.

—Respeto sus protocolos, señor Novikov.

—Y yo espero poder decir mañana que ha sido un placer hacer negocios contigo.

La llamada termina sin ningún tipo de despedida, y Luca y Gael vuelven a quedar en silencio mientras el coche entra en la calle de la Paz.

—¿Qué coño ha sido eso, Luca?

—La razón por la que tenemos que hacer la entrega hoy. —Luca se peina el cabello con los dedos, tratando de quitarse un poco de presión de encima—. Pedí prestados siete millones de euros; mañana he de devolverlos con intereses.

—Pero ese tío ha dicho que nos mataría a todos si no le pagas.

—Así es. —Luca se frota los ojos con pulgar e índice en un gesto de cansancio—. Tuve que aceptar ciertas condiciones.

—¿Ciertas condiciones? —Gael está procesando todo lo que acaba de escuchar— ¡Te estás jugando mi vida en una partida de dados!

—Me estoy jugando nuestras vidas, sí —corrige Luca—. En un plan muy meditado. Concéntrate, Gael, ahora te necesito focalizado. Y párate a la altura del semáforo.

El coche se detiene en el carril bus de la calle de la Paz con los cuatro intermitentes activados. Luca pone los pies en la acera y, fuera de la vista de Gael, cierra los ojos y respira hondo tratando de encontrar algo de calma. No tenía previsto que el chico escuchara eso, pero ahora, al menos, ya sabe lo que se están jugando. Y después de todo lo ocurrido en la última hora, las cosas no podrían ir a peor. O eso quiere pensar.

Mete la mano en el bolsillo, saca unas llaves y accede al portal del edificio en el que vive Pietra. Esa es la segunda carta que ha de jugar.

38. La entrega. Valencia, diciembre de 2022

Luca accede a la habitación del hospital y ve a su prima dormida en el sillón para los acompañantes. Pietra, en la cama, está despierta y se lleva un dedo a los labios pidiendo silencio a su sobrino. Luca mira a los ojos a su tía y niega con la cabeza; con ese gesto, ella ya sabe que es importante.

—Cariño —Pietra despierta a su hija—, ha llegado Luca.

—Silvia, prima, ya estoy aquí. —Luca necesita acelerar el proceso.

La chica abre los ojos y le sonríe. Le sorprende que su primo siempre vaya vestido de esa forma tan elegante y cómo al muy cabrón le queda el traje como un guante. Ya le gustaría que a su marido le quedaran igual. Ve que su madre está despierta y que la mira con infinito cariño, lo que le da la tranquilidad de creer que el desenlace no es inminente.

—Ve a casa, hija, y descansa un poco. Yo quiero hablar con tu primo a solas.

—¿Qué os traéis entre manos, mamá?

—No puedo contártelo, te desmayarías del susto. —Y la risa de Pietra queda interrumpida por un ataque de tos por el que tiene que ponerse la mascarilla de oxígeno que se había bajado.

—No tardo nada, mamá —dice poniéndose en pie, todavía adormilada, y cogiéndole de la mano.

—Tómate tu tiempo, prima. Yo no tengo prisa.

—Sí, ve… —Pietra aprieta la mano de su hija—. Date una ducha y come algo decente. Te quiero.

—Gracias, Luca.

—Por favor, no es nada.

—En un par de horas vuelvo. —Silvia se despide desde la puerta.

—Tranquila, yo no me voy a mover de aquí.

Luca cierra la puerta para hablar a solas con Pietra. Se coloca a los pies de la cama y, aun sabiendo que el tiempo se termina, no sabe bien por dónde empezar.

—¿Cómo te encuentras?

—Digamos que no estoy en mi mejor momento. Anoche me tuvieron que poner morfina, y esto no va a parar. —Señala los goteros—. Me quedan días.

—Lo siento mucho, tía.

—Déjate de gilipolleces y dime qué ha pasado.

—Han detenido a Enzo y Natalia.

Pietra cierra los ojos; algo ha coleado en el plan, y algún cabo suelto con el que no contaban ha acabado con los huesos de su otro sobrino y la chica de las gafas enormes en comisaría.

—¿Alguna idea de qué puede haber pasado?

—Solo se me ocurre Praga. Supongo que al utilizar vuestras verdaderas identidades.

—Eso lo ordenaste tú. —La frase de su tía va al *debe*.

—Tuve que decidir; no me fiaba de que pasarais por el aeropuerto con las identidades alemanas falsas.

—Aquí no ha venido la policía —constata ella. Si es por Praga, tal y como Luca cree, seguro que han podido relacionar el nombre de Pietra.

—¿Tú te has visto? —Luca le sonríe—. No hay peligro de fuga.

—¿Ya se lo has dicho?

—¿El qué y a quién?

—A Natalia. —Pietra responde el *quién*—. Que la quieres. —Y el *qué*.

—Sí.

—Ha costado, pero al final lograremos encarrilarte. —Asiente como gesto de aprobación—. Vas a sacarlos de allí, ¿verdad?

—Voy a intentarlo.

—¿Qué intentarlo ni qué leches? —Esa tozuda mujer aún tiene fuerzas para alzar la voz—. ¿Vas a sacarlos o no?

—Sí. —Aunque la cabeza de Luca todavía no ha llegado a esa parte—. Pero la entrega es en una hora y media.

—Pues explícame qué demonios haces aquí.

Y es el momento de sacar la tercera carta.

***

La silla de ruedas sale al pasillo. El soporte para los goteros permite que el medicamento líquido siga entrando a las venas de Pietra, quien, tragándose la dignidad por ir vestida con la bata azul para los pacientes y empujada por Luca, deja de ver su habitación por primera vez en días.

—¿Dónde la lleva? —pregunta una enfermera a Luca.

—Voy a volverme loca si sigo en esa cama. —Pero es Pietra quien responde por él.

—Es solo un paseo por el pasillo.

—Para eso debería haber pedido permiso. —La enfermera, cumpliendo con su trabajo, reprende a Luca.

—¿Y para morirme también necesito permiso? —Pietra se queda casi sin aire tratando de parecer autoritaria—. Le he ordenado a mi sobrino que me saque un poco de la habitación. Y me da igual si a usted le parece bien o no.

La enfermera calla ante la furia de esa moribunda y, teniendo miles de cosas todavía por hacer, prefiere pasar por alto el capricho de esa mujer. Al fin ya al cabo, en unos días ya no va a estar pisando este mundo.

Luca dobla la esquina y, empujando la silla, llega hasta los ascensores. Una vez dentro, pulsa el botón de la planta baja y, al abrirse las puertas, salen del ascensor y entran en el pasillo de Radiología. A nadie le extraña que una paciente ingresada en el hospital deambule por allí, y no se detienen hasta llegar a la puerta del baño. Comprueba que está cerrada con pestillo y toca cuatro veces con los nudillos, tal y como han acordado. Gael abre la puerta y sonríe a Pietra. Esta se sorprende al verle con americana y corbata, y el joven le muestra una funda portatrajes.

Luca le quita el gotero con cuidado y tapona la pequeña hemorragia con una gasa y un pedazo de esparadrapo que Gael llevaba consigo. Levanta de la silla a su tía y se asegura de que tenga fuerzas para permanecer en pie.

—Venga, yo te ayudo, tía.

—Salid los dos —ordena Pietra—. Algunos hombres me han visto quitarme la ropa, pero todavía no ha nacido el que me vea vestirme.

***

Gael abre la puerta trasera del coche, que está aparcado en la puerta principal del hospital, y la dama de gafas de sol, traje de chaqueta de Dior y unos Prada de tacón alto, que ha rechazado salir en silla de ruedas por pura dignidad, sube al vehículo. Luca se sienta en el puesto del copiloto y envía la ubicación del punto de encuentro al teléfono móvil de Gael: Parque Natural de la Albufera.

—¿Crees que Álvaro te reconocería?

—La última vez que coincidimos fue en el entierro de tu madre, y ni me miró. —Pietra se ajusta las gafas—. He perdido veinte kilos y cuatro tonos de piel desde entonces; así que es imposible.

—De todos modos, no quiero ni que bajes del coche. Gael y yo entregamos la pieza y tú haces el papel de altiva millonaria.

—Tranquilo, ya sabes que eso lo bordo.

Sancho Urriaga sigue el rumbo que le va marcando el GPS. La autovía desemboca en una carretera con un carril por sentido y un cartel indica que está entrando al Parque Natural de la Albufera. Mientras suena *Che vuole questa musica stasera*, de Peppino Gagliardi, el exmilitar sigue dando vueltas al plan que lleva en la cabeza desde que recibió el encargo de Álvaro Balboa de acudir a la entrega de ese maldito busto. Lo había tenido muy cerca cuando estuvo en Pakistán, pero el hombre con cicatrices en la voz que tanto le atemoriza no le permitió actuar. Y ahora, varios meses y miles de kilómetros después, va a volver a encontrarse con esa pieza de bronce: Alejandro el Grande. Y su plan es a la vez perfecto y sencillo; tanto que está seguro de que Balboa le recompensará como se merece y que se va a poder retirar.

Su coche entra en caminos de tierra rodeados de campos de arroz inundados de agua a ambos lados y la nube de polvo que deja a su paso le hace subir la ventanilla. Aquella zona de pescadores y agricultores está desierta en esa mañana de diciembre en la que el sol es solo un disco tibio que apenas calienta.

A mitad del camino, con el coche dando pequeños tumbos por los baches, se encuentra una explanada dominada por una vieja casa abandonada. Los rateros hace tiempo que arrancaron el hierro de las rejas y la madera de los ventanales y puertas, con lo que lo único que queda en pie es un vacío esqueleto de ladrillos y revoque.

Se detiene a diez metros del coche que le está esperando. Antes de bajar, observa: el sobrino de Álvaro desciende del asiento del acompañante, y un tipo joven y fornido, con un traje que le queda bastante mal, sale por la puerta del conductor. Por la ventanilla trasera, bajada, puede ver a una mujer cercana a los setenta, con unas gafas de sol que le ocultan gran parte del rostro. Debe de ser la propietaria del bronce.

Mientras Urriaga baja de su BMW y camina hacia el otro coche, ve cómo Luca Santamarta hace una seña al joven, que abre el maletero y saca una pesada caja de madera que pone sobre el capó y a la que le retira el panel que hace de tapa.

—¿Dónde está Álvaro? —pregunta Luca, extrañado.

El silencio de aquel paraje solo lo rompen los graznidos de las aves y el acariciar del agua en los juncos y hierbas silvestres que nacen en las orillas.

—Me pide que le disculpen, le ha sido imposible venir —responde Urriaga—. En cuanto tenga en mi poder la pieza, le llamaré para que haga la transferencia.

—Y usted se esperará aquí a que comprobemos que es correcta. —La advertencia de Luca lleva consigo más seguridad de la que siente por dentro.

—Por supuesto.

—Ahí la tiene. —Señala la caja sobre el capó—. Acabemos con esto.

Urriaga se asoma a la caja y sonríe. Introduce ambas manos y, con poco esfuerzo, gracias a esos brazos machacados a pesas, saca la pieza y la eleva para observarla a pleno sol. Aunque tiene un evidente desgaste, la luz solar todavía le arranca algún brillo. Casi dos mil quinientos años enterrada y la majestuosidad del muchacho que fue el rey del mundo es innegable. Los finos labios, los pómulos marcados, el cabello ondulado y los hombros desnudos. Y esas letras griegas que indican de qué personaje se trata. Es sobrecogedoramente hermosa y Urriaga sabe que se encuentra ante una obra de arte inigualable en todo el planeta. Sonríe de nuevo y vuelve a dejarla en el interior de la caja.

—¿Todo correcto? —Luca se está impacientando.

—Todo correcto.

—Pues haga la llamada. —Y le hace un gesto con las cejas a Gael para que controle con el teléfono móvil que la operación se ha realizado.

—Creo que hoy no va a ir así la cosa, Santamarta.

—¿Cómo dice?

Urriaga mete mano a su costado por debajo de la americana y saca la SIG Sauer 17, con la que apunta a ambos jóvenes.

—Tú. —Señala con el arma a Gael—. Métela en mi coche, en el asiento del acompañante.

—A Álvaro Balboa no va a gustarle esto. —Y Luca comprueba con rabia lo equivocado que estaba: las cosas todavía podían empeorar más.

—Del señor Balboa me encargo yo. Y seguro que te da tu parte, no tienes que preocuparte.

—Te estás jugando su reputación, Urriaga. Y quiero que veas qué puede pasarte.

Luca levanta un brazo y, acto seguido, un punto rojo procedente de un láser se materializa a la altura del pecho del exmilitar.

—Mira dónde estamos. De esto no se entera nadie, es una compraventa ilegal. —Mientras Urriaga sigue apuntando con su arma, abarca con el otro brazo parte del paisaje—. ¿Crees que esa señora a la que voy a robar va a hacer algo? —Señala a Pietra—. Y esto… —indica ahora con su dedo el punto rojo que marca a su corazón— es un farol.

—Yo preveo cualquier posibilidad.

—Pues entonces no queda otra que llegar hasta el final.

Mientras sigue apuntando a Gael, se oye el chasquido metálico de la retirada del seguro. Urriaga va en serio, y Luca, vista la situación y sin querer correr riesgos innecesarios, asiente con la cabeza a su joven compañero, quien se dirige a tomar la caja para llevarla al coche de ese tipo de uno noventa y brazos tan anchos como sus piernas. Tiene la carta de esa mira telescópica con láser que está apuntando al hombre de Álvaro; «venga, suave, que no se nos rompa», piensa.

—¡Quieto, Gael!

La voz es potente y autoritaria. La mujer ha bajado del coche y le ha dado esa orden a su chófer, que se queda paralizado. Pietra avanza unos pasos hasta ponerse delante de Luca, frente al arma de Urriaga. Eso hace que el punto rojo desaparezca del pecho del hombre de Álvaro.

—¿Así que usted no es más que un vulgar ladrón que viene aquí a robarme? —Pietra escupe la acusación—. Un matón de medio pelo al que el cerebro no le da más que para un estúpido exceso de iniciativa.

La mira telescópica que tiene enfocado a Urriaga desde el primer piso del inmueble en ruinas deja de tenerle a tiro porque Pietra se ha interpuesto. Cubierta con una manta para evitar destellos, la persona que empuña el arma es invisible. Y, con el dedo en el gatillo, no pierde de vista que las cosas no están sucediendo como estaba previsto.

—Señora, no es nada personal. —Urriaga la mira a los ojos—. Pero, como siga por ahí, lo será. ¡Chico, la caja!

—No muevas un dedo, Gael. —Pietra desafía a Urriaga mirándole a los ojos como si quisiera atravesarlo—. Haga la llamada.

—Te lo digo por última vez, la caja a mi coche.

—Ni se te ocurra.

—Tres, dos, uno…

Ella da un paso hacia el lado, interponiéndose entre Urriaga y el *hacker*. Y, cuando estira el brazo para intentar apartar el arma, la detonación asusta a las aves posadas en los árboles y el sonido del batir de miles de alas se mezcla con el impacto de la espalda de Pietra contra el suelo.

—¡No! —grita Luca.

En mitad de ese instante, en el que todos están todavía procesando lo que acaba de ocurrir, y rápido como un relámpago, Urriaga toma a Gael, lo pega a su cuerpo y coloca su pistola en la sien del chico.

—Usted se lo ha buscado, señora —le dice el exmilitar al cuerpo inerte, por el que empieza a expandirse una mancha roja en el centro del pecho.

La mira telescópica ha situado durante un instante el punto rojo en el pecho del antiguo militar, pero el dedo no ha accionado el gatillo porque este ha tomado a Gael como escudo. Urriaga siente cómo tiembla el cuerpo del chico y se sabe con la situación controlada de nuevo.

Luca se agacha para atender a Pietra, y Urriaga, sin perderle de vista, se acerca al capó, hace que Gael tome la caja y, protegido por el chico, comienza a caminar hacia atrás. Alcanza su coche, abre la puerta del acompañante y ordena al *hacker* que deje la caja en el asiento. Y, todavía encañonándole, abre la puerta del conductor y se sube. Gael, ya liberado, sabe que allí se escapa la posibilidad de que Luca pague al día siguiente la deuda de diez millones de euros, momento en el que comenzará la caza de todo el equipo para acabar con sus vidas.

—¡Pietra! —Las lágrimas corren por el rostro de Luca mientras palpa el cuello de su tía buscando signos vitales y tapona con la mano la herida de bala.

Gael corre para escapar del que ha sido su momentáneo secuestrador y se lanza al suelo junto a Luca para comprobar qué ha sido de Pietra.

—¡Todavía respira, Luca! —Gael, aterrado y aliviado por la amalgama de pensamientos y sucesos que acaban de ocurrir, ha tenido la suficiente calma como para pegar su oído a la boca de Pietra, y ha percibido un ligero movimiento de aire.

Urriaga arranca y se marcha de allí dando pequeños tumbos por culpa de los baches de ese maldito camino.

De pronto, el motor de otro coche se pone en marcha y, revolucionado, sale a toda velocidad desde detrás de la casa para perseguir a Urriaga. Luca levanta la vista anegada en lágrimas y puede ver que, con un arma en la mano y las ventanillas bajadas, Vera Castillo, tras no poder ejecutar su cometido de francotiradora, sigue al hombre de Álvaro Balboa. Cuando este se da cuenta, acelera para escapar de esa amenaza.

La sangre se escurre entre los dedos de Luca, que arrodillado en el suelo, intenta acomodar la cabeza de Pietra en su regazo. Comprueba que no importa la fuerza con la que intente taponar la herida, porque la hemorragia se acelera a la vez que el ritmo cardíaco de Pietra. El elegante vestido queda impregnado de esa sustancia viscosa que se pega a sus manos y que se lleva consigo la vida de su tía. Una vida de castigo y dolor que, tal y como había predicho Enzo, pasa a formar parte del museo de los horrores de la familia Santamarta. Y, pese a ello, Pietra la ha vivido con más dignidad y honor que muchos otros que son más afortunados. Ella había sujetado a la familia tras la detención de su padre, ella había sido cómplice de las visitas a la cárcel sin ni siquiera preguntar qué estaba ocurriendo, y ella había cargado a sus espaldas el papel que le había tocado desempeñar en el plan para vengar a Francesco y a Laura. Pietra ha sido roca, pegamento, hormigón y acero. Ha sido la base sobre la que Luca había podido crear una vida. Y se va a marchar de este mundo en un agreste y paradójicamente bello lugar. La sangre borbotea de la boca de Pietra, tiñendo sus labios y dejando un pequeño reguero que parte de la comisura y corre por su mejilla.

—¿Por qué lo has hecho, tía? —pregunta de forma entrecortada por culpa del desgarrado llanto—. ¿Por qué has bajado del coche?

—Porque... tienes que terminar lo que hemos empezado.

—Ya no importa nada.

—No, Luca..., ahora es cuando todo importa. —Las palabras brotan lánguidas y sin fuerza—. Cuando todo tiene más sentido que nunca.

—Este no tenía que ser tu final, tía... —Las lágrimas de él caen sobre el rostro de Pietra, como si estuviera siendo ungida para poder atravesar las puertas del Cielo.

—Luca, no llores... —La voz es apenas un hilo a punto de romperse—. Gracias...

—Lo siento, Pietra..., todo es culpa mía.

—Gracias por no dejar que me muera en un hospital...

Y Pietra exhala el aire en un último suspiro con el que abandona la vida. Gael solo puede quedarse petrificado ante el grito de dolor de Luca, que enjuga sus lágrimas con las manos tiñéndose el rostro con la sangre de su tía.

Vera, pegada a Urriaga en ese camino por el que solo cabe un coche y en el que ambos van a toda velocidad, golpea con su parachoques en la parte trasera del BMW del exmilitar. Urriaga parece perder el control, pero vuelve a dominar el vehículo. Vera observa cómo a unos doscientos metros se ensancha un poco la vía, y se pega de nuevo al coche de delante sin dejar de golpearle. Una nube de polvo rodea ambos vehículos en su frenética carrera y Vera saca la mano izquierda por la ventanilla sujetando su arma. Dispara cuatro veces sobre el lateral de Urriaga y este, de forma instintiva, se ubica lo más a la derecha que el camino le deja para protegerse de los disparos.

Pero ese ligero desplazamiento es todo lo que Vera necesita cuando alcanzan el recodo en el que el camino se ensancha un par de metros, y encuentra el espacio para colocar su morro a la altura de la puerta trasera, y, dando un volantazo, golpearle con la mayor fuerza posible. Y ahí Urriaga sí pierde el control de su coche, que, derrapando, se coloca en diagonal ocupando todo el ancho de la carretera de tierra y, una vez que una de las ruedas se sale de la vía, el coche vuelca y da una vuelta de campana hasta caer en el agua. Tras unas cuantas sacudidas, el vehículo de Urriaga, con el techo abollado y todos los cristales hechos añicos, se hunde hasta la mitad de los neumáticos.

Vera da un brusco frenazo hasta detenerse y, pistola en mano, sin dejar de apuntar, se dirige corriendo hacia el coche del antiguo militar. Se acerca desde atrás, ahora sigilosa, y ve cómo la SIG Sauer asoma por la ventanilla del conductor. De un disparo le destroza la mano a Urriaga, que aúlla de dolor, y cuya arma cae al agua y se hunde. Vera se asoma a la ventanilla y observa al asesino de Pietra; que también está muerta porque ella no ha encontrado un disparo limpio en todo ese proceso.

Urriaga llevaba puesto el cinturón pero el golpe le ha abierto una brecha en la frente y respira con dificultad. Los objetos que había dentro del vehículo han volado por todo el habitáculo, creando un extraño desorden. La caja con el busto de bronce ha ido a parar, volcada, al asiento de atrás. Y en el salpicadero, abierto y con algunas de sus páginas dobladas, hay un ejemplar de *Sentido y sensibilidad*, de Jane Austen, en una irónica paradoja tras todo lo que acaba de ocurrir.

—Castillo... —saluda, con una voz muy débil, de forma profesional.

—Urriaga. —Ella hace lo mismo sin dejar de apuntarle.

—Casi me salgo con la mía. —La voz, entrecortada, sigue perdiendo fuerza, y la sangre comienza a manar de la brecha y corre a través de su rostro hasta quedar absorbida por el cuello de la camisa.

—Casi, tú lo has dicho.

—Al señor Balboa le habría encantado ahorrarse esos cuarenta y cinco millones. —Urriaga hace una mueca de dolor al hablar; apostaría a que tiene varias vértebras rotas y que jamás va a volver a caminar.

—Estoy segura. Y te habría recompensado muy bien.

—Ese era el plan... —reconoce el exmilitar.

Luca y Gael han visto el accidente y han oído el terrible sonido del impacto. Pueden ver cómo el coche de Urriaga expulsa vapor a través del capó, que se ha doblado, por culpa del golpe, como si fuera de papel.

Luca se levanta y, con las manos y la cara manchadas de sangre, se dirige hacia los coches. Gael solo puede mirar cómo la ira invade el alma de Luca y es el odio el que ha tensado todo su cuerpo. El mayor de los Santamarta camina con la vista fija en Urriaga y Vera, acortando metro a metro la distancia que le separa de ellos. Se mete en el agua y sigue caminando, con mayor dificultad, hasta que llega a la ventanilla en la que Vera continúa encañonando al tipo que ha intentado robarles. Al tipo que ha asesinado a Pietra.

—No tenía un disparo limpio, Luca... —esgrime Vera—. Lo siento.

Él ni la escucha, porque su vista está puesta en Urriaga; ambos hombres se miran fijamente. Uno apenas puede respirar, y el otro hiperventila por la velocidad a la que circula el aire por sus pulmones.

—¿Fuiste tú quien mató a mi madre?

Urriaga se sorprende por la pregunta, y sonríe porque algo así era lo último que esperaba escuchar en ese momento. Sabe que está malherido y que necesita un hospital. La jubilación que deseaba va a ser forzosa, y visualiza los años que le quedan postrado en una silla de ruedas, lo que no le parece el mejor de los planes. Así que no puede evitar responder a Luca, sabiendo que se despide de todos los libros que le quedan por leer, de todos los daiquiris en la playa con los que ha soñado y de todas las mujeres que aún debían haber pasado por su vida. Si su retiro no es como lo había planeado, prefiere no tenerlo, así que las palabras salen de su boca de una forma muy consciente.

—Fue tan fácil… —El hombre de Álvaro Balboa se pasa la mano intacta por los ojos para intentar quitarse la sangre y poder mirar a Luca mientras le hace esa confesión—. Ni siquiera tuve que sacar el arma. Se asustó tanto cuando entré en su cocina que retrocedió temblando hasta la ventana abierta. Me bastó con un dedo para empujarla.

Silencio. Solo se oye la respiración acelerada de Luca Santamarta, que no puede dejar de mirar a Sancho Urriaga. Este sabe que el menosprecio, en momentos como ese, mata de dolor a las personas como Luca. No muestra arrepentimiento, para él fue solo trabajo.

Luca se gira hacia Vera, que ha dejado de apuntar y sostiene el arma en su mano. Ella ve sus pupilas dilatadas, oye la furiosa respiración y observa su rostro manchado con la sangre de Pietra. Y siente la mano de Luca sobre la suya, que le arrebata la pistola.

Luca extiende el brazo y pone el cañón en la frente de Urriaga, que con calma, esboza un amago de sonrisa.

—No tienes suficientes huev…

La detonación pinta de rojo el interior del coche, dejando un agujero de entrada y otro de salida en la cabeza de Urriaga, cuyo cadáver se desmadeja en el asiento. Sin mirar, Luca extiende el brazo hacia atrás y Vera toma el arma de su mano. Rebusca en la americana del exmilitar hasta que da con su teléfono móvil y pulsa una tecla, comprobando que es necesaria la huella dactilar para desbloquearlo. Toma la mano de Urriaga y pone su inerte dedo índice en la pantalla.

—Dame buenas noticias, Urriaga —contesta Álvaro tras tres tonos de llamada.

—Soy Luca, tío.

—¿Luca? —pregunta extrañado—. ¿Va todo bien?

—Tu hombre se ha saltado las normas de la entrega y ha querido robar la pieza. El guardaespaldas de la propietaria lo ha matado de un disparo.

—¿Y el bronce? —La muerte de su secuaz no es la primera preocupación de Álvaro.

—Tranquilo, lo tengo yo. Si haces la transferencia, te lo llevo.

—Ese inútil de Urriaga…

—¡Tío, hazla o se marchan y te quedas sin la pieza!

Silencio. Álvaro Balboa parece estar evaluando la situación en la que se encuentra; es una oportunidad única que no ha transcurrido tal y como tenía pensado. Luca sabe que su tío está sopesando lo que le acaba de decir, y, en su mente, cruza unos imaginarios dedos en esa impaciente espera. Hasta que comienza a oírse el sonido de las teclas a través de la línea.

—Hecha, Luca —confirma la voz del hombre, que parece que haga gárgaras con ginebra.

—Mañana tendrás a Alejandro.

—Pero antes, haz algo por mí, sobrino. —Pausa—. Coge el móvil de Urriaga, su cartera y la documentación del vehículo y lo quemas todo. No quiero que pueda haber nada que relacione a ese gilipollas conmigo.

—No te preocupes de nada, tío. Déjalo en mis manos.

Luca corta la llamada y entrega el móvil a Vera Castillo.

—Este desastre hay que hacerlo desaparecer. —Ella evalúa el escenario de guerra en que ha quedado esa zona de La Albufera.

—El móvil nos lo quedamos. —Luca habla sin mirar a Vera, diseccionando con la mirada al asesino de su madre—. Y no toques nada de todo esto; luces y taquígrafos para este asesino.

—Yo me encargo de Pietra —responde Vera—. Y lo hacemos como dices: Urriaga y su coche se quedan aquí.

—Y la documentación que Álvaro quiere que queme, también.

—Hecho.

—¿Qué vas a hacer con ella? —Luca parece romperse al recordar que su tía yace muerta. Pero la adrenalina, ira y odio acumulados no le ponen la tarea fácil—. Voy a tener que contar a mis primos lo que ha ocurrido.

—¿Me permites que me ponga práctica?

—Adelante.

—Cuéntales que Pietra te insistió en que la sacaras del hospital y te pidió que la instalaras en tu casa para morir en paz. —Vera observa cómo esa versión cobra forma en la mente de Luca—. Yo me la llevo ahora a una funeraria que trabaja en... casos delicados. Tendremos certificado de fallecimiento por muerte natural, tanatorio para velarla y un digno entierro.

Luca deja vagar la vista por el azul cielo de La Albufera, considerando lo que Vera le acaba de proponer. Ya se lo dijo el Maestro Español: «Si buscas venganza, cava dos tumbas». Él le dijo que ya las había cavado, pero que solo pensaba llenar una de ellas: se equivocaba, porque todavía le queda por cavar una tercera. A los pocos segundos asiente, pensando en cómo va a vender esa historia a sus primos. Para Vera no hacen falta más palabras y, guardando el móvil de Urriaga en el bolsillo trasero de su pantalón, comienzan a caminar hacia el lugar donde yace la tía de Luca.

Gael, apoyado en el coche y sin dejar de mirar el cadáver de Pietra, siente la vibración del móvil en el bolsillo interior de la primera americana que se ha puesto en su vida. Pulsa la pantalla y observa el mensaje que ha recibido. La cuenta bancaria de Luca en Suiza acaba de recibir una transferencia de cuarenta y cinco millones de euros. Y él cierra los ojos pensando que ese dinero ha tenido un coste demasiado alto. Luca tenía un plan, sí, aunque todo se ha torcido de una forma inimaginable. Pero, pese al temblor incontrolable por haber visto caer a Pietra en batalla, no puede evitar respirar aliviado porque no morirá mañana a manos de unos mafiosos de Europa del este.

39. Valencia, diciembre de 2022

El agua caliente levanta un vaho que empaña el cristal de la mampara y crea un ambiente denso en el interior de la ducha. Luca siente cómo le quema la piel, cómo la presión golpea en su cabeza y cómo miles de alfileres le hieren a lo largo de todo el cuerpo. Y, aun así, se frota con la esponja como si fuera una serpiente que quisiera desprenderse de su capa exterior. Con el brazo izquierdo ya irritado por la fuerza que está ejerciendo, comienza con el otro. Y sigue con las piernas, los costados, el pecho.

La sangre seca se despega de su cuerpo, dejando un reguero marrón que corre por sus muslos y espinillas, que crea un charco sucio a sus pies que el desagüe va tragando poco a poco. Como si este no tuviera prisa por esconder las huellas de lo ocurrido. Como si quisiera que tarde en olvidar lo vivido hace unas horas. Sangre de un asesinato. La sangre de Pietra.

Cierra los ojos y se estremece al recordar la detonación y el impacto sobre el pecho de su tía. La fuerza del disparo empujándola de manera violenta hacia atrás, hasta dar con sus huesos en el suelo. La sangre que brota de ese agujero de bala y que escapa entre sus dedos por más que él ponga todo el empeño en contenerla.

Mueve el monomando unos milímetros más hacia la izquierda y siente en su rostro el aumento de la temperatura del agua, en un masoquista ejercicio de infligirse dolor para no pensar. Para que, al menos durante unos instantes, se borren de su mente esas imágenes gracias al castigo que recibe del cabezal de la ducha que está suspendido del techo. Y eso no es más que una mínima parte del castigo que él mismo cree que se merece.

Pietra ha muerto. Asesinada. En mitad de la nada, ajusticiada como un perro por alguien que no ha tenido ningún tipo de escrúpulo para dispararle a quemarropa. Alguien que no ha dudado ni un segundo en apretar el gatillo, aun sabiendo las consecuencias que iba a tener esa acción.

Pietra ha muerto por su culpa. Porque él sabía que estaban jugando con fuego, por muchas medidas que creyera haber tomado para proteger a su equipo. Ni la presencia de Vera Castillo ha podido evitar el terrible final de una vida. Toda la responsabilidad es de él, lo sabe. Y va a tener que vivir los años que le queden con ese peso, con la rémora de no ser tan infalible como él creía.

Si el abuelo Giovanni, allá donde esté, llegara a saber que sus dos hijos han muerto asesinados, enviaría sin duda a un ángel exterminador a por él. Porque Luca es responsable de que la vida de ambos haya sido segada. Luca, el inteligente. El que siempre va un paso por delante; el que es capaz de concebir planes que a ningún otro ser que camine sobre la Tierra se le ocurrirían; el que tiene todo bajo control.

No tiene una puta mierda bajo control.

Y pega la frente a los azulejos de la pared. Y se da golpes contra ella. Y grita.

Un grito que expresa un dolor tan desgarrador que le hace imposible llorar.

Él, siempre tan cerebral, tan calculador, se ha dejado llevar por la ira. Ha sido invadido y dominado por esta, hasta el punto de atravesar con una bala el cráneo del tipo que ha matado a su tía. Del tipo que mató a su madre. Demasiadas muertes en la familia por culpa de una historia que comenzó con un falso original de Goya, veinte años atrás. La maldición de los Santamarta.

Y sí, tiene cuarenta y cinco millones de euros en la cuenta bancaria. Pero el precio ha sido demasiado alto. Y todavía puede aumentar la factura, porque Enzo y Natalia están detenidos, también por su culpa. Que pasen a disposición judicial y entren en la cárcel sería el acto final de ese hundimiento. Tanto como para odiar haber deseado vengarse de Álvaro y repudiar todo ese dinero que acaba de ingresar.

Porque para nada se siente vencedor. Para nada se siente orgulloso de lo que ha hecho; tan solo un presuntuoso que ha puesto en peligro la vida de todo el mundo para demostrarse a sí mismo que es más listo que nadie. Valiente hijo de puta.

«Vas a sacarlos de allí, ¿verdad?», le ha pedido Pietra esa misma mañana en el hospital, aunque le parezca que fue hace toda una vida. Pero no sabe cómo; no sabe cómo orquestar otro plan para liberar a Enzo y a la mujer de la que está enamorado. Y si no lo consigue, ellos dos se añadirán a sus números rojos.

El agua sigue clavándose en su piel. Y eso, por mucho que le ayude a olvidar, tampoco le deja pensar. Siendo lo último que necesita en ese momento. Siendo lo último que necesitan Natalia y Enzo.

El agua sucia ha desaparecido, el desagüe ha decidido por fin soltarle de ese reguero marrón con el que le sujetaba y dejarle libre, tragándose parte del recuerdo de esa tarde. Luca cierra la ducha y siente el alivio de que haya terminado el castigo. Con la piel ardiendo, toma una toalla y comienza a secarse. Todavía tiene que llamar a sus primos para contarles que Pietra ha muerto; deben de andar locos buscándola. Va a utilizar la coartada que Vera le ha propuesto, pero, aun así, sabe que ahí tiene una batalla perdida. Aguantará el chaparrón como pueda y, aunque van a odiarle, en este momento es el último de sus problemas.

«Nunca empieces nada que tarde o temprano vaya a doler». Esa frase, que se había grabado en su cerebro a lo largo de los años, ha volado en mil pedazos durante la ejecución del plan. Todo deja huella, todo duele. Todo cicatrizará, aunque quede la marca para que lo recuerde siempre.

El tiempo corre en su contra, y ha de poner el foco en lo único importante que ahora existe: Enzo y Natalia Y, si logra que eso salga bien, podrá asestar a Álvaro el golpe de gracia. Tiene toda una noche por delante para pensar, para añadir variables y eliminar opciones; para encontrar el modo de liberarlos.

Sale de la ducha y el espejo le devuelve el reflejo de un ser demacrado, hundido y acorralado. Con la toalla enrollada a su cintura, a paso cansado, se sienta sobre la cama y toma el teléfono móvil para llamar a su prima Silvia. Pero se sorprende, porque ella se ha adelantado: cuatro llamadas perdidas y dos mensajes.

Uno de texto:

¿Se puede saber dónde diablos te has llevado a mi madre?

Y otro de audio, reenviado:

Sé que os estaréis preguntado dónde estoy y por qué he dejado el hospital. Luca os lo contará, pero no le culpéis a él: solo ha seguido mis instrucciones. No he tenido fuerzas para despedirme de vosotros, lo siento, pero es que las fuerzas para cualquier cosa ya se me acabaron hace tiempo.

La muerte de mi hermano y la de vuestro padre me arrastraron a un abismo hacia el que quería dejarme llevar. Pero si no lo hice fue gracias a vosotros, gracias a la fuerza que me disteis para continuar. Aunque esta enfermedad, y teniéndoos lejos, reavivó mis ganas de dejar este mundo. Y ha sido Luca el que me ha dado motivos para no hacerlo, el que vino a salvarme para desear vivir un día más.

Él ha aliviado el sufrimiento de mis últimos días y el que ha hecho que me vaya de este mundo con la conciencia más tranquila de lo que jamás habría podido imaginar. Así que no paguéis con él el dolor y la rabia que podáis sentir. He sido feliz durante las últimas semanas de mi vida.

Os amo de una manera infinita.

La voz de Pietra resuena en los oídos de Luca. Le parece inverosímil que se haya ido para siempre. Piensa cuándo pudo grabarlo y llega a la conclusión de que el único momento posible fue cuando se estaba cambiando de ropa en ese minúsculo baño frente al área de Radiología del hospital. Pietra no solo le exculpa, sino que ella sabía que no iba a regresar al hospital con vida. Y ese convencimiento de su tía, ese estoicismo ante la fatalidad, le hace a Luca romper a llorar de nuevo; de dolor por esa muerte, sí, pero también de admiración hacia alguien que ha tenido la valentía de elegir cómo morir.

Esa demostración de coraje es lo que él necesita para levantar el ánimo, para alejar esa culpa y centrarse en el problema que tiene ante sí. Pietra le ha dado un punto de apoyo para mover el mundo.

Y es en ese momento cuando cobran todo su sentido las últimas palabras que le dijo antes de que la vida abandonara su cuerpo: «Gracias por no dejar que muera en una cama de hospital».

40. Valencia, diciembre de 2022

Almudena Galeano se ha escapado a la pastelería que hay frente a la Jefatura casi a la una del mediodía; es la hora a la que sabe que no se va a cruzar con ningún compañero y así poder disfrutar en silencio del cuerno de hojaldre relleno de chocolate. Hace la preceptiva cola, lo pide junto a un café con leche para trasegarlo, paga y se dirige a la barra para recoger su pedido.

Se lo permite pocas veces —cosas de la línea—, pero cuando lo hace se convierte en una liturgia que le gusta seguir al pie de su letra. Con la bandeja se dirige a la mesa corrida con taburetes altos a ambos lados. Sabe dilatar el momento para disfrutar del primer bocado; ese en el que el chocolate explota en su boca y puede saborearlo como si fuera la primera vez que lo hace. Añade el azúcar al café y lo remueve. Coloca la servilleta perfectamente encuadrada en la mesa y da el primer sorbo. Toma con las manos el bollo, siente su textura pegajosa, por la capa de caramelo que lo recubre, y dirige la puntiaguda forma de hojaldre a su boca para entrar en éxtasis.

A mitad de recorrido entre el plato y los labios, alguien ocupa el taburete que hay frente a ella, situándose a escasos centímetros. Y, viendo invadido su espacio vital, a Almudena Galeano se le corta todo el rollo.

Deja el cuerno de chocolate de nuevo en el plato y levanta los ojos para mirar con rostro inquisitorio a quien sea que haya osado interrumpir su momento. Y se sorprende al reconocer al tipo, aunque es la primera vez que lo ve en persona. Traje azul oscuro ceñido al cuerpo y camisa blanca con dos botones desabrochados.

—Cinco minutos… —protesta ella poniendo los ojos en blanco—. Tan solo pido cinco minutos de paz.

—Espero haberle evitado esa bomba calórica. —El recién llegado encuentra un argumento—. Debería darme las gracias.

—Luca Santamarta.

—Inspectora Galeano —devuelve el saludo.

—¿Por qué lo estamos haciendo aquí? —Almudena Galeano toma otro sorbo de café. Pero, desde luego, no va a proceder al íntimo placer del primer mordisco al cuerno de chocolate en presencia de nadie.

—Porque aquí, si fuera necesario, puedo negar cualquier cosa que le diga.

—Pues vas a tener que decirme por qué crees que debo soltarlos. —La inspectora clava su fría mirada en los verdes ojos de Luca—. Porque a eso has venido, ¿verdad?

—Verdad —asiente.

—Ha de ser muy bueno lo que tengas; huele muy mal lo de tu hermano y la chica. —Aparta el plato de delante, para evitar tentaciones—. Tengo las grabaciones del hotel de Praga, pruebas de la presencia del coche entrando a una subasta ilegal, sangre en el brazo de tu hermano, imágenes de tu tía inconsciente, y de otra mujer que les deja en el parking del hotel. Tengo suficiente como para llevarlos ante un juez y pedir prisión provisional.

—Solo cumplían mis órdenes —admite él—. No sabían que participaban en algo ilegal.

—Claro... —ella le sonríe como lo haría con un niño—, y por eso iban disfrazados. ¿Qué hacían en Praga?

—Conseguirme bronce que tuviera más de dos mil años.

—¿Para qué?

—Para fundirlo y fabricar un falso original de una estatua griega.

—Vaya, vienes con todo, chico. —Galeano admite que su visita no se está guardando nada—. ¿Y qué pretendías hacer con ella?

—Lo que ya he hecho: venderla a un marchante para que este se la coloque a un museo.

—¿Quién es el marchante? —Ella hace el intento.

—Inspectora, he venido con las mejores intenciones, pero no me ofenda, por favor. —Luca yergue la espalda y se estira la chaqueta del traje—. Le juro que todo lo que le estoy contando es verdad, pero todavía no le he dado ni una sola prueba contra mí.

—Doy por hecho que conseguiste el certificado que acredita la autenticidad de la pieza.

—The Winton Institute.

—Si ellos lo dicen, todo el mundo da por hecho que es buena. —Galeano está empezando a vislumbrar la capacidad del chico que tiene delante—. ¿Quién la ha fabricado para colársela así?

—El Maestro Español.

—¿Sigue vivo? —pregunta con ojos de asombro.

—Así es.

—Así que todavía está en activo, por lo que veo.

—No, ha sido una excepción.

—¿Me lo vas a entregar para que responda de sus delitos?

—Por supuesto que no.

—Entonces... —ella trata de ir acorralándolo—, ¿qué piensas ofrecerme a cambio de Enzo y Natalia?

Luca mira a su alrededor. Varias mesas están ocupadas, y el murmullo de las conversaciones ajenas apaga la que está ocurriendo entre ellos. Aun así, no desea elevar mucho la voz, por lo que acerca su rostro al de Galeano.

—Inspectora… —ahora es él quien toma el mando—, ¿qué es más importante: las emociones que despierta una obra de arte o la mano que la firma?

—¿De verdad que me estás preguntando eso? —Ella pone los ojos en blanco—. No estoy para adivinanzas.

—Conteste, por favor.

—Diría que las emociones, pero lo que mueve dinero es el artista que la firma.

—Lo mismo me contestó mi padre —le cuenta Luca—. Su problema fue que él sí falsificó una firma; la de Goya. Yo solo tenía un busto de bronce en mis manos, con un informe de materiales por parte de una reputada entidad, y alguien me lo ha comprado. ¿Qué tiene de malo?

—Ahora eres tú quien me ofende. —Sin reducir la distancia, Galeano le aguanta la mirada—. Tu equipo ha participado en la compra de piezas de bronce expoliadas o robadas.

—No va a encontrar pruebas de ello.

—Que lo decida el juez; yo le doy indicios razonables. —El gesto de las cejas indica la evidencia de lo que está diciendo—. Y me lavo las manos.

—Pero… —Ha llegado el momento de empezar a sacar artillería pesada. Primer disparo—. ¿Qué pasaría si yo le doy pruebas de que ese marchante ha vendido esa obra falsa a un museo? ¿Y si además puedo demostrar que lo ha hecho sabiendo que la pieza no era auténtica?

—Podría empapelarle.

—Esa es mi propuesta, inspectora Galeano. —Luca coloca los antebrazos sobre la mesa, y sabe que es hora de mostrar respeto. Porque va a pedir—. El marchante, por Enzo y Natalia. Y por mí, claro.

Almudena Galeano calla y sopesa las palabras de Luca Santamarta. Ha de reconocer que el tipo tiene arrestos y que, al menos hasta ahora, está siendo sincero hasta morir. O matar, quién sabe.

—Dependería de si ese marchante es caza mayor.

—Le aseguro que lo es.

—¿De quién hablamos?

—Todavía no. —Luca sabe que camina sobre un alambre y tiene que jugar sus cartas de manera inteligente—. ¿Sabe? Me he dado cuenta de que en este negocio hay dos partes de la cuerda: quien produce una falsificación y quien la vende. ¿Cuál de las dos importa más?

—Las dos. —Obvio—. Si no hay alguien que produzca, el que vende tiene las manos vacías. Si no hay alguien que venda, da igual quién produzca.

—Esta vez yo he sido quien ha producido. Y le juro por mi honor que es la primera y la última. —Luca se lleva una mano al pecho para apoyar sus palabras—. Pero quien vende y hace de eso su forma de vida no va a parar jamás.

—¿Me vas a decir de una vez de quién es la cabeza que me estás ofreciendo?

—Álvaro Balboa de Núñez-Pisón. —Segunda carga de artillería.

Otra vez ese nombre, piensa Galeano. Un nombre de otros tiempos para ella, alguien a quien su jefe, veinte años atrás, no quiso buscar las cosquillas. Y ella solo pudo agachar la cabeza aun estando convencida de que ese hombre estaba metido hasta las cejas en el barro. El chico tiene razón: es caza mayor. Uno de los tipos más ricos de Valencia, relacionado con todo el mundo que ejerce una parcela de poder en la ciudad. Parece que el pasado sí que ha vuelto para cobrar su tributo. Y con intereses.

—Seguro que no recuerdas que tú y yo ya nos habíamos visto. —La confidencia de Galeano sorprende a Luca y le pone en alerta—. La noche de la detención de tu padre estuve en tu casa. Os vi llorar a tu hermano y a ti. Pero también vi cómo tú le plantaste cara a uno de mis hombres por defender a tu madre; tuviste arrestos y los tienes ahora. Pero que te respete de manera personal no significa que vaya a saltarme ningún código profesional.

Viejos fantasmas que reviven en el momento más insospechado. Y aunque Luca siente el pinchazo dentro de él, permanece inalterable a la espera de ver adónde quiere ir a parar la inspectora.

—Tu padre y Balboa se conocían —prosigue ella—. En aquel momento hubiera apostado, y lo sigo haciendo, a que eran algo más que meros conocidos. Balboa confesó haber vendido el Goya al banquero sin saber que era falso. Y que lo único que había hecho era comprárselo a tu padre.

—Mi padre decía que Balboa era el hermano que nunca había tenido. Pero le traicionó, y por eso solo fue Francesco Santamarta quien pisó una celda. —Galeano detecta que Luca habla de su padre con cierta distancia, para que las emociones no interfieran en el cometido que le ha llevado hasta esa cafetería—. Y salió de allí para trasladarse a una tumba.

—La versión de Balboa encajaba. No se pudo hacer más. —Galeano, en su interior, sabe que se pudo hacer mucho más; pero su antiguo jefe, el inspector Fonseca, supo pararle los pies en aquella ocasión.

—Bueno, ahora sí puede.

Galeano apura el café con leche y maldice en su mente por no haberse podido comer el cuerno de chocolate, aunque, al menos, la conversación es interesante.

—Esto es una venganza, ¿no es así? —Clava el cuchillo un poco más hondo.

—Prefiero dejar a un lado las motivaciones personales.

—¿Entonces?

—Tengo mis motivos, pero permítame que me los guarde.

—¿Cómo está Pietra Santamarta?

—Falleció ayer. —A la cabeza de Luca vuelven los recuerdos del día anterior, pero consigue apartarlos. Al menos mientras dure la reunión con Galeano, a quien no piensa contarle cómo ocurrió—. Estoy seguro de que usted ya sabía que estaba muy enferma, porque de lo contrario la habría detenido también.

La inspectora asiente varias veces mientras hace un gesto con los labios. Respeta la intimidad de Luca, siempre y cuando esos secretos que pretende guardar no interfieran en la propuesta que él le ha hecho.

—Todo lo que me cuentas me parece muy bien, pero todavía no tengo ni una sola prueba contra Balboa.

—Pero yo sí. —Luca se echa el cabello hacia atrás—. A cambio de lo que le he pedido.

—Dispara y veremos si me gusta.

Y Luca ha de sacar los cañones para la tercera y última andanada.

—Revise su correo electrónico, por favor. —Señala al pecho de Galeano—. Tiene que haberle llegado el informe de The Winton Institute que le envié a Balboa.

Galeano mete la mano en el bolsillo interior de su americana, saca el móvil y pulsa varias veces la pantalla. En efecto, ahí está el correo electrónico, remitido desde una cuenta que a todas luces es anónima. Se toma su tiempo en leerlo: el informe corrobora que el bronce es del siglo IV antes de Cristo, que ha pasado todas las pruebas de laboratorio y el análisis visual de un experto en arte clásico. Nada que alegar. La pieza, además de bellísima, a juzgar por las fotografías, es totalmente legítima a ojos de la institución que la ha evaluado.

—Aquí no hay nada a lo que agarrarse. —Ella guarda de nuevo su móvil—. La pieza es buena.

—Excepto por un pequeño detalle... —Ahora es Luca quien mete la mano en la americana y saca un folio doblado en cuatro partes, que le entrega a la inspectora—. Al informe que ha leído le falta la última página.

Galeano despliega el papel y lee con detenimiento mientras bisbisea. Sus ojos se desplazan en un movimiento descendente sobre la hoja de papel. Luca sabe que ella ha dado con la clave cuando observa la repentina dilatación de sus pupilas.

—Ya lo ha visto, ¿verdad? —pregunta, seguro de la respuesta.

—¿Quién más tiene este documento?

—Desde hace una hora, el director del Museo Americano de Artes Clásicas de Chicago.

—El museo que ha comprado la pieza a Balboa, deduzco. —Almudena Galeano, hablando para sí misma, ata cabos y cae en la cuenta de que tiene toda la jugada ante sus ojos.

—Y la UDEV, en Madrid, ya debe de tener la denuncia del museo contra Balboa. —El propio Luca ha hablado por teléfono con Richard Miller, el director. Lamenta haberle echado a los pies de los caballos pero era un daño colateral a otro tipo codicioso—. El Museo Americano de Artes Clásicas ya ha realizado el primer pago a Balboa y está esperando la llegada del bronce.

—Que ahora está... —La frase sin terminar de la inspectora lleva implícita la pregunta.

—En el maletero de mi coche, para entregárselo esta tarde a Álvaro Balboa.

Galeano cierra los ojos por un instante y se los frota con la mano derecha. Respira hondo. Su mente ha logrado dar forma a la historia que le acaba de contar Luca Santamarta, y que, además, ha apoyado con pruebas. Tiene la experiencia suficiente para saber que algo así está al alcance de muy pocas personas y ha de reconocer que ese tipo del traje azul que tiene ante ella posee un cerebro privilegiado. Se da cuenta de que Luca ha ejecutado un ambicioso plan que nadie había puesto en marcha jamás y, por lo que parece, le ha salido bien. Estando segura, eso sí, de que no le ha contado todo.

Luca vuelve a tomar su teléfono móvil y con el pulgar derecho pulsa varias veces sobre él.

—Acabo de enviarle esa última hoja en este momento. Ya tiene el informe completo.

Galeano no da las gracias. Solo asiente a su interlocutor, lo que, en el contexto en el que se encuentran, viene a ser lo mismo. Y se le queda mirando en silencio, tratando de descifrar todo lo que esconde ese joven vestido de manera elegante que tiene frente a ella.

—¿Cuánto dinero le has sacado a Balboa por la venta de la pieza?

—No creo que sea necesario que conozca esa información.

—Balboa te culpará a ti. —Para la inspectora es obvio—. Es posible que el juez bloquee tus cuentas y rastree movimientos.

—Lo sé —Luca se pasa la mano por el cabello mientras le viene a la cabeza cómo él y Gael ya habían previsto esas dificultades, y han tomado medidas para ello: los paraísos fiscales son de difícil acceso para las autoridades judiciales—, estoy preparado. Y por eso le voy a hacer un último regalo.

Luca vuelve a meter la mano en el bolsillo interior de la chaqueta y saca un teléfono móvil, que deja sobre la mesa.

—Es para usted. Pertenecía a un tipo llamado Sancho Urriaga.

El cerebro de la inspectora realiza otra sinapsis: ese nombre corresponde al cadáver que fue encontrado la tarde anterior en la zona de La Albufera. Dentro de un coche que había sufrido un accidente y con un agujero de bala en la cabeza. Si Luca Santamarta se lo está entregando, es porque tiene relación con todo lo que le está contando.

—Lo tenías todo bien estudiado, ¿verdad?

—He tenido tiempo para diseñar este plan. —La sonrisa es triste, como si se tratara de una victoria en una batalla que jamás habría deseado librar—. Más del que usted podría imaginar.

Ella se fija en ese semblante y no puede evitar pensar en todo lo que Luca Santamarta le está ocultando. Le comprende, solo quiere protegerse; pero detrás de toda esa operación hay un brillante plan que ha tenido que ser ejecutado. A saber qué aventuras habrán corrido ese hombre y su equipo.

—Algún día me gustaría conocer toda la historia. —La frase de Almudena Galeano esconde curiosidad y admiración a partes iguales.

—Quién sabe…, algún día, quizá. —Luca mantiene la cara de póquer ante la inspectora, porque todavía no ha terminado la partida—. ¿Tenemos un trato?

41. Valencia, diciembre de 2022

—Dios Santo... —Álvaro Balboa, en lo que para él es una prueba de máximo respeto, ha apagado el cigarrillo en el gran cenicero de cristal en cuanto ha tenido la pieza ante sus ojos—. Es sobrecogedora.

—Lo es —responde Luca.

—Estamos contemplando casi dos mil quinientos años de historia. —Y el hombre de las gafas ahumadas parece incluso que no se atreviera ni a tocarla—. No puedo creer que se haya conservado así.

En el despacho de Álvaro, bajo la atenta mirada de su propio retrato, Luca ha cumplido su palabra y le ha llevado a su tío el bronce de Alejandro. Balboa está satisfecho del resultado, pero no de cómo han transcurrido algunos aspectos. Mientras ambos hombres hablan, los acordes de la *Suite para violonchelo* de Vogler se deslizan de forma suave por la estancia.

—¿Qué demonios hizo el inepto de Urriaga?

—Trató de robar el busto. —Luca se recoge las perneras del pantalón y coloca una pierna sobre la otra—. Cuando lo tuvo en sus manos, en vez de llamarte para que hicieras la transferencia, sacó su arma. Le advertí de que podía hundir tu reputación.

—Maldito idiota…

—Supongo que creía que tú estarías contento si te traía la pieza y te ahorrabas los cuarenta y cinco millones.

—Por supuesto que en otras circunstancias lo habría estado… —Álvaro es de esos a los que no les gusta dejar ni una miga en el plato—, pero no en una operación como esta. —El emperador no puede coronarse de una forma sucia.

—El guardaespaldas de la propietaria lo dejó seco de un disparo.

—¿Quién era la vendedora?

—La habrías conocido si hubieras venido, pero como estabas muy ocupado… —Luca tira de ironía y Álvaro la pilla al vuelo.

—Sabes que no era prudente que yo fuera. —Se recoloca las gafas oscuras en la parte alta de la nariz—. Cualquier chivatazo y se habría presentado la policía.

—¿Te daba igual que hubieran podido detenernos a los que estábamos allí?

—No es eso… —le sonríe—, pero sabes que no es lo mismo. Yo tengo una reputación que mantener. ¿Te deshiciste de la documentación de Urriaga?

—Hice lo que tenía que hacer —confirma Luca.

—Encontraron por la tarde el cadáver. —Álvaro siempre ha tenido fuentes de información rápidas y fiables—. No tenía familia, que yo supiera.

—Entonces nadie le echará de menos. —Luca hace ver que ese asunto ya no tiene mayor recorrido para él, aunque por dentro arde de rabia al recordar la muerte de Pietra—. ¿Cuándo vas a enviar el busto al Museo Americano de Artes Clásicas?

Álvaro Balboa vuelve a fijar los ojos sobre esa pieza de bronce. Los pómulos, el cabello ondulado, la nuez en mitad del cuello o los hombros desnudos son detalles de una perfección que murió con las antiguas civilizaciones. Y con sus amplios conocimientos de griego clásico puede leer esa anomalía que es que un busto esté nomenclado: Ἀλέξανδρος ὁ Μέγας. Alejandro el Grande.

—Mañana —responde al fin Balboa—. Aunque tengo un problema: ya no estará Urriaga para que supervise que la pieza sube al avión de carga. ¿Lo harías tú?

—Me halaga que confíes en mí, tío —Luca toma uno de los cigarrillos de Álvaro de la mesa y lo enciende—, pero me ofende que todavía me sigas tratando como a uno de tus recaderos.

—¿Has venido con la piel fina, sobrino? —Álvaro se recuesta en su sillón y sonríe con superioridad—. No eres uno de mis recaderos, es cierto..., pero trabajas para mí.

Y esas palabras —«trabajas para mí»— son el resorte que indican a Luca que debe iniciar el ataque. Solo falta clavar la bandera en la cumbre, y sabe que es el momento. Se toma unos segundos, respira hondo y su rostro se pone en tensión.

—Trabajo para ti..., ¿como mi padre? —Luca, también con la espalda acomodada en el respaldo de la silla, exhala una bocanada de humo con calma mientras aguanta la mirada de Álvaro Balboa—. Eres capaz de vender a cualquiera con tal de salvarte tú.

—¿Insinúas que traicioné a tu padre? —Álvaro advierte, aunque no sabe por qué, que la conversación ha entrado en una nueva dimensión, pero él es especialista en apagar conatos de incendio, y este no va a ser menos.

—No lo insinúo —Luca sacude el cigarrillo para que la ceniza caiga al suelo de manera deliberada—, lo afirmo y sabes que no miento. Le traicionaste y le mataste.

—¿Tú te crees que puedes venir a mi casa a insultarme? —La voz rasgada borbotea alterada por boca de Balboa.

—¿Sabes? —Luca da una última calada y aplasta el cigarrillo en el cenicero—. Ni siquiera te guardo rencor por lo que le hiciste a mi padre. Él sabía de los riesgos que corría contigo, aunque fuera un soñador. Y, aunque ambos lo hayamos enterrado, los dos sabemos que ordenaste su muerte por la llamada en la que te dije que yo sabía que eras tú quien le había delatado.

—Dices que no es por tu padre. Entonces, ¿qué buscas?

—Resulta que tienes la mala suerte de que lo que le hiciste a mi padre fue el inicio de la caída a los infiernos de mi madre. Y de cómo la trataste. —Con las manos apoyadas en el reposabrazos de su silla, Luca parece hasta relajado—. Y por eso sí te guardo rencor.

—Tu madre… —Y esas palabras salen con un aura de mal recuerdo por la boca de Álvaro—. Le ofrecí una vida y no la quiso.

—Solo trataste de comprarla, como haces con todo y con todos. —Luca siente la bilis en su garganta, pero sabe que tiene que contenerla—. Hasta que te dijo que no y, entonces, le hiciste la vida imposible. Pero ella fue más fuerte que tú.

—Yo sigo aquí y ella no —dice mientras se peina con una mano—. Quizás eso te enseñe algo sobre la fortaleza.

—Ella no está aquí porque por fin se decidió a denunciarte y tú la mataste. —Ha llegado la hora—. Ese pecado requiere penitencia, y Urriaga ya ha pagado por ello.

—¿Qué me quieres decir?

—Es cierto que Urriaga trató de robar el busto —Luca solo quiere que Álvaro sepa lo justo—, pero, aunque él no lo sabía, estaba robándome a mí, y acabé con él de un disparo en la cabeza. Ahora es tu turno.

—Luca, toma nota de esto que te voy a decir. —Siendo consciente del órdago que ha lanzado Luca, Álvaro opta por darle una nueva lección gratis sin bajarse del trono en el que siempre ha creído que se encuentra sentado—. Si amenazas a alguien, asegúrate de llevar buenas cartas. Si me amenazas a mí, ten la certeza de que te destruiré.

—Tu problema, tío… —esa última palabra es pronunciada con el tono más irónico que Luca logra alcanzar—, es que siempre has sido demasiado poderoso, lo has tenido todo. Y tu soberbia te hace infravalorar a quien tienes delante.

Álvaro vuelve a sonreír, esta vez de manera audible. Se siente como ese maestro que tiene que aplicar un correctivo al aprendiz que cree que va más adelantado de lo que en realidad lo está. No puede permitir que atraviese determinados puntos sin retorno.

—Luca… —dice tras dejar transcurrir los instantes que indican que él maneja los tiempos—, ¿qué crees que puedes hacerme?

Y es Luca quien sonríe con calma y niega con la cabeza, haciendo ver que es inútil que Álvaro siga con esa actitud altiva.

—No has entendido nada. Ya te lo he hecho.

Álvaro se levanta las gafas ahumadas, dejando ver sus patas de gallo y las bolsas que cuelgan bajo los párpados inferiores. Y esa mirada esconde un desafío y, a la vez, una pregunta: *¿Qué crees que me has hecho?*

—Livermore llevó a cabo una excavación en Pakistán, sí…, pero era falsa. No encontró nada.

—Eso es imposible. —Álvaro vuelve a sonreír—. Ese viejo no se pone a hacer agujeros en mitad del desierto para nada.

—Es cierto, no lo hizo por nada: lo hizo por los tres millones de euros que yo le pagué —asiente—. Y así yo pude inventar lo que encontró: el busto de bronce de Alejandro Magno mejor conservado de la historia.

—¿Y cómo ha pasado las pruebas de laboratorio? —Y ahora Álvaro no evita poner la mano sobre la cabeza del gran conquistador, en una demostración de que es propiedad suya.

—Porque conseguí bronce de la misma época y el Maestro Español lo fundió.

—Ese hombre está muerto.

—Lo estará pronto, es cierto, pero todavía no.

—¿De dónde ibas tú a sacar todo ese bronce? —Para Álvaro, la historia hace aguas por todas partes.

—Tienes delante de ti las monedas que no pudiste conseguir en Praga.

Y Álvaro, que no tiene un pelo de tonto, logra conectar todo lo que Luca le está contando para reconocer que quizá la historia no sea un barco con tantas vías de agua como él pensaba. Apoya el mentón en su mano derecha y se toma unos instantes para pensar.

—En el hipotético caso de que toda esa fantasía que me estás contando fuera verdad, sigo teniendo un busto de bronce avalado por The Winton Institute. —Y vuelve a acariciar con soberbia la cabeza de Alejandro—. He pagado cuarenta y cinco millones y voy a recibir sesenta sin haberme movido de este sillón. Y sé que es poco, pero, ya sabes, no se trata de dinero…

—Álvaro… —y evita llamarle «tío»—, has leído en ese informe lo que yo he querido que leyeras.

Del bolsillo interior de la americana, Luca saca ese folio doblado en cuatro partes que esa misma mañana le ha mostrado a la inspectora Galeano. Lo despliega y lo lanza sobre la mesa.

—Cuando el Maestro Español fabricó la pieza, le pedí dos cosas.

Álvaro ni se ha dignado en coger la hoja de papel que ha caído sobre la mesa de su despacho. Su impertérrita pose es la demostración de que nada de lo que diga ese chico va a afectarle.

—La primera —prosigue Luca— fue que nomenclara la pieza. Algo totalmente inusual, pero que le daría al busto un valor incalculable.

—Así es, lo tiene. —Para Álvaro no cambia nada.

—La segunda fue… —y los ojos verdes de Luca, clavados sobre los de Álvaro, indican que la espada de Damocles está a punto de caer— que grabara una inscripción en el interior del molde de cera.

Los conocimientos de Álvaro sobre el proceso de fabricación de una pieza de bronce son suficientes como para saber que lo que queda grabado en el molde de cera aparece en el resultado final con total precisión; forma parte de la pieza desde que es fabricada. Y ahora sí que toma la hoja con urgencia para descubrir a qué se refiere el hijo mayor de Francesco Santamarta.

Aunque las pruebas de materiales y el análisis visual de la pieza de bronce dan como resultado una autenticación positiva, la prueba de tomografía computerizada ha detectado una inscripción grabada en el interior de esta. Dicha inscripción no presenta erosiones ni astillado a su alrededor, hecho que indicaría que habría sido añadida con posterioridad. Al no ser así, se puede determinar con total seguridad que fue grabada en el molde a partir del cual se modeló el bronce fundido y forma parte de la pieza desde su creación. Dicha inscripción reza lo siguiente:

Η κόλαση είναι άδεια

Por lo que, sin ningún lugar a dudas, se puede asegurar que la presente pieza de bronce no es un original del siglo IV a. C.

—Esa es la última página del informe de The Winton Institute. —Luca señala el folio que Álvaro aún sostiene en su mano—. Ya te lo he dicho: habías leído hasta donde yo quería que leyeras.

Álvaro ya es consciente de las implicaciones que tiene todo aquello. Y de lo metido hasta el cuello que está en todo el asunto.

—El infierno está vacío… —El hombre de las gafas ahumadas ha traducido del griego la inscripción—. ¡Hijo de puta! —Le sale del alma.

—Va a resultar difícil que alguien crea que un bronce de Alejandro Magno tiene grabado en su interior un pasaje de *La tempestad* de Shakespeare, ¿no te parece?

Álvaro Balboa de Núñez-Pisón se recuesta sobre su enorme sillón de trabajo tratando de mostrar que mantiene la calma, que sigue dominando la situación, cuando ambos saben que está muy lejos de ello. Luca ha conseguido engañarle, y el resultado es que todo el mundo va a creer que él ha vendido una pieza de bronce falsa ocultando las pruebas que lo demostraban. Pintan bastos, y ahora solo le queda saber cómo ha maniobrado Luca con toda esa información. No tiene más remedio que reconocer que está en sus manos.

—¿Ya te has dado cuenta de que infravalorar a las personas ha sido siempre tu error? —pregunta Luca sabiendo que Álvaro ya se siente a tiro y que no hay muro tras el que parapetarse.

—¿Cómo convenciste a Miller para que el Museo Americano de Artes Clásicas se lanzara a comprar el busto? —pregunta tras un par de minutos de silencio.

—No voy a decírtelo; prefiero que te lo preguntes durante el resto de tu vida —Luca no puede sino admitirse a sí mismo que está disfrutando del momento—, pero sí te puedo decir que fue muy fácil. Y también muy caro.

—¿Y ese tema de tu empresa, la de que encuentra obras de arte en cualquier parte del mundo? —Las dudas se le amontonan al hombre de la voz que suena a guijarros de playa arrastrados por una ola.

Luca ni se digna en contestar. Solo abre las manos y eleva las cejas, dando a entender que aquello solo era una ficha más en esa partida de ajedrez que él puso en marcha. Y a la que Álvaro ni siquiera sabía que también estaba jugando.

—Así que todo era una ficción... —Álvaro ha sentido ese gancho directo a su mentón—. ¿Vas a denunciarme?

—Yo no —reconoce—, pero el AMCA ya lo ha hecho; les envié esa última página del informe y quieren recuperar el adelanto que te han dado. Y, además, ya sabes cómo son los americanos con restituir el honor, los daños y perjuicios y todas esas cosas. Van a desangrarte.

—Mis abogados sabrán sacarme de esta.

—¿El tartamudo? Ese ya te ha sacado de muchas..., pero de esta, lo dudo. —Luca lo reconoce incluso con cierta admiración profesional—. Pero esa última hoja del informe también se la he entregado a la policía, y parece que hay una inspectora que te tiene muchas ganas. Ah... —Luca parece recordar algo—, y a esa inspectora también le he dado un regalo de Navidad anticipado.

Las cejas de Álvaro preguntan aquello a lo que su boca no se atreve.

—Le he entregado el móvil de Urriaga. —Luca ha dado el golpe de gracia, por eso se permite peinar su cabello hacia atrás y negar a Álvaro con la cabeza—. Relacionarte con él y averiguar todo lo que llevabas entre manos con ese asesino va a ser un juego de niños.

—Me quieres ver arruinado y en la cárcel, ¿no es así? —Álvaro Balboa lanza las gafas ahumadas sobre la mesa. Su estado de desconcierto es tal que ni siquiera sabe cómo debe actuar. El tipo resuelto, el más listo de la clase, se encuentra en un callejón oscuro que le produce terror—. Yo siempre encuentro soluciones, no lo olvides. Y cuando dé con ellas, iré a por ti.

—Dudo que las encuentres para lo que se te viene encima. Tú acabaste con mi familia —Luca siente la vibración del teléfono móvil en el bolsillo del pantalón y se pone en pie— y yo solo voy a restablecer el equilibrio.

—El equilibrio siempre es lo que yo ordeno que sea. —Esa soberbia solo son espasmos incontrolables que buscan una bocanada de aire para seguir respirando.

—Te he robado cuarenta y cinco millones de euros, te vas a enfrentar a una demanda millonaria por parte del Museo Americano de Artes Clásicas y a una petición de cárcel —recapitula Luca—. Creo que tienes cosas más importantes de las que preocuparte que ordenar cuál ha de ser el equilibrio.

Cuando se dispone a abandonar el despacho, se abre la puerta y aparece la asistenta latinoamericana con su impoluto uniforme blanco, a juego con el pálido rostro que trae.

—Señor… —alcanza a decir antes de que la puerta se abra del todo.

Almudena Galeano, mostrando su placa y seguida por Víctor Prada y otro puñado de agentes de paisano con chaleco identificativo, irrumpe en el despacho y mira a Luca. Este asiente.

—Álvaro Balboa, queda detenido por la venta de una obra de arte falsificada. —Se recrea en esas palabras—. Víctor, léele sus derechos.

El hombre de la voz que suena a arrastrar una chapa de hierro por el suelo no puede reaccionar; parece no creer lo que está ocurriendo. Su propia casa, su sanctasanctórum, invadido por la presencia de todos esos agentes de policía que vienen a por él.

—Tiene derecho a permanecer en silencio; cualquier cosa que diga podrá ser utilizada en su contra ante un tribunal. Tiene derecho a la asistencia de un abogado…

Uno de los agentes esposa a Álvaro y le muestra una orden de registro de su vivienda. Allí ya está todo el pescado vendido y Luca, con un gesto de su cabeza, se despide de Galeano al pasar junto a ella.

—¡Siempre te he tratado como a un hijo! —le grita Álvaro, que comienza a vislumbrar todo lo que se le viene encima e intenta revolverse con los brazos a la espalda mientras dos agentes le inmovilizan como a un vulgar ratero que trata de escapar— ¡¿Cómo has podido hacerme algo así?!

Luca se gira para mirarle por última vez. Ha consumado su venganza, ha ganado el juego que él comenzó. Es de justicia que esa frase de *La tempestad*, que era un código entre su padre y Álvaro, sea lo que acabe con el antiguo socio de su padre. Su asesino. El asesino de su madre. El mismísimo Diablo.

—Porque todos los demonios se hallan aquí.

Y, estirándose la chaqueta del traje, abandona el despacho del hombre que destruyó a su familia mientras suena «Verano Opus 8 n.º 2», de *Las cuatro estaciones* de Vivaldi.

El juego ha terminado.

Epílogo

—No tenías derecho, Luca. —Silvia, la hija de Pietra, habla con una mezcla de dolor y rabia.

—Fue ella quien me lo pidió. Lo siento.

—No me creo que mi madre nos ocultara que no quería morir en el hospital. —Ella insiste en que Luca se excedió—. Mi hermano se ha marchado sin decirte nada porque no se atreve, pero yo no voy a perdonarte jamás.

—Prima, con todos los respetos… —Cuando alguien dice eso, va a faltar al respeto a la otra persona sin ninguna duda—. En vez de preocuparte por mí, quizá deberías preguntarte por los secretos que os ocultaba tu madre.

—¿Qué sabrás tú de secretos? —Y la mirada de odio atraviesa las gafas de sol de la prima de Luca.

Todos los asistentes ya se han marchado. Tras el funeral en la iglesia de San Martín, la comitiva se ha desplazado en taxis y coches hasta el cementerio de Valencia. En ese silencio sepulcral que une a decenas de personas, los operarios han retirado la lápida del nicho en el que descansa su marido para introducir el féretro que contiene el cuerpo de Pietra Santamarta. Tras unos interminables segundos, han vuelto a colocar el mármol —a la espera de que sea grabado en los próximos días el nombre y las fechas de nacimiento y muerte de la recién fallecida— y se ha formado una cola para dar el pésame a los hijos de Pietra.

Luca y Enzo, acompañados de Natalia, Gael y Vera, han esperado para quedarse a solas con sus primos, aun sabiendo que no son bienvenidos por todo lo ocurrido. Esos minutos de fórmulas preestablecidas —«Os acompaño en el sentimiento», «Era una gran mujer» y todas esas vacías frases hechas— han servido a Luca Santamarta para traer a su mente todos los recuerdos de la muerte de Pietra. Ella le dio las gracias por hacer que no muriera en una aséptica habitación de hospital, pero esa jamás fue la intención de él. Todo por culpa de un cúmulo de fatalidades que no vio venir. Y se culpará por ello toda la vida, aun conociendo que su propia tía estaría más que satisfecha del resultado final. Al menos, la jugada para liberar a Enzo y a Natalia salió bien. Y la de acabar con Álvaro, también.

—Quizá yo no sepa nada de secretos —contesta Luca a su prima con una mentira—, pero tu madre hizo un fideicomiso a mi nombre para cuidar de su patrimonio hasta que muriera y pasara a vuestras manos.

—¿Qué narices significa eso? —se extraña Silvia al no saber nada de lo que su primo le está contando.

—Que hace unos minutos he mandado a tu teléfono móvil los códigos de una cuenta en Suiza con un millón setecientos cincuenta mil euros.

—¿Mi madre tenía ese dinero? —La cifra ha sobresaltado a su prima, que abre los ojos como platos, y eso ha suavizado las facciones de su rostro.

—Me confió su pequeño capital para inversiones y yo pude hacer crecer su dinero. —Otra patada contra la verdad—. Y en su casa tenéis otros quinientos mil en efectivo —añade él.

—¿Por qué te lo pidió a ti y no a nosotros?

—No lo sé. —Con las manos en los bolsillos del pantalón del traje, Luca levanta levemente los hombros—. No sé nada de secretos, ya lo has dicho. —Pero lo que Luca sí sabe es que no está siendo justo con Silvia, le está mintiendo. Esa irónica respuesta es su pequeña venganza contra sus primos por no haber estado pendientes de Pietra todo lo que habrían debido. Pero también es consciente de que, si lo hubieran estado, habría sido mucho más difícil que esta desempeñara un papel tan decisivo en toda la operación. Nunca se sabe qué es lo que más conviene.

—Esto no cambia que jamás vaya a perdonarte.

—Lo acepto —tampoco es algo que sea un drama para él—, pero te aseguro que Pietra tomó las decisiones que deseó. Y que murió tranquila.

Silvia se levanta las gafas oscuras para mirarle y, clavando los ojos en él, reafirma la sentencia. Vuelve la vista hacia Enzo y ni siquiera se digna en preguntar por las otras tres personas que le acompañan.

—Vosotros habéis sufrido mucho —vuelve a dirigirse a Luca—, pero no te consiento que minimices mi dolor.

Y con esa frase Silvia se gira y comienza a alejarse sin despedirse. Luca la observa caminar, sabiendo que el odio de su prima es solo el escudo para ocultar la culpabilidad que siente por haber dejado de ser la principal confidente de su madre. Todas las personas cargan con su historia, su pena, su culpa y sus miedos. Pero también sabe que esa culpabilidad se va a diluir dulcemente, más temprano que tarde, con esos más de dos millones de euros que Pietra se ha ganado con justicia en las últimas semanas antes de morir.

Esos pensamientos desaparecen de manera fulminante de la mente de Luca al sentir cómo unos dedos se entrelazan en su mano. Se gira y observa cómo, tras los cristales de esas horribles y enormes gafas cuadradas de pasta negra, los ojos de Natalia le sonríen. Y eso le hace olvidar todo. Lo vivido, lo sufrido y lo vengado. Ella se eleva de puntillas y, acariciando el cabello de Luca con su mano derecha, se acerca a él hasta que sus respiraciones se mezclan. El contacto de sus labios es la forma que tienen de decirse que han encontrado la paz que necesitaban.

Ambos se giran para mirar la lápida de mármol y Luca sonríe con tristeza.

—Hay que tener mucho coraje para elegir cómo morir. —Las palabras de él van dirigidas a Pietra, como si todavía pudiera verla. Aunque sus restos sean los que ahora descansan en el nicho.

—Su vida, sus normas. —Y Natalia se aprieta contra su brazo.

—Ojalá algún día tenga yo la mitad de valor que ella.

—Luca… —la voz de Vera Castillo interrumpe sus pensamientos—, algún día serás consciente de lo que has logrado. Y sabrás que tienes tanto valor como ella.

—Sin vosotros no habría sido posible —reconoce él ante todo su equipo.

—Ya sé qué tipo de persona eres. —Le sonríe la antigua agente del CNI—. Llámame cuando me necesites. Sobre todo si sigues pagando tan bien.

—Aquí nos despedimos, señorita Castillo. —El asentimiento de cabeza de Luca indica gratitud.

—Por el momento. —Y esa es la despedida de ella al resto del equipo.

—Vera… —Enzo se echa hacia atrás el pelo con las manos—. Quizá nos quede algún baile.

—Quizá. —Guiña un ojo al pequeño de los Santamarta y comienza a caminar—. Quién sabe… —dice sin girarse.

El silencio vuelve a esa solitaria calle del cementerio. El aroma de las coronas de flores que se amontonan debajo del nicho les envuelve en esa fría mañana de diciembre en que han dado el último adiós a Pietra. Ella ha vuelto a estar con su marido. Su vida, sus normas; tal como ha acertado a decir Natalia.

—He comprado un piso en el edificio de Luca.

Luca, Natalia y Enzo se giran a mirar a Gael. Y este sigue mirando la lápida, pero solo por no encontrarse con los ojos de sus compañeros, temiendo haber hecho algo que no le guste a Luca.

—Ya era hora de que dejaras el zulo ese en el que vivías. —Las palabras de Luca son de aprobación, y eso hace que Gael suelte el aire que mantenía contenido—. Ya sé a quién pediré azúcar. Pero Gael…

—¿Qué pasa?

—Se acabó lo de ser *hacker.* —Y, esta vez, el mayor de los Santamarta se ha puesto serio.

—Solo hasta que tú vuelvas a pedírmelo. —El joven, vistiendo de traje por segunda vez en tres días, quiere mostrar lealtad—. A ver qué hago yo ahora con mi vida…

—No tienes ni veinte años y ya eres millonario —le recuerda Natalia—. Creo que algo encontrarás, ¿no te parece?

—¿Y tú, Natalia? —Enzo tiene curiosidad por saber cuáles son los planes de esa chica a la que hizo que despidieran de un trabajo que pensaba que era el de su vida.

—Ahora que ya no me tengo que preocupar de pagar las facturas por los cuidados de mi padre, lo único que de verdad me pide el cuerpo es una piña colada en el malecón de La Habana.

—¿Luca? —Gael termina la ronda preguntando al tipo que les ha cambiado la vida.

—Creo que también quiero ver Cuba. —Aprieta la mano de Natalia—. Y saborear ese mismo ron en ese mismo malecón.

—¿Cuánto dices que ganaste por la venta de tu empresa? —pregunta Enzo.

—Siete millones limpios.

—Entre la devolución del dinero que te prestaron y los gastos de la operación —Enzo se detiene para calcular—, han quedado unos veinte millones. No está mal, ¿no?

—No, no está nada mal —reconoce él—. He conseguido más de lo que quería.

—De lo que queríamos —se incluye su hermano, que ha recibido esa mitad que le prometió Luca—. ¿Cuándo dejaste de pensar que yo podía traicionarte?

—Nunca —reconoce él.

—¿Y por qué me diste toda la responsabilidad?

—Porque eres mi hermano. —Y esa respuesta encierra toda la explicación que Luca puede dar. Y la única que siempre ha necesitado.

—Gracias por meterme en todo este lío, Luca. —El pirata informático le palmea el hombro—. Ha sido…

—Emocionante, ¿verdad? —completa el propio Luca.

—¡Ha sido la hostia! —corrige el *hacker*.

—Recordad que nunca ha sido por dinero: ha sido por respeto. —El hijo mayor de Francesco y Laura mira con orgullo a su equipo—. Y por ello hemos sido capaces de fabricar un rey de bronce.

—Luca… —Enzo se acerca y pone la palma de su mano en la mejilla de su hermano—. Todavía no te has dado cuenta, ¿verdad?

—¿De qué?

—De que has sido capaz de no olvidar lo que les hicieron a papá y a mamá y, aun así, no perder la cabeza. De que has arriesgado todo hasta un punto al que nadie se habría atrevido a llegar, de que te has enfrentado al Diablo en su propio terreno. Y de que has ganado; has restablecido el orden y nos has dado una nueva vida. De que el único rey que ha habido en esta historia siempre has sido tú.

Una historia que comienza en el siglo XVII, mientras Johannes Vermeer da una nueva visión del mundo a través de sus pinceladas, que son copiadas a la perfección por uno de sus compatriotas, Han van Meegeren, tres siglos después, a quien el abuelo Giovanni admira por su destreza y su ingenio; tanto como para contarles la historia del falso Vermeer a Francesco y a Pietra, sus pequeños mellizos, en las húmedas noches de su vida en Roma. La historia de cómo Francesco graba a fuego en su cabeza el deseo de que una de sus pinturas pase por una obra maestra, y a punto está de conseguirlo. Pero, en vez de ello, el péndulo de la vida se desplaza de la felicidad hasta el infortunio y destroza vidas a su paso. Vidas que quedan rotas sin piedad debido a la codicia, vidas que quedan enterradas por culpa de un tipo que viste gafas oscuras y al que jamás le ha parecido tener suficiente. Hasta que alguien tiene que restablecer el equilibrio, hasta que alguien es capaz de jugárselo todo para devolver el honor a su apellido. Ámsterdam, Roma, Valencia, Lahore, Praga, Chicago… Para volver al comienzo, para hacer que el destino alcance a todos los que han participado en la aventura del mayor engaño que la Historia del Arte haya visto jamás.

Y en ese cementerio, frente a la tumba de Pietra, dos palmadas en el rostro de Luca Santamarta y una sonrisa de niño escenifican el perdón de su hermano Enzo.

Valencia, 20 de abril de 2024

Nota del autor

En primer lugar, te doy las gracias por haber llegado hasta aquí, por haber acompañado a todos los personajes hasta su destino final. Deseo que hayas vivido esta aventura como propia y que te sientas partícipe de este golpe y de esta historia de venganza. Para mí ha sido un reto enorme; en primer lugar, porque abandonaba momentáneamente la novela histórica por un *thriller* ambientado en la actualidad, y, en segundo lugar, porque he tenido que dar forma a un golpe orquestado por alguien mucho más inteligente que yo.

Y, ya que has llegado hasta aquí, me gustaría contarte alguna curiosidad sobre toda esta historia que acabas de vivir.

No hay cifras oficiales, pero se estima que alrededor del treinta por ciento del arte que está expuesto en museos de todo el mundo es falso. En algunos casos, las obras pertenecen a la época en cuestión, pero fueron creadas por otras manos y no por las del autor al que se ha asignado. Y en otros casos las obras son falsos originales, realizadas en épocas recientes, y que cuelgan en las paredes de los museos más famosos del mundo. Las técnicas para la realización de esos falsos originales han tenido que ser cada vez más sofisticadas a medida que avanzaba la tecnología para poder detectarlas; de ese modo, encontrar materiales, lienzos, pigmentos o bronce de la época en la que se desea datar el falso original se ha convertido en un gran negocio. Y certificar la autenticidad de una obra es uno de los retos a los que se enfrentan coleccionistas y museos que desean ampliar sus fondos.

La historia de Han van Meegeren y sus Vermeer es absolutamente cierta. Van Meegeren, un personaje peculiar y controvertido, se hizo enormemente rico con la venta de sus falsos originales, amasó una considerable fortuna y adquirió una gran cantidad de inmuebles en varios países de Europa. Pero es cierto que, tras su mediático juicio, se hizo muy popular por haber engañado a los nazis y haberles colocado falsos originales como si fueran auténticos. Os recomiendo una película llamada *El último Vermeer*, y el hallazgo de las seis mil obras de arte en las minas de sal de Altausee se relata en la película *Monuments Men*.

Stefan Lehmann, un reputado arqueólogo alemán con una dilatada carrera profesional, comenzó, allá por 1990, a poner en duda algunas figuras de bronce expuestas en museos de toda Europa. Reconociendo que la factura de estas era excelente, halló determinadas variables que le hicieron sospechar que esas figuras fueran verdaderas: la pátina provocada por la corrosión del metal no era uniforme, las puntas y aristas del cabello apenas estaban erosionadas y las piezas tenían marcas de haber sido trabajadas con herramientas modernas. Además, todas esas piezas solo eran bustos o cabezas; resultaba extraño que no hubiera ninguna obra sospechosa de cuerpo entero. Eso hizo que Lehmann tirara del historial de subastas de piezas de bronce de época griega o romana y encontrara una correlación que apuntaba a que ese bronce acababa en España, para ser fundido y utilizado para crear estos falsos originales. De ahí que Lehmann haya desarrollado la teoría de que todas esas piezas falsificadas han salido desde el mismo taller en España, elaboradas por la mano de la misma persona. Bautizó a ese falsificador de bustos de bronce con el nombre de «El Maestro Español». Lo cierto es que nadie sabe si existe o no, nadie sabe si sigue vivo o no, pero Lehmann ha contabilizado hasta treinta y seis bustos de bronce salidos de sus manos. Y esos bustos siguen expuestos en museos, y algunos de ellos ya han viajado hasta Estados Unidos. Para Lehmann, el Maestro Español sí existe, pero si sus obras se hicieron presentes entre 1980 y 1990 y, según él, están hechas con manos muy expertas, ese falsificador debe de ser muy anciano o haber fallecido ya.

Ninguno de los museos que tienen alguna de las piezas que Lehmann ha señalado como falsas lo ha denunciado. Es posible que piensen que denunciar que les han vendido una obra falsa por una enorme suma de dinero perjudica la reputación del museo, o es posible que no crean a Stefan Lehmann. Lo cierto es que con una simple búsqueda por Internet de «El Maestro Español» verás que hay multitud de artículos al respecto de ese supuesto falsificador de bustos de bronce.

El modo en el que, en la novela, el Maestro Español fabrica el busto de bronce de Alejandro Magno es conocido como método de la cera pérdida, y es exactamente así como se producían estas piezas en la antigua Grecia y en Roma. Escayola, arcilla, porcelana líquida y cera de abeja son los componentes que se utilizaban para la fabricación de los moldes para piezas de bronce. Y ese método milenario es el que utiliza el Maestro Español para fabricar la pieza de Luca Santamarta, siguiendo uno a uno todos los pasos de dicho método.

Y, por último, déjame hablarte de Vera Castillo.

En 2021 escribí una pequeña novela, llamada *Las cuatro monedas*, en la que la protagonista es una exagente del CNI llamada Vera Castillo que se ve envuelta en un misterio sobre cuatro monedas de oro escondidas en la ciudad de Valencia.

De ahí que, en la escena en la que la propia Vera y Enzo están tomando una copa en el bar del hotel Four Seasons de Chicago, ella haga referencia a que «un par de años atrás» casi hace que maten a su tía y a su prima. Es una referencia a esa novela de la que te he hablado, que puedes encontrar en plataformas digitales de libros. Es una historia completamente independiente de esta, pero es un buen complemento para conocer mejor a este personaje (de quien pretendo escribir, algún día, más aventuras).

Agradecimientos

Escribir una novela, al menos para mí, resulta agotador; completamente extenuante. Cada vez que escribo la palabra FIN me pregunto cómo me he metido yo solo en este lío de documentación, estructura, personajes, trama y subtramas. Y, por supuesto, me digo que necesito un tiempo de recuperación para que a mi cerebro se le despierten las ganas de contar una nueva historia.

Pero resulta curioso cómo, en el proceso de escritura de una novela y gracias a la documentación reunida para ello, nacen ideas para próximas historias. Y antes de acabar una ya estoy pensando en la siguiente.

Todo ello es gracias a las personas que me acompañan en esta aventura de contar historias, sin cuyo aliento y apoyo me sería imposible dar forma a todas las páginas que acabas de leer. Y sin quienes sería imposible que este libro hubiera acabado en tus manos. Escribir es un trabajo solitario, pero publicar es un trabajo en equipo; nunca dejaré de decirlo.

Gracias a Fernando Paz, mi editor en Contraluz, y a todas las personas y departamentos que componen la editorial. Por creer en mí y defender las ideas que nacen en mi cabeza y acaban componiendo una novela. Las personas de maquetación, corrección, diseño de portada, comunicación, marketing, comercial y demás departamentos de Contraluz se dejan la piel por todas las novelas por las que apuesta Fernando Paz, asumiendo riesgos y haciendo que la edición de sus libros sea maravillosa.

A Pablo Álvarez, David de Alba y todo el equipo de Editabundo, la agencia editorial que me representa. Esta es ya la tercera novela en la que trabajamos juntos, y jamás estaría viviendo este sueño si no fuera por ellos. Gracias por guiarme, por animarme y por demostrar una confianza infinita en mí.

A Mercedes Castro, supervisora de la trama de esta novela (ya lo fue de *La última mirada de Goya*), por elevar esta historia a otro nivel con sus puntualizaciones y consejos. Por las conversaciones sobre cada uno de los capítulos, por su creatividad para dar siempre una capa más a una historia. Por abrir mi mente a nuevas posibilidades y hacerme mejor escritor.

A Begoña Vidal, Maite Aznar e Ivanna Pinedo, por ser las lectoras cero del manuscrito, por decirme lo que funcionaba y lo que no mientras lo escribía y por aguantar con estoica paciencia a que les fuera pasando los capítulos para que los leyeran. Pero, sobre todo, por confiar en mí más que yo mismo. Sin ellas, sin su empuje y su fuerza, no solo no habría sido capaz de escribir esta novela; es que no habría sido capaz de escribir ninguna.

A Alejandro y Aitana, mis hijos. Ellos desprenden una luz de la que es imposible no contagiarse.

A Aitor Pilán de Miguel, amigo y creador de aventuras en las que siempre cuenta conmigo. Mi vida, en muchos aspectos, la puedo dividir entre antes y después de conocer a Aitor. Y en todas las facetas en las que él interviene, mi vida ha cambiado a mejor.

A Mamen Monsoriu, escritora y librera en Librería Imperio. Pero, sobre todo, amiga. Que me abre su casa siempre, que cuenta conmigo para todo y que me hace sentir que soy escritor.

A Alicia Moll, correctora literaria, a quien le he hecho leer algunas cosas escritas por mí en tiempo récord (entre ellas, esta novela) porque su opinión, que siempre es certera, me tranquiliza. Y por haberse unido a La Plaza de las Letras, el pódcast literario dirigido por Aitor en el que tengo el placer de participar desde hace cuatro temporadas.

A todas las libreras y libreros, por confiar en mis historias, por recomendarlas a las personas lectoras, por invitarme a vuestros clubes de lectura y por ser siempre tan amables y profesionales conmigo.

A los equipos de organización de ferias del libro y festivales literarios de toda España por contar conmigo, pero sobre todo, por seguir trabajando de manera incansable para que esos eventos vean la luz. Por poner en contacto a personas que escribimos con personas que leemos, por darme la oportunidad de compartir experiencias y momentos inolvidables.

A mi primo Darío Lanza, un artista increíble y un amante de la Historia del Arte, que siempre es una fuente inagotable de anécdotas e historias que me regala para que las pueda incluir en mis novelas.

A todas las compañeras y compañeros escritores a los que hoy considero amistades porque me han entregado su confianza. Gracias por enseñarme, por escucharme y por transmitirme toda vuestra experiencia. Muchas de esas compañeras y compañeros se han convertido en personas imprescindibles en mi vida. Y de una de ellas, Sònia Valiente, puedo decir con orgullo que ha pasado a ser, en este trayecto literario que compartimos, una de las mejores amistades que jamás he tenido.

A todas las personas creativas que, con su trabajo, nunca dejan de inspirarme. Escritores, pintores, cineastas, guionistas, dramaturgos, bailarines, ilustradores, fotógrafos, músicos, arquitectos y profesionales de muchos otros oficios que nunca dejan de crear con la máxima pasión. Y que entregan los frutos de su trabajo para influenciar a personas como yo y seguir esa rueda de creatividad inspirada y compartida.

Y, por último, a ti. Por leer mis historias, por vivirlas como si fueran tuyas y, ojalá, por desear ser uno de los personajes que las protagonizan. Siempre digo que yo solo escribo las historias que me habría gustado vivir. Y deseo que esta, las anteriores y las que están por venir, quieras vivirlas conmigo. Gracias por tu apoyo y tu cariño.

Nos vemos en la siguiente novela.

Y, mientas tanto…, ¡leamos!

Javier Alandes
dispara@javieralandes.com